# SEDUCCIÓN AL AMANECER

Amor y Aventura

# SEDUCCIÓN AL AMANECER

## Lisa Kleypas

Traducción de M.ª José Losada Rey
y Rufina Moreno Ceballos

**VERGARA**
GRUPO ZETA

Barcelona • Bogotá • Buenos Aires • Caracas • Madrid • México D.F. • Montevideo • Quito • Santiago de Chile

Título original: *Seduce me at sunrise*

Traducción: Mª José Losada Rey y Rufina Moreno Ceballos

1.ª edición: febrero 2010

© 2008 by Lisa Kleypas
© Ediciones B, S. A., 2010
   para el sello Vergara
   Bailén, 84 - 08009 Barcelona (España)
   *www.edicionesb.com*

Printed in Spain
ISBN: 978-84-666-3957-6
Depósito legal: B. 2.142-2010

Impreso por LIBERDÚPLEX, S.L.U.
Ctra. BV 2249 Km 7,4 Polígono Torrentfondo
08791 - Sant Llorenç d'Hortons (Barcelona)

*Para Sheila Clover English, una mujer buena,
maravillosa, poseedora de un enorme talento.
Gracias por transformar mis palabras en pequeñas obras de
vídeoarte, y todavía más, por ser una magnífica amiga.*

# 1

*Londres, 1848*
*Invierno*

Win siempre había pensado que Kev Merripen era hermoso, de la misma manera que podía ser hermoso un paisaje austero o un día de invierno. Era un hombre corpulento, imponente y absolutamente intransigente. Las líneas exóticas de sus rasgos eran el marco perfecto para unos ojos tan oscuros que era imposible distinguir la pupila del iris. Su pelo era espeso y tan negro como el ala de un cuervo, con las cejas pobladas y rectas. Y su ancha boca casi siempre mostraba una curva amenazadora que Win encontraba irresistible.

Merripen. Su amor, pero nunca su amante. Se conocían desde la infancia, cuando él había sido acogido por la familia de Win. Aunque los Hathaway siempre lo habían tratado como a uno de los suyos, Merripen siempre había actuado como si fuera un sirviente. Un protector. Un extraño.

El objeto de sus pensamientos había acudido al dormitorio de Win y se había detenido en el umbral para observar cómo ella guardaba en una pequeña maleta de mano algunos artículos personales de su tocador. Un cepillo de pelo, un alfiletero, un puñado de pañuelos que su hermana Poppy había bordado para ella. Mientras metía los objetos en la maleta de piel, Win fue intensamente consciente de la forma inmóvil de Merripen. Sabía lo que acechaba bajo esa quietud porque ella sentía la misma corriente de anhelo.

Sólo de pensar en tener que dejarlo se le rompía el corazón. Y no tenía elección. Siempre había estado enferma, desde que, hacía dos años, había sufrido la escarlatina. Estaba delgada y débil, y se fatigaba y desvanecía con facilidad. Tenía los pulmones débiles según la experta opinión de todos los médicos que la habían visto. Para ellos no había nada que se pudiera hacer. Le esperaba una vida de reposo en cama seguida de una muerte prematura.

Win no estaba dispuesta a aceptar tal destino.

Ella deseaba mejorar para poder disfrutar de las cosas que la mayoría de la gente daba por supuestas. Para poder bailar, reírse, pasear por el campo. Quería tener la libertad de amar... de casarse... de formar una familia algún día.

Pero debido a su lamentable estado de salud, no existía la posibilidad de hacer ninguna de esas cosas. Sin embargo, eso estaba a punto de cambiar. Ese mismo día partiría a una clínica francesa, donde el dinámico y joven doctor Julian Harrow había logrado extraordinarios resultados para pacientes que se encontraban en su misma situación. Sus tratamientos eran poco ortodoxos y controvertidos, pero a Win no le importaba. Habría hecho cualquier cosa para curarse. Porque hasta que llegara ese día, no podría tener a Merripen.

—No te vayas —le dijo él con un tono de voz tan bajo que apenas lo oyó.

Win luchó con todas sus fuerzas para mantener una actitud serena al mismo tiempo que un helado escalofrío le bajaba por la espalda.

—Por favor, cierra la puerta —logró decir. Necesitaban privacidad para la conversación que estaban a punto de tener.

Merripen no se movió. El rubor inundaba su cara atezada y

sus ojos oscuros brillaban con una intensidad y una ferocidad nada propias en él. Era todo un romaní en ese momento, sus emociones estaban más a flor de piel de lo que se permitía normalmente.

Win se acercó para cerrar la puerta, y él se apartó a un lado como si cualquier contacto entre ellos pudiera causar un daño irreparable.

—¿Por qué no quieres que me vaya, Kev? —le preguntó con suavidad.

—No estarás a salvo allí.

—Estaré perfectamente a salvo —dijo ella—. Confío en el doctor Harrow. Sus tratamientos me parecen muy razonables y ha obtenido un alto índice de éxitos...

—Ha tenido tantos fracasos como éxitos. Hay mejores médicos aquí en Londres. Deberías probar antes con ellos.

—Creo que tengo más probabilidades de ponerme bien con el doctor Harrow. —Win sonrió, clavando la mirada en los duros ojos negros de Merripen, consciente de lo que él no quería decir—. Regresaré. Te lo prometo.

Él la ignoró. Cualquier intento que ella hiciera para que reconociera sus sentimientos siempre se había topado con una resistencia tan dura como una roca.

Él jamás admitiría que se preocupaba por ella de una manera que no fuera la de cuidar a una enferma frágil que necesitaba su protección. Como si fuera una mariposa dentro de una burbuja de cristal.

Mientras él continuaba con sus pasatiempos privados.

A pesar de la discreción con la que Merripen se conducía en sus relaciones personales, Win tenía la certeza de que habían sido muchas las mujeres que le habían ofrecido sus cuerpos y que él los había utilizado a placer. En lo más profundo de su alma sentía desolación y un enojo creciente ante el pensamiento de Merripen con otra mujer. Escandalizaría a todos los que la conocían si conocieran la intensidad de su deseo por él. Incluso era probable que escandalizara más que a nadie al propio Merripen.

Observando el inexpresivo rostro masculino, Win pensó: «Está bien, Kev, si es esto lo que quieres, me comportaré con estoicismo. Nos despediremos de la manera más fría y apacible posible.»

Ya sufriría más tarde en privado sabiendo que pasaría una eternidad antes de volver a verlo de nuevo. Pero eso era mejor que vivir así, siempre juntos y eternamente separados, con su enfermedad interponiéndose siempre entre ellos.

—Bien —dijo Win enérgicamente—, me iré pronto. Y no tienes por qué preocuparte, Kev. Leo cuidará de mí durante el viaje a Francia, y...

—Tu hermano ni siquiera sabe cuidar de sí mismo —dijo Merripen con severidad—. No te vayas. Quédate aquí donde yo podré...

Él se interrumpió bruscamente.

Pero Win había alcanzado a oír una nota de algo parecido a la furia, la angustia o la desesperación, enterrado en lo más profundo de su voz.

Esto empezaba a ponerse interesante.

Su corazón comenzó a latirle con fuerza.

—Hay... —Tuvo que interrumpirse un momento para recobrar el aliento—. Sólo hay una cosa que podría impedir que me marchara.

Él le dirigió una mirada atenta.

—¿Qué?

A Win le llevó un largo momento reunir el valor necesario para hablar.

—Dime que me amas. Dímelo, y me quedaré.

Los ojos negros se agrandaron. El sonido de la respiración contenida de Merripen hendió el aire como el golpe cortante de un hacha.

Él guardó silencio, totalmente paralizado.

Una curiosa mezcla de diversión y desesperación atravesó a Win mientras esperaba su respuesta.

—Quiero... quiero a toda la familia...

—No. Sabes que no es a eso a lo que me refiero. —Win se movió hacia él y le deslizó sus pálidas manos por el pecho, apoyando las palmas sobre la extensión de esos músculos duros e inflexibles. Sintió la involuntaria respuesta de él—. Por favor —le dijo, odiando la desesperación que asomaba en su voz—, no me importaría morir mañana si pudiera oírtelo decir una sola vez...

—No lo hagas —gruñó él, retrocediendo.

Arrojando a un lado toda cautela, Win continuó. Extendió una mano para agarrar los pliegues sueltos de la camisa de Merripen.

—Dímelo. Deja que la verdad salga finalmente a la luz.

—Cállate, estás enferma.

A Win le enfureció que él tuviera razón. Podía sentir la acostumbrada debilidad: el mareo que acompañaba a los apurados latidos de su corazón y el trabajo que le costaba llenar los pulmones de aire. Maldijo su cuerpo desfalleciente.

—Te amo —dijo desconsolada—. Y si estuviera sana, ningún poder en la tierra podría mantenerme alejada de ti. Si estuviera bien, te llevaría a mi cama y te mostraría cuán apasionada puedo ser, más que ninguna otra mujer que...

—No. —Merripen llevó su mano a la boca de Win con la intención de silenciarla, pero la apartó con rapidez al sentir el calor de sus labios.

—Si a mí no me da miedo admitirlo, ¿por qué temes admitirlo tú? —El placer de estar tan cerca de él, de tocarle, casi la volvía loca. Con una audacia temeraria se amoldó al cuerpo masculino. Él intentó apartarla sin hacerle daño, pero ella se aferró a él con todas sus fuerzas—. ¿Y si éste fuera el último momento que estuvieras conmigo? ¿No lamentarías no decirme lo que sientes? ¿No preferirías...?

Merripen le cubrió la boca con la suya, desesperado por hallar una manera de hacerla callar. Los dos se quedaron jadeantes y en silencio, absortos en aquellas tumultuosas sensaciones. El aliento del hombre en la mejilla de Win era como una cálida corriente.

Merripen la rodeó con los brazos, envolviéndola con su fuerza, sujetándola contra su duro cuerpo. Y en ese momento ambos comenzaron a arder, los dos se perdieron en una necesidad furiosa y apremiante.

Win pudo saborear la dulzura de las manzanas en su aliento, el toque amargo del café, pero por encima de todo eso percibió la rica esencia de él, y quiso más; deseándolo con ardor, se apretó contra él. Merripen aceptó su inocente ofrenda con un sonido ronco y salvaje.

Win sintió el roce de su lengua y se abrió para él, dejándolo acceder a su boca, primero con vacilación, luego lo atrajo más profundamente, usando su lengua con sedosa aceptación. Él se estremeció y jadeó, y la abrazó con más fuerza.

Una nueva debilidad la inundó, y sus sentidos suspiraron por las caricias de esas manos, esa boca, ese cuerpo... el poderoso peso de Merripen que casi la aplastaba. Oh, cuánto lo deseaba, quería tanto...

Merripen la besó con un hambre salvaje, moviendo su boca sobre la de ella con ásperas y lujuriosas caricias. Win se sintió consumida por el placer y se retorció para agarrarlo, deseando tenerlo más cerca aún.

Incluso a través de las capas de tela, sintió la forma en que él movía sus caderas contra las de ella, con un ritmo sutil y apremiante. Instintivamente, Win bajó la mano para sentirlo, para apaciguarle, y sus dedos temblorosos encontraron la dura forma de su deseo.

Merripen emitió un angustiado gemido en su boca. Durante un febril momento él bajó la mano y apretó la de ella con fuerza sobre su miembro. Win abrió repentinamente los ojos cuando sintió la presión pulsante, el calor y la tensión que parecían a punto de estallar.

—Kev... la cama... —murmuró ella, ruborizándose de pies a cabeza. Lo deseaba con tanta desesperación, desde hacía tanto tiempo, y ahora, por fin, iba a tenerlo—. Tómame...

Merripen maldijo y la apartó de un empujón, girándose hacia un lado. Jadeaba de manera incontrolada.

Win se movió hacia él.

—Kev...

—No te muevas de ahí —le dijo él con tal fuerza que ella dio un respingo sobresaltada.

Durante un minuto, no hubo ningún sonido ni movimiento salvo el áspero jadeo de sus respiraciones.

Merripen fue el primero en hablar. Su voz estaba llena de cólera y disgusto, aunque si era a causa de ella o de él mismo era imposible saberlo.

—Esto no volverá a ocurrir.

—¿Por qué tienes miedo de hacerme daño?

—Porque no te quiero de esa manera.

Ella se envaró indignada y soltó una risita incrédula.

—Has respondido a mí. Lo he sentido.

Merripen se ruborizó.

—Eso habría ocurrido con cualquier mujer.

—¿Tratas... tratas de hacerme creer que no despierto en ti ningún interés especial?

—Sólo el deseo de protegerte como al resto de la familia.

Win sabía que eso era mentira, lo sabía. Pero su cruel rechazo hacía que su partida fuera un poco más fácil.

—Yo... —Le resultaba difícil encontrar las palabras—. ¡Qué noble de tu parte! —Su intento de ironía quedó arruinado por su dificultad para respirar. Sus débiles pulmones estaban al borde del colapso.

—Estás fatigada —dijo Merripen moviéndose hacia ella—. Necesitas descansar...

—Estoy bien —dijo Win con ferocidad, acercándose al aguamanil y agarrándose a él para recuperar el equilibrio. Cuando lo consiguió, humedeció un paño de lino en el agua y se lo aplicó en las ruborizadas mejillas. Mirándose al espejo, se obligó a recomponer su máscara serena de costumbre. De alguna manera logró hablar con voz calmada—. Lo quiero todo o nada —dijo—. Sabes cuáles son las palabras que harán que me quede. Si no las dices, me iré.

En la habitación se palpaba la emoción. Los nervios de Win gritaron en protesta cuando se prolongó el silencio en la estancia. Miró sin ver el espejo, vislumbrando sólo la ancha silueta del hombro y el brazo de Merripen. Y luego, él se movió, abrió la puerta y se marchó.

Win continuó dándose toquecitos en la cara con el paño húmedo y frío, usándolo para borrar las huellas de las lágrimas. Dejando a un lado la tela, sintió que la palma de su mano, la misma que había utilizado para ahuecar la íntima forma de él, retenía todavía el recuerdo de su carne. Y los labios aún le hormigueaban por los dulces y duros besos, y su pecho todavía estaba lleno de ese dolor profundo por un amor desesperado.

—Bien —se dijo con excitada reflexión—, ahora estás mucho más motivada. —Y se rio temblorosamente hasta que tuvo que volver a enjugarse las lágrimas.


Mientras supervisaba la carga del carruaje que pronto partiría hacia los muelles londinenses, Cam Rohan no pudo evitar preguntarse si no estaría cometiendo un error. Le había prometido a su nueva esposa que cuidaría de su familia política. Pero menos de dos meses después de haberse casado con Amelia, enviaba a una de sus hermanas a Francia.

—Podemos esperar —le había dicho a Amelia la noche anterior, apretándola contra su hombro mientras le acariciaba el espeso pelo castaño que caía como una cascada sobre su propio pecho—. Si deseas disfrutar de la compañía de Win un poco más, podemos enviarla a la clínica en primavera.

—No, debe ir allí tan pronto como sea posible. El doctor Harrow dejó bien claro que ya habíamos perdido bastante tiempo. Las esperanzas de mejoría de Win aumentarán si comienza el tratamiento de inmediato.

Cam había sonreído ante el tono pragmático de Amelia. Su esposa era muy buena ocultando sus emociones, mantenía una fachada tan firme que muy pocas personas percibían la vulnerabilidad que escondía debajo. Cam era el único con el que bajaba la guardia.

—Debemos actuar con sensatez —había añadido Amelia.

Cam la había hecho rodar sobre la cama y se había quedado

mirando su cara menuda y hermosa bajo la luz de la lámpara. Esos ojos redondos y azules, tan oscuros como el corazón de la medianoche.

—Sí —le respondió con suavidad—. Pero no siempre es fácil hacer lo correcto, ¿verdad?

Ella negó con la cabeza, con los ojos llenos de lágrimas.

Cam le acarició la mejilla con la yema de los dedos.

—Pobre colibrí —murmuró él—. Has soportado muchos cambios en los últimos meses, el menor de los cuales ha sido casarte conmigo. Y ahora envío lejos a tu hermana.

—A una clínica. Para que se cure —había dicho Amelia—. Sé que es lo mejor para ella. Es sólo que... la echaré de menos. Win es la más cariñosa, la más tranquila de la familia. La conciliadora. Lo más probable es que los demás nos asesinemos unos a otros en su ausencia. —Lo miró con el ceño fruncido—. No se te ocurra decirle a nadie que he estado llorando o me enfadaré contigo.

—No, *monisha* —le había asegurado él, abrazándola con más fuerza mientras ella sorbía por la nariz—. Todos tus secretos están a salvo conmigo. Ya lo sabes.

Y luego le había enjugado las lágrimas con besos y le había quitado el camisón muy lentamente para hacer el amor con ella, con mayor lentitud que nunca si cabe.

—Cariño... —había susurrado mientras ella se estremecía bajo él—. Déjame hacerte sentir mejor...

Y cuando tomó posesión de su cuerpo con suavidad le dijo, en la antigua lengua, que ella lo complacía de todas las maneras posibles, que le gustaba estar en su interior, y que jamás la dejaría.

Aunque Amelia no había entendido las palabras, el sonido de las mismas sí que la había excitado, y le había arañado la espalda como una gata salvaje mientras elevaba las caderas bajo su peso. Cam le había dado placer y había tomado el suyo hasta que su esposa se había sumido en un sueño profundo, totalmente saciada.

Durante mucho tiempo, Cam la había sostenido acurrucada

contra él, con el peso de su cabeza en el hombro. Ahora él era el responsable de Amelia, y de toda su familia.

Los Hathaway eran una familia de inadaptados que incluía a cuatro hermanas, a un hermano y a Merripen, que era un romaní como él. Nadie parecía saber demasiado sobre Merripen, salvo que había sido acogido en el seno de la familia Hathaway cuando era niño tras haber sido dado por muerto en una cacería de gitanos. Era algo más que un sirviente, pero tampoco se consideraba exactamente parte de la familia.

No se podía predecir qué tal llevaría Merripen la ausencia de Win, pero Cam tenía el presentimiento de que no iba a gustarle. Ambos no podían haber sido más opuestos, la pálida y enfermiza rubia y el enorme romaní. Una tan refinada y etérea, el otro moreno, tosco y apenas civilizado. Pero el vínculo estaba allí, como un halcón que siempre regresaba al mismo bosque siguiendo la guía de un mapa invisible grabado en su propia naturaleza.

Cuando el carruaje estuvo debidamente cargado y el equipaje asegurado con correas de cuero, Cam entró en la *suite* del hotel donde se alojaba la familia. Se habían reunido en la sala de recepción para despedirse.

Merripen brillaba por su ausencia.

Las cuatro hermanas y su hermano, Leo, que iba a Francia como acompañante y escolta de Win, abarrotaban la estancia.

—Bueno, ya está —dijo Leo con brusquedad, dándole una palmadita en la espalda a su hermana pequeña, Beatrix, que acababa de cumplir los dieciséis años—. No hay ninguna necesidad de montar una escena.

Ella le dio un fuerte abrazo.

—Vais a estar muy solos tan lejos de casa. ¿No queréis llevaros una de mis mascotas para que os haga compañía?

—No, querida. Tendré que contentarme con la compañía humana que encuentre a bordo. —Se volvió hacia Poppy, una hermosa muchacha de dieciocho años con el pelo castaño rojizo—. Adiós, hermanita. Disfruta de tu primera temporada en Londres. E intenta no aceptar al primer tipo que se te declare.

Poppy se adelantó para abrazarle.

—Querido Leo —le dijo, con la voz ahogada contra su hombro—, intenta comportarte bien mientras estés en Francia.

—Nadie se porta bien en Francia —le dijo Leo—. Es por eso por lo que le gusta a todo el mundo. —Miró a Amelia. Fue entonces cuando la fachada de hombre seguro de sí mismo comenzó a resquebrajarse. Inhaló entrecortadamente. De todos los hermanos Hathaway, Leo y Amelia habían sido los que habían discutido con más frecuencia, y con más fiereza. Sin embargo, ella era sin lugar a dudas su favorita. Habían pasado por muchas cosas juntos, además de tener que hacerse cargo de sus hermanas menores después de la muerte de sus padres. Amelia había visto cómo un joven y prometedor arquitecto se convertía en una ruina de hombre. Ser el heredero de un vizcondado no había ayudado en nada. De hecho, el título recién adquirido y la nueva posición social sólo habían contribuido a la decadencia de Leo. Eso no había impedido que Amelia luchara por él, que intentara salvarle siempre. Algo que a él le había fastidiado considerablemente.

Amelia se acercó y apoyó la cabeza en su pecho.

—Leo —le dijo con un sollozo—. Si le ocurre algo a Win, te mataré.

Él le acarició el pelo suavemente.

—Hace años que me haces esa amenaza, y jamás la has cumplido.

—Estaba e-esperando el motivo adecuado.

Leo sonrió, le apartó la cabeza de su pecho y la besó en la frente.

—La traeré de vuelta sana y salva.

—¿Eso te incluye a ti?

—Eso me incluye a mí.

Amelia le alisó el abrigo con los labios temblando.

—Entonces deja de llevar la vida de despilfarro y embriaguez —dijo.

Leo le dirigió una amplia sonrisa.

—Pero siempre he creído que lo mejor es cultivar los talentos naturales. —Inclinó la cabeza para que ella pudiera besarle en la mejilla—. Deberías mirarte a ti misma —le dijo—. Tú, que acabas de casarte con un hombre al que apenas conoces.

—Ha sido lo mejor que he hecho nunca —dijo Amelia.

—Y puesto que es él quien paga mi viaje a Francia, supongo que no puedo disentir. —Leo extendió el brazo para estrechar la mano de Cam. Después de un mal comienzo, ambos hombres habían llegado a llevarse bien en poco tiempo—. Adiós, *phral* —dijo utilizando la palabra gitana que Cam le había enseñado y que significaba «hermano»—. No me cabe la menor duda de que harás un excelente trabajo como cabeza de familia. Ya te has deshecho de mí, lo cual es un comienzo prometedor.

—Cuando regreses tendrás la casa reconstruida y una hacienda próspera, milord.

Leo soltó una risita.

—No puedo esperar a verlo. Ya sabes lo que se dice, no todo el mundo confiaría sus asuntos a un par de gitanos.

—Diría sin temor a equivocarme —contestó Cam—, que eres el único.


Después de que Win se hubiera despedido de sus hermanas, Leo la ayudó a subir al carruaje y se sentó a su lado. Sintieron una suave sacudida cuando el vehículo se puso en marcha, y se dirigieron a los muelles londinenses.

Leo estudió el perfil de Win. Como siempre, ella no dejaba exteriorizar sus sentimientos, su rostro de huesos finos estaba sereno y compuesto. Pero él vio el rubor que le inundaba las pálidas mejillas, y cómo sus dedos apretaban con fuerza un pañuelo bordado en su regazo. No se le había pasado por alto que Merripen no había estado allí para despedirse. Leo se preguntó si Win y él habrían discutido.

Suspirando, rodeó los hombros de su hermana con un brazo. Ella se puso rígida, pero no se apartó. Tras un momento, Win levantó el pañuelo, y él vio que se enjugaba las lágrimas de sus ojos. Estaba asustada, enferma y triste.

Y él era todo lo que tenía.

Qué Dios la ayudara.

Intentó aliviar la situación con un poco de humor.

—No habrás dejado que Beatrix te diera una de sus mascotas, ¿no? Te lo advierto, si has traído un erizo o una rata contigo, será arrojado por la borda tan pronto como pisemos el barco.

Win negó con la cabeza y se sonó la nariz.

—¿Sabes? —dijo Leo, en tono familiar sin dejar de sostenerla contra su brazo—, eres la menos divertida de mis hermanas. No puedo creer que acabe yéndome a Francia contigo.

—Créeme —fue la acuosa respuesta—, conmigo no vas a aburrirte. En cuanto esté mejor, tengo la intención de comportarme realmente mal.

—Bueno, eso es algo que espero con anhelo. —Descansó la mejilla sobre su suave pelo rubio.

—Leo —le preguntó ella tras un momento—, ¿por qué te ofreciste a ir a la clínica conmigo? ¿Es porque tú también quieres mejorar?

Leo se sintió emocionado y molesto a la vez por la inocente pregunta. Win, al igual que el resto de la familia, consideraba que sus excesos con la bebida eran una enfermedad que se curaba con una larga abstinencia y costumbres saludables. Pero su vicio por la bebida era sólo un síntoma de su auténtica enfermedad... una pena tan profunda que a veces amenazaba con detener los latidos de su corazón.

No había cura para la pérdida de Laura.

—No —le respondió—. No tengo intención de mejorar. Sólo quiero continuar mi decadencia en un nuevo lugar. —Se vio recompensado con una risita ahogada—. Win... ¿has discutido con Merripen? ¿Es por eso que no ha venido a despedirse? —Ante el prolongado silencio, Leo puso los ojos en blanco—. Si insistes en guardar silencio, hermanita, éste será, ciertamente, un viaje muy largo.

—Sí, discutimos.

—¿Sobre qué? ¿Sobre la clínica de Harrow?

—No, realmente. En parte fue por eso, pero... —Win encogió los hombros con inquietud—. Es demasiado complicado. Sería muy largo de explicar.

—Estamos a punto de cruzar el océano y la mitad de Francia. Créeme, tenemos tiempo.


Después de que el carruaje partiera, Cam se dirigió a los establos, un pulcro edificio situado en la parte trasera del hotel, con establos y cochera en la planta baja y las habitaciones de los sirvientes ubicadas arriba. Como había esperado, Merripen estaba almohazando a los caballos. Los establos del hotel se regían por un sistema libre, lo que quería decir que algunas de las tareas debían ser asumidas por los propietarios de los caballos. En ese momento, Merripen estaba ocupándose del castrado negro de Cam, un ejemplar de tres años que se llamaba *Pooka*.

Los movimientos de Merripen eran suaves, rápidos y metódicos mientras pasaba el cepillo por los brillantes flancos del caballo.

Cam lo observó durante un rato, apreciando la destreza del romaní. Las historias que decían que los gitanos eran muy buenos con los caballos no eran un mito. Un romaní consideraba que los caballos eran sus compañeros, unos animales con instintos poéticos y heroicos. Y *Pooka* admitía la presencia de Merripen con una tranquila deferencia que mostraba ante muy pocas personas.

—¿Qué quieres? —le preguntó Merripen sin dirigirle la mirada.

Cam se dirigió sin ninguna prisa hacia el establo abierto, sonriendo cuando *Pooka* inclinó la cabeza y le dio un golpecito en el pecho.

—No, chico... no tengo terrones de azúcar. —Le palmeó el musculoso cuello. Tenía las mangas de la camisa remangadas hasta los codos, dejando a la vista el alado caballito negro de su antebrazo. Cam no recordaba cuándo le habían hecho el tatuaje... Estaba ahí desde siempre, por razones que su abuela nunca llegaría a explicarle.

Era un diseño irlandés, un caballo de pesadilla llamado *pooka*, una criatura mítica que alternaba entre la maldad y la bondad, que hablaba con una profunda voz humana y que volaba por la noche con las alas extendidas. Según la leyenda, el *pooka* llamaba a la puerta de los confiados humanos a medianoche, y los llevaba a dar un paseo que cambiaría su vida para siempre.

Cam jamás había visto un tatuaje similar en ninguna otra persona.

Hasta que conoció a Merripen.

Por caprichos del destino, Merripen había resultado herido en el incendio de la casa. Y mientras le curaban la herida, los Hathaway habían descubierto el tatuaje en el hombro de Merripen.

Un tatuaje que había hecho que Cam se planteara unas cuantas preguntas.

Vio que Merripen le miraba el tatuaje del brazo.

—¿Qué hace un romaní como tú con un tatuaje de diseño irlandés? —preguntó Cam.

—No es nada especial. Hay romaníes en Irlanda.

—Hay algo inusual en ese tatuaje —dijo Cam serenamente—. Jamás había visto uno igual con anterioridad. Y puesto que los Hathaway se sorprendieron al verlo, es evidente que te esforzaste mucho en ocultarlo. ¿Por qué, mi *phral*?

—No me llames así.

—Has formado parte de la familia Hathaway desde la infancia —dijo Cam—. Y yo soy ahora parte de la familia. Eso nos convierte en hermanos, ¿no?

Una mirada desdeñosa fue la única respuesta.

Cam encontraba una perversa diversión en comportarse de manera amistosa con un romaní que claramente lo despreciaba. Entendía a la perfección qué era lo que suscitaba la hostilidad de Merripen. La llegada de otro hombre a la tribu familiar, o *vitsa*, no era nunca una situación fácil, y, por lo general, su lugar estaría más abajo en la jerarquía.

Que Cam, un desconocido, llegara y actuara como cabeza de familia no era algo fácil de asimilar. No ayudaba nada que él fuera un *poshram*, un mestizo nacido de madre gitana y padre irlandés, un *gadjo*. Y por si eso fuera poco, Cam disfrutaba de una buena situación económica, un hecho vergonzoso a los ojos de los romaníes.

—¿Por qué siempre lo has mantenido en secreto? —insistió Cam.

Merripen dejó de cepillar el caballo y le dirigió a Cam una oscura y fría mirada.

—Me dijeron que el tatuaje era la marca de una maldición. Que el día que descubriera lo que quería decir, y por qué me lo habían hecho, yo o alguien cercano a mí estaría predestinado a morir.

Cam no mostró reacción alguna, pero sintió unas punzadas de inquietud en la nuca.

—¿Quién eres, Merripen? —le preguntó suavemente.

El enorme romaní continuó con su labor.

—Nadie.

—Formaste parte de una tribu una vez. Debes de haber tenido familia.

—No recuerdo a mi padre. Mi madre murió en el parto.

—Igual que la mía. Me crio mi abuela.

El cepillo se detuvo en medio de una pasada. Ninguno de los dos mostró reacción alguna. Sobre el establo había caído un silencio sepulcral excepto por los resoplidos y los movimientos inquietos de los caballos.

—A mí me crio mi tío. Para ser un *asharibe*.

—Ah. —Cam borró cualquier indicio de piedad en su expresión, pero para sus adentros pensó: «Pobre desgraciado.»

No era extraño que Merripen luchara tan bien. Algunas tribus gitanas cogían a sus niños más fuertes y los convertían en luchadores, enfrentándolos unos contra otros en ferias, tabernas y reuniones donde se hacían apuestas. Algunos de los niños acababan desfigurados o muertos. Los que sobrevivían se convertían en duros combatientes capaces de hacer cualquier cosa, y eran nombrados los guerreros de la tribu.

—Bueno, eso explica ese carácter tan dulce que tienes —dijo Cam—. ¿Fue por eso por lo que elegiste quedarte con los Hathaway después de que te recogieran? ¿Porque ya no querías ser un *asharibe*?

—Sí.

—Mientes, *phral* —dijo Cam, observándolo atentamente—. Te quedaste por otra razón. —Y supo por el rubor que tiñó la cara del romaní que había acertado de lleno.

Cam añadió quedamente:

—Te quedaste por ella.

# 2

*Doce años antes*

No había bondad en él. Ni debilidad. Se había criado durmiendo en suelos duros, comiendo comida sencilla, bebiendo agua fría y peleando contra otros niños. Si alguna vez se negaba a luchar, su tío, Rom Baro, el gran guerrero de la tribu, le golpeaba. No tenía madre que intercediera por él, ni padre que lo defendiera de los rudos castigos de Rom Baro. Nadie que le tocara a no ser con violencia. Sólo existía para pelear, para robar, para ir contra los *gadjos*.

La mayoría de los gitanos no odiaban a los blancos, a los valientes ingleses que vivían en casas ordenadas, que llevaban reloj en el bolsillo y leían libros ante el hogar de la chimenea. Sólo desconfiaban de ellos. Pero la tribu de Kev despreciaba a los *gadjos*, y los despreciaban porque eso era lo que hacía Rom Baro. Y cualquier cosa que el líder opinara, que se le antojara o por la que se inclinara, era lo que los demás acataban sin rechistar.

Al final, hartos del daño y la miseria que la tribu de Rom Baro infligía allí donde establecía su campamento, los *gadjos* habían decidido exterminarlos de la faz de la tierra.

Los ingleses habían llegado con caballos y armas. Había habido disparos, golpes; habían atacado a los romaníes en sus camas, con mujeres y niños llorando y gritando. Habían arrasado el campamento y todos habían salido huyendo, abandonando los *vardos* en llamas y los caballos robados a los *gadjos*.

Kev había intentado luchar contra ellos para defender la *vitsa*, pero lo habían golpeado en la cabeza con la culata de una pistola. Otro inglés le había clavado una bayoneta en la espalda. La tribu lo había dado por muerto y lo había abandonado. Durante una noche había yacido medio inconsciente al lado del río, escuchando el rumor del agua oscura, sintiendo la tierra dura y mojada bajo su cuerpo, vagamente consciente de la sangre que manaba de las heridas de su cuerpo. Había esperado sin temor a que la oscuridad se lo llevara. No tenía razones ni deseos de vivir.

Pero cuando la noche dio paso al amanecer, Kev se encontró siendo trasladado en una pequeña y rústica carreta. Un *gadjo* lo había encontrado, y con la ayuda de un niño había llevado al moribundo romaní a su casa.

Era la primera vez que Kev había estado bajo un techo que no fuera de un *vardo*. Se encontró dividido entre la curiosidad que sentía hacia el extraño entorno que lo rodeaba y la furia ante la indignidad de tener que morir bajo los cuidados de un *gadjo*. Pero estaba demasiado débil y dolorido para poder defenderse por sí mismo.

La habitación que ocupaba no era mucho más grande que un establo, y en ella sólo había una cama y una silla. Había cojines, almohadas, cuadros bordados a mano en las paredes y una lámpara. Si no hubiese estado tan enfermo, se habría vuelto loco en una estancia tan pequeña.

El *gadjo* que lo había llevado allí, Hathaway, era un hombre alto, delgado y con el pelo rubio muy claro. Sus modales corteses y su timidez pusieron a Kev en su contra. ¿Por qué lo había salvado Hathaway? ¿Qué podía querer de un niño romaní? Kev se negó a hablar con el *gadjo* y a tomar sus medicinas. Rechazó cualquier gesto de bondad. No quería deberle nada a ese tal Hathaway. No había querido salvarse, no había querido vivir. Así que permaneció allí, estremeciéndose en silencio cada vez que el hombre le cambiaba el vendaje de la espalda.

Sólo una vez había hablado Kev, y fue cuando Hathaway le había preguntado sobre el tatuaje.

—¿Qué significa esta marca?

—Es una maldición —había dicho Kev con los dientes apretados—. No le hables a nadie de ella, o la maldición caerá también sobre ti.

—Ya veo. —La voz del hombre había sido amable—. Guardaré tu secreto. Pero te diré que como racionalista que soy no creo en las supersticiones. Una maldición sólo tiene el poder que tú quieras darle.

«*Gadjo* insensato», había pensado Kev. Todo el mundo sabía que negar una maldición traía mala suerte.

Era una familia ruidosa, llena de niños. Kev podía oírlos detrás de la puerta cerrada de la habitación en la que lo habían metido. Pero había algo más... una débil, dulce y cercana presencia. La sintió revoloteando fuera de la habitación y, por lo tanto, fuera de su alcance. Y la anheló, sediento como estaba de algo que le aliviara la oscuridad, la fiebre y el dolor.

En medio del clamor de niños que discutían, reían o cantaban, oyó un murmullo que le erizaba cada pelo del cuerpo. La voz de una niña, hermosa y suave. Quería que viniera a él. Y la llamó mientras yacía allí, sintiendo que las heridas curaban con una torturante lentitud. «Ven a mí...»

Pero ella jamás apareció. Los únicos que entraban en la habitación eran Hathaway y su esposa, una mujer agradable pero recelosa que lo miraba como si fuera un animal salvaje que hubiera encontrado la entrada a su civilizada casa. Y Kev se comportó en consonancia, chasqueando y gruñendo cada vez que se acercaban a él. Tan pronto como pudo moverse por sí mismo, se lavó en la palangana de agua caliente que dejaron en su cuarto. No comía delante de ellos, sino que esperaba a que dejaran una bandeja con comida en su cama. Centraba toda su voluntad en curarse lo suficiente para poder escapar.

En un par de ocasiones los niños fueron a verle, asomándose por la puerta entreabierta. Había dos niñas pequeñas llamadas Poppy y Beatrix, que reían tontamente o gritaban con temor fingido cuando él les gruñía. Había otra, Amelia, la hija mayor, que lo recorría con la mirada mostrando la misma valoración escéptica que su madre. Y había un niño alto de ojos azules, Leo, que parecía sólo un poco mayor que él.

—Me gustaría dejar bien claro —había dicho el niño en tono bajo desde la puerta— que nadie tiene intención de hacerte daño. Tan pronto como puedas marcharte, eres libre de hacerlo. —Había clavado los ojos en la cara hostil y febril de Kev antes de añadir—: Mi padre es un hombre amable. Un samaritano. Pero yo no. Así que no se te ocurra atacar o insultar a mi familia, o responderás ante mí.

Eso era algo que Kev respetaba. Lo suficiente para dirigirle a Leo una leve inclinación de cabeza. Por supuesto, si estuviera bien, podría haber vencido a ese niño con facilidad, lo habría dejado hecho pedazos. Pero había comenzado a aceptar que esa pequeña familia que lo había acogido no quería hacerle daño. Ni siquiera querían nada de él. Sólo le habían proporcionado cuidados y refugio como si fuera un perro extraviado. No parecían esperar nada a cambio.

Eso no disminuía el desprecio que sentía por ellos y por su ridículo y confortable mundo. Los odiaba, casi tanto como se odiaba a sí mismo. Él era un luchador, un ladrón, alguien que vivía rodeado de violencia y engaños. ¿No se daban cuenta? Parecían no comprender el peligro al que se exponían por haberlo alojado en su casa.

Tras una semana, la fiebre de Kev había remitido y la herida había curado lo suficiente para poder moverse. Tenía que salir de allí antes de que ocurriera algo terrible, antes de que acabara haciendo algo. Así que Kev se levantó una mañana temprano y se vistió con cuidadosa lentitud con las ropas que le habían dado, unas ropas que pertenecían a Leo.

Le dolía moverse, pero Kev ignoró el agudo martilleo en su cabeza y el fuego ardiente que sentía en la espalda. Metió en los bolsillos del abrigo el cuchillo y el tenedor de la bandeja de comida, el cabo de una vela y un trozo de jabón. La primera luz del amanecer brillaba a través del ventanuco que había sobre la cama. La familia se despertaría pronto. Se disponía a dirigirse hacia la puerta, cuando se mareó y cayó sobre la cama. Jadeante, intentó hacer acopio de fuerzas.

Sonó un golpe en la puerta y se abrió. Abrió la boca para gruñirle a la visita.

—¿Puedo entrar? —oyó que preguntaba una niña con suavidad.

La maldición murió en los labios de Kev. De repente se sintió abrumado. Cerró los ojos, respirando, esperando.

«Eres tú. Estás aquí.»

Al fin.

—Llevas solo mucho tiempo —dijo ella, acercándose a él—, he pensado que quizá querrías tener compañía. Soy Winnifred.

Kev aspiró el perfume y el sonido de la voz de la niña, y su corazón latió con fuerza. Con cuidado se incorporó, ignorando el dolor que lo atravesó como un relámpago. Abrió los ojos.

Jamás había pensado que ninguna *gadji* pudiera compararse a las niñas gitanas. Pero ésta era extraordinaria, una criatura celestial, tan pálida como la luz de la luna, con el cabello plateado, y unos rasgos delicados. Parecía cariñosa, inocente y suave. Todo lo que él no era. Todo su ser respondió de una manera tan intensa a ella que extendió la mano y la atrapó con un gruñido silencioso.

Ella soltó un grito ahogado pero se mantuvo inmóvil. Kev sabía que no era correcto tocarla. Pero no sabía comportarse de manera cortés. La había lastimado sin querer. Pero, aun así, ella se relajó bajo su presa, y clavó en él esos tranquilos ojos azules.

¿Por qué no tenía miedo de él? Kev sintió miedo por ella, pues sabía muy bien lo que él era capaz de hacer.

No se había dado cuenta de que la había atraído más cerca. Todo lo que sabía era que, ahora, parte de su peso descansaba sobre él, que yacía sobre la cama, y que sus dedos se habían cerrado sobre la piel suave de los brazos de la niña.

—Suéltame —le dijo ella suavemente.

Kev no quería soltarla. Nunca. Quería sostenerla contra él, destrenzarle el pelo y meter los dedos a través de esa espesa mata plateada y sedosa. Quería llevarla con él hasta el fin del mundo.

—Si lo hago —dijo él con brusquedad—. ¿Te quedarás?

Los delicados labios de la niña se curvaron en una sonrisa dulce y deliciosa.

—Niño tonto. Por supuesto que me quedaré. He venido a visitarte.

Kev aflojó lentamente los dedos. Pensó que ella escaparía, pero se quedó.

—Acuéstate —le dijo—. ¿Por qué estás vestido? —Agrandó los ojos—. Oh. No puedes marcharte. No hasta que estés bien.

Ella no tenía por qué preocuparse. Los planes de fuga de Kev habían desaparecido en el mismo momento en que la vio. Se apoyó contra las almohadas, observando fijamente cómo ella se sentaba en la silla. Llevaba un vestido rosa. Los bordes, el cuello y las muñecas estaban adornados con unos pequeños volantes.

—¿Cómo te llamas? —le preguntó.

Kev odiaba hablar. Odiaba tener que conversar con nadie. Pero estaba dispuesto a hacer cualquier cosa para mantenerla a su lado.

—Merripen.

—¿Es ése tu nombre de pila?

Él negó con la cabeza.

Winnifred ladeó la cabeza.

—¿No quieres decírmelo?

Él no podía. Un romaní sólo podía compartir su nombre de pila con otros romaníes.

—Al menos dime la primera letra —intentó persuadirlo.

Kev clavó los ojos en ella.

—No conozco muchos nombres gitanos —dijo ella—. ¿Es Luca? ¿Marko? ¿Stefan?

A Kev se le ocurrió que ella estaba tratando de jugar con él. Que bromeaba con él. Pero no sabía cómo responder a eso. Por lo general, si alguien intentaba bromear con él, respondía hundiendo el puño en la cara del osado.

—Algún día me lo dirás —dijo ella con una sonrisita. Hizo ademán de levantarse de la silla, y Kev alargó la mano rápidamente para agarrarla del brazo. La sorpresa asomó a la cara de Win.

—Me dijiste que te quedarías —dijo él con brusquedad.

La mano libre de Win se posó sobre la mano que le apresaba la muñeca.

—Y lo haré. No temas, Merripen. Sólo voy a por un poco de pan y té. Suéltame. Volveré enseguida. —La palma de su mano se sentía suave y cálida sobre la piel de él—. Me quedaré aquí todo el día si es lo que quieres.

—No te dejarán.

—Oh, sí que lo harán. —Intentó aflojar los dedos que le rodeaban la muñeca—. No te preocupes. Dios mío, siempre creí que los gitanos eran gente alegre.

Casi lo hizo sonreír.

—He tenido una mala semana —le replicó él con seriedad.

Ella todavía estaba ocupada intentando separar los dedos de su brazo.

—Ya me doy cuenta. ¿Cómo es que te hirieron?

—Los *gadjos* atacaron mi tribu. Puede que vengan aquí a por mí. —La miró con anhelo, pero se obligó a soltarla—. No estoy a salvo, debería irme.

—Nadie se atrevería a sacarte de aquí. Mi padre es un hombre muy respetado en el pueblo. Un estudioso. —Percibiendo su expresión escéptica, añadió—: La pluma es más poderosa que la espada, ¿sabes?

Eso sonaba a algo que diría un *gadjo*. No tenía ningún sentido.

—Los hombres que atacaron mi *vitsa* la semana pasada no iban armados con plumas.

—Pobrecito —dijo ella compasivamente—. Lo siento. Tus heridas deben de dolerte mucho después de tanto movimiento. Te traeré un tónico.

Kev jamás había sido antes objeto de simpatía. No le gustaba serlo. Su orgullo salió a flote.

—No la tomaré. La medicina de los *gadjos* no funciona. Si me la traes, la tiraré tan rápido que...

—Muy bien. No te sulfures. Estoy segura de que no es buena para ti.

Se dirigió hacia la puerta, y un estremecimiento de desesperación sacudió el cuerpo de Kev. Estaba seguro de que no regresaría. La quería cerca de él. Si estuviera sano y fuerte, habría saltado de la cama y la habría agarrado de nuevo. Pero como eso no era posible, clavó en ella una mirada hosca y masculló:

—Vete, pues. Que el diablo te lleve.

Win se detuvo en el umbral y lo miró por encima del hombro con una sonrisa burlona.

—Qué terco y obstinado eres. Regresaré con pan, té y un libro, y me quedaré contigo si a cambio me regalas una sonrisa.

—Jamás sonrío —replicó.

Sin embargo, para su sorpresa, Win regresó. Se pasó la mayor parte del día leyendo para él, unas historias largas y aburridas que lo hicieron adormecer satisfecho. No había oído ninguna música, ningún susurro de los árboles del bosque, ningún canto de los pájaros que lo hubiera complacido tanto como esa voz suave. De vez en cuando, otro miembro de la familia se asomaba por la puerta, pero Kev no se atrevía a lanzarle una tarascada a ninguno de ellos. Que pudiera recordar, se sentía completamente feliz por primera vez en su vida. Al parecer, uno no era capaz de odiar a nadie cuando se encontraba en ese estado.

Al día siguiente, los Hathaway lo llevaron a la sala de la casa, una estancia repleta de muebles usados. Cada superficie disponible estaba cubierta de croquis, labores de aguja y montones de libros. Uno no podía moverse por allí sin golpearse con algo.

Mientras Kev permanecía medio reclinado en el sofá, las niñas más pequeñas jugaban en la alfombra, intentando enseñarle trucos a la ardilla favorita de Beatrix. Leo y su padre jugaban al ajedrez en una esquina. Amelia y su madre cocinaban en la cocina. Y Win se sentó cerca de Kev para arreglarle el pelo.

—Tienes la melena de una bestia salvaje —le dijo, usando los dedos para desenredar los mechones, y luego peinar las negras puntas enredadas con sumo cuidado—. Estate quieto. Estoy tratando de que parezcas un poco más civi... Oh, deja de moverte. Tu cabeza no puede ser tan sensible.

Kev no se movía por los enredos, ni por los tirones del peine. Lo cierto era que nunca en su vida lo habían tocado durante tanto tiempo. Estaba avergonzado, asustado por dentro..., pero cuando miró a su alrededor, le pareció que nadie prestaba atención ni se preocupaba por lo que Win estaba haciendo.

Él se echó hacia atrás con los ojos entrecerrados. El peine le dio un tirón bastante fuerte, y Win murmuró una disculpa y le frotó el lugar dolorido con las yemas de los dedos, tan suavemente que a Kev se le formó un nudo en la garganta y le picaron los ojos por las lágrimas contenidas. Sintió una profunda inquietud, desconcertado se tragó el nudo de la garganta. Permaneció tenso pero inmóvil bajo su contacto. Apenas podía respirar por el placer que ella le estaba proporcionando.

Después, Win le colocó una tela alrededor del cuello y cogió unas tijeras.

—Soy muy hábil en esto —dijo Win, inclinándole la cabeza hacia delante y peinándole los mechones de detrás—. Necesitas un buen corte. Te sobra suficiente pelo para rellenar un colchón.

—Ten cuidado, muchacho —dijo alegremente la señora Hathaway—. Recuerda lo que le sucedió a Sansón.

Kev levantó la cabeza.

—¿Qué?

Win le volvió a bajar la cabeza.

—El pelo de Sansón era el origen de su fuerza —le dijo ella—. Después de que Dalila se lo cortara, él se volvió débil y fue capturado por los filisteos.

—¿No has leído la Biblia? —preguntó Poppy.

—No —dijo Kev. Permaneció quieto mientras las tijeras le cortaban con suavidad las gruesas ondas de la nuca.

—Entonces, ¿eres un pagano?

—Sí.

—¿Y te comes a las personas? —inquirió Beatrix, con interés.

Win respondió antes de que Kev pudiera decir nada.

—No, Beatrix. Uno puede ser pagano sin ser caníbal.

—Pero los gitanos comen erizos —dijo Beatrix—. Y eso es tan malo como comer personas. Porque los erizos tienen sentimientos, ¿sabes? —Hizo una pausa cuando un espeso mechón de pelo negro cayó al suelo—. Ooooh, qué bonito —exclamó la niña—. ¿Puedo cogerlo, Win?

—No —dijo Merripen con brusquedad, con la cabeza todavía inclinada.

—¿Por qué no? —preguntó Beatrix.

—Alguien puede utilizarlo para hacer un hechizo de mala suerte. O un conjuro de amor.

—Oh, yo no haría eso —dijo Beatrix con seriedad—. Sólo quiero usarlo para un nido.

—No importa, cariño —dijo Win con calma—. Si eso le incomoda, tus mascotas tendrán que buscarse otra clase de material para su nido. —Las tijeras cortaron otro espeso mechón—. ¿Son todos los gitanos tan supersticiosos como tú? —le preguntó a Kev.

—No. La mayoría son peores.

Una risa cristalina le cosquilleó en la oreja, y el cálido aliento le puso la piel de gallina.

—¿Qué te molestaría más, Merripen... el hechizo de mala suerte o el conjuro de amor?

—El conjuro de amor —dijo él sin titubear.

Por alguna razón toda la familia se rio. Merripen los miró con el ceño fruncido, pero no encontró burla en las miradas, sólo una cordial diversión.

Kev se quedo quieto, oyéndolos charlar mientras Win le seguía cortando el pelo. Era la conversación más extraña que había presenciado nunca, las niñas interactuaban libremente con su hermano y su padre. Todos pasaban de un tema a otro, debatiendo ideas que no les incumbían, situaciones que no les afectaban. No estaban de acuerdo en casi nada, aunque parecían pasar un buen rato.

No sabía que existieran personas así. No tenía ni idea de cómo habían sobrevivido tanto tiempo.

Los Hathaway eran una familia ingenua, excéntrica y alegre que se preocupaba por los libros, el arte y la música. Vivían en una destartalada casa de campo, pero en lugar de reparar los marcos de las puertas o las goteras del tejado, podaban los rosales y escribían poesía. Si se rompía la pata de una silla, sencillamente colocaban un montón de libros debajo. Sus prioridades eran un misterio para él. Y se sintió todavía más desconcertado cuando, después de que sus heridas se hubieran curado lo suficiente para marcharse, lo invitaran a habilitar una habitación para él en el altillo del establo.

—Puedes quedarte todo el tiempo que desees —le había dicho el señor Hathaway—, aunque supongo que algún día querrás ir en busca de tu tribu.

Pero Kev ya no tenía tribu. Lo habían dado por muerto. Ése era el único refugio que tenía en ese momento.

A partir de ese día comenzó a encargarse de las cosas a las que nadie hacía caso, como reparar las goteras del tejado y las juntas de la chimenea. A pesar de su terror a las alturas, colocó una nueva capa de paja en el tejado. Se encargó del caballo y de la vaca, y se ocupó del jardín, incluso reparó los zapatos de la familia. Pronto la señora Hathaway confió en él lo suficiente para enviarlo al pueblo a comprar comida y otros artículos necesarios.

Sólo hubo una vez que su presencia en la casa de los Hathaway pareció correr peligro, y fue cuando se peleó con unos chicos del pueblo.

La señora Hathaway se alarmó al verlo todo lleno de moratones y con la nariz ensangrentada, y le había exigido que le contara qué había ocurrido.

—Te envío en busca de un poco de queso y vuelves a casa con las manos vacías y en estas condiciones —le gritó—. ¿Con quién y por qué te has peleado?

Kev no le dio explicaciones, sólo la miró con gesto grave desde el umbral de la puerta mientras ella le reñía.

—No toleraré actos violentos en esta familia. Si no puedes explicarme lo que ha sucedido, tendrás que recoger tus cosas y marcharte de aquí.

Pero antes de que Kev pudiera moverse o hablar, Win entró en la casa.

—No, mamá —le había dicho ella con calma—. Yo sé lo que ha ocurrido..., me lo acaba de contar mi amiga Laura. Su hermano estaba allí. Merripen defendía a nuestra familia. Los otros chicos nos estaban insultando, y Merripen les dio una paliza por eso.

—¿Qué clase de insultos? —preguntó la señora Hathaway, desconcertada.

Kev clavó los ojos en el suelo, cerrando los puños con fuerza. Win no pudo callarse.

—Critican a nuestra familia —dijo ella— porque alojamos a un romaní. A algunos de los habitantes del pueblo no les gusta. Temen que Merripen les robe, o les traiga mala suerte o disparates de ese estilo. Nos culpan a nosotros.

En el silencio que siguió, Kev tembló de furia incontenible. Y al mismo tiempo se sintió abrumado por la derrota. Era una carga para la familia. Jamás podría vivir entre los *gadjos* sin provocar conflictos.

—Me iré —dijo él. Era lo mejor que podía hacer por ellos.

—¿Adónde? —le exigió Win, con un tono sorprendentemente seco, como si la idea de su partida la hubiera molestado—. Tú perteneces a este lugar. No tienes ningún sitio adonde ir.

—Soy un romaní —le dijo con sencillez. Él pertenecía a todas partes y a ningún lugar en particular.

—No te irás —lo asombró la señora Hathaway—. No vas a marcharte por unos rufianes del pueblo. ¿Qué lección estaría dando a mis hijos si permitiera que la ignorancia y los comportamientos despreciables prevalecieran al buen sentido? No, te quedarás. Es lo correcto. Pero no debes volver a pelearte, Merripen. Ignóralos, y al final acabarán por no meterse contigo.

Otra estupidez *gadja*. Ignorar algo no era la mejor manera de manejarlo. La forma más rápida de silenciar las burlas de un matón era haciéndole papilla.

Una nueva voz intervino en la conversación.

—Si se queda —comentó Leo, entrando en la cocina—, lo más seguro es que tenga que volver a pelearse, mamá.

Como Kev, Leo estaba bastante hecho polvo, con un ojo morado y el labio hinchado. Esbozó una sonrisa torcida ante las exclamaciones de su madre y su hermana. Todavía sonriendo, miró a Kev.

—Le di una buena paliza a los dos tipos que se te escaparon —le dijo.

—Oh, cariño —dijo la señora Hathaway con pesar mientras cogía la mano de su hijo, que estaba amoratada y sangraba por una herida que debía de haberse hecho al impactar el nudillo contra el diente de alguno de los matones—. Éstas son manos preparadas para sostener libros, no para pelear.

—Me gustaría pensar que puedo manejar ambas cosas —dijo Leo secamente. Su expresión se volvió muy seria al mirar a Kev—. Qué me aspen si consiento que alguien del pueblo me diga quién puede y quién no puede vivir en mi casa. Con tal de que desees quedarte, Merripen, te defenderé como a un hermano.

—No quiero causarte problemas —masculló Kev.

—Esto no son problemas —replicó Leo, flexionando la mano con cuidado—. Después de todo, algunos principios merecen ser defendidos.

# 3

Principios. Ideales. Las rudas realidades de la vida anterior de Kev jamás habían permitido cosas como ésas. Pero la constante exposición a la familia Hathaway le había cambiado, consiguiendo que pensara en otras cosas que no fueran la mera supervivencia. Estaba claro que él nunca sería un estudioso o un caballero. Sin embargo, se había pasado años escuchando los animados debates de la familia sobre Shakespeare, Galileo, el arte flamenco y el veneciano, la democracia, la monarquía y la teocracia o cualquier otro tema imaginable. Había aprendido a leer, e incluso había adquirido conocimientos de latín y unas pocas palabras de francés. Se había transformado en alguien que su antigua tribu jamás habría reconocido.

Kev no había considerado al señor y la señora Hathaway como si fueran sus padres, aunque haría cualquier cosa por ellos. No tenía deseos de tomarles cariño. Eso era algo que habría requerido más confianza e intimidad de las que él quería, pero cuidaba de toda la prole Hathaway, incluido Leo. Y además estaba Win, por quien no le hubiera importado morir mil veces.

Jamás mancillaba a Win tocándola, ni asumía otro papel con

ella salvo el de protector. Ella era demasiado maravillosa, demasiado extraña. Cuando se convirtió en mujer, todos los hombres del condado habían quedado prendados por su belleza.

Los demás hombres tendían a ver a Win como a una joven fría, refinada, serena y cerebral. Pero esos hombres no conocían la calidez, ni el astuto ingenio que acechaba bajo esa imagen perfecta. No habían visto a Win enseñando a Poppy los pasos de una contradanza hasta que ambas caían al suelo muertas de risa. Ni cuando iba con Beatrix a cazar ranas, y regresaba con la falda llena de anfibios. Ni el sentido del humor con el que leía los libros de Dickens, utilizando un montón de voces y sonidos, hasta que toda la familia la vitoreara por su ingenio.

Kev la amaba. No con el tipo de amor que describían los novelistas y los poetas. Nada tan insulso. La amaba más que a la tierra, más que al cielo, más que a la vida misma. Cada instante lejos de su compañía era una agonía, cada instante que estaba con ella era la única paz que conocía. Cada roce de sus manos dejaba una huella en lo más profundo de su alma. Se habría matado antes de admitirlo ante nadie y había enterrado la verdad en lo más profundo de su corazón.

Kev no sabía si Win también lo amaba. Todo lo que sabía era que no quería que ella lo amara.

—Vaya —le dijo Win un día tras deambular por la campiña, acomodándose para descansar en su lugar favorito—. Casi lo estás haciendo.

—¿Casi estoy haciendo qué? —preguntó Kev perezosamente. Estaban tumbados bajo las copas de los árboles junto a un riachuelo que permanecía seco durante los meses de verano. La hierba estaba cubierta de campanillas color púrpura y reinas de los prados blancas que desprendían una fragancia parecida a las almendras en el cálido aire.

—Sonreír. —Win se apoyó en un codo a su lado y extendió los dedos para rozarle los labios.

Kev se olvidó de respirar.

Un gorrión salió volando de un árbol cercano con las alas extendidas, emitiendo una larga nota mientras descendía.

Absorta en su tarea, Win le tiró de las comisuras de la boca hacia arriba y las sostuvo allí.

Kev, excitado y divertido, soltó una risa ahogada y le cogió la mano para apartarla.

—Deberías sonreír más a menudo —le comentó Win con suavidad, mirándolo fijamente—. Estás muy guapo cuando lo haces.

Ella era más deslumbrante que el sol, con ese sedoso pelo casi plateado y los labios rosados. Al principio, la mirada femenina tenía un aire de inocente curiosidad, pero luego se volvió más intensa y Kev se dio cuenta de que ella estaba intentando leer sus secretos.

Quiso atraerla hacia él y cubrir su cuerpo con el suyo. Habían pasado cuatro años desde que vivía con los Hathaway. Cada vez le resultaba más difícil controlar sus sentimientos hacia Win.

—¿En qué piensas cuando me miras así? —le preguntó ella con suavidad.

—No puedo decirlo.

—¿Por qué no?

Kev sintió que la sonrisa revoloteaba sobre sus labios de nuevo, pero esta vez con una nota de ironía.

—Te asustaría.

—Merripen —dijo ella con decisión—, nada de lo que dijeras o hicieras podría asustarme. —Frunció el ceño—. Y ya que estamos, ¿alguna vez piensas decirme tu nombre de pila?

—No.

—Lo harás. Verás que sí. —Hizo ademán de golpearle el pecho con los puños.

Kev le rodeó las delgadas muñecas con las manos, inmovilizándola con facilidad. Su cuerpo siguió sus impulsos y rodó para atraparla bajo él. Estaba mal, pero no pudo detenerse. Cuando la inmovilizó con su peso, sintió que ella se retorcía instintivamente para acomodarlo, y él casi se quedó paralizado por el primitivo placer que sintió. Esperó a que ella opusiera resistencia, a que lo rechazara, pero Win se quedó inmóvil bajo su presa con una sonrisa en los labios.

Kev recordó en ese momento una de las historias mitológicas que los Hathaway contaban... una leyenda griega sobre Hades, el dios del inframundo, que había secuestrado a la joven Perséfone de un campo lleno de flores y la había arrastrado con él a través de una grieta en la tierra. Hasta su mundo oscuro y privado donde él podría poseerla. Aunque las hermanas Hathaway se habían sentido indignadas por el destino de Perséfone, las simpatías de Kev se habían inclinado del lado de Hades. La cultura gitana consideraba muy romántica la idea de secuestrar a una mujer para desposarla; formaba parte de los rituales del cortejo.

—No entiendo por qué comer unas simples semillas de granada condenó a Perséfone a permanecer con Hades parte del año —había exclamado Poppy, indignada—. Ella no conocía las reglas. Nadie le advirtió al respecto. No fue justo. Estoy segura de que si ella hubiera sabido lo que iba a pasar, no se le hubiera ocurrido tocar nada.

—Y tampoco es que hubiera comido mucho —había añadido Beatrix, muy molesta—. Si yo hubiera estado allí, al menos me habría pedido un pudín, o un bollito de mermelada.

—Quizás es que no le hacía infeliz del todo tener que quedarse con él —sugirió Win con los ojos brillantes—. Después de todo, Hades la convirtió en su reina. Y la historia dice que él poseía todas las riquezas de la tierra.

—Un marido rico —había dicho Amelia— no cambia el hecho de que la casa de Perséfone estuviera en el inframundo. Sólo pensad en las dificultades que tendría para arrendarla durante los meses que estuviera fuera.

Todas habían estado de acuerdo en que Hades era un auténtico villano.

Pero Kev, sin embargo, comprendía muy bien por qué el dios de las tinieblas había secuestrado a Perséfone para casarse con ella. Había querido para él un poco de la luz del sol, de su calor; algo con lo que poder alegrar la tristeza de su oscuro palacio.

—Así que los miembros de tu tribu te abandonaron... —dijo Win, trayéndolo de vuelta al presente—, y a pesar de ello, ¿tienen permiso para saber tu nombre de pila, pero yo no?

—Exacto. —Kev observó cómo las motas de sol y las sombras de las hojas jugaban en su cara. Se preguntó qué sentiría si presionaba los labios contra esa piel tan suave.

Un delicioso ceño apareció entre las cejas rubias de Win.

—¿Por qué? ¿Por qué no puedo saberlo?

—Porque tú eres una *gadji*. —Su tono era más suave que el significado de la palabra.

—Tu *gadji*.

Al meterse en ese terreno tan peligroso, Kev sintió que el corazón se le contraía dolorosamente. Ella no era suya, ni podría serlo nunca. Salvo en su corazón.

Rodó para alejarse de ella y se puso de pie.

—Es hora de regresar —le dijo bruscamente. Se inclinó para tomar la pequeña mano que Win le tendía, y tiró de ella hacia arriba. Win se dejó llevar por el impulso y cayó contra él. Sus faldas revolotearon en torno a sus piernas, y la delgada forma femenina de su cuerpo presionó contra la parte delantera del suyo. Con desesperación, Merripen hizo acopio de fuerzas para apartarla.

—¿Irás a buscar a tu tribu alguna vez, Merripen? —le preguntó—. ¿Te alejarás de mí algún día?

«Nunca», pensó Kev en un arranque de ardiente necesidad. Pero se limitó a decir:

—No lo sé.

—Si lo hicieras, te seguiría. Y te traería de regreso a casa.

—Dudo que tu marido te permitiera hacer eso.

Win sonrió como si tal declaración fuera ridícula. Se apartó de él y le soltó la mano. Regresaron en silencio a Hampshire House.

—¿Tobar? —sugirió ella al cabo de un momento—. ¿Garridan? ¿Palo?

—No.

—¿Rye?
—No.
—¿Cooper...? ¿Stanley?
—No.


Para orgullo de toda la familia, Leo fue aceptado en la Gran École Des Beaux Arts de París, donde estudió arte y literatura durante dos años. El talento de Leo era tan prometedor que parte de su instrucción fue asumida por el renombrado arquitecto londinense Rowland Temple, que prometió contratar a Leo en su estudio cuando regresara a Inglaterra.

Nadie podía discutir que Leo había madurado hasta convertirse en un joven sensato y afable, con un agudo ingenio y un sentido del humor envidiable. Y en vista de su talento y ambición, no cabía duda de que el joven Hathaway conseguiría todo aquello que se propusiera. Cuando regresó a Inglaterra, Leo estableció su residencia en Londres para cumplir con sus obligaciones en el estudio de Temple, pero también visitaba con frecuencia a su familia en Primrose Place, donde cortejaba a una bonita joven de cabello oscuro llamada Laura Dillard.

Durante la ausencia de Leo, Kev se había esmerado en cuidar de la familia Hathaway, mientras que el señor Hathaway había intentado en más de una ocasión ayudarle a planificar un futuro para sí mismo. Tales conversaciones habían resultado ser un ejercicio muy frustrante para ambos.

—Estás desaprovechando tus habilidades —le había dicho el señor Hathaway a Kev, en un tono ligeramente preocupado.

Kev había soltado un bufido, pero Hathaway había insistido.

—Debemos considerar tu futuro. Y antes de que digas una sola palabra, déjame decirte que soy consciente de la preferencia de los romaníes por vivir el presente. Pero tú has cambiado, Merripen. Has llegado demasiado lejos como para dejar de lado lo que ha enraizado en ti.

—¿Quiere que me vaya? —le había preguntado Kev en tono quedo.

—Caramba, no. De ninguna manera. Como ya te he dicho muchas veces, puedes quedarte con nosotros todo el tiempo que desees. Pero me veo en la obligación de advertirte que si permaneces aquí con nosotros estarás sacrificando muchas oportunidades de superación personal. Deberías salir al mundo, como ha hecho Leo. Aprende un oficio o alístate en el ejército...

—¿Qué conseguiría con eso? —había preguntado Kev.

—Para empezar ganarías bastante más que la mísera renta que yo puedo ofrecerte.

—No necesito dinero.

—Pero tal y como están las cosas, no cuentas con los medios necesarios para casarte, para comprar un terreno, para...

—No quiero casarme. No puedo poseer tierras. Nadie puede.

—Ante los ojos del gobierno británico, Merripen, te aseguro que un hombre puede poseer tierras y edificar una casa en ellas.

—Las tiendas seguirán en pie cuando los palacios se derrumben —había respondido Kev prosaicamente.

Hathaway había soltado una risita exasperada.

—Prefiero discutir con cien científicos —le había dicho a Kev—, antes que con un gitano. Muy bien, dejaremos el tema por el momento. Pero piénsalo, Merripen... La vida es mucho más que los impulsos primitivos de los hombres. Un hombre debe buscar su lugar en el mundo.

—¿Por qué? —había preguntado Kev con auténtico desconcierto, pero Hathaway ya se había marchado para reunirse con su esposa en la rosaleda.

Aproximadamente un año después de que Leo regresara de París, la tragedia se abatió sobre la familia Hathaway. Hasta entonces, ninguno de ellos había conocido el verdadero pesar, el miedo o la pena. Habían vivido en lo que parecía ser un mágico y protegido círculo familiar. Pero una noche, tras una cena particularmente sustanciosa, el señor Hathaway comenzó a quejarse de un dolor en el pecho, y su esposa concluyó que sufría dispepsia. Se acostó muy temprano, muy apocado y con la cara gris. No supieron más de él hasta el amanecer, cuando la señora Hathaway salió llorando de la habitación y le comunicó a la atónita familia que su padre había muerto.

Y ése fue sólo el comienzo de las desgracias de los Hathaway. Pareció como si sobre la familia hubiera caído una maldición, convirtiendo toda su felicidad anterior en pesar y dolor. «Las desgracias siempre vienen de tres en tres» era uno de los dichos que Merripen recordaba de su infancia, y para su desdicha, resultó ser cierto.

La señora Hathaway estaba tan abrumada por el dolor que después del funeral de su marido se metió en cama sumida en una melancolía tal que ninguno de sus hijos logró persuadirla para que bebiera o comiera algo. Ninguno consiguió que volviera a ser la misma de antes. En un tiempo alarmantemente corto, la señora Hathaway se había consumido hasta quedar reducida a la nada.

—¿Se puede morir de pena? —se había preguntado Leo una tarde lleno de tristeza después de que el médico hubiera declarado que no podía encontrar la causa del deterioro físico de su madre.

—Debería querer vivir aunque sólo fuera por Poppy y Beatrix —dijo Amelia en voz baja. En ese momento, Poppy estaba ayudando a acostar a Beatrix en la otra habitación—. Aún son demasiado jóvenes para perder a su madre. No importa lo mucho que me costara vivir con el corazón roto, me obligaría a hacerlo aunque sólo fuera por ellas.

—Pero tú tienes un corazón de acero —dijo Win al tiempo que le daba una palmadita en la espalda a su hermana mayor—. Tú eres nuestra fuerza. Me temo que mamá siempre ha dependido de la fuerza de papá. —Miró a Merripen con sus ojos azules llenos de desesperación—. Merripen, ¿qué remedio tienen los romaníes para la tristeza? Cualquier cosa, no importa lo extraño que parezca, ¿podría eso ayudarla? ¿Qué haría tu gente en este caso?

Kev sacudió la cabeza, clavando la mirada en el fuego de la chimenea.

—La dejarían sola. Los romaníes reaccionan con un miedo excesivo a la pena.

—¿Por qué?

—Porque el duelo hace que los muertos regresen y ronden a los vivos.

Los cuatro se quedaron entonces en silencio, escuchando el siseo y el chasquido de la lumbre.

—Ella quiere estar con papá —dijo Win finalmente. Su tono era pensativo—. Adonde quiera que él haya ido. Tiene el corazón roto. Ojalá no fuera así. Cambiaría mi vida, mi corazón, por el de ella si tal cosa fuera posible. Ojalá... —Se interrumpió con un grito ahogado cuando Kev la tomó por el brazo.

Él no se había dado cuenta de que la había agarrado, pero sus palabras lo habían molestado de una manera irracional.

—No digas eso —masculló él. No había sido hasta que hubieron removido su pasado gitano cuando él recordó el poder que tenían las palabras para tentar al destino.

—¿Por qué no? —susurró ella.

Porque ella no era dueña de su corazón para entregarlo.

«Tu corazón es mío —pensó él irracionalmente—. Me pertenece.»

Y aunque no había pronunciado las palabras, de alguna manera pareció que Win las había oído. Sus ojos se agrandaron, se oscurecieron y un rubor carmesí, nacido de una fuerte emoción, le cubrió el rostro. Y allí mismo, en presencia de sus dos hermanos mayores, ella inclinó la cabeza y apretó la mejilla contra la mano de Merripen.

Kev deseó reconfortarla, cubrirla de besos, rodearla con su fuerza. En lugar de eso, le soltó el brazo y le lanzó una mirada cautelosa a Amelia y a Leo. La primera estaba alimentando el fuego con algunos leños que había cogido de la cesta de la chimenea. El segundo tenía la mirada fija en Win.

Menos de seis meses después de la muerte de su marido, la señora Hathaway fue enterrada a su lado. Y antes de que los cinco hermanos comenzaran a aceptar que se habían convertido en huérfanos con inusitada rapidez, sobrevino la tercera desgracia.

—Merripen. —Win estaba parada en la puerta de la casa, dudando si entrar o no. Había una mirada tan extraña en su cara que Kev se puso en pie de inmediato.

Él estaba cansado y sucio. Se había pasado todo el día en la casa de los vecinos colocando una puerta y una valla en el patio. Para colocar los postes de la valla había tenido que cavar los huecos en el suelo duro casi cubierto por la escarcha que anunciaba la llegada del invierno. Kev acababa de sentarse a la mesa con Amelia, que trataba de limpiar el vestido de Poppy con una pluma mojada en esencia de trementina. El olor del producto inundó las fosas nasales de Kev cuando inspiró con rapidez. Sabía por la expresión de Win que algo no iba bien.

—Hoy he estado con Laura y con Leo —dijo Win—. Laura se puso enferma... dijo que le dolía la garganta y la cabeza, así que la llevamos de inmediato a su casa y su familia mandó llamar al médico. Dijo que tiene escarlatina.

—Oh, Dios mío. —Amelia respiró hondo, el color había desaparecido de su rostro. Los tres compartieron un horrorizado silencio.

No había ninguna otra fiebre que resultara tan virulenta ni se contagiara con tanta rapidez como aquélla. Provocaba un brillante sarpullido rojo en la piel, que poseía una textura arenosa como el papel de lija que se utilizaba para alisar la madera, y que se extendía por todo el cuerpo hasta que los órganos dejaban de funcionar. La enfermedad se contagiaba por el aire, las ropas o la propia piel. La única manera de proteger a los demás era aislando al paciente.

—¿Estaba seguro el doctor? —preguntó Kev con voz contenida.

—Sí, dijo que las señales son inconfundibles. Y dijo que...

Win se interrumpió cuando Kev caminó hacia ella.

—¡No, Merripen! —Y levantó una mano pálida y delgada con tan desesperada autoridad que él se detuvo en seco—. Nadie debe acercarse a mí. Leo está en casa de Laura. No va a dejarla. Dijeron que estaba bien que se quedara, y... tú debes reunirte con Poppy y Beatrix arriba, y Amelia también, y llevarlas con nuestros primos en Hedgerley. No les gustará, pero os acogerán y...

—No voy a ir a ningún sitio —dijo Amelia con su tranquilidad acostumbrada aunque temblaba ligeramente—. Si tienes la escarlatina, necesitarás que cuide de ti.

—Pero si tú también la coges...

—Ya la tuve cuando era pequeña. Así que lo más probable es que esté a salvo ahora.

—¿Y Leo?

—Me temo que él no la tuvo. Así que corre peligro. —Amelia miró a Kev—. Merripen, ¿tú también la has...?

—No lo sé.

—En ese caso tendrás que marcharte con las niñas y no volver hasta que pase todo. ¿Puedes ir a buscarlas? Están jugando al lado del riachuelo. Les haré el equipaje.

A Kev le resultaba casi imposible dejar a Win cuando era probable que enfermara. Pero no tenía elección. Alguien tenía que llevar a sus hermanas a un lugar seguro.

Antes de que pasara una hora, Kev había encontrado a Beatrix y a Poppy, había subido a las dos perplejas niñas en el carruaje familiar y había puesto rumbo a Hedgerley, que se encontraba a medio día de viaje. Para cuando regresó a Primrose Place, tras dejar a las hermanas con sus primos, era bien pasada la medianoche.

Amelia estaba en la sala, con ropa de dormir y una bata encima, tenía el pelo recogido en una larga trenza que le colgaba sobre la espalda. Estaba sentada ante el fuego y con los hombros caídos.

Levantó la vista con sorpresa cuando Kev entró en la casa.

—No deberías estar aquí. Corres peligro de...

—¿Cómo está? —la interrumpió Kev—. ¿Ha tenido algún síntoma?

—Escalofríos. Dolores. Por lo que he podido observar no le ha subido la temperatura. Quizá sea una buena señal. Puede que en su caso no sea tan grave.

—¿Se sabe algo de los Dillard? ¿De Leo?

Amelia negó con la cabeza.

—Win dijo que él tenía la intención de pasar la noche en la sala, y que se reuniría con Laura cada vez que se lo permitieran. No es del todo correcto, pero si ella... bien, si no mejora... —Se le puso la voz ronca, e hizo una pausa para tragarse las lágrimas—. Supongo que si eso llega a ocurrir, no querrán privar a Laura de pasar sus últimos momentos con el hombre que ama.

Kev se sentó cerca de ella y en silencio repasó las tonterías que había oído decir a los *gadjos* en esos casos. Cosas sobre que había que resignarse y aceptar la voluntad del Altísimo, y que más allá había un mundo mejor que éste. Pero no podía repetirle nada de eso a Amelia. Su pena era demasiado profunda y sincera, y su amor por la familia, demasiado real.

—Es demasiado —oyó que susurraba Amelia al cabo de un rato—. No soportaría perder a nadie más. Temo tanto por Win... Y por Leo... —Se frotó la frente—. Parezco una auténtica cobarde, ¿verdad?

Kev negó con la cabeza.

—Serías tonta si no tuvieras miedo.

Ella soltó una risita ahogada antes de contestarle con sequedad:

—Entonces, definitivamente, no soy tonta.


Por la mañana, Win amaneció enrojecida y febril, movía las piernas con inquietud bajo las mantas. Kev se dirigió a la ventana y apartó la cortina para que entrara la débil luz del amanecer.

Ella se despertó cuando él se acercó a la cama, sus ojos azules destacaban en su rostro enrojecido.

—No —graznó, intentando apartarse de él—. No deberías estar aquí. No te acerques a mí o también te contagiarás. Por favor, vete...

—Calla —dijo Kev, sentándose en el borde del colchón. Sujetó a Win cuando ella intentó alejarse, y le puso la mano en la frente. Bajo la palma de su mano, sintió la suave piel ardiente, las venas destacaban por la fiebre.

Cuando Win forcejeó de nuevo para apartarse de él, Kev se sintió alarmado por lo débil que la notó.

—No te quedes —sollozó ella, retorciéndose. Las lágrimas cayeron lentamente de sus ojos—. Por favor, no me toques. No quiero que estés aquí. No quiero que enfermes. Oh, por favor, vete...

Kev la atrajo hacia él, su cuerpo ardía bajo la delgada tela del camisón, su cabello pálido y sedoso se extendía como una cascada entre los dos. Le acunó la cabeza con una mano, la mano magullada de un luchador.

—Estás loca —le dijo en voz baja— si piensas que voy a abandonarte ahora. Te pondrás bien, cueste lo que cueste.

—No creo que sobreviva a esto —susurró ella.

Kev se quedó conmocionado al oír esas palabras, más que nada por su reacción a ellas.

—Voy a morir —le dijo—, y no te arrastraré conmigo.

Kev la acercó más a él, permitiendo que el entrecortado aliento de Win cayera sobre su cara. No importaba cuánto luchara ella, él no permitiría que se apartara. Respiró el mismo aire que ella, dejando que penetrara profundamente en sus pulmones.

—Para —gimió ella, intentando desesperadamente alejarse de él. El excesivo esfuerzo provocó que enrojeciera todavía más—. Esto es una locura... ¡Oh, qué testarudo eres! ¡Suéltame!

—Jamás. —Kev le alisó el cabello alborotado, las hebras más oscuras donde las lágrimas habían dejado su rastro—. Tranquila —murmuró—. No te esfuerces. Descansa.

Win dejó de forcejear cuando reconoció lo inútil de su resistencia.

—Eres tan fuerte... —dijo ella débilmente. Fueron unas palabras nacidas de la condenación y no de la alabanza—. Eres tan fuerte...

—Sí —dijo Kev, utilizando una esquina de las sábanas para secarle la cara—. Soy un bruto, y tú siempre lo has sabido, ¿verdad?

—Sí —murmuró ella.

—Y vas a hacer lo que yo te diga. —La acunó contra su pecho y le dio agua.

Ella tomó algunos sorbos.

—No quiero más... —le dijo, girando la cara.

—Toma más —insistió él, volviendo a acercarle el vaso a los labios.

—Déjame dormir, por favor...

—Después de que bebas más.

Kev no se rindió hasta que ella le obedeció con un gemido. Recostándola de nuevo en las almohadas, permitió que se adormeciera durante unos minutos, luego regresó con pan empapado en caldo. La intimidó para que tomara algunas cucharadas.

Para entonces, Amelia se había despertado, y entró en la habitación de Win. Un rápido parpadeo fue su única reacción ante la imagen de Win reclinada contra el brazo de Kev mientras él la alimentaba.

—Deshazte de él —le dijo Win a su hermana con voz ronca, apoyando la cabeza sobre el hombro de Kev—. Me está torturando.

—Bueno, siempre hemos sabido que es un auténtico demonio —dijo Amelia en tono sensato, deteniéndose al lado de la cama—. ¿Cómo te atreves Merripen? Mira que entrar en la habitación de una chica ingenua y darle de comer.

—Le ha salido el sarpullido —dijo Kev, percibiendo la aspereza que cubría la garganta y las mejillas de Win. Su piel sedosa se había vuelto arenosa y roja. Sintió la mano de Amelia en la espalda, agarrándose a un pliegue suelto de su camisa como si necesitase aferrarse a él para no perder el equilibrio.

No obstante, la voz de Amelia sonó tranquila y firme.

—Haré una mezcla de agua y soda. Debería de calmarte el picor, querida.

Kev sintió una oleada de admiración por ella. No importaba a qué desastres tuviera que enfrentarse, Amelia siempre aceptaba los retos con valentía. De todos los Hathaway, ella era quien había demostrado más fortaleza. Y Win tendría que ser todavía más fuerte y obstinada si quería sobrevivir a los días que quedaban por venir.

—Mientras la bañas —le dijo a Amelia—, iré a buscar al médico.

No era que él tuviera demasiada fe en un médico *gadjo*, pero sabía que su presencia podía tranquilizar a ambas hermanas. Además, deseaba ver cómo estaban Leo y Laura Dillard.

Tras dejar a Win bajo los cuidados de Amelia, Kev fue a la casa de los Dillard. Pero la criada que atendió la puerta le dijo que Leo no estaba disponible.

—Está con la señorita Laura —dijo la criada con la voz entrecortada, secándose las lágrimas con un paño—. Ella ya no reconoce a nadie, está inconsciente. Nos dejará muy pronto, señor.

Kev sintió que se clavaba las uñas en la piel de las palmas. Win no era tan fuerte como Laura Dillard, era menos corpulenta en forma y constitución. Si Laura sucumbía con tanta rapidez, parecía imposible que Win pudiera resistir a la misma fiebre.

Sus siguientes pensamientos fueron para Leo, que no era su hermano de sangre, pero ciertamente era parte de su familia. Leo amaba a Laura Dillard con tal intensidad que no creía que aceptara su muerte de una manera racional. Kev estaba muy preocupado por él.

—¿Cómo se encuentra el señor Hathaway? —preguntó Kev—. ¿Ha dado muestras de estar enfermo?

—No, señor. Creo que no. No lo sé.

Pero por la manera en que la criada lo miró supo que Leo no estaba nada bien. Quería apartar a Leo de la muerte ya y hacerle guardar cama para que conservara las fuerzas durante los días venideros. Pero no era tan cruel como para negarle a Leo las últimas horas con la mujer que amaba.

—Cuando ella muera —dijo Kev sin andarse con rodeos—, envíale a casa. Pero no dejéis que vaya solo. Que alguien le acompañe hasta la misma puerta de los Hathaway. ¿Entendido?

—Sí, señor.

Dos días más tarde, Leo volvió a casa.

—Laura ha muerto —dijo, y cayó desmayado en un delirio de fiebre y pena.

# 4

La fiebre escarlatina que asoló el pueblo tuvo una especial virulencia, afectando sobre todo a los muy jóvenes y a los más viejos. No había suficientes médicos para atender a los enfermos y nadie se atrevía a acercarse a Primrose Place. Después de visitar la casa de los Hathaway para examinar a los dos pacientes, el exhausto doctor prescribió cataplasmas de vinagre caliente para la garganta y dejó un tónico que contenía tintura de acónito y que no pareció surtir efecto ni en Win ni en Leo.

—No estamos haciendo lo suficiente —dijo Amelia al cuarto día mientras entraba en la cocina donde Merripen hervía agua para el té. Ni ella ni Merripen habían dormido mucho en esos días, ambos se habían turnado para cuidar a los dos hermanos convalecientes—. Lo único que hemos conseguido hasta ahora es que sobrelleven la enfermedad lo más confortablemente posible. Pero tiene que haber algo que detenga la fiebre. No puedo permitir que ocurra esto. —Contuvo un escalofrío mientras enfatizaba las palabras, como si así pudiera reafirmar sus defensas.

Parecía tan vulnerable que Kev se compadeció. Él no se sentía cómodo tocando a otras personas, o siendo tocado por ellas, pero un sentimiento fraternal lo impulsó a dar un paso hacia ella.

—No —dijo Amelia con rapidez al darse cuenta de que él tenía intención de abrazarla. Dando un paso atrás, sacudió la cabeza con fuerza—. No... no soy el tipo de mujer que pueda apoyarse en alguien. Me derrumbaría.

Kev lo entendía. Para la gente como ella, y como él mismo, la cercanía significaba demasiado.

—¿Qué más podemos hacer? —murmuró Amelia, rodeándose con los brazos.

Kev se frotó los ojos cansados.

—¿Has oído hablar de una planta llamada belladona?

—No. —Amelia sólo estaba familiarizada con las hierbas que se usaban en la cocina.

—Sólo florece por la noche. Cuando el sol sale, las flores mueren. Había un *drabengro*, un hechicero, en mi tribu. Algunas veces me enviaba en busca de las plantas que eran difíciles de encontrar. Me dijo que la belladona era la planta más poderosa que conocía. Puede matar a un hombre, pero también puede traerlo de vuelta a la vida desde el mismo borde de la muerte.

—¿Alguna vez viste que surtiera efecto?

Kev asintió, y la miró de reojo mientras se frotaba los tensos músculos de la nuca.

—Vi cómo curaba la fiebre —murmuró.

Y esperó.

—Entonces ve a buscarla —dijo Amelia finalmente con voz temblorosa—. Puede que resulte fatal. Pero sin eso, estoy segura de que ambos morirán.


Kev hirvió las plantas, las cuales había encontrado en la esquina del cementerio del pueblo, hasta que formaron un espeso jarabe negro. Amelia permaneció de pie a su lado cuando él vertió el mortífero caldo en una pequeña huevera.

—Leo primero —dijo Amelia con firmeza, aunque su expresión mostraba con claridad todas sus dudas—. Está peor que Win.

Se acercaron a la cama de Leo. Era asombroso lo rápido que

la fiebre escarlatina podía deteriorar a un hombre; su hermano, hasta hacía poco robusto, se había quedado muy delgado. La cara tan bien parecida de Leo era ahora irreconocible. Estaba inflamada e hinchada, y llena de rojeces. Sus últimas palabras coherentes las había dicho el día anterior, cuando le había rogado a Kev que lo dejara morir. Un deseo que pronto le sería concedido. Daba la impresión de que le quedaban minutos de vida y no horas.

Amelia se dirigió directamente a la ventana y la abrió, dejando que el aire frío se llevara el olor a vinagre.

Leo gimió y se movió débilmente, incapaz de oponerse cuando Kev lo forzó a abrir la boca, levantó la cuchara y derramó cuatro o cinco gotas de la tintura encima de su lengua reseca y agrietada.

Amelia se sentó al lado de su hermano, le alisó el pelo y lo besó en la frente.

—Si esto lo... si esto tuviera un efecto adverso —dijo ella, aunque Kev sabía que había querido decir «si lo mata»—. ¿Cuánto tiempo tardaría en actuar?

—De cinco minutos a una hora. —Observó que la mano de Amelia temblaba mientras le continuaba alisando el pelo a Leo.

Fue la hora más larga de la vida de Kev, allí sentados observando a Leo, que se movía y mascullaba como si estuviera en medio de una pesadilla.

—Pobrecillo —murmuró Amelia, pasándole un paño frío por la cara.

Cuando tuvieron la seguridad de que no iba a sufrir convulsiones, Kev recuperó la huevera y se puso de pie.

—¿Vas a dárselo a Win ahora? —preguntó Amelia, todavía mirando a su hermano.

—Sí.

—¿Necesitas ayuda?

Kev negó con la cabeza.

—Quédate con Leo.

Se dirigió a la habitación de Win. Estaba quieta, demasiado quieta en la cama. Ya no le reconocía, su mente y su cuerpo estaban consumidos por la ardiente fiebre. Cuando la incorporó y le apoyó la cabeza en su brazo, ella se retorció en señal de protesta.

—Win —le dijo suavemente—. Cariño, quédate quieta. —Ella abrió los ojos ante el sonido de su voz—. Estoy aquí —murmuró él. Cogió la cuchara y la metió en la taza—. Abre bien la boca, *gadji*. Hazlo por mí. —Pero ella se negó. Giró la cara y movió los labios en un susurro incomprensible.

»¿Qué dices? —murmuró él, acomodándole mejor la cabeza—. Win, tienes que tomar esta medicina.

Ella murmuró otra vez.

Al comprender las roncas palabras, Kev clavó una mirada incrédula en ella.

—¿Lo tomarás si te digo mi nombre?

Ella luchó por producir la suficiente saliva para hablar.

—Sí.

El nudo que Merripen sentía en la garganta se apretó aún más y le ardieron los ojos.

—Es Kev —logró decir—. Mi nombre es Kev.

Ella permitió entonces que le pusiera la cuchara entre los labios, y el veneno oscuro goteó por su garganta.

Todo su cuerpo se relajó contra el de él. Mientras Kev continuaba sosteniéndola, su frágil cuerpo se sentía tan ligero y caliente entre sus brazos como una llama.

«Te seguiré —pensó él—, sea cual sea tu destino.»

Win era la única cosa sobre la faz de la tierra que él había querido nunca. No se iría sin él.

Kev se inclinó sobre ella y rozó esos labios resecos y calientes con los suyos.

Un beso que ella no pudo sentir y que nunca podría recordar.

Él saboreó el gusto del veneno cuando dejó que su boca se demorara sobre la de ella. Levantando la cabeza, echó una mirada a la mesilla de noche donde había dejado el resto de la belladona. Era suficiente para matar a un hombre saludable.

Parecía como si lo único que impidiera que el espíritu de Win abandonara su cuerpo fuera la fuerza de sus brazos. Así que la sostuvo y la acunó. Por un momento pensó en rezar. Pero se negaba a reconocer que ningún ser, ya fuera mortal o sobrenatural, pudiera arrebatársela.

El mundo se había visto reducido a esa tranquila y oscura habitación, al delgado cuerpo que yacía en sus brazos, a la respiración que se filtraba suavemente dentro y fuera de sus pulmones. Él siguió ese ritmo con su propio aliento, con su propio latido. Reclinándose contra el cabecero de la cama, se dejó arrastrar por ese mundo oscuro mientras esperaba y se preguntaba cuál sería ese destino compartido.

Ajeno al transcurrir del tiempo, descansó con ella hasta que un movimiento en la puerta, y el resplandor de una luz lo despertó.

—Merripen. —Era la voz ronca de Amelia. Estaba de pie en el umbral, sosteniendo una vela en la mano.

Kev buscó a ciegas la mejilla de Win, y posó la mano en su cara. Sintió un pánico repentino cuando sus dedos sintieron la piel fría. Buscó el pulso en su garganta.

—La fiebre de Leo ha remitido —dijo Amelia. Kev apenas pudo oírla por el rugido de la sangre en sus oídos—. Se va a poner bien.

Kev sintió un pulso débil pero constante bajo las yemas de los dedos. Los latidos del corazón de Win..., el pulso que impulsaba su universo.

# 5

*Londres, 1848*

Cuando Cam Rohan pasó a formar parte de la familia Hathaway, Kev se había visto obligado a tratar con una persona más. Era un enigma cómo una sola persona podía cambiar tantas cosas. Sin mencionar lo exasperante que podía llegar a ser.

Pero en ese momento todo era exasperante para Kev. Win se había ido a Francia, y no había razón alguna para que él tuviera que comportarse de manera agradable y civilizada. Su ausencia le hacía sentir la misma furia que sentía un animal salvaje privado de su pareja. Siempre había sido consciente de lo mucho que la necesitaba y ahora estaba en algún lugar alejado donde no podía alcanzarla.

A Kev se le había olvidado cómo era sentir ese odio oscuro por el mundo y sus habitantes. Era un inoportuno recordatorio de su niñez, cuando no conocía otra cosa que violencia y sufrimiento. Y para colmo, parecía que los Hathaway esperaban que se comportara igual que siempre, que tomara parte de la rutina familiar, que aceptara que el mundo seguía dando vueltas.

Lo único que lo mantuvo cuerdo fue saber que Win así lo querría. Que querría que cuidara de sus hermanas. Y eso fue lo que impidió que matara al nuevo cuñado de Win.

Apenas podía aguantar a ese bastardo.

Todos los demás lo adoraban. Cam Rohan había llegado y conquistado a Amelia, una reconocida solterona, por completo. La había seducido, un hecho que Kev todavía no le había perdonado. Pero Amelia parecía muy feliz con su marido, aunque fuera medio gitano.

Ninguno de ellos había conocido nunca a alguien como Rohan, alguien cuyos orígenes eran tan misteriosos como los del propio Kev. Durante la mayor parte de su vida, Rohan había trabajado en un club de juego para caballeros, Jenner's, del que acabó convirtiéndose en el factótum para posteriormente invertir sus ganancias en algunos negocios muy lucrativos. Agobiado por su creciente fortuna, se dedicaba a hacer malas inversiones para ahorrarse la suprema vergüenza de ser un gitano con dinero. Pero el dinero siguió llegando, cada una de sus estúpidas inversiones le traía milagrosos dividendos. Rohan lo llamaba su maldición de la buena suerte.

No obstante, resultó que la maldición de Rohan era muy útil, ya que ocuparse de los Hathaway no resultaba barato. La hacienda familiar en Hampshire, que Leo había heredado el año anterior junto con el título, se había incendiado recientemente y estaba siendo reconstruida. Por otro lado, Poppy necesitaba dinero para adquirir su ajuar para la temporada londinense, y Beatrix quería ir a la escuela. Y además de todo eso, ahí estaban las facturas de la clínica de Win. Como Rohan había señalado a Kev, estaba en una posición en la que podía hacer mucho por los Hathaway, y ésa debía ser razón suficiente para que Kev lo tolerase.

Y lo toleraba.

O eso creía.


—Buenos días —dijo Rohan de buen humor, entrando en el comedor de la *suite* que ocupaba la familia en el hotel Rutledge. Ya habían dado cuenta de medio desayuno. A diferencia de ellos,

Rohan no era madrugador, algo normal en alguien que se había pasado media vida en un club de juego que rebosaba actividad hasta altas horas de la noche. Un gitano de ciudad, pensó Kev con desprecio.

Recién aseado y vestido con ropas de *gadjo*, Rohan era guapo de una manera exótica; llevaba el pelo oscuro un poco demasiado largo, y un diamante centelleaba en una de sus orejas. Era delgado y flexible, y con una gran facilidad de movimiento. Antes de tomar asiento junto a Amelia, se inclinó para depositarle un beso en la cabeza, una muestra visible de afecto que la hizo ruborizar. Había habido un tiempo no muy lejano en el que Amelia habría desaprobado tales muestras de cariño. Ahora sólo se ruborizaba y parecía aturdida.

Kev bajó su mirada ceñuda a su plato a medio terminar.

—¿Todavía tienes sueño? —oyó que Amelia le preguntaba a Rohan.

—A este paso no estaré realmente despierto hasta mediodía.

—Deberías probar el café.

—No, gracias. No me gusta.

Beatrix intervino en ese momento.

—Merripen bebe litros de café. Le encanta.

—Por supuesto —dijo Rohan—. Es oscuro y tan amargo como él. —Sonrió ampliamente a Kev que le lanzó una mirada de advertencia—. ¿Qué tal te encuentras esta mañana, *phral*?

—No me llames así. —Aunque Kev no levantó la voz, había en su tono una nota salvaje que puso a todo el mundo en vilo.

Después de un momento, Amelia se dirigió a Rohan en un tono deliberadamente ligero.

—Poppy, Beatrix y yo iremos hoy a la modista. No creo que regresemos antes de la cena. —Mientras Amelia procedía a describir los vestidos, sombreros y adornos que necesitarían, Kev sintió la pequeña mano de Beatrix sobre la suya.

—Está bien —susurró Beatrix—. Yo también los echo de menos.

A los dieciséis años, la menor de los hermanos Hathaway estaba en esa edad vulnerable entre la infancia y la edad adulta.

Una mocosa de dulce temperamento tan curiosa como las numerosas mascotas que coleccionaba. Desde que Amelia se había casado con Rohan, Beatrix les había implorado poder terminar sus estudios en la escuela. Kev sospechaba que había leído demasiadas novelas en las que las heroínas adquirían lustre en «las escuelas para señoritas». Pero dudaba de que una escuela para señoritas fuera el lugar adecuado para un espíritu libre como Beatrix.

Soltándole la mano, Beatrix volvió a prestar atención a la conversación, que había derivado hacia la última inversión de Rohan.

Para Cam, encontrar un negocio en el que invertir que no acabara siendo un éxito se había convertido en todo un reto. Su última inversión había sido una fábrica londinense de caucho que se encontraba al borde de la quiebra. Sin embargo, en cuanto invirtió el dinero, la compañía había adquirido los derechos de patente sobre el proceso de vulcanización, y había inventado algo llamado goma elástica. Y ahora todo el mundo compraba millones de esas cosas.

—Seguro que éste es un desastre —decía Cam—. Hay un par de hermanos, los dos son herreros, que han diseñado un vehículo impulsado por la fuerza del hombre. Lo llaman biciclo. Tiene dos ruedas con un cuadro tubular de acero y está impulsado por unos pedales que se mueven con los pies.

—¿Sólo dos ruedas? —preguntó Poppy, clavando los ojos en él—. ¿Cómo puede montar uno sin caerse?

—El conductor tiene que mantener su centro de gravedad sobre las ruedas.

—¿Cómo se mueve ese vehículo?

—Más importante aún —dijo Amelia en tono seco—, ¿cómo se detiene?

—¿Por el impacto de los cuerpos en el suelo? —sugirió Poppy. Cam se rio.

—Probablemente. Invertiré en ello, por supuesto. Westcliff dice que jamás ha visto un invento tan desastroso. El biciclo parece endiabladamente incómodo, y requiere un sentido del equilibrio que está por encima de las habilidades del hombre medio. No será barato ni práctico. Después de todo, ningún hombre en su sano juicio elegiría pedalear por una calle sobre un artefacto con dos ruedas en vez de montar a caballo.

—Sin embargo, parece muy divertido —dijo Beatrix con tristeza.

—No es un invento adecuado para chicas —señaló Poppy.

—¿Por qué no?

—Porque nos estorbarían las faldas.

—¿Y por qué debemos llevar faldas? —preguntó Beatrix—. Creo que los pantalones son mucho más cómodos.

Amelia pareció consternada y divertida a la vez.

—Mejor que no hagas ese tipo de observaciones fuera de la familia, querida. —Cogiendo un vaso de agua, lo alzó en dirección a Rohan—. Bien. Entonces espero que ése sea vuestro primer fracaso. —Enarcó una ceja—. Pero no arriesgues toda la fortuna familiar antes de pagar a la modista.

Él le dirigió una amplia sonrisa.

—No toda. Compra lo que quieras, *monisha*.

Cuando terminaron de desayunar, las mujeres abandonaron la mesa mientras Rohan y Kev se levantaban formalmente.

Tras volver a sentarse, Rohan observó cómo Kev se dirigía a la puerta.

—¿Adónde vas? —le preguntó con pereza—. ¿A reunirte con tu sastre? ¿A discutir los últimos acontecimientos políticos en la cafetería del hotel?

—Si lo que pretendes es molestarme —lo informó Kev—, no necesitas tomarte tantas molestias. Me molestas con el simple hecho de seguir respirando.

—Perdóname. Intentaría refrenar esta mala costumbre que tengo, pero es que le he tomado demasiado cariño. —Rohan señaló una silla—. Acompáñame, Merripen. Tenemos que discutir algunas cosas.

Kev lo complació con una mirada fulminante.

—Eres un hombre de pocas palabras, ¿verdad? —observó Rohan.

—Es mejor que llenar el aire de palabras sin sentido.

—En eso estoy de acuerdo. Iré directamente al grano, pues. Mientras Leo..., lord Ramsay, está en Europa, su hacienda, sus asuntos financieros y tres de sus hermanas han quedado bajo la tutela de un par de gitanos. No es lo que llamaría una situación ideal. Si Leo estuviera en buenas condiciones, le habría hecho quedarse y habría enviado a Poppy a Francia con Win.

Pero Leo no estaba en buenas condiciones, como ambos sabían. Era un hombre abocado a la ruina, un derrochador, desde que había muerto Laura Dillard. Y aunque al fin había aceptado su pérdida y estaba camino de curarse tanto en cuerpo como en alma, no sería un camino fácil.

—¿En serio crees —preguntó Kev con la voz llena de desprecio— que Leo se inscribirá como paciente en esa clínica?

—No. Pero se quedará cerca para no perder de vista a Win. Y va a estar en un lugar apartado donde las oportunidades de meterse en líos son muy escasas. Ya estuvo antes en Francia, cuando estudiaba arquitectura. Quizá vivir allí le ayude a reencontrarse consigo mismo.

—O quizá... —dijo Kev en tono ominoso—, desaparezca en París y se ahogue entre bebida y prostitutas.

Rohan se encogió de hombros.

—El futuro de Leo está en sus manos. Lo que en verdad me preocupa es a lo que tenemos que hacer frente aquí. Amelia está determinada a que Poppy disfrute de una temporada en Londres, y a que Beatrix termine la escuela. Al mismo tiempo, tenemos que dedicarnos a la reconstrucción de la mansión en Hampshire. Hay que comenzar la demolición de las ruinas y reconstruir desde los cimientos...

—Sé lo que hay que hacer.

—Entonces, ¿te encargas tú de ello? ¿Puedes ocuparte del arquitecto, los constructores, los albañiles, los carpinteros y de todo lo demás?

Kev le fulminó con una mirada de flagrante antagonismo.

—No te vas a librar de mí. Y que me condenen si trabajo para ti, o bajo las órdenes de tus...

—Un momento. —Rohan alzó las manos en un gesto pacificador, unos anillos de oro relumbraron en sus dedos oscuros—. Espera. Por el amor de Dios. No estoy tratando de librarme de ti. Te propongo una sociedad. Francamente, no es que esto me haga más ilusión que a ti. Pero quedan muchas cosas por hacer. Y tenemos mucho más que ganar si trabajamos juntos que luchando entre nosotros.

Cogiendo distraídamente un cuchillo de la mesa, Kev recorrió con los dedos el filo y el mango repujado en oro.

—¿Quieres que me vaya a Hampshire y supervise las cuadrillas mientras tú permaneces en Londres con las mujeres?

—Organiza todo como desees. Iré a Hampshire de vez en cuando para ver cómo van las cosas. —Rohan le lanzó una mirada taimada—. No tienes nada que te ate a Londres, ¿verdad?

Kev negó con la cabeza.

—Entonces, ¿está decidido? —lo presionó Rohan.

Aunque Kev odiaba admitirlo, aquél era un buen plan. Odiaba Londres, la mugre, el ruido y los edificios, el humo y la niebla. Deseaba regresar al campo. Y pensar en reconstruir la mansión, caer rendido por el arduo trabajo... le haría bien. Además, él conocía mejor que nadie la hacienda Ramsay. Rohan podía conocer Londres como la palma de su mano, pero no estaba demasiado familiarizado con la vida rural. Kev veía lógico que fuera él quien se hiciera cargo de la hacienda Ramsay.

—También quiero hacer mejoras en los campos —dijo Kev, dejando el cuchillo sobre la mesa—. Hay portones y cercas que necesitan ser reparados. Hay que limpiar las zanjas y los canales de drenaje. Y los arrendatarios todavía usan mayales y ganchos porque no hay máquinas de cosechar. La hacienda debería tener su propio horno para que los arrendatarios no tengan que ir al pueblo a hacer pan. Además...

—Haz lo que quieras —se apresuró a decir Rohan, adoptando la típica falta de interés londinense por la agricultura—. Por supuesto, todo eso atraerá a más arrendatarios y beneficiará a la hacienda.

—Sé que has contratado a un arquitecto y a un constructor.

Pero de ahora en adelante seré yo quien trate con ellos. Necesitaré tener acceso a las cuentas de la hacienda. Y quiero manejar las tierras y los fondos sin interferencias.

Rohan alzó las cejas de manera imperativa.

—Bien. Ésa es una faceta de ti que nunca antes había visto, *chal*.

—¿Estás de acuerdo con mis condiciones?

—Sí. —Rohan extendió la mano—. ¿Cerramos el trato?

Kev se puso de pie, ignorando el gesto.

—No es necesario.

Los dientes blancos de Rohan brillaron cuando esbozó una amplia sonrisa.

—Merripen, ¿tan terrible te resulta ser amigo mío?

—Jamás seremos amigos. En el mejor de los casos, somos enemigos con un propósito común.

Rohan continuó sonriendo.

—Supongo que el resultado final es el mismo. —Esperó a que Kev alcanzara la puerta antes de añadir con aire casual—: Por cierto, quiero que sepas que voy a investigar los tatuajes. Si hay alguna conexión entre nosotros, quiero saber cuál es.

—Lo harás sin mi colaboración —dijo Kev fríamente.

—¿Por qué no? ¿No sientes curiosidad?

—En absoluto.

Los ojos color avellana de Rohan se llenaron de especulación.

—No mantienes lazos con tu pasado ni con tu tribu, ni tampoco quieres saber por qué nos hicieron un tatuaje con un diseño único en la infancia. ¿Qué temes descubrir?

—Llevas con ese tatuaje tanto tiempo como yo —replicó Kev—. Y no tienes más idea que yo de qué se trata. ¿A qué viene ahora tanto interés?

—Yo... —Con aire distraído, Rohan se frotó la manga de la camisa sobre el lugar donde estaba el tatuaje—. Siempre he dado por hecho que me lo hicieron por un capricho de mi abuela. Jamás me explicó por qué tenía esa marca, o cuál era su significado.

—¿Lo sabía?

—Eso creo. —Rohan curvó la boca—. Parecía saberlo todo. Era una gran conocedora de las hierbas medicinales, y una auténtica creyente del *Biti Foki.*

—¿De las hadas? —preguntó Kev con una mueca desdeñosa en los labios.

Rohan sonrió.

—Oh, sí. Solía decirme que trataba personalmente con muchas de ellas. —Cualquier rastro de diversión desapareció de su rostro—. Cuando tenía más o menos diez años, mi abuela me apartó de la tribu. Dijo que corría peligro. Mi primo Noé me trajo a Londres y me ayudó a encontrar trabajo en el club de juego como crupier. No he vuelto a ver a ningún miembro de mi tribu. —Rohan hizo una pausa y su expresión se oscureció—. Fui desterrado del *Rom* sin ni siquiera saber por qué. Y no tenía razones para suponer que el tatuaje tenía nada que ver con ello. Hasta que te conocí. Tenemos en común dos cosas, *phral*: somos parias, y llevamos un tatuaje de un malévolo caballito irlandés. Y creo que descubrir de dónde proviene podría sernos de ayuda a los dos.


En los siguientes meses, Kev se encargó de preparar la hacienda Ramsay para la reconstrucción. Sobre el pueblo de Stony Cross y sus alrededores, donde estaba ubicada la hacienda Ramsay, había caído un invierno suave. La hierba amarillenta se había cubierto de escarcha y las piedras que rodeaban los ríos Avon e Itchen se helaron. Las candelillas aparecieron en los sauces, suaves y delicadas como la mecha de una lámpara mientras los cornejos teñían de rojo el pálido paisaje gris del invierno.

Las cuadrillas enviadas por John Dashiell, el constructor que reconstruiría la mansión Ramsay, eran trabajadores buenos y eficientes. Los primeros dos meses los pasaron deshaciéndose de la madera quemada y los escombros. La pequeña casa del guarda en el camino de entrada fue reparada y renovada al gusto de los Hathaway.

En cuanto la tierra comenzara a ablandarse en marzo, empezaría la reconstrucción de la mansión. Kev estaba seguro de que habían advertido de antemano a las cuadrillas de que el proyecto estaba siendo supervisado por un romaní, pues no pusieron objeción alguna a su presencia o a su autoridad. A Dashiell, un hombre pragmático y hecho a sí mismo, no parecía importarle si sus clientes eran ingleses, romaníes o de cualquier otra nacionalidad, siempre que pagaran sus honorarios puntualmente.

A finales de febrero, Kev realizó el viaje de doce horas que separaba Stony Cross de Londres. Había recibido noticias de Amelia de que Beatrix había abandonado la escuela para señoritas. Si bien Amelia había añadido que todo estaba bien, Kev quería asegurarse por sí mismo. Habían pasado dos meses desde su partida y aquélla era la primera vez que llevaba tanto tiempo separado de las hermanas Hathaway; estaba sorprendido de lo mucho que las había echado de menos.

Parecía que el sentimiento era mutuo. En cuanto Kev llegó a la *suite* del hotel Rutledge, Amelia, Poppy y Beatrix se lanzaron sobre él con un entusiasmo muy impropio. Él toleró sus chillidos y sus besos con una brusca indulgencia, pero en secreto se alegraba por la cálida bienvenida.

Tras seguir a la familia a la salita de la *suite*, Kev se sentó con Amelia en un mullido sofá, mientras Cam Rohan y Poppy ocupaban las sillas cercanas y Beatrix se sentaba en un banquillo a los pies de Kev. Las chicas tenían buena cara, pensó Kev... Las tres estaban vestidas a la moda y llevaban su pelo oscuro recogido con tirabuzones, salvo Beatrix, que llevaba trenzas.

Amelia concretamente parecía feliz, sonreía con facilidad, e irradiaba una satisfacción que sólo podía provenir de un buen matrimonio. Poppy se estaba convirtiendo en una belleza, con unos rasgos bellos y delicados y el pelo de un hermoso color castaño rojizo... una versión más cálida, y accesible de la perfecta versión rubia y delicada de Win. Beatrix, sin embargo, estaba pálida y delgada. Para alguien que no la conociera bien, la joven aparentaba ser una chica normal y alegre. Pero Kev reconoció las sutiles señales de tensión y cansancio en su rostro.

—¿Qué ha sucedido en la escuela? —preguntó Kev con su brusquedad acostumbrada.

Beatrix no perdió el tiempo en desahogarse.

—Oh, Merripen, todo fue por mi culpa. La escuela es horrible. La aborrezco. Hice un par de amigas y sentí mucho dejarlas. Pero no congenié con mis profesores, siempre decía las cosas equivocadas en clase, hacía las preguntas erróneas...

—Parece —dijo Amelia con una mueca— que el método Hathaway de aprender debatiendo no fue bien recibido en la escuela.

—Y me metí en algunos follones —continuó Beatrix—, porque algunas de las chicas dijeron que sus padres les habían prohibido que se relacionaran conmigo porque tenemos gitanos en la familia, y que, por lo que ellos sabían, yo también podía ser gitana. Les dije que eso no era cierto, pero que de serlo no sería un motivo de vergüenza, y las llamé esnobs, y entonces nos enzarzamos en una pelea y nos tiramos de los pelos.

Kev juró por lo bajo. Intercambió una mirada con Rohan que parecía sombrío. Su presencia en la familia era una carga para las hermanas Hathaway... Pero no había nada que pudiera hacer al respecto.

—Y luego —dijo Beatrix—, regresó mi *problema*.

Todos guardaron silencio. Kev extendió la mano y la posó en la cabeza de Beatrix, ahuecándola con los dedos.

—*Chavi*—murmuró él. Aquélla era la palabra de cariño con la que los gitanos se referían a las jovencitas. Como él rara vez utilizaba la antigua lengua, Beatrix lo miró con los ojos muy abiertos por la sorpresa.

El problema de Beatrix había aparecido por primera vez tras la muerte del señor Hathaway. Regresaba de vez en cuando en los tiempos que la embargaba la ansiedad y el estrés. Tenía la compulsión de robar cosas, por lo general cosas pequeñas como lápices, marcadores de libros, o piezas de vajilla. Algunas veces ni siquiera recordaba haber cogido un objeto. Más tarde sufría un intenso remordimiento, y se sentía impelida a devolver las cosas que había hurtado.

Kev retiró la mano de su cabeza y la miró.

—¿Qué has cogido, pequeño hurón? —le preguntó suavemente.

Ella pareció abochornada.

—Cintas, peines, libros... cosas pequeñas. Y luego intenté devolverlo todo, pero no podía recordar de dónde lo había cogido. Hubo un gran escándalo y cuando confesé, me pidieron que abandonara la escuela. Y ahora, jamás seré una dama.

—Sí lo serás —dijo Amelia de inmediato—. Vamos a contratar a una institutriz, que es lo que deberíamos haber hecho desde el principio.

Beatrix la miró sin demasiado convencimiento.

—No creo que ninguna institutriz que se precie quiera trabajar para nuestra familia.

—Oh, no somos tan malos como parece... —comenzó a decir Amelia.

—Sí lo somos —le informó Poppy—. Somos raros, Amelia. Siempre te lo he dicho. Ya éramos raros antes de que incluyeras al señor Rohan en la familia. —Echándole un rápido vistazo a Cam, añadió—: Sin intención de ofender, señor Rohan.

Los ojos de Cam brillaron con diversión.

—No me he sentido ofendido.

Poppy miró a Kev.

—No importa lo difícil que sea encontrar a la institutriz adecuada, debemos contratar a una. Necesito ayuda. Mi temporada ha sido tan breve como desastrosa, Merripen.

—Si sólo ha durado dos meses —dijo Kev—, ¿cómo puede haber sido tan desastrosa?

—Soy un florero.

—No puede ser.

—Soy peor que un florero —le dijo—. Ningún caballero desea tener nada que ver conmigo.

Kev miró a Rohan y a Amelia con incredulidad. Una joven tan bella e inteligente como Poppy debería tener una cola de pretendientes.

—¿Qué les pasa a los *gadjos*? —preguntó con asombro.

—Son todos idiotas —dijo Rohan—. Y nunca pierden la oportunidad de demostrarlo.

Volviendo a mirar a Poppy, Kev fue directo al grano.

—¿También es porque hay gitanos en la familia? ¿Es por eso por lo que no se relacionan contigo?

—Bueno, en parte tiene que ver con eso —admitió Poppy—. Pero mi mayor problema es que no tengo maneras sociales. Constantemente ando metiendo la pata. Y soy muy mala conversadora. Se supone que una tiene que ir de tema en tema como una mariposa de flor en flor. No es algo que sea fácil de hacer, y no sé cómo solucionarlo. Y luego los jóvenes que se atreven a acercarse a mí encuentran una excusa para escapar a los cinco minutos pues, cuando coquetean conmigo, dicen las cosas más absurdas y yo no tengo ni idea de cómo responder.

—De todas maneras, no querría a ninguno de ellos para ella —dijo Amelia secamente—. Deberías verlos, Merripen. No podríamos encontrar una bandada peor de pavos reales.

—Más bien debería llamarlos reunión de pavos reales —dijo Poppy—, no bandada.

—O reunión de sapos —dijo Beatrix.

—O una colonia de pingüinos —agregó Amelia.

—Una familia de mandriles —dijo Poppy, riéndose.

Kev sonrió levemente, pero aún estaba preocupado. Poppy siempre había soñado con disfrutar de una temporada en Londres. Que al final hubiera resultado tan mal, debía de haber sido un chasco horrible.

—¿Te han invitado a los acontecimientos adecuados? —le preguntó—. A los bailes... las cenas...

—A todos los bailes y veladas —le dijo Poppy—. Sí, gracias al apoyo de lord Westcliff y lord St. Vincent, he recibido muchas invitaciones. Salvo que abrirle las puertas a una no la hace precisamente deseable, Merripen. Sólo te da la oportunidad de pegarte a la pared mientras todos los demás bailan.

Kev miró a Amelia y a Rohan con el ceño fruncido.

—¿Qué vais a hacer?

—Vamos a retirar a Poppy de la temporada —dijo Amelia—,

y a decirle a todo el mundo que pensándolo bien, todavía es demasiado joven para alternar en la sociedad.

—Nadie se lo creerá —dijo Beatrix—. Después de todo, Poppy tiene casi veinte años.

—No hay necesidad de hacerme parecer una vieja arpía llena de verrugas, Bea —dijo Poppy, indignada.

—... y, mientras tanto —continuó Amelia en un alarde de paciencia—, buscaremos a una institutriz que enseñe a Poppy y a Beatrix cómo comportarse.

—Tiene que ser buena —dijo Beatrix, sacándose un conejillo de Indias del bolsillo y colocándoselo debajo de la barbilla—. Tenemos mucho que aprender, ¿verdad, señor *Nibbles*?


Más tarde, Amelia llevó a Kev a un lado. Metió la mano en el bolsillo del vestido y sacó un pequeño sobre blanco. Se lo tendió a él mientras buscaba su mirada.

—Win ha escrito más cartas para la familia, y por supuesto también puedes leerlas. Pero ésta va dirigida a ti.

Incapaz de hablar, Kev agarró el pequeño sobre sellado con lacre.

Se fue a la habitación que ocupaba en el hotel, que estaba separada de la del resto de la familia por petición propia. Se sentó ante una pequeña mesa, y rompió el sello con escrupuloso cuidado.

Allí estaba, la letra familiar de Win, los pequeños y meticulosos trazos de pluma.

Querido Kev:
Espero que a la presente misiva te encuentres bien. Lo cierto es que no puedo imaginarte en otro estado que no sea ése. Cada mañana me despierto en este lugar, en un mundo totalmente diferente, y me sorprendo de nuevo al encontrarme tan lejos de mi familia. Y de ti.

El viaje a través del Canal fue difícil, el camino por tierra hasta la clínica todavía más. Como bien sabes, no soy buena viajera, pero Leo consiguió que llegara a salvo. Él reside no muy lejos de aquí, se hospeda en un pequeño castillo, y hasta ahora, viene a visitarme cada dos días...

La carta de Win siguió describiendo la clínica, que era tranquila y austera. Los pacientes padecían variadas dolencias, pero la más frecuente eran aquéllas del sistema pulmonar y los pulmones.

En lugar de tratarlos con medicinas y mantenerlos encerrados, como prescribían la mayoría de los médicos, el doctor Harrow los sometía a un programa de ejercicio, baños fríos, tónicos saludables y una dieta moderada. Obligar a los pacientes a hacer ejercicio era un tratamiento controvertido, pero según el doctor Harrow, el movimiento era el instinto predominante en la vida animal.

Los pacientes comenzaban todos los días con un paseo matutino fuera del recinto, lloviera o hiciera sol, seguido por una hora de actividades en el gimnasio, como subir y bajar una escalera de mano o alzamiento de pesas. Hasta ese momento, Win apenas podía hacer unos pocos ejercicios sin jadear, pero creía haber detectado una pequeña mejora en sus habilidades. Todos los pacientes de la clínica estaban obligados a respirar en un nuevo dispositivo llamado espirómetro, un aparato que medía el volumen de aire inhalado y espirado por los pulmones.

Luego continuaba hablando de la clínica y los pacientes, algo que Kev leyó con rapidez hasta llegar al último párrafo:

Desde mi enfermedad he tenido fuerzas para hacer muy pocas cosas, salvo amar, algo que he hecho y todavía sigo haciendo. Lamento la manera en que te sorprendí la mañana que me fui, pero no lamento los sentimientos que expresé.

Corro tras de ti y de la vida, en una persecución desesperada. Mi sueño es que algún día ambos os deis la vuelta y me dejéis atraparos. Ése es el sueño que me impulsa a seguir todas las noches. Deseo decirte muchas cosas, pero aún no soy libre.

Espero estar lo suficientemente bien algún día y volver a sorprenderte, pero esta vez con unos resultados mucho más satisfactorios.

He incluido cien besos en esta misiva. Debes contarlos cuidadosamente para no perder ninguno.

Tuya,

WINNIFRED

Extendiendo la hoja de papel sobre la mesa, Kev la alisó y pasó las yemas de los dedos por las delicadas líneas de escritura. La leyó dos veces más.

Luego agarró el papel, lo arrugó y lo arrojó a la chimenea donde ardía un pequeño fuego.

Observó cómo el papel blanco ardía hasta que se oscureció y se convirtió en cenizas, y la última de las palabras de Win hubo desaparecido.

# 6

*Londres, 1851*
*Primavera*

Por fin, Win había vuelto a casa.

El clíper de Calais acababa de atracar en Londres. Transportaba artículos de lujo y un montón de sacas de cartas para ser distribuidas por el Royal Mail. Era un barco de tamaño mediano con siete camarotes espaciosos para los pasajeros, revestidos con paneles de estilo gótico y pintados en un brillante tono blanco Florencia.

Win estaba en la cubierta, observando cómo la tripulación utilizaba los aparejos de tierra para amarrar el barco. Sólo después tendrían permiso los pasajeros para desembarcar.

Antaño, la excitación que embargaba a Win le hubiera impedido casi respirar. Pero la mujer que regresaba a Londres era una mujer distinta. Se preguntó cómo reaccionaría su familia ante los cambios que había experimentado. Por supuesto, ellos también habrían cambiado. Amelia y Cam llevaban ya casi dos años casados, y Poppy y Beatrix serían ahora todas unas mujercitas.

Y Merripen... Se obligó a no pensar en él, era algo que la conmovía demasiado por lo que sólo se permitía pensar en él en privado.

Miró a su alrededor, a los mástiles del barco, la interminable longitud de los embarcaderos, los inmensos almacenes de tabaco, lana, vino y otros artículos de comercio. Había movimiento en todas partes, marineros, pasajeros, comerciantes, trabajadores de los muelles, vehículos y ganado. Una profusión de olores impregnaba el aire; olía a cabras y a caballos, a especias, a sal marina, alquitrán y bostas secas. Y, por encima de todo, predominaba el olor del humo de las chimeneas de carbón que formaba una nube tan oscura como la noche que caía con rapidez sobre la ciudad.

Win deseaba estar en Hampshire. Era primavera y los prados estarían verdes y a rebosar de prímulas y flores silvestres, y los setos estarían en flor. Según Amelia, aún no habían terminado de restaurar Ramsay Hall, pero la mansión ya era habitable. Al parecer, el trabajo había prosperado a una velocidad vertiginosa bajo la dirección de Merripen.

La pasarela del barco fue bajada y asegurada. Mientras observaba cómo los primeros pasajeros descendían al muelle, vio la silueta alta y delgada de su hermano abriéndose paso entre ellos.

Francia les había sentado bien a los dos. Mientras Win había ganado un poco de peso, Leo había perdido la robustez que había adquirido con su vida disipada. Se había pasado tanto tiempo al aire libre, caminando, pintando y nadando que su pelo castaño oscuro tenía vetas más claras, y su piel estaba morena por el sol. Sus ojos, de un brillante color azul, contrastaban sorprendentemente con el tono bronceado de su cara.

Win sabía que su hermano jamás volvería a ser aquel chico galante y valiente que había sido antes de la muerte de Laura Dillard. Pero tampoco era la ruina suicida en la que se había convertido después, lo cual sería, sin duda, un gran alivio para el resto de la familia.

Al cabo de un rato, Leo subió por la pasarela del barco y se acercó a Win con una amplia sonrisa sardónica en su rostro mientras sujetaba el sombrero de copa firmemente en su cabeza.

—¿No hay nadie esperándonos? —preguntó Win con inquietud.

—No.

La preocupación puso un ceño en la frente de Win.

—Entonces es probable que no hayan recibido mi carta. —Habían enviado una nota comunicando que llegarían unos días antes de lo previsto a causa de un cambio de fechas en la línea del clíper.

—Es probable que tu nota esté en el fondo de una de esas sacas del Royal Mail —dijo Leo—. No te preocupes, Win. Alquilaremos un vehículo para llegar al Rutledge. No está demasiado lejos.

—Pero será toda una sorpresa para la familia que lleguemos antes de lo previsto.

—A nuestra familia le encantan las sorpresas —dijo él—. O al menos, están acostumbrados a ellas.

—También se quedarán sorprendidos cuando sepan que el doctor Harrow nos ha acompañado.

—Estoy seguro de que no les importará su presencia —respondió Leo—. Curvó la boca como si algo le divirtiera en secreto—. Bueno..., por lo menos a la mayoría.


Ya había anochecido cuando llegaron al hotel Rutledge. Leo se encargó de pedir las habitaciones y de que recogieran el equipaje, mientras, Win y el doctor Harrow esperaban en una esquina del amplio vestíbulo.

—Dejaré que os reunáis con vuestra familia en privado —dijo Harrow—. Mi criado y yo iremos a nuestras habitaciones a deshacer el equipaje.

—Si queréis podéis acompañarnos —dijo Win, pero por dentro se sintió muy aliviada cuando él negó con la cabeza.

—No quiero entrometerme. El reencuentro con vuestra familia debe ser en privado.

—Pero ¿te veremos mañana? —preguntó Win.

—Sí. —Y bajó la mirada hacia ella con una leve sonrisa en los labios.

El doctor Julian Harrow era un hombre elegante, muy guapo, y encantador. Tenía el cabello oscuro y los ojos, grises, y poseía una firme y atractiva mandíbula que hacía que casi todas sus pacientes se enamoraran de él al instante. Una de las mujeres de la clínica había comentado con sequedad que el magnetismo personal del doctor Harrow no sólo afectaba a los hombres, mujeres y niños, sino que se extendía a los armarios, a las sillas y hasta a los peces de la pecera.

Como Leo había expuesto:

—Harrow no parece un médico. Es la fantasía que las mujeres tienen de un médico. Sospecho que con sus prácticas lo único que consigue es enamorar a las féminas que a su vez prolongan su enfermedad más tiempo del necesario con el único propósito de seguir siendo tratadas por él.

—Te puedo asegurar —le había contestado Win, riéndose—, que ni estoy enamorada de él, ni estoy inclinada a prolongar mi enfermedad.

Pero ella misma tenía que admitir que era difícil no sentirse atraída por un hombre que era tan atractivo y atento y que, además, la había curado de su enfermedad. Durante el último año, en especial cuando la salud de Win había mejorado, Julian habían comenzado a tratarla como algo más que una paciente. Habían dado largos paseos por el romántico paisaje de la Provenza, y él había coqueteado con ella, la había hecho reír. Sus atenciones hacia ella habían sido como un bálsamo para su espíritu herido después de que Merripen la hubiera ignorado de manera tan insensible.

Al final, Win había aceptado que lo que sentía por Merripen no era recíproco. Incluso había llorado sobre el hombro de Leo. Su hermano había señalado que ella había visto muy poco mundo y que no sabía casi nada de los hombres.

—¿No crees que tu inclinación por Merripen se debe más a la proximidad que a cualquier otra cosa? —había preguntado

Leo con suavidad—. Seamos sinceros, Win. Tú no tienes nada en común con él. Eres una mujer hermosa, sensible, cultivada; y él es... Merripen. Le gusta cortar leña para entretenerse. Por otro lado, tengo que señalar, aunque sea poco delicado, que si bien algunos matrimonios se llevan bien dentro del dormitorio, fuera de él es otra cosa.

Win se había quedado tan escandalizada ante esa declaración que su llanto se interrumpió.

—Leo Hathaway, ¿estás sugiriendo que...?

—Lord Ramsay ahora, gracias —bromeó él.

—Lord Ramsay, ¿acaso estás sugiriendo que mis sentimientos por Merripen son de naturaleza carnal?

—Ciertamente, no son meramente intelectuales —dijo Leo, y esbozó una sonrisa cuando ella le dio un puñetazo en el hombro.

Sin embargo, tras reflexionar sobre ello, Win tuvo que admitir que Leo tenía razón. Por supuesto, Merripen era mucho más inteligente y educado de lo que su hermano había insinuado. Por lo que ella recordaba, Merripen había puesto a Leo en aprietos en muchos debates filosóficos, y había aprendido más griego o latín que cualquiera de la familia salvo su padre. Pero sólo había aprendido esas cosas por contentar a los Hathaway, no porque él tuviera interés en obtener una educación.

Merripen era un hombre al que le gustaba la naturaleza, le gustaba sentir la tierra y el cielo. Jamás estaría más que medio civilizado. Y Win y él eran tan diferentes como la noche del día.

Julian le tomó las manos entre las suyas. Los delgados dedos masculinos eran elegantes y suaves.

—Winnifred —le dijo en un susurro—, ahora que estamos lejos de la clínica, la vida no estará regida por los horarios regulares. Pero debes velar por tu salud. Asegúrate de que descansas esta noche, no importa lo tentador que parezca quedarse levantada hasta altas horas de la madrugada.

—Sí, doctor —dijo Win, dirigiéndole una sonrisa. Sintió una oleada de afecto por él al recordar la primera vez que ella había logrado subir la escalera de mano del gimnasio de la clínica. Julian había estado detrás de ella a cada paso, animándola con suavidad al oído, con su pecho firme contra su espalda.

—Winnifred, un poco más arriba. No te dejaré caer. —No había hecho el trabajo por ella, sólo la había mantenido segura mientras lo hacía.

—Estoy un poco nerviosa —admitió Win mientras Leo la escoltaba a la *suite* que ocupaban los Hathaway en el segundo piso del hotel.

—¿Por qué?

—No estoy segura. Quizá porque hemos cambiado.

—En lo esencial no hemos cambiado. —Leo la sujetó por el codo con firmeza—. Tú eres todavía la misma chica encantadora. Y yo todavía soy el mismo malnacido al que le gusta la bebida y no se preocupa por nada.

—Leo —le dijo ella, frunciendo el ceño mientras lo miraba—. No pensarás volver a caer en los viejos hábitos, ¿verdad?

—Intentaré evitar la tentación —contestó él—, a menos que se me ponga en bandeja. —Le tiró del brazo en el descansillo de la escalera—: ¿Quieres detenerte un momento?

—De eso nada. —Win continuó subiendo con entusiasmo—. Me encanta subir las escaleras. Me encanta hacer todo aquello que no podía hacer antes. Y de ahora en adelante voy a vivir de acuerdo con este lema: «La vida hay que apurarla al máximo.»

Leo sonrió ampliamente.

—Deberías saber que a mí ese tipo de pensamientos siempre me han metido en serios problemas en el pasado.

Win miró a su alrededor con satisfacción. Tras haber vivido envuelta en la austeridad de la clínica del doctor Harrow durante tanto tiempo, no podía más que apreciar el lujo que la rodeaba.

El moderno, elegante y muy confortable hotel Rutledge era propiedad del misterioso Harry Rutledge, del que corrían tantos rumores que nadie podía asegurar con certeza si era británico o norteamericano. Lo único que se sabía seguro era que había vivido un tiempo en América, y que había llegado a Inglaterra con la intención de levantar un hotel que combinara la opulencia de Europa con las mejores innovaciones norteamericanas.

El Rutledge había sido el primer hotel con *suites* en las que cada dormitorio disponía de su propio cuarto de baño. Y poseía novedades como montaplatos, armarios en los dormitorios, habitaciones con atrios privados y techos de vidrio, y jardines diseñados por paisajistas. El hotel también disponía de un comedor del que se decía que era el más hermoso de Inglaterra, con tantas lámparas de araña que se habían requerido estructuras adicionales durante la construcción del techo.

Llegaron a la *suite* de la familia Hathaway, y Leo llamó suavemente a la puerta.

Sintieron movimientos en el interior. La puerta se abrió y apareció una joven criada rubia. La mirada de la joven los abarcó a los dos.

—¿Qué se le ofrece, señor? —le preguntó a Leo.

—Venimos a ver al señor y la señora Rohan.

—Lo lamento, señor, pero se acaban de retirar.

Era demasiado tarde, pensó Win, decepcionada.

—Deberíamos irnos a nuestras habitaciones y dejarlos descansar —le dijo a Leo—. Volveremos por la mañana.

Leo clavó la mirada en la criada con una leve sonrisa y le preguntó con voz suave:

—¿Cómo te llamas, jovencita?

Los ojos castaños de la chica se agrandaron y un suave rubor inundó sus mejillas.

—Abigail, señor.

—Abigail —repitió él—. Dile a la señora Rohan que su hermana está aquí y que desea verla.

—Sí, señor. —La criada soltó una risita tonta y los dejó en la puerta.

Win le dirigió a su hermano una mirada irónica mientras él la ayudaba a quitarse la capa.

—Tu buena mano con las mujeres nunca deja de asombrarme.

—La mayoría de las mujeres siente una trágica inclinación

por los canallas —dijo él con pesar—. Lo cierto es que no debería usarlo en su contra.

Alguien entró en la salita. Leo observó la figura familiar de Amelia, vestida con una bata azul, acompañada de Cam Rohan, que tenía una apariencia elegantemente desaliñada vestido con unos pantalones y una camisa con el cuello abierto.

Amelia se detuvo para mirar a sus hermanos con los ojos tan abiertos como platos. Se llevó una mano temblorosa a la garganta.

—¿Eres realmente tú? —preguntó con voz entrecortada.

Win intentó sonreír, pero le resultó imposible ya que sus labios temblaban de emoción. Intentó imaginar la imagen que ofrecía a Amelia, que la última vez que la vio era una débil inválida.

—Ya estoy en casa —le dijo, con la voz rota por la emoción.

—¡Oh, Win! He soñado tanto... he esperado tanto poder... —Amelia se interrumpió, corrió hacia ella, y las dos hermanas se abrazaron con fuerza. Win cerró los ojos y suspiró, sintiendo que por fin había vuelto a casa. «Mi hermana.» Se deleitó en el refugio suave de los brazos de Amelia.

»Estás tan guapa... —dijo Amelia, echándose hacia atrás y ahuecando las mejillas, húmedas por las lágrimas, de Win entre las palmas de sus manos—. Tan sana y fuerte... Oh, mira qué diosa, Cam. ¡Sólo mírala!

—Estás guapísima —le dijo Rohan a Win con ojos resplandecientes—. Jamás te había visto mejor, hermanita. —La abrazó suavemente y la besó en la frente—. Bienvenida.

—¿Dónde están Poppy y Beatrix? —preguntó Win, aferrando la mano de Amelia.

—Están acostadas, pero iré a despertarlas.

—No, déjalas dormir —dijo Win con rapidez—. No pensamos quedarnos mucho tiempo, estamos exhaustos, pero tenía que venir a verte antes de retirarme a mi habitación.

La mirada de Amelia cayó sobre Leo, que se había quedado atrás, cerca de la puerta. Win oyó cómo su hermana contenía el aliento al percibir los cambios en él.

—Aquí está mi viejo Leo —dijo Amelia suavemente.

A Win la sorprendió ver una leve grieta en la expresión irónica de Leo... una especie de vulnerabilidad juvenil, como si él se avergonzara por el placer que sentía ante ese encuentro.

—Ahora llorarás por un motivo diferente —le dijo a Amelia—. Porque como ves, yo también he regresado.

Ella corrió hacia él, y se arrojó a sus brazos.

—¿Los franceses no te querían? —le preguntó Amelia con la voz ahogada contra su pecho.

—Al contrario, me adoraban. Pero ¿dónde está la diversión en quedarse donde a uno le quieren?

—Una lástima —dijo Amelia, poniéndose de puntillas para besarle la mejilla—. Porque aquí eres muy querido.

Leo, sonriente, estrechó la mano que le ofrecía Rohan.

—Estoy deseando ver las mejoras sobre las que me escribiste. Al parecer, la reconstrucción de la hacienda va viento en popa.

—Mejor le preguntas a Merripen mañana —se apresuró a responder Rohan—. Es quien conoce cada palmo del lugar, y el nombre de cada criado e inquilino. Y tiene mucho que decir sobre el tema, así que te advierto que cualquier conversación sobre la hacienda será muy larga.

—Mañana —repitió Leo, lanzando una rápida mirada a Win—. Entonces, ¿está en Londres?

—Está aquí, en el Rutledge. Ha venido a la ciudad para visitar una agencia de colocaciones y contratar a más sirvientes.

—Tengo mucho que agradecerle a Merripen —dijo Leo con una sinceridad nada propia de él—, y a vosotros también, Rohan. Sólo el diablo sabe por qué habéis hecho tanto por mí.

—Lo hicimos también por la familia.

Mientras los dos hombres hablaban, Amelia llevó a Win a un sofá cerca de la chimenea.

—Estás impresionante —dijo Amelia, describiendo sin ambages los cambios en su hermana—. Tus ojos están más brillantes, y tu figura es, sencillamente, espléndida.

—No llevo corsé —dijo Win con una amplia sonrisa—. El doctor Harrow dice que comprime los pulmones, que desvía la columna y que fuerza la cabeza a una posición antinatural, y que, además, debilita los músculos de la espalda.

—Qué escándalo —exclamó Amelia con ojos chispeantes—, ¿no llevas corsé ni siquiera en las ocasiones formales?

—Se me permite llevar alguno, pero muy rara vez, y sólo si no lo aprieto demasiado.

—¿Qué opina el doctor Harrow de las demás cosas? —preguntó Amelia—. ¿Qué opina de las medias y ligueros?

—Podrás escuchar tú misma su opinión —dijo Win—. Leo y yo hemos traído al doctor Harrow con nosotros.

—Estupendo. ¿Tiene negocios aquí?

—No que yo sepa.

—Supongo que al ser de Londres ha venido a visitar a sus familiares y amigos.

—Sí, en parte vino por eso, pero... —Win sintió que se sonrojaba un poco—. Julian ha mostrado un interés personal en mí durante el tiempo que hemos pasado juntos fuera de la clínica.

Amelia abrió los labios sorprendida.

—Julian... —repitió—. ¿Significa que tiene intención de cortejarte, Win?

—No estoy segura. No tengo experiencia en estos temas. Pero creo que sí.

—¿Te gusta?

Win asintió con la cabeza sin titubear.

—Bastante.

—En ese caso, seguro que me gustará a mí también. Y me alegra tener la posibilidad de poder agradecerle en persona todo lo que ha hecho por ti.

Las dos hermanas se sonrieron, disfrutando de su reencuentro. Pero tras un momento, Win comenzó a pensar en Merripen y el pulso le latió con fuerza, y se le pusieron los nervios de punta.

—¿Cómo está, Amelia? —se obligó finalmente a preguntar.

No hubo necesidad de que Amelia le preguntara a quién se refería.

—Merripen ha cambiado —dijo con cautela—. Casi tanto

como tú o Leo. Cam dice que lo que Merripen ha conseguido en la hacienda es asombroso. Requiere mucha habilidad dirigir a los constructores, artesanos y jardineros y además reparar las granjas de los arrendatarios. Y Merripen lo ha hecho todo. Cuando es necesario, se quita la chaqueta y él mismo se pone a la tarea. Se ha ganado el respeto de todos los trabajadores..., jamás se atreven a cuestionar su autoridad.

—No es algo que me sorprenda, claro —dijo Win, mientras se sentía invadida por una sensación agridulce—. Siempre ha sido un hombre muy capaz. Pero cuando dices que ha cambiado, ¿a qué te refieres?

—Se ha vuelto más... duro.

—¿Duro de corazón? ¿Terco?

—Sí. Y distante. No parece disfrutar de sus logros, ni muestra un auténtico placer por la vida. Oh, ha aprendido mucho; ejerce su autoridad de manera eficaz, y se viste mejor para encajar en su nueva posición. Pero por extraño que parezca, parece menos civilizado que nunca. Creo... —Hubo una pausa incómoda—. Quizá le venga bien volver a verte. Tú siempre fuiste una buena influencia para él.

Incómoda, Win soltó las manos de su hermana y bajó la mirada sobre el regazo.

—Lo dudo mucho. Dudo de que yo tenga ninguna influencia sobre Merripen. Ha dejado muy clara su falta de interés hacia mí.

—¿Su falta de interés? —repitió Amelia, y soltó una extraña risita—. No, Win, yo no diría eso. Cualquier mención sobre ti atrae de inmediato toda su atención.

—Una debe juzgar los sentimientos de un hombre por sus acciones —suspiró Win, frotándose los ojos cansados—. Al principio me sentí muy dolida por la manera en que él ignoró mis cartas. Entonces me enfadé mucho. Ahora sólo me siento tonta.

—¿Por qué, cariño? —preguntó Amelia, con los ojos azules llenos de preocupación.

«Por amarlo y que me haya lanzado mi amor a la cara. Por desperdiciar un océano de lágrimas por un bruto duro de corazón.»

«Y por seguir queriéndolo a pesar de todo.»

Win sacudió la cabeza. La conversación sobre Merripen la había hecho sentirse inquieta y melancólica.

—Estoy cansada después de un viaje tan largo, Amelia —dijo con una media sonrisa—. Si no te importa, yo...

—No, no, vete ya —le dijo su hermana, levantándose del sofá y rodeándola protectoramente con un brazo—. Leo, acompaña a Win a su habitación. Los dos estáis cansados. Mañana tendremos tiempo más que suficiente para hablar.

—Ah, ese precioso tono autoritario —dijo Leo rememorando el pasado—. Habría esperado, Rohan, que a estas alturas le hubieras quitado esa mala costumbre que tiene de proferir órdenes como un sargento de artillería.

—En realidad, me gusta todo lo de ella —replicó Rohan, sonriéndole a su esposa.

—¿En qué habitación está Merripen? —murmuró Win a Amelia.

—En el tercer piso, habitación veintiuno —le contestó Amelia con otro susurro—. Pero no debes acudir allí esta noche, querida.

—Por supuesto. —Win le dirigió una sonrisa—. Lo único que tengo intención de hacer esta noche es meterme en la cama sin más demora.

# 7

Tercer piso, habitación veintiuno. Win se puso la capucha de la capa sobre la cabeza, cubriéndose la cara mientras recorría el silencioso pasillo.

Por supuesto que tenía que ver a Merripen. Había venido de muy lejos. Había cruzado cientos de kilómetros por tierra y mar y, ahora que lo pensaba bien, había subido el equivalente a mil escaleras de mano en el gimnasio de la clínica, todo para llegar a él. Ahora que por fin estaban en el mismo edificio, sería imposible que se acostara sin verlo.

Los pasillos del hotel estaban enmoquetados de un extremo a otro, con vidrieras por las que entraba el sol durante las horas de luz. Win podía oír el sonido de la música en lo más profundo del hotel. Debía de haber una fiesta privada en el salón de baile, o algún otro acontecimiento en el famoso comedor. Harry Rutledge era conocido como el «hotelero de la realeza», por recibir en su establecimiento a la gente elegante, a los famosos y a los poderosos.

Recorriendo con la mirada los números dorados de cada puerta, Win encontró finalmente el número veintiuno. Se le encogió el estómago y se le tensaron todos los músculos por la ansiedad. Sintió que la frente se le perlaba de sudor. Forcejeando nerviosamente con los guantes, logró quitárselos y meterlos en los bolsillos de su capa.

Golpeó suavemente la puerta con los nudillos. Y esperó inmóvil, con la cabeza gacha, casi incapaz de respirar por los nervios. Se abrazó a sí misma bajo la capa.

No estaba segura de cuánto tiempo estuvo esperando, sólo que le pareció una eternidad antes de que se descorriera el cerrojo y se abriera la puerta.

Antes de atreverse a levantar la mirada, oyó la voz de Merripen. Se le había olvidado cuán profunda y ronca era, la manera en que reverberaba en su propio cuerpo.

—No he pedido una mujer esta noche.

Esas últimas palabras ahogaron la respuesta de Win.

«Esta noche», lo que daba a entender que sí había habido otras noches en las que él, obviamente, había pedido una mujer. Y aunque Win no era mujer de mundo comprendía perfectamente lo que sucedía cuando un hombre pedía una mujer en un hotel.

Varios pensamientos le vinieron a la mente. No tenía derecho a reclamarle nada a Merripen si quería estar con una mujer. Él no le pertenecía. No se habían prometido ni habían llegado a ningún tipo de acuerdo. Él no le debía fidelidad.

Pero, aun así, ella no podía dejar de preguntarse... ¿cuántas mujeres?, ¿cuántas noches?

—No importa —dijo él, de repente—. Puedo utilizar tus servicios de todas maneras. Entra. —Una mano grande apareció de la nada y agarró el hombro de Win, haciendo que traspasara el umbral sin darle la oportunidad de protestar.

«Puedo utilizar tus servicios de todas maneras.»

La cólera y la consternación la atravesaron. No tenía ni idea de qué hacer o decir. De alguna manera no parecía apropiado echar la capucha hacia atrás y gritar: «¡Sorpresa!»

Merripen la había confundido con una prostituta, y ahora el reencuentro que ella había soñado durante tanto tiempo se había convertido en una farsa.

—Supongo que te habrán dicho que soy romaní —dijo él.

Con la cara todavía cubierta por la capucha, Win asintió con la cabeza.

—¿Y eso no te importa?

Win negó con la cabeza una sola vez.

Sonó una risa suave y carente de humor que en nada se parecía a la risa de Merripen.

—Claro que no. Mientras el dinero sea bueno...

La dejó sola un momento, acercándose a la ventana para cerrar los pesados cortinones de terciopelo e impedir la entrada de las luces brumosas de Londres. Una sola lámpara iluminaba la penumbra de la habitación.

Win lo miró de arriba abajo con rapidez. Era Merripen... pero, como Amelia había dicho, él había cambiado. Había perdido peso, quizás unos seis kilos. Estaba muy delgado, casi huesudo. Llevaba el cuello de la camisa abierto, revelando un torso moreno y sin vello y las brillantes ondulaciones de sus poderosos músculos. Al principio pensó que esos hombros y brazos enormes se debían a un efecto óptico. Dios mío, qué fuerte se había puesto.

Pero nada la intrigó o alarmó más como su cara. Todavía era tan hermoso como el diablo, con esos ojos oscuros y esa boca provocativa, los austeros ángulos de la nariz y la mandíbula, los pómulos afilados. Sin embargo, tenía nuevas y profundas arrugas, líneas amargas que partían de la nariz hasta la boca, y el trazo de un ceño permanente entre sus cejas pobladas. Y lo más perturbador de todo, había un atisbo de crueldad en su expresión. Parecía ser capaz de hacer algunas cosas que «su» Merripen nunca haría.

«Kev —pensó ella con desesperado asombro—, ¿qué te ha ocurrido?»

Él se acercó a ella. Win había olvidado la manera fluida en la que se movía, la impresionante vitalidad que parecía palparse en el ambiente. Ella se apresuró a agachar la cabeza.

Merripen la cogió por los brazos y Win no pudo evitar sobresaltarse. Él también debió de notar los pequeños temblores que le atravesaron el cuerpo de pies a cabeza, pues dijo con tono implacable:

—Eres nueva en esto.

Ella se las arregló para susurrar con voz ronca.

—Sí.

—No te haré daño. —Merripen la guió a una mesa cercana. Mientras ella permanecía de espaldas a él, Kev buscó las cintas de su capa. La pesada prenda se desprendió, revelando el pelo rubio de Win que caía formando tirabuzones. Lo oyó contener el aliento. Hubo un momento de quietud. Win cerró los ojos mientras las manos de Merripen le recorrían los costados. El cuerpo femenino estaba ahora más lleno, con más curvas y fuerte en lugares en los que una vez había sido débil. No llevaba corsé, a pesar de que una mujer decente siempre debería llevarlo. Un hombre sólo podía sacar una conclusión de eso.

Cuando él se inclinó hacia delante para dejar la capa a un lado de la mesa, Win sintió la dureza firme de su cuerpo contra el suyo. La esencia de él, limpia, rica y masculina, liberó un montón de recuerdos. Olía a aire limpio, a hojas secas y a tierra mojada por la lluvia. Olía a Merripen.

No quería sentirse tan desinhibida con él. Pero, aun así, eso no debería de sorprenderle. Había algo en él que siempre había atravesado su compostura, hasta alcanzar sus sentimientos más puros. Esa euforia descarnada era terrible y dulce a la vez, y ningún otro hombre se la había provocado nunca. Ninguno salvo él.

—¿No quieres verme la cara? —le preguntó con voz ronca.

Él le respondió con frialdad:

—No me importa si eres guapa o fea.

Sin embargo, a él se le aceleró la respiración mientras le recorría la espalda con las manos y la instaba a inclinarse hacia delante. Sus siguientes palabras cayeron sobre los oídos de Win como terciopelo negro.

—Pon las manos en la mesa.

Win obedeció a ciegas, intentando comprenderse a sí misma al sentir el repentino aguijón de las lágrimas y la excitación que palpitaba por todo su cuerpo. Él estaba detrás de ella. Su mano continuaba subiendo y bajando lentamente por la espalda de Win, con caricias suaves, y ella quiso arquearse como un gato. Su contacto despertó sensaciones que no había sentido durante mucho tiempo. Esas manos la habían aliviado y cuidado durante su enfermedad, la habían rescatado del mismo borde de la muerte.

Y eso que no la tocaba con amor, sino con unas caricias impersonales. Sabía que él tenía la firme intención de tomarla, de utilizarla, como había dicho. Y después de un acto íntimo con una completa desconocida, él pensaba despacharla sin ningún miramiento. Era poco moral por parte de Kev, una cobardía. ¿Se permitiría algún día involucrarse con alguien?

Él había cerrado ahora una mano sobre las faldas de Win, y comenzaba a subírselas. Win sintió el roce del aire en los tobillos, y no pudo sino imaginar qué pasaría si le dejaba continuar.

Excitada y a punto de tener un ataque de pánico, se miró los puños y decidió cortar por lo sano.

—¿Es así como tratas ahora a las mujeres, Kev?

Todo se detuvo a su alrededor. El mundo dejó de girar.

Win sintió que caía el dobladillo de la falda, y que él la aferraba con un apretón doloroso y le daba la vuelta. Sin poder evitarlo, levantó la vista a la cara morena.

El rostro de Merripen parecía desprovisto de cualquier emoción, pero tenía los ojos muy abiertos. Y mientras clavaba la mirada en ella, un rubor inundaba sus mejillas y el puente de su nariz.

—Win. —Pronunció su nombre con un susurro algo tembloroso.

Ella intentó sonreír, decir algo, pero le temblaban los labios, y tenía los ojos anegados de lágrimas de alegría. Estar con él de nuevo... la dejaba abrumada en todos los sentidos.

Kev alzó una de sus manos. La punta callosa de su pulgar secó la brillante humedad bajo los ojos de Win. Le ahuecó la cara con la mano tan suavemente que Win parpadeó, y no se resistió cuando sintió que la acercaba todavía más a su cuerpo. Merripen abrió los labios para catar la estela salada que la lágrima trazaba en su mejilla. Y en ese momento, la tranquila fachada de Kev se evaporó. Con avidez, movió rápidamente las manos por su espalda y, agarrándola firmemente por las caderas, la apretó contra sí.

Su boca buscó la de ella con una presión cálida y urgente. La saboreó... Win levantó las manos hasta sus mejillas y trazó con sus dedos la sombra de la barba. Un sonido áspero surgió de lo más profundo de la garganta de Kev, un gruñido masculino de placer y necesidad. Sus brazos se cerraron en torno a ella en un abrazo inquebrantable que ella aceptó encantada, pues sus rodillas temblorosas amenazaban con ceder.

Levantando la cabeza, Merripen bajó la mirada hacia ella con una expresión aturdida en sus ojos oscuros.

—¿Cómo es que estás aquí?

—Regresamos antes de tiempo. —Un escalofrío la recorrió de pies a cabeza cuando sintió el cálido aliento de Kev en los labios—. Quería verte. Quería...

Kev volvió a tomar su boca, esta vez, sin demasiada suavidad. Hundió la lengua, indagando agresivamente en ella. Luego tomó la cabeza de Win entre las manos y la inclinó hacia un lado hasta que su boca fue totalmente accesible a él. Ella lo rodeó con los brazos, aferrándose con desesperación a su espalda, a los duros y tensos músculos.

Merripen gimió cuando sintió las manos de Win en su cuerpo. Buscó a tientas las horquillas de su pelo y las soltó, enredando los dedos entre sus sedosos cabellos. Echándole la cabeza hacia atrás, buscó la sensible piel de la garganta de Win, y deslizó la boca por ella como si quisiera consumirla. La voracidad de Kev fue en aumento, se le aceleró la respiración y el pulso le latió con fuerza, hasta que Win se percató de que él estaba a punto de perder el control.

Kev la levantó en brazos con asombrosa facilidad. La llevó a la cama y la dejó caer sobre el colchón. Sus labios siguieron fundidos con los de ella, provocando una dulce y profunda conmoción, consumiéndola con sus cálidos e indagadores besos.

Descendió sobre ella, inmovilizándola con su sólido peso

sobre la cama. Win sintió que le agarraba la parte delantera del vestido y tironeaba tan fuerte que pensó que el tejido se desgarraría. La gruesa tela resistió los tirones, aunque algunos botones de la espalda se abrieron con un sonido seco.

—Espera... espera —murmuró ella, temiendo que le hiciera trizas el vestido. Él estaba demasiado ofuscado por el salvaje deseo que lo consumía para oír nada.

Cuando Merripen ahuecó la suave curva de su seno sobre el vestido, Win sintió que la cima se endurecía y dolía. Kev inclinó la cabeza. Para asombro de Win, lo sintió morder la tela hasta que el pezón quedó atrapado en la suave presa de sus dientes. Ella soltó un gemido y arqueó las caderas hacia arriba sin poder evitarlo.

Merripen se puso a gatas sobre ella. Tenía la cara cubierta de sudor, y sus fosas nasales se ensanchaban por la fuerza de su respiración. La parte delantera de las faldas de Win se había subido entre ellos. Él la subió todavía más y se acomodó entre sus muslos hasta que ella sintió la gruesa erección contra las capas de tela de sus calzones y los pantalones de él. Abrió los ojos de golpe. Y levantó la vista al fuego negro de la mirada masculina. Él se movió contra ella, haciéndola sentir cada centímetro de lo que quería introducir en su cuerpo, y ella gimió y se abrió para él.

Kev soltó un sonido primitivo cuando se rozó contra Win otra vez, acariciándola con una indescriptible intimidad. Win quería que él se detuviera, y, al mismo tiempo, no quería que se detuviera jamás.

—Kev. —Su voz sonó agitada—. Kev...

Pero la boca masculina cubrió la de ella penetrando con su lengua profundamente, mientras sus caderas se movían con lentos envites sobre el centro del cuerpo femenino. Acalorada y excitada, ella se alzó contra esa exigente dureza. Cada provocativo empuje provocaba ardientes sensaciones que se extendían por su cuerpo.

Win se retorció impotente, incapaz de hablar con esa boca poseyendo la suya. Más calor, más deliciosa fricción. Estaba ocurriendo algo, sus músculos se tensaban, sus sentidos se abrían esperando con ansia a... ¿a qué? Iba a desmayarse si él no se detenía.

A tientas, buscó los hombros masculinos y lo empujó, pero Kev ignoró el débil empujón. Metiendo las manos bajo la espalda de Win, le ahuecó el trasero y la alzó para apretarla contra la presión ardiente y bombeante de su miembro. Durante un largo momento, Win sintió una exquisita tensión tan afilada que soltó un gemido de inquietud.

De repente, él se apartó de ella de un salto y se dirigió al extremo opuesto de la habitación. Apoyando las manos contra la pared, Kev inclinó la cabeza y jadeó, estremeciéndose como un perro mojado.

Temblorosa y aturdida, Win se movió lentamente, recolocándose la ropa. Se sentía desesperada y dolorosamente vacía, anhelaba algo para lo que no tenía nombre. Cuando estuvo correctamente vestida, se levantó de la cama con piernas temblorosas.

Se acercó lentamente a Merripen. Era obvio que él estaba excitado. Y que se sentía muy dolorido también. Quería tocarlo de nuevo. Pero, sobre todo, quería que la rodeara con sus brazos y que le dijera lo feliz que estaba de que ella hubiera vuelto.

Pero Kev habló antes de que ella lo tocara. Y su tono no sonó precisamente alentador.

—Si me tocas —dijo con voz gutural—, te arrastraré de vuelta a esa cama. Y no seré responsable de lo que ocurra después.

Win se detuvo, entrelazando los dedos.

Al fin, Merripen recuperó el aliento. Y le lanzó una mirada que debería de haberla dejado paralizada en el acto.

—La próxima vez —dijo él con voz inexpresiva—, estaría bien que avisaras de tu llegada con antelación.

—Ya envié un aviso. —Win se sintió asombrada de poder articular palabra—. Ha debido de perderse. —Hizo una pausa—. Ésta ha sido una bienvenida mucho más cálida de lo que esperaba, sobre todo considerando la manera en que me has ignorado durante los dos últimos años.

—Yo no te he ignorado.

Win se refugió rápidamente en el sarcasmo.

—Por eso me escribiste una vez en dos años.

Merripen se dio la vuelta y apoyó la espalda contra la pared.

—No necesitabas que te escribiera.

—¡Necesitaba cualquier pequeña señal de afecto! Y tú no me diste ninguna. —Clavó la mirada en Kev con incredulidad mientras él guardaba silencio—. Por el amor de Dios, Kev, ¿ni siquiera eres capaz de decir que te alegras de que haya vuelto?

—Me alegro de que hayas vuelto.

—Entonces, ¿por qué te comportas así?

—Porque no ha cambiado nada.

—Tú has cambiado —replicó ella—. Ni siquiera sé si te conozco.

—Es mejor así.

—Kev —dijo ella, desconcertada—. ¿Por qué te comportas de esta manera? Me fui para ponerme bien. Sin duda, no puedes culparme por eso.

—No te culpo de nada. Pero sólo el diablo sabe qué puedes querer ahora de mí.

«Quiero que me ames», quiso gritar ella. Había viajado muy lejos, habían estado separados durante demasiado tiempo; sin embargo, nunca había habido tanta distancia entre ellos como en ese momento.

—Puedo decirte lo que no quiero, Kev, y te aseguro que no quiero tu odio.

La expresión de Merripen era fría e insensible.

—Yo no te odio. —Recogió la capa de Win y se la tendió—. Póntela. Te acompañaré a tu habitación.

Win se envolvió en la prenda mientras dirigía miradas furtivas a Merripen. Él rezumaba una oscura energía y un poder contenido mientras se metía la camisa en los pantalones. La equis de los tirantes sobre su espalda resaltaba su magnífica complexión.

—No necesito que me acompañes a mi habitación —dijo Win con voz apagada—. Puedo encontrar el camino yo sola.

—Nunca vayas sola a ninguna parte del hotel. No es seguro.

—Tienes razón —dijo hoscamente—. Odiaría que alguien me acosara.

La pulla consiguió su objetivo. Merripen endureció la boca y le dirigió una mirada peligrosa mientras se ponía el abrigo.

Cuánto le recordaba ahora al niño brusco y colérico que había sido la primera vez que llegó a casa de los Hathaway.

—Kev —le dijo suavemente—. ¿No podemos ser amigos?

—Sigo siendo tu amigo.

—¿Y algo más?

—No.

Win no pudo evitar dirigir la mirada a la cama, a la colcha arrugada que la cubría, y una nueva oleada de calor la atravesó.

Merripen siguió la dirección de su mirada.

—Eso no debería haber ocurrido —dijo en voz baja—. No debería haber... —Se interrumpió y tragó audiblemente—. No he estado... con una mujer en mucho tiempo. Estabas en el lugar equivocado en el momento equivocado.

Win jamás se había sentido tan avergonzada.

—¿Estás diciéndome que habrías reaccionado de la misma manera con cualquier otra mujer?

—Sí.

—¡No te creo!

—Cree lo que quieras. —Merripen se dirigió a la puerta, la abrió y echó un vistazo a ambos lados del pasillo—. Vamos.

—No quiero irme. Tenemos que hablar.

—No vamos a hablar a solas. Y menos a esta hora de la noche. —Hizo una pausa—. Te he dicho que vamos.

Eso último lo dijo con una tranquila autoridad que la hizo enfurecer. Pero, aun así, obedeció.

Cuando Win llegó a su lado, Merripen le subió la capucha de la capa para cubrirle la cara. Viendo que el pasillo todavía estaba desierto, la condujo fuera de la habitación y cerró la puerta.

Guardaron silencio mientras llegaban a la escalera del final del pasillo. Win era agudamente consciente de la mano que reposaba con ligereza sobre su espalda.

Al llegar al escalón superior, Win se quedó sorprendida cuando él la detuvo.

—Agárrate a mi brazo.

Ella se dio cuenta de que él tenía intención de ayudarla a bajar las escaleras como había hecho siempre cuando estaba enferma. Las escaleras habían sido una prueba de fuego para ella. Toda la familia se había sentido atemorizada de que se desmayara y se rompiera el cuello cada vez que las subía y bajaba. Merripen la había ayudado a menudo para que no corriera ningún riesgo.

—No, gracias —dijo ella—. Ahora puedo hacerlo yo sola.

—Agárrate a mí —repitió él, tratando de cogerle la mano.

Win se apartó de él, mientras su pecho se agitaba por la irritación que sentía.

—No quiero tu ayuda. Ya no soy una inválida indefensa. Aunque parece que tú me preferías de esa manera.

Aunque no podía verle la cara, Win oyó cómo contenía el aliento. Se sintió avergonzada ante esa acusación tan mezquina, y, al mismo tiempo, se preguntó si no habría algo de verdad en ella.

Merripen no respondió. Si le había lastimado, lo soportó con estoicismo. Bajaron las escaleras separados y en silencio.

Win estaba muy confundida. Se había imaginado esa noche de cien maneras diferentes. De todas las maneras posibles menos de ésa. Se dirigió hacia la puerta de su habitación y sacó la llave del bolsillo.

Merripen cogió la llave de su mano y le abrió la puerta.

—Entra y enciende una lámpara.

Consciente de su enorme y oscura silueta esperando en el umbral, Win se acercó a la mesilla de noche. Con cuidado subió la tulipa de cristal de la lámpara, encendió la mecha y volvió a colocar el vidrio.

Tras insertar la llave en el otro lado de la puerta, Merripen dijo:

—Ciérrala con llave cuando me vaya.

Girándose para mirarle, Win sintió un nudo en la garganta.

—Estamos donde lo dejamos, ¿no es así? Yo lanzándome sobre ti. Tú rechazándome. Antaño pensé que lo había comprendido. Yo no estaba lo suficientemente bien para el tipo de relación que quería mantener contigo. Pero ahora no lo entiendo. Porque no hay nada que pueda impedir que... Si estamos juntos... —Angustiada y avergonzada no pudo encontrar las palabras adecuadas—. A menos que yo estuviese equivocada y sólo sintieras compasión por mí. ¿Me has deseado alguna vez, Kev?

—No. —Su voz apenas era audible—. Fue sólo amistad. Y compasión.

Win sintió que palidecía. Y una comezón en los ojos y en la nariz. Una cálida lágrima se deslizó por su mejilla.

—Mentiroso —le dijo y le dio la espalda.

Él cerró la puerta con suavidad.


Kev no supo nunca cómo volvió a su habitación, sólo que de repente se encontró de pie al lado de la cama. Soltando una maldición, cayó de rodillas sobre el colchón, y agarrando un puñado de la colcha, enterró en ella la cara.

Estaba en el infierno.

Dios santo, sólo Win podía destrozarlo de esa manera. Llevaba sin ella tanto tiempo..., había soñado con ella tantas noches..., y se había despertado tantas mañanas lleno de amargura que al principio no había creído que fuera ella de verdad.

Pensó en la preciosa cara de Win, y en la suavidad de su boca contra la suya, y en la manera en que se había arqueado bajo sus manos. La había notado diferente, su cuerpo femenino era flexible y fuerte. Pero su espíritu era el mismo: radiante, honrado, dulcemente cautivador y, como siempre, le había llegado directo al corazón. Había tenido que recurrir a toda su fuerza de voluntad para no caer de rodillas ante ella.

Win le había pedido su amistad. Imposible. ¿Cómo iba a separar esa pequeña parte del lío ingobernable que eran sus sentimientos y entregársela? Era mejor dejar las cosas como estaban. Incluso en el excéntrico mundo de los Hathaway algunas cosas era mejor no tocarlas.

Kev no podía ofrecerle nada a Win salvo degradación. Incluso Cam Rohan había podido ofrecer a Amelia una considerable riqueza. Pero Kev no tenía posesiones materiales, ninguna habilidad, ni educación, ni buenas relaciones, nada que los *gadjos* apreciaran. Había sido aislado y maltratado por los propios miembros de su tribu por razones que jamás entendería, pero que a un nivel elemental sabía que merecía. Había algo en él que lo abocaba a una vida de violencia. Y nadie en su sano juicio podría decir que fuera bueno para Win Hathaway amar a un hombre que era, esencialmente, un bruto.

Si ella estuviera lo suficientemente bien para casarse algún día, sería con un caballero.

Con un hombre afable y cortés.

# 8

Por la mañana, Leo conoció a la institutriz.

Tanto Poppy como Beatrix le habían escrito sobre la institutriz que las educaba desde hacía un año. Se llamaba señorita Marks, y les gustaba a las dos, aunque por sus descripciones no podía entender por qué razón les gustaba tal criatura. Al parecer era pequeña, tranquila y severa. No sólo ayudaba a sus hermanas sino que enseñaba a toda la familia a comportarse en sociedad.

Leo pensaba que esas enseñanzas sociales eran probablemente algo bueno. Para los demás, no para él.

Cuando se trataba de comportarse de manera educada, la sociedad tendía a ser mucho más exigente con las mujeres que con los hombres. Y además, si un hombre tenía un título y bebía de manera razonable, podía hacer o decir casi cualquier cosa que quisiera y, aun así, seguirían invitándolo a todas partes.

Por culpa de un capricho del destino, Leo había heredado un vizcondado, algo que solucionaba la primera parte de la ecuación. Y ahora, tras una larga estancia en Francia, había limitado la bebida a una o dos copas de vino en la cena. Lo que quería decir que estaba relativamente seguro de que sería bien recibido en todos los acontecimientos aburridos y respetables de Londres, a los que no tenía ningún deseo de asistir.

Su única esperanza era que la formidable señorita Marks intentase corregir sus modales. Podría ser divertido tener que ponerla en su lugar.

Leo no sabía casi nada de institutrices, salvo por esas anodinas criaturas que se describían en las novelas y que tendían a enamorarse del señor de la casa, siempre con resultados desastrosos. De cualquier manera, la señorita Marks estaba totalmente a salvo de él. Para variar, él no tenía ningún interés en seducir a nadie. Su anterior vida disipada había dejado de interesarle.

En una de sus ociosas caminatas por la Provenza para visitar algunos restos arquitectónicos galo-romanos, Leo se había encontrado con uno de sus antiguos profesores de la École Des Beaux Arts. El encuentro casual había dado como resultado la reanudación de sus relaciones sociales. En los meses siguientes, Leo se había pasado muchas tardes dibujando, leyendo y estudiando en el estudio del profesor y en su taller, donde se le habían ocurrido algunas ideas que tenía intención de poner en práctica ahora que había regresado a Inglaterra.

Mientras recorría con aire despreocupado el largo pasillo que conducía a la *suite* de la familia, oyó el sonido de unos pasos apresurados. Alguien corría en dirección a él. Echándose a un lado, Leo esperó con las manos metidas en los bolsillos del pantalón.

—¡Ven aquí, pequeño demonio! —oyó que gritaba una mujer—. ¡Rata gigante! ¡En cuanto te eche el guante, te arrancaré las entrañas!

Ese tono sanguinario era impropio de una dama. Deplorable. Sin embargo, a Leo le parecía divertido. El ruido de pasos se aproximó... pero sólo pertenecían a una persona. ¿A quién demonios estaba persiguiendo ella?

Pronto comprendió que ella no perseguía a «alguien» sino a «algo». El cuerpo peludo de un hurón recorría a toda velocidad el pasillo, llevando un retazo de tela en la boca. La mayoría de los huéspedes del hotel se habría sentido, sin duda, desconcertado ante la imagen de un pequeño mamífero carnívoro corriendo hacia ellos. Sin embargo, Leo había convivido durante años con las criaturas de Beatrix; no era raro encontrar ratones en los bolsillos, conejos en los zapatos, erizos en la mesa del comedor. Sonriendo observó cómo el hurón corría hacia él.

La mujer apareció al poco tiempo, una masa de faldas grises que corría detrás de la criatura. Pero si había algo para lo que no estaba diseñada esa ropa femenina, era para facilitar la libertad de movimientos. Bajo las pesadas capas de telas, ella tropezó y cayó a unos metros de Leo. Un par de gafas salieron volando a un lado.

Leo se acercó a ella al instante, se acuclilló en el suelo mientras buscaba entre el enredo de extremidades y faldas susurrantes.

—¿Se ha hecho daño? Estoy seguro de que aquí dentro hay una mujer... ahhh, aquí está. Venga. Ahora. Déjeme...

—No me toque —le espetó ella, golpeándolo con los puños.

—No la toco. Es decir, sólo la toco con la... ¡ay! ¡maldita sea!... con la intención de ayudarla. —El sombrero de la mujer, un pequeño trozo de lana con un ribete barato, se le había caído sobre la cara. Leo logró colocárselo de nuevo en la coronilla, librándose por poco de un golpe en la mandíbula—. Cristo. ¿Puede dejar de revolverse por un momento?

Luchando para sentarse, ella lo fulminó con la mirada.

Leo gateó para recuperar las gafas y se las ofreció. Ella se las arrebató de las manos sin una sola palabra de agradecimiento.

Era una mujer delgada y de semblante ceñudo. Una joven con los ojos entrecerrados y en los que chispeaba el mal genio. Su pelo castaño claro había sido recogido en un moño tan apretado que Leo hizo una mueca al verlo. Cualquiera habría esperado algún rasgo que lo compensara, unos labios suaves o, quizás, un pecho bonito. Pero no, sólo había una boca severa, un tórax plano y unas mejillas enjutas. Si Leo se viera obligado a pasar una hora con ella —lo que gracias a Dios no era el caso—, habría comenzado por alimentarla bien.

—Si quiere ayudarme —le dijo ella con frialdad, colocándose las patillas de las gafas en las orejas—, recupere ese maldito hurón. Quizá lo he cansado lo suficiente para que pueda pillarlo.

Todavía acuclillado en el suelo, Leo miró al hurón, que estaba a unos diez pasos y que los observaba a ambos con ojos pequeños y brillantes.

—¿Cómo se llama?

—*Dodger*.

Leo lo llamó con un silbido bajo y chasqueó la lengua.

—Ven aquí, *Dodger*. Ya has provocado suficientes problemas por hoy. Aunque no puedo culparte de que te guste... ¿una liga femenina? ¿Es eso lo que llevas ahí?

La mujer observó, estupefacta, cómo el cuerpo alargado y delgado del hurón se arrastraba en dirección a Leo. Parloteando animosamente, *Dodger* subió al muslo de Leo.

—Buen chico —dijo Leo, acariciando el pelaje liso y brillante.

—¿Cómo lo ha hecho? —preguntó la mujer, bastante molesta.

—Sé cómo tratar a los animales. Tienden a reconocerme como a uno de su especie. —Leo desenredó suavemente la tela de encaje de los largos dientes frontales del animal. Era definitivamente una liga, deliciosamente femenina y muy poco práctica. Le dirigió a la mujer una sonrisa burlona mientras se la tendía—. Sin duda, esto es suyo.

Por supuesto, él no había pensado eso. Había imaginado que la liga pertenecía a otra persona. Era imposible creer que esa severa mujer se pusiera algo tan frívolo. Pero cuando vio el rubor que se extendía por las mejillas de la joven, se dio cuenta de que realmente era de ella. Intrigante.

Él señaló al hurón, que seguía relajado entre sus manos, y dijo:

—¿Este animal es suyo?

—No, es de una de mis pupilas.

—¿Usted no será por casualidad la institutriz?

—Eso no es asunto suyo.

—Porque si lo es, entonces, definitivamente, una de sus pupilas es la señorita Beatrix Hathaway.

Ella lo miró con el ceño fruncido.

—¿Cómo lo sabe?

—Mi hermana es la única persona que conozco que puede haber traído un hurón robaligas al hotel Rutledge.

—¿Su hermana?

Leo sonrió ante la mirada atónita de la mujer.

—Lord Ramsay, a sus órdenes. Y usted es ¿la señorita Marks, la institutriz?

—Sí —masculló ella, ignorando la mano que él había extendido para ayudarla. Se puso de pie sin su ayuda.

Leo sintió un deseo irresistible de provocarla.

—Qué gratificante. Siempre he querido tener una institutriz en la familia.

El comentario pareció indignarla más de lo esperado.

—Conozco su reputación de calavera, milord. No le veo la menor gracia.

Leo supuso que ella no le vería la gracia a nada.

—¿Mi reputación ha sobrevivido a casi tres años de ausencia? —preguntó, adoptando un tono de grata sorpresa.

—¿Está orgulloso de ello?

—Pues claro. Es fácil tener una buena reputación... sencillamente no tienes que hacer nada. Pero para ganarse una mala reputación... bueno, eso sí que requiere un poco de esfuerzo.

Ella lo fulminó con una mirada desdeñosa a través de los cristales de las gafas.

—Es despreciable —espetó. Dándose media vuelta, la señorita Marks se alejó de él.

Leo la siguió con el hurón entre las manos.

—Apenas nos conocemos. En realidad, no puede despreciarme hasta que llegue a conocerme un poco mejor.

Ella lo ignoró mientras él la seguía a la *suite* de los Hathaway. Lo ignoró mientras él llamaba a la puerta, y siguió ignorándolo cuando una criada los invitó a pasar.

Había algún tipo de conmoción en la *suite*, algo que no debería sorprenderle considerando que ésa era la *suite* de la familia. El aire estaba lleno de maldiciones, exclamaciones y gruñidos provocados por algún tipo de lucha física.

—¿Leo? —Beatrix apareció en el vestíbulo de entrada de la *suite* y se arrojó sobre él.

—¡Beatrix, cariño! —Leo se sorprendió por cuánto había

cambiado su hermana menor en los dos años y medio que habían transcurrido—. Cuánto has crecido...

—Sí, pero eso ahora no tiene importancia —dijo ella con impaciencia, arrebatándole el hurón de las manos—. ¡Ve allí y échale una mano al señor Rohan!

—¿Ayudarlo a qué?

—Está tratando de impedir que Merripen mate al doctor Harrow.

—¿Tan pronto? —preguntó Leo sin comprender, y entró precipitadamente en la salita.

# 9

Tras haber tratado de dormir en una cama que se había convertido en un potro de tortura, Kev se había despertado con el corazón oprimido. Y con otras incomodidades más acuciantes.

Había tenido un montón de sueños excitantes en los cuales el cuerpo desnudo de Win se había contorsionado contra el suyo, debajo de él. Todos los deseos que mantenía a raya durante las horas de vigilia se habían desatado en esos sueños... Había abrazado a Win, la había penetrado y había ahogado sus gritos con la boca... La había besado de pies a cabeza y de la cabeza a los pies. Y en esos mismos sueños ella se había comportado de una manera que nunca hubiera creído posible, alimentándose de él con esa boca hambrienta, y explorando su cuerpo con aquellas pequeñas manos.

Un baño de agua helada alivió un poco su estado, pero Kev era consciente de que su ardor estaba casi a flor de piel.

Iba a tener que enfrentarse a Win ese día, y a conversar con ella delante de todo el mundo como si no pasara nada. Iba a tener que mirarla y no pensar en la suavidad de sus muslos, ni en lo mucho que ella lo había deseado mientras él empujaba contra su cuerpo, ni en cómo había sentido su calidez a través de las capas de ropa. Ni cómo luego él le había mentido y la había hecho llorar.

Sintiéndose miserable y a punto de estallar, Kev se vistió con las ropas mundanas que la familia insistía que tenía que ponerse en Londres.

—Ya sabes la importancia que dan los *gadjos* a su apariencia —le había dicho Rohan arrastrándolo a Savile Row—. Tienes que parecer respetable o, si no, mirarán con malos ojos a tus hermanas cuando te vean con ellas.

El anterior jefe de Rohan, lord St. Vincent, le había recomendado una sastrería especializada.

—No encontrarás nada decente a no ser que te lo hagan a medida —había dicho St. Vincent, dirigiéndole a Kev una mirada calculadora—. No creo que encuentres nada que te siente bien.

Kev se había sometido a la indignidad de que le tomaran medidas, de que lo cubrieran con incontables telas y que le hicieran interminables pruebas. Rohan y las hermanas Hathaway parecían haber quedado satisfechos con los resultados, pero Kev no encontraba diferencia alguna entre sus ropas nuevas y las viejas. La ropa era ropa, algo que cubría el cuerpo para protegerlo de los elementos.

Frunciendo el ceño, Kev se había puesto una camisa blanca plisada y una corbata negra, un chaleco con solapas y unos pantalones estrechos. Se puso encima un abrigo de lana con bolsillos delanteros y una abertura en la espalda (a pesar de su desdén por las ropas de los *gadjos*, tenía que reconocer que era un abrigo cómodo y elegante).

Como era su costumbre, Kev se dirigió a la *suite* de los Hathaway para desayunar. Compuso una cara inexpresiva si bien tenía el estómago revuelto y el pulso errático ya que en pocos minutos volvería a ver a Win. Pero sabría cómo manejar la situación. Se mostraría tranquilo y sereno, mientras ella mostraría su habitual fachada tranquila, y de esa manera ambos conseguirían sobrellevar la incomodidad de ese primer encuentro, tras la desafortunada reunión de la noche pasada.

Sin embargo, todas sus buenas intenciones desaparecieron en cuanto entró en la *suite* y, tras dirigirse a la salita, vio a Win tumbada en el suelo. En ropa interior.

Estaba tendida boca abajo, intentando levantarse, con un hombre inclinado sobre ella. Tocándola.

La imagen hizo estallar algo en el interior de Kev.

Con un rugido que prometía sangre, llegó hasta Win en un instante, alzándola rápidamente en sus posesivos brazos.

—Espera —dijo ella casi sin aliento—. ¡¿Qué haces...?! ¡Oh, no, no lo hagas! ¡Déjame explicarte...! ¡No!

La depositó sin contemplaciones en el sofá que había detrás de él y se giró para enfrentarse al otro hombre. El único pensamiento en la mente de Kev era practicar un desmembramiento rápido y efectivo, comenzando por arrancar de cuajo la cabeza de ese bastardo.

Prudentemente, el hombre se apresuró a refugiarse detrás de una pesada silla.

—Usted debe de ser Merripen —dijo—. Yo soy...

—Un hombre muerto —gruñó Kev, dirigiéndose hacia él.

—¡Es mi médico! —gritó Win—. Es el doctor Harrow. Merripen, ¡no te atrevas a hacerle daño!

Ignorándola, Kev avanzó dos zancadas antes de sentir que una pierna se enganchaba en la suya y lo hacía caer de bruces al suelo. Era Cam Rohan que se arrojó sobre él sujetándole los brazos con las rodillas y apretándole la cabeza contra el suelo.

—Merripen, idiota —dijo Rohan, sin aflojar su presa ni un ápice—, es el maldito médico. ¿Qué crees que estás haciendo?

—Voy a matarlo... —gruñó Kev, retorciéndose para librarse del peso de Rohan.

—¡Maldita sea! —exclamó Rohan—. Leo, ¡ayúdame a sujetarlo! Ahora.

Leo se acercó corriendo para ayudarle. Entre los dos consiguieron inmovilizarlo.

—Me encantan nuestras reuniones familiares —oyó que decía Leo—. Merripen, ¿qué diablos te pasa?

—Win está en ropa interior y ese hombre...

—Esto no es ropa interior. —Era la voz exasperada de Win—. ¡Ésta es mi ropa de ejercicio!

Merripen se retorció para mirarla. Como Rohan y Leo aún estaban encima de él, sujetándolo, no podía levantar la vista del todo. Pero vio a Win vestida con unos pantalones holgados y un corpiño que dejaba los brazos desnudos.

—Sé reconocer la ropa interior cuando la veo —espetó.

—Éstos son unos pantalones turcos, y un corpiño perfectamente respetable. Todas las mujeres de la clínica llevamos la misma ropa. El ejercicio es necesario para mi salud, y no voy a hacerlo con vestido y corsé...

—¡Te estaba tocando! —la interrumpió Kev con dureza.

—Comprobaba que estaba en la postura correcta.

El médico se acercó con cautela. Había una chispa de humor en sus vivaces ojos grises.

—En realidad es un ejercicio hindú. Es parte de un programa de entrenamiento que he desarrollado. Todos mis pacientes lo han incorporado a sus ejercicios diarios. Por favor, créame. Las atenciones que he tenido hacia la señorita Hathaway han sido completamente respetuosas. —Hizo una pausa y luego preguntó con una mueca—: ¿Estoy ya a salvo?

Leo y Cam, todavía forcejeando con Kev, contestaron al unísono:

—No.

En esos momentos, Poppy, Beatrix y la señorita Marks entraron corriendo en la salita.

—Merripen —dijo Poppy—. El doctor Harrow no estaba lastimando a Win, y...

—Lo cierto es que es muy simpático, Merripen —intervino Beatrix de repente—. Incluso les gusta a mis mascotas.

—Tranquilo —le dijo Rohan en un susurro, hablándole en la lengua romaní para que nadie más le entendiera—. Esto no ayuda a nadie.

Kev se quedó inmóvil.

—La estaba tocando —replicó en la antigua lengua, si bien odiaba usarla.

Sabía que Rohan entendía lo difícil que era para un romaní —o más bien imposible— tolerar que otro hombre pusiera una mano encima a su mujer, sin importar cuál fuera la razón.

—Ella no es tuya, *phral* —dijo Rohan en romaní, no sin cierta simpatía.

Lentamente, Kev se obligó a relajarse.

—¿Puedo soltarlo ya? —preguntó Leo—. Sólo hay un ejercicio que disfruto antes del desayuno, y no es precisamente éste.

Rohan permitió que Kev se levantara, pero le mantuvo el brazo retorcido en la espalda.

Win se acercó a Harrow. Verla tan pequeña, al lado de otro hombre, provocó que todos los músculos del cuerpo de Kev se tensaran. Podía percibir claramente la forma de las caderas y de las piernas femeninas. Toda la familia se había vuelto loca al dejarla vestir de esa manera delante de una persona extraña además de permitirle actuar como si eso fuera lo más apropiado. «Pantalones turcos»... como si llamándolos de esa manera les hiciera ser otra cosa que calzones.

—Insisto en que te disculpes —dijo Win—. Has sido muy grosero con mi invitado, Merripen.

«¿Su invitado?» Kev la fulminó con la mirada, ofendido.

—No es necesario —se apresuró a decir Harrow—. Sé lo que debió de haber parecido...

Win clavó la mirada en Kev.

—El doctor Harrow consiguió que me pusiera bien, y ¿es ésta la manera en que se lo pagas? —le reprochó.

—Fue usted quien consiguió ponerse bien —dijo Harrow—. Fue gracias a sus esfuerzos, señorita Hathaway.

La expresión de Win se suavizó cuando miró al médico.

—Gracias. —Pero cuando volvió a mirar a Kev, volvió a fruncir el ceño—. ¿Vas a disculparte, Merripen?

Rohan le retorció el brazo con un poco más de fuerza.

—Hazlo, maldita sea —masculló—. Por el bien de la familia.

Lanzando una mirada fulminante al médico, Kev habló en romaní.

—*Ka xlia ma pe tute* (Vete a la mierda).

—Lo que quiere decir —se apresuró a decir Rohan—, «por favor, perdona el malentendido y seamos amigos».

—*Te malavel les i menkiva* —agregó Kev. (Ojalá mueras de una enfermedad maligna.)

—Lo que traducido —dijo Rohan— viene a decir que «tu huerto se llene de erizos gordos». Debo añadir que eso se considera una bendición en el pueblo *Rom*.

Harrow parecía escéptico, pero murmuró:

—Acepto su disculpa. No ha sido nada.

—Os ruego que nos disculpéis —dijo Rohan con una sonrisa, todavía retorciendo el brazo de Kev—. Continuad con el desayuno, por favor..., tenemos que hacer unos recados. Por favor, decidle a Amelia cuando se levante que regresaré al mediodía. —Y arrastró a Kev fuera de la habitación con Leo pisándoles los talones.

Tan pronto como estuvieron fuera de la *suite*, en el pasillo, Rohan soltó el brazo de Kev y lo giró para enfrentarse a él. Pasándose la mano por el pelo, le preguntó con una leve exasperación:

—¿Qué esperabas conseguir asesinando al médico de Win?

—Divertirme.

—No cabe duda de ello. Pero, obviamente, Win no estaba divirtiéndose en absoluto.

—¿Qué hace Harrow aquí? —preguntó Kev con ferocidad.

—A eso puedo responderte yo —dijo Leo, apoyando el hombro en la pared en una postura informal—. Harrow quiere conocer al resto de la familia Hathaway. Porque mi hermana y él son muy buenos... amigos.

De repente, Kev sintió el estómago pesado, como si se hubiera tragado un puñado de piedras del río.

—¿Qué quieres decir con eso? —le preguntó, aunque ya lo sabía. Ningún hombre podía estar cerca de Win y no enamorarse de ella.

—Harrow es viudo —dijo Leo—. Es un hombre decente. Más implicado en su clínica y sus pacientes que en ninguna otra cosa. Pero es un hombre sofisticado, ha viajado mucho y es condenadamente rico. Le gustan las obras de arte. Es un experto coleccionista.

A ninguno de los otros hombres se les pasó por alto la implicación. Win sería, sin lugar a dudas, una exquisita adquisición para su colección.

Le resultaba duro hacer la siguiente pregunta, pero Kev se obligó a hacerla.

—¿A Win le gusta?

—No creo que Win tenga claro si lo que siente por él tiene que ver más con la gratitud que con el afecto. —Le dirigió a Kev una mirada inquisitiva—. Y todavía quedan demasiadas preguntas sin responder para las que ella todavía no ha encontrado respuesta.

—Hablaré con ella.

—Si yo fuera tú, no lo haría. No hasta que se le pase el enfado. Está bastante indignada contigo.

—¿Por qué? —inquirió Kev, preguntándose si ella le habría confiado a su hermano lo acontecido la noche anterior.

—¿Por qué? —Leo hizo una mueca—. Hay bastantes razones, y no sé por cuál empezar. Dejando aparte lo sucedido hace un momento, ¿qué te parece el hecho de que jamás le hayas escrito una carta?

—Lo hice —dijo Kev con indignación.

—Sólo una vez —reconoció Leo—. Un informe sobre la hacienda. Me la enseñó. ¿Cómo podría olvidar esa bella prosa con la que le contaste cómo se fertilizaba el campo cercano al portón del este? Te aseguro que la parte que se refería al estiércol de ovejas casi hizo que me echara a llorar, era tan sentimental y...

—¿De qué querías que le escribiera? —espetó Kev.

—No te molestes en explicárselo, milord —intervino Cam cuando Leo abrió la boca—. No es costumbre de los romaníes expresar nuestros sentimientos por escrito.

—Tampoco es costumbre entre los romaníes administrar una hacienda ni dirigir cuadrillas de trabajadores, ni tratar con arrendatarios —replicó Leo—. Sin embargo, lo has hecho, ¿verdad? —Sonrió con sarcasmo ante la expresión hosca de Kev—. Puedo asegurarte, Merripen, que serías un vizconde mucho mejor que yo. Mírate... ¿estás vestido como un romaní? ¿Te pasas los días haraganeando ante el fuego del campamento o los pasas enfrascado en los libros de contabilidad de la hacienda? ¿Duermes sobre el duro suelo o encima de un cómodo colchón de plumas? ¿Acaso hablas como un romaní? No, has perdido tu acento. Suenas como...

—¿Adónde quieres llegar? —lo interrumpió Kev bruscamente.

—Sólo quiero hacerte ver que te transformaste desde el momento que llegaste a esta familia. Has hecho cualquier cosa que tuvieras que hacer para estar cerca de Win. Así que no seas un maldito hipócrita y me salgas ahora con que eres un romaní cuando al fin tienes la oportunidad de... —Leo se interrumpió y levantó la mirada al cielo—. Dios mío. Esto es demasiado incluso para mí. Pensé que ya era inmune a los dramas. —Le dirigió a Rohan una agria mirada—. Habla tú con él. Yo me voy a tomar un té.

Y regresó a la *suite*, dejándolos en el pasillo.

—No le escribí sobre estiércol de ovejas —masculló Kev—. Fue sobre otro tipo de fertilizante.

Rohan intentó sin éxito contener una amplia sonrisa.

—Sea como fuere, *phral*, la palabra «fertilizante» no debería incluirse en una carta para una dama.

—No me llames así.

Rohan echó a andar por el pasillo.

—Ven conmigo. Es verdad que quería que me acompañaras a hacer un recado.

—No me interesa.

—Es algo peligroso —intentó persuadirlo Rohan—. Quizás incluso tengas que pegarle a alguien e iniciar una pelea. Ah... sabía que eso te convencería.


Una de las cualidades que Kev encontraba más molesta en Cam Rohan era su insistencia en intentar descubrir el origen de los tatuajes. Llevaba casi tres años persiguiendo aquel misterio.

A pesar de la multitud de responsabilidades que cargaba sobre sus hombros, Rohan jamás perdía la oportunidad de indagar sobre el tema. Había buscado diligentemente a su propia tribu, intentando encontrar información en cada *vardo* que pasaba y acudiendo a todos los campamentos gitanos. Pero parecía como si la tribu de Rohan hubiera desaparecido de la faz de la tierra, o al menos hubiera acabado en el otro extremo. Lo más probable era que jamás los encontrara, no existía límite de hasta dónde podría viajar una tribu, y ninguna garantía de que volviera a Inglaterra.

Rohan había buscado en registros de matrimonios, de nacimientos y de defunciones, buscando cualquier mención de su madre, Sonya, o de sí mismo. No había encontrado nada hasta el momento. También había consultado con expertos heráldicos e historiadores irlandeses para averiguar el posible significado del símbolo *pooka*. Todo lo que habían podido decirle era lo que ya conocía de las antiguas leyendas sobre el caballito de pesadilla: que hablaba con voz humana, que aparecía a medianoche para exigirte que fueras con él y que jamás podías negarte. Y al regresar, si sobrevivías al paseo, tu vida habría cambiado para siempre.

Cam tampoco había podido encontrar una conexión entre los nombres de Rohan y Merripen, bastante comunes en el *Rom*. Por eso, últimamente, Rohan se había puesto a buscar la tribu de Kev, o a alguien que supiera de ella.

De manera comprensible, Kev se negaba a seguir ese plan, sobre el que Rohan le había puesto al corriente mientras se dirigían hacia los establos del hotel.

—Me dieron por muerto y me abandonaron —dijo Kev—. Y ¿quieres que te ayude a encontrarlos? Si veo a cualquiera de ellos, en especial a Rom Baro, le mataré con mis propias manos.

—Por supuesto —replicó Rohan con tranquilidad—. Después de que nos hablen del tatuaje.

—Todo lo que nos dirán es lo que ya te he dicho... que es la marca de una maldición. Y que si alguna vez averiguamos lo que significa...

—Sí, sí, ya lo sé. Estaremos condenados. Pero si lo que llevo es una maldición en el brazo, Merripen, prefiero estar prevenido.

Kev le dirigió una mirada que debería de haberle derribado en el acto. Se detuvo en una esquina de los establos donde los limpiacascos, las tijeras y las cuchillas para herraje se encontraban ordenados pulcramente en estantes.

—No voy a ir. Tendrás que buscar a mi tribu sin mí.

—Te necesito —replicó Rohan—. En primer lugar, donde vamos a ir es a un *kekkeno mushes puv.*

Kev clavó en él una mirada incrédula. *Kekkeno mushes puv* podía ser traducido como «tierra de nadie», y era una franja de terreno estéril localizado en una de las márgenes del Támesis. El suelo enlodado estaba abarrotado con sucias tiendas gitanas, algunos *vardos* desvencijados y perros salvajes casi tan fieros como los romaníes que vivían allí. Pero ése no era el auténtico peligro. El verdadero peligro eran un grupo de no gitanos conocidos como los *chorodies*, descendientes de bellacos y parias, principalmente de origen Saxon. Los *chorodies* eran crueles, sucios y feroces, sin costumbres ni modales. Ir a uno de esos lugares donde solían estar era como pedir a gritos que te atracaran o robaran. Era difícil imaginar un lugar más peligroso en Londres, salvo algunos tugurios de la zona este.

—¿Por qué piensas que alguien de mi tribu puede estar en ese lugar? —preguntó Kev, algo más que horrorizado ante la idea. No era probable que bajo el liderazgo de Rom Baro su tribu hubiera caído tan bajo.

—Hace poco me encontré con un *chal* de la tribu Bosvil. Me dijo que su hermana pequeña, Shuri, estuvo casada hace mucho tiempo con tu Rom Baro. —Rohan miró fijamente a Merripen—. Al parecer, la historia de lo que te sucedió ha pasado a formar parte de las leyendas de la *romanija.*

—No entiendo por qué —masculló Kev, sintiéndose un poco sofocado—. No tiene ninguna importancia.

Rohan se encogió de hombros sin apartar la mirada de la cara de Kev.

—El *Rom* cuida de los suyos. Ninguna tribu ha dejado atrás a un niño herido o moribundo, fueran cuales fuesen las circunstancias. Y, al parecer, eso trajo una maldición a la tribu de Rom Baro... Su suerte fue a peor, y la mayor parte de ellos acabaron mal. Se ha hecho justicia para ti, Merripen.

—Jamás me preocupé por la justicia. —Kev se sintió un poco sorprendido por la aspereza de su voz.

Rohan habló con un tono comprensivo.

—Es una vida extraña, ¿verdad? Un romaní sin tribu. Por duro que quiera parecer, jamás podrá encontrar su hogar. Porque para nosotros, nuestro hogar no es un edificio ni una tienda ni un *vardo*..., nuestro hogar es nuestra familia.

A Kev le costó trabajo sostener la mirada fija de Rohan. En el tiempo que hacía que lo conocía, Kev jamás se había sentido tan cerca de él como en ese momento. Pero ya no podía ignorar el hecho de que ambos tenían demasiadas cosas en común. Los dos eran extraños con pasados llenos de preguntas sin respuesta. Y cada uno de ellos había sido atraído por los Hathaway y había encontrado un hogar con ellos.

—Iré, maldita sea —dijo Kev bruscamente—. Pero sólo porque sé lo que me haría Amelia si dejara que te ocurriera algo.

# 10

En alguna parte de Inglaterra, la primavera había cubierto la tierra de terciopelo verde y habían florecido las flores de los setos. En alguna parte el cielo era azul y el aire, dulce. Pero no en «tierra de nadie», donde el humo de millones de chimeneas había cubierto el cielo de la ciudad con una niebla amarilla que la luz del día apenas podía atravesar. Ése era un lugar árido lleno de miseria y barro. Localizado aproximadamente a cinco kilómetros del río, estaba bordeado por una colina y el ferrocarril.

Kev estaba sombrío y silencioso mientras Rohan y él guiaban los caballos al campamento gitano. Las tiendas estaban esparcidas por doquier y los hombres permanecían sentados en las entradas mientras tallaban o hacían canastas. Oyó que algunos niños se gritaban entre sí. Cuando rodeó una tienda, vio a un grupo de hombres alrededor de una pelea. Los hombres gritaban amenazas y coléricas instrucciones a los niños como si fueran animales salvajes.

Deteniéndose a mirar, Kev clavó los ojos en los niños mientras las imágenes de su propia infancia pasaban como un relámpago por su mente. Dolor, violencia, miedo... la furia de Rom Baro, que lo golpearía más que nadie si perdía la pelea. Y si Kev ganaba, dejando al otro niño ensangrentado y herido en el suelo, no habría recompensa para él. Sólo la culpa aplastante de haber hecho daño a alguien que no le había hecho mal alguno.

«¿Qué es esto? —había rugido Rom Baro al descubrir que Kev se acurrucaba en una esquina para llorar, después de haber golpeado a un niño que le había rogado que se detuviera—. Patético perro llorón. Esto es lo que te mereces... —y había asestado una patada en el costado de Kev, haciéndole daño en una costilla— por cada lágrima que derramas. ¿Qué clase de idiota lloraría por ganar? Llorar es la única cosa que sabes hacer bien, ¿verdad? Te voy a arrancar toda esa debilidad que tienes a pedazos, nenaza...», y no había dejado de patear a Kev hasta que éste quedó inconsciente.

La siguiente vez que Kev había ganado a alguien, no había sentido ni una pizca de culpabilidad. No había sentido absolutamente nada.

Kev no era consciente de haberse quedado paralizado, ni de que respiraba con dificultad, hasta que Rohan le habló con suavidad.

—Vamos, *phral*.

Apartando la mirada de los niños, Kev observó la compasión y la comprensión en los ojos del otro hombre, y relegó los oscuros recuerdos al fondo de su mente. Le dirigió a Rohan una leve inclinación de cabeza y continuó hacia delante.

Rohan se detuvo en dos o tres tiendas para preguntar por una mujer llamada Shuri. Todos le respondían a regañadientes. Como esperaban, los romaníes miraban a Rohan y a Kev con curiosidad y obvia sospecha. Su dialecto era difícil de interpretar, una mezcla de la lengua materna y algo conocido como «tinker patois», que era el argot que utilizaban los gitanos de las ciudades.

Los enviaron a una de las tiendas más pequeñas, donde un niño estaba sentado en la entrada sobre un cubo vuelto del revés. Tallaba botones con una pequeña navaja.

—Estamos buscando a Shuri —dijo Kev en la antigua lengua.

El niño miró por encima del hombro hacia la tienda.

—*Mami* —llamó—. Hay dos hombres buscándote. Son romaníes vestidos como los *gadjos*.

Una mujer de singular apariencia se acercó a la entrada. Apenas medía uno sesenta, pero su torso y su cabeza eran voluminosos, tenía la cara morena y llena de arrugas, y los ojos, apagados y oscuros. Kev la reconoció de inmediato. No cabía duda de que era Shuri, que tenía dieciséis años cuando se había casado con Rom Baro. Kev había sido abandonado por la tribu poco después de su llegada.

Los años no habían sido amables con ella. Shuri había sido antaño una mujer de belleza imponente, pero una vida llena de adversidades la había envejecido prematuramente. Aunque Kev y ella eran casi de la misma edad, la diferencia entre ambos parecía de veinte años en vez de dos.

Ella miró a Kev sin demasiado interés. Luego sus ojos se agrandaron, y sus manos nudosas se movieron en un gesto comúnmente utilizado para protegerse de los espíritus malignos.

—Kev —murmuró.

—Hola, Shuri —dijo Kev con dificultad, y continuó con un saludo que no había dicho desde la infancia—. *Droboy tume romale.*

—¿Eres un espíritu? —le preguntó.

Rohan lo miró con atención.

—¿Kev? —repitió—. ¿Es ése tu nombre de pila, tu nombre de tribu?

Kev lo ignoró.

—No soy un espíritu, Shuri. —Le dirigió una sonrisa tranquilizadora—. Si lo fuera no habría envejecido, ¿verdad?

Ella negó con la cabeza, y lo miró con los ojos entrecerrados, aún con recelo.

—Si eres tú en realidad, enséñame tu marca.

—¿Puedo hacerlo dentro?

Tras una larga vacilación, Shuri asintió con la cabeza de mala gana, invitando tanto a Kev como a Rohan a entrar en la tienda.

Cam se detuvo en la entrada y le dijo al niño:

—Vigila que no nos roben los caballos —murmuró—, y te

daré media corona al salir. —No estaba seguro de si los caballos correrían más peligro con los *chorodies* o con los romaníes.

—Sí, *Kako* —respondió el niño, usando el tratamiento de respeto que se reservaba a un hombre adulto.

Sonriendo con tristeza, Cam entró en la tienda detrás de Merripen.

Estaba levantada sobre una estructura de barras ancladas al suelo y que se curvaban en lo alto con otras barras sujetas a ellas con cuerdas. Todo ello estaba cubierto con una gruesa lona color café que se había asegurado en las esquinas de la estructura. No había ni mesas ni sillas. Para un romaní el suelo servía perfectamente bien para ambos propósitos. Pero había un gran montón de cazuelas y cubiertos en una de las esquinas, y un pequeño jergón cubierto con tela. El interior de la tienda estaba caliente gracias a un pequeño fuego sobre el que se calentaba el contenido de una cazuela de tres patas.

Imitando a Shuri, Cam se sentó con las piernas cruzadas al lado de la cazuela. Reprimió una sonrisa cuando Shuri insistió en ver el tatuaje de Merripen, lo que le provocó una mirada de resignación. Siendo un hombre modesto y reservado, era probable que Merripen se muriera de vergüenza al tener que desvestirse delante de ellos, pero apretó los dientes y se quitó el abrigo y el chaleco.

En vez de quitarse la camisa del todo, Merripen la desabotonó y se la echó hacia atrás, dejando sólo al descubierto los hombros y parte de la espalda donde los músculos brillaron como si fueran de cobre bruñido. El tatuaje seguía siendo una imagen sorprendente para Cam, que jamás se lo había visto a nadie que no fuera él mismo.

Murmurando en romaní con un acento cerrado, utilizando unas palabras que sonaron a sánscrito, Shuri se movió detrás de Kev para observar el tatuaje. Merripen inclinó la cabeza y respiró quedamente.

La diversión de Cam se desvaneció cuando vio la cara de Merripen, inexpresiva salvo por un ligero ceño. Para Cam habría sido una alegría y un alivio encontrar a alguien de su pasado. Para

Merripen, la experiencia era puro sufrimiento. Pero lo soportaba con un estoicismo que impresionó a Cam. Rohan descubrió que no le gustaba ver a Merripen tan vulnerable.

Tras echarle un vistazo a la marca del caballito de pesadilla, Shuri se apartó de Merripen y le hizo un gesto para que se vistiera.

—¿Quién es el hombre que te acompaña? —preguntó, señalando con la cabeza a Cam.

—Uno de mi *kumpania* —masculló Merripen. *Kumpania* era la palabra usada para describir un clan, un grupo unido y no necesariamente por los vínculos familiares. Poniéndose de nuevo la ropa, Merripen preguntó bruscamente:

—¿Qué le sucedió a la tribu, Shuri? ¿Dónde está Rom Baro?

—Bajo tierra —dijo la mujer, demostrando una total falta de respeto hacia su marido—. Y la tribu dispersa. Después de que los miembros de la tribu vieran lo que te hizo, Kev... lo abandonaron. Después de aquello, las cosas fueron de mal en peor. Nadie quiso seguirle. Los *gadjos* lo colgaron finalmente cuando lo atraparon haciendo *wafodu luvvu*.

—¿Qué es eso? —preguntó Cam, incapaz de entender su acento.

—Dinero falsificado —dijo Merripen.

—Antes de eso —continuó Shuri—, Rom Baro había intentado convertir a varios niños en *asharibe* para ganar algunas monedas en las ferias y las calles de Londres. Pero ninguno de ellos sabía pelear como tú, y sus padres no permitían que Rom Baro los presionara tanto como a ti. —Sus perspicaces ojos oscuros se volvieron hacia Cam—. Rom Baro llamaba a Kev su perro de pelea —dijo—, pero trataba mejor a los perros que a él.

—Shuri —masculló Merripen, frunciendo el ceño—. Él no necesita saber...

—Mi marido quería que Kev muriera —continuó ella—, pero ni siquiera Rom Baro se atrevía a matarlo. Así que lo privó de comida y lo hizo luchar en demasiadas peleas, y no le daba vendajes ni bálsamo para sus heridas. Jamás le dio una manta, sólo un jergón de paja. Solíamos sustraer comida y medicinas para él cuando Rom Baro no estaba cerca. Pero nadie lo defendía, pobre niño. —Su mirada volvió a regañadientes a Merripen para decirle—: Y no era fácil ayudarte, no cuando lo único que hacías era soltar gruñidos. Nunca una palabra de agradecimiento, ni siquiera una sonrisa.

Merripen guardó silencio, sin levantar la mirada mientras terminaba de abrocharse el último de los botones del chaleco.

Cam pensó que era una suerte que Rom Baro estuviera muerto, porque sentía el poderoso deseo de dar caza a ese bastardo y matarlo. Tampoco le gustó la crítica de Shuri a Merripen. No es que Merripen hubiera sido un modelo de encanto..., pero después de haber crecido en un ambiente tan despiadado, era un maldito milagro que pudiera vivir como un hombre normal.

Los Hathaway habían hecho más que salvar la vida a Merripen. También habían salvado su alma.

—¿Por qué tu marido odiaba tanto a Merripen? —preguntó Cam quedamente.

—Rom Baro odiaba todo lo relacionado con los *gadjos*. Solía decir que si alguien de la tribu se marchaba alguna vez con un *gadjo*, lo mataría.

Merripen la miró con dureza.

—Pero yo soy romaní.

—Tú eres medio *gadjo*, un *poshram*, Kev. —Ella sonrió ante su mirada atónita—. Nunca lo sospechaste, ¿verdad? Pero sólo tienes que mirarte. La nariz estrecha. La forma de tu mandíbula. Pareces un *gadjo*.

Merripen negó con la cabeza, se había quedado estupefacto ante la revelación.

—Por todos los demonios —susurró Cam.

—Tu madre se casó con un *gadjo*, Kev —continuó Shuri—. El tatuaje que llevas es una marca de su familia. Pero tu padre la abandonó, como suelen hacer los *gadjos*. Cuando ella murió al dar a luz, te enviaron con su hermano, Rom Baro. Es todo lo que sé. Rom Baro me lo contó después de que pensáramos que habías muerto. Dijo: «Ahora sólo queda uno.»

—¿Un qué? —logró preguntar Cam.

—Un hermano. —Shuri se movió para remover el contenido de la cazuela, y en la tienda resplandeció el fulgor del fuego—. Kev tenía un hermano menor.

La emoción inundó a Cam. Sintió un cambio deslumbrante en su conciencia, una nueva inflexión en cada pensamiento. Después de pasarse toda la vida creyendo que estaba solo, había alguien que compartía su sangre. Un hermano de verdad. Clavó los ojos en Merripen, observando cómo la comprensión brillaba en los ojos castaño oscuro. Pensó que las noticias no serían tan bien recibidas por Merripen como por él, pero ello no le importó.

—La abuela se encargó de los dos niños durante un tiempo —continuó Shuri—. Pero luego, por algún motivo, pensó que los *gadjos* vendrían y se los llevarían. Que quizás incluso los matarían. Así que sólo se quedó con un niño, mientras que Kev fue enviado a nuestra tribu bajo el cuidado de su tío Pov, Rom Baro. Estoy segura de que tu abuela no sospechaba cómo te maltrataba Rom Baro, o jamás lo habría permitido.

Shuri miró a Merripen.

—Probablemente pensó que como Pov era un hombre fuerte, te protegería bien. Pero él te consideraba una abominación al ser como eres medio... —Ella se interrumpió con un grito ahogado cuando Cam se subió la manga del abrigo y de la camisa y le mostró el antebrazo. La tinta negra del tatuaje del *pooka* destacaba sobre la piel morena.

—Soy su hermano —dijo Cam, con la voz ligeramente ronca.

Shuri paseó la mirada de la cara de un hombre al otro.

—Sí, ya veo —murmuró finalmente—. No sois muy parecidos, pero sí tenéis algunos rasgos en común. —Una sonrisa de curiosidad curvó sus labios—. *Devlesa avilan.* Dios os ha reunido.

Fuera cual fuese la opinión de Merripen sobre quién o qué los había unido, no la compartió con ellos. En lugar de eso preguntó secamente:

—¿Conoces el nombre de nuestro padre?

Shuri pareció apenada.

—Rom Baro jamás lo mencionó. Lo siento.

—No, nos has ayudado mucho —dijo Cam—. ¿Sabes por qué razón los *gadjos* podrían haber querido...?

—*Mami* —llegó la voz del niño desde fuera—. Vienen los *chorodies*.

—Querrán los caballos —dijo Merripen, poniéndose en pie rápidamente. Dejó unas monedas en la mano de Shuri—. Suerte y salud —le dijo.

—*Kushti bok* —respondió ella, devolviéndole la buenaventura.

Cam y Merripen se apresuraron a salir de la tienda. Hasta ellos se acercaban tres *chorodies*. Con el pelo enredado, las caras sucias, los dientes podridos y un hedor que los precedía mucho antes de su llegada, parecían animales en vez de hombres. Algunos romaníes curiosos los observaban desde una distancia prudencial. Estaba claro que no iban a ayudarlos.

—Bien —dijo Cam en voz baja—, ha llegado la diversión.

—A los *chorodies* les gustan los cuchillos —dijo Merripen—. Pero no saben cómo usarlos. Déjamelos a mí.

—Todos tuyos —dijo Cam con suavidad.

Uno de los *chorodies* habló en un dialecto que Cam no pudo entender, pero señalaba a su caballo, *Pooka*, que los miraba nerviosamente y coceaba.

—Ni hablar —masculló Cam.

Merripen le respondió al hombre con un puñado de palabras igual de incomprensibles. Como había predicho, los *chorodies* sacaron los cuchillos de sus espaldas. Merripen parecía relajado, pero tenía los dedos flexionados y el cuerpo tenso presto para el ataque.

El *chorodie* se abalanzó con un chillido, apuntando a la parte baja del torso, pero Merripen lo esquivó con facilidad. Con una velocidad y habilidad impresionante, le agarró el brazo a su contrincante. Le hizo perder el equilibrio utilizando su propia fuerza contra él. Antes de que pasara un instante, había lanzado al suelo a su adversario, retorciéndole el brazo en el proceso. El crujido de la fractura causó en todos, incluso en Cam, un sobresalto. El *chorodie* aulló de agonía. Arrancando el cuchillo de la mano lacia del hombre, Merripen se lo lanzó a Cam, que lo atrapó al instante.

Merripen miró a los otros dos *chorodies*.

—¿Quién es el siguiente? —preguntó fríamente.

Aunque las palabras fueron pronunciadas en inglés, las alimañas parecieron comprender su significado. Escaparon sin volver la vista atrás, dejando a su compañero herido arrastrándose por el suelo entre fuertes gemidos.

—Muy bien, *phral* —dijo Cam lleno de admiración.

—Tenemos que irnos —dijo Merripen bruscamente—. Antes de que vengan más.

—Vamos a la taberna —dijo Cam—. Necesito beber algo.

Merripen montó en el bayo sin decir palabra. Por una vez, parecía que estaban de acuerdo.

Las tabernas habían sido descritas a menudo como el descanso del hombre ocupado, el negocio del hombre desocupado y el santuario del melancólico. Hell & Bucket estaba ubicada en la zona de peor fama de Londres, y podría haber sido llamada «el refugio del criminal», o «el hogar del borracho». Pero se ajustaba bastante bien a los propósitos de Kev y Cam, al ser un lugar donde servirían a dos romaníes sin rechistar. La cerveza era fuerte y de buena calidad, y aunque las camareras eran ariscas, hacían un buen trabajo manteniendo las jarras llenas y el suelo limpio.

Cam y Kev se sentaron a una pequeña mesa, iluminada por una vela metida en un candelabro, cuyo sebo se derramaba por los lados. Kev se bebió la mitad de la jarra de un trago y luego la dejó sobre la mesa. Raras veces bebía algo que no fuera vino, y eso con moderación. No le gustaba perder el control a causa del alcohol.

Cam, sin embargo, se bebió toda la jarra de una vez. Se reclinó en la silla y le dirigió a Kev una leve sonrisa.

—Siempre me ha hecho gracia tu intolerancia al licor —comentó—. Un romaní de tu tamaño debería ser capaz de beberse un cuarto de barril de una sentada. Pero ahora que he descubierto que eres también medio irlandés... es totalmente inexcusable, *phral*. Tendremos que mejorar tu tolerancia a la bebida.

—No le contaremos esto a nadie —dijo Kev con seriedad.

—¿Que somos hermanos? —Cam pareció disfrutar de la mueca claramente visible de Kev—. No es tan malo ser medio *gadjo* —le dijo a Kev con simpatía, y soltó una risita al ver su expresión—. Lo cierto es que esto explica por qué los dos nos sentimos cómodos en un lugar, mientras que la mayoría de los romaníes prefieren vagar toda su vida por el mundo. Es nuestra parte irlandesa...

—Ni... una... palabra —dijo Kev—. Ni siquiera a la familia.

Cam se molestó un poco.

—No tengo secretos para mi mujer.

—¿Ni siquiera por su seguridad?

Cam pareció pensarlo detenidamente mientras miraba por una de las estrechas ventanas de la taberna. Las calles estaban atestadas de vendedores ambulantes, y las ruedas de sus carretillas traqueteaban sobre los adoquines. Sus gritos roncos llenaban el aire mientras intentaban atraer a los potenciales clientes con cajas de sombreros, juguetes, cerillas, paraguas y escobas. En la ventana de la carnicería, al otro lado de la calle, estaba expuesta la brillante carne recién cortada.

—¿Crees que la familia de nuestro padre quiere todavía matarnos? —preguntó Cam.

—Es posible.

Cam se frotó la manga con un gesto distraído, justo encima del lugar donde tenía el tatuaje del *pooka*.

—Está claro que los tatuajes, los secretos, nuestra separación, el que nos dieran nombres diferentes, no habría ocurrido a menos que nuestro padre fuera un hombre importante. Porque de otra manera, a los *gadjos* les importaría un bledo un par de niños mestizos. Me pregunto por qué nuestro padre abandonó a nuestra madre. Me pregunto...

—Me importa un bledo.

—Voy a hacer una nueva búsqueda en los registros de naci-mientos de la parroquia. Quizá nuestro padre...

—No lo hagas. Déjalo estar.

—¿Que lo deje estar? —Cam le dirigió una mirada incrédu-la—. ¿De verdad quieres ignorar todo lo que averiguamos hoy? ¿Quieres ignorar la relación que existe entre nosotros?

—Sí.

Sacudiendo la cabeza lentamente, Cam giró uno de sus ani-llos de oro.

—Después de lo que he visto hoy, hermano, te comprendo mucho mejor. La manera en que tú...

—No me llames así.

—Imagino que al criarte como un animal salvaje, la raza hu-mana no te inspira demasiado cariño. Lamento que fueras tan de-safortunado, que te enviaran con nuestro tío. Pero no puedes dejar que eso te impida llevar una vida plena ahora. Que te im-pida averiguar quién eres.

—Averiguar quién soy no me ayudará a conseguir lo que quiero. Nada lo hará. Es imposible.

—¿Qué es lo que quieres? —le preguntó Cam suavemente.

Apretando la boca, Kev lo fulminó con la mirada.

—¿Ni siquiera te atreves a decirlo? —lo aguijoneó Cam. Cuan-do Kev permaneció tercamente en silencio, Cam señaló su jarra de cerveza—. ¿Te la vas a acabar?

—No.

Cam se bebió la cerveza en un par de tragos.

—¿Sabes? —le comentó con ironía—. Era bastante más fácil manejar un club lleno de borrachos, jugadores y criminales que tratar contigo y con los Hathaway. —Dejó la jarra en la mesa y esperó un momento antes de preguntar en voz baja—: ¿Lo sos-pechabas? ¿Pensaste alguna vez que la relación entre nosotros podría ser tan cercana?

—No.

—En el fondo, yo sí lo pensé. Siempre supe que no estaba solo.

Kev le dirigió una mirada severa.

—Esto no cambia nada. No soy tu familia. No hay lazos entre nosotros.

—La sangre ya es un lazo —replicó Cam de buen humor—. Y como el resto de mi tribu ha desaparecido, eres todo lo que tengo, *phral*. Atrévete a deshacerte de mí.

# 11

Win bajó las escalinatas del hotel seguida por Charles, uno de los lacayos de los Hathaway.

—Cuidado, señorita Hathaway —le advirtió—. Un resbalón y podría partirse el cuello.

—Gracias, Charles —respondió ella sin aminorar el paso—. Pero no tienes por qué preocuparte. —Tenía bastante práctica con las escaleras, ya que había bajado y subido las largas escaleras de la clínica francesa como parte de sus ejercicios diarios—. Debo advertirte, Charles, que a partir de ahora bajaré y subiré las escaleras a paso vivo.

—Sí, señorita —dijo él, sonando contrariado. Charles era un poco robusto y de andar pesado. Aunque ya tenía sus años, los Hathaway se negaban a despedirlo antes de que tuviera deseos de retirarse.

Win contuvo una sonrisa.

—Ahora sólo voy a Hyde Park a dar un paseo, Charles.

Cuando se acercaron al pie de las escaleras, Win vio a una figura alta y morena atravesando el vestíbulo. Era Merripen, parecía malhumorado y distraído mientras caminaba con la mirada fija en el suelo. Win no pudo contener los escalofríos de placer que la atravesaron cuando lo vio, tan guapo, tan irascible. Él levantó la mirada, y su expresión cambió al verla. Hubo un destello voraz en sus ojos antes de que él lograse extinguirlo. Pero esa breve y brillante llamarada levantó el ánimo de Win de manera inconmensurable.

Tras la escena de esa mañana, y el despliegue de celos furiosos de Merripen, Win se había disculpado ante Julian. El médico se había sentido más divertido que desconcertado.

—Es tal y como me lo ha descrito —dijo Julian, añadiendo tristemente—: pero mucho más de lo que esperaba.

«Más» era una palabra perfecta para aplicársela a Merripen, pensó. No había nada comedido en él. En ese momento se parecía más que nunca al siniestro villano de una novela sensacionalista. La clase de malhechor que siempre era vencido por el héroe rubio.

Las discretas miradas que le lanzaba un grupo de damas del vestíbulo le demostraban a Win que ella no era la única mujer que encontraba fascinante a Merripen. La ropa civilizada le quedaba bien. Vestía un traje a medida sin sentirse incómodo por ello, como si le diera igual vestir como un caballero o como un estibador de los muelles. Y conociendo a Merripen como lo conocía, estaba segura de que era así.

Win se detuvo y esperó, sonriente, a que llegara hasta ella. Su mirada la recorrió de pies a cabeza sin perder detalle del sencillo vestido color rosa y la chaqueta a juego.

—Ya te has vestido —comentó Merripen, como si le sorprendiera verla ataviada en vez de desfilando desnuda por el vestíbulo.

—Es un vestido de paseo —dijo ella—. Como puedes observar, voy a salir a tomar el aire.

—¿Quién te acompaña? —le preguntó a pesar de que podía ver al lacayo que la seguía unos metros por detrás.

—Charles —contestó ella.

—¿Sólo Charles? —Merripen parecía indignado—. Necesitas más protección.

—Sólo iré hasta Marble Arch —dijo Win, divertida.

—¿Acaso te has vuelto loca, mujer? ¿Tienes idea de lo que podría ocurrirte en Hyde Park? Hay carteristas, rateros, timadores y delincuentes todos dispuestos a caer sobre una paloma tan bonita como tú y desplumarla por completo.

En vez de ofenderse, Charles añadió con inquietud:

—Quizás el señor Merripen tenga razón, señorita Hathaway. Está bastante lejos... y nunca se sabe.

—¿Te estás ofreciendo a ocupar su lugar? —le preguntó Win a Merripen.

Como ella había esperado, él gruñó y aceptó de mala gana.

—Supongo que sí, si la alternativa es verte vagar por las calles de Londres tentando a cada criminal que se te presente por el camino. —Miró a Charles con el ceño fruncido—. No es necesario que vengas con nosotros. No quiero tener que cuidar de ti también.

—Sí, señor —fue la respuesta agradecida del lacayo, y volvió a subir las escaleras con mucho más entusiasmo que las había bajado.

Win deslizó la mano en la manga de Merripen y sintió la firme tensión de sus músculos. Se dio cuenta de que algo lo había contrariado profundamente. Algo más que su ropa de ejercicio o el paseo que daría por Hyde Park.

Dejaron el hotel. Las largas zancadas de Kev se ajustaron de inmediato al paso enérgico de Win. Ella decidió adoptar un tono informal y alegre.

—Qué fresco y vigorizante es hoy el aire.

—Está contaminado con el humo del carbón —dijo él, guiándola para rodear un charco como si mojarse los pies pudiera causarle un daño mortal.

—Es verdad, detecto un fuerte olor a humo en tu abrigo. Y no parece olor a tabaco. ¿Adónde fuisteis el señor Rohan y tú esta mañana?

—A un campamento gitano.

—¿Para qué? —insistió Win. Con Merripen, uno no podía dejarse intimidar por su laconismo, o sino nunca podría sacarle nada.

—Rohan pensó que podríamos encontrar allí a alguien de mi tribu.

—¿Y lo hicisteis? —preguntó ella suavemente, sabiendo que era un tema delicado para él.

Hubo un cambio de tensión en el músculo que sostenía su mano.

—No.

—Sí lo hiciste. Puedo verlo en tu rostro.

Merripen bajó la mirada hacia ella, y se dio cuenta de que Win lo miraba atentamente. Suspiró.

—En mi tribu había una chica llamada Shuri.

Win sintió una punzada de celos. Una chica que él había conocido y que jamás había mencionado. Quizás había estado interesado en ella.

—La encontramos hoy en el campamento —continuó Merripen—. Apenas parece la misma. Era muy hermosa, pero ahora aparenta mucha más edad de la que tiene.

—Oh, es una lástima —dijo Win, intentando sonar sincera.

—Su marido, Rom Baro, era mi tío. No era... no fue un buen hombre.

No podía decir que eso la sorprendiera considerando las condiciones en las que Merripen había sido encontrado cuando lo recogieron: herido, abandonado y tan feroz que resultaba obvio que había vivido como un animal salvaje.

Win se sintió llena de compasión y ternura. Deseaba estar en algún lugar privado donde poder convencer a Merripen de que se lo contara todo. Deseaba poder abrazarlo, no como una amante, sino como una amiga cariñosa. Sin duda, muchas personas pensarían lo ridículo que era que ella se sintiera tan protectora con un hombre que parecía invulnerable. Pero debajo de esa fachada dura e impenetrable, Merripen poseía unos sentimientos muy profundos. Win lo sabía. Como también sabía que él lo negaría hasta la muerte.

—¿Le contó el señor Rohan a Shuri lo de su tatuaje? —le preguntó—. ¿Le dijo que era idéntico al tuyo?

—Sí.

—¿Y qué dijo Shuri al respecto?

—Nada. —Su respuesta sonó impaciente.

Un par de vendedores callejeros con sus fardos y sus paraguas se acercaron a ellos con la esperanza de venderles su mercancía. Pero una mirada furiosa de Merripen los hizo retirarse y cruzar el tráfico de carruajes, carretas y caballos hacia el otro lado de la calle.

Win no dijo nada durante un par de minutos, aferrándose al brazo de Merripen mientras la guiaba y le mascullaba exasperante órdenes «no des un paso hacia allí» o «ven por aquí», o «ten cuidado con aquello» como si pisar en falso o en el pavimento irregular pudiera dar como resultado una lesión grave.

—Kev —protestó ella finalmente—, no estoy hecha de porcelana.

—Ya lo sé.

—Entonces, por favor, no me trates como si me fuera a romper en cualquier momento.

Merripen masculló algo acerca de que la calle no estaba en buenas condiciones para ella, que era peligrosa y estaba muy sucia.

Win no pudo evitar reírse entre dientes.

—Por el amor de Dios. Si la calle estuviera pavimentada con oro y los ángeles se encargaran de barrerla, tú aún seguirías diciendo que es muy peligrosa y sucia para mí. Debes deshacerte de ese hábito tuyo de protegerme a todas horas.

—No mientras viva.

Win guardó silencio y le apretó aún más el brazo. La pasión oculta bajo las ásperas y sencillas palabras la inundaron de un placer casi indecente. Era asombroso lo fácil que él podía llegarle a lo más hondo del corazón.

—Preferiría que no me pusieras en un pedestal —dijo ella finalmente.

—No te pongo en un pedestal. Tú eres... —Pero interrumpió sus palabras y sacudió levemente la cabeza, como si estuviera un poco sorprendido de haberlas dicho. Fuera lo que fuese lo que le había ocurrido ese día, lo había dejado desprovisto de autocontrol.

Win consideró qué cosas podría haberle dicho Shuri. Algo sobre la relación entre Cam Rohan y Merripen...

—Kev. —Ella aminoró el paso y forzó a Merripen a ir más despacio—. Incluso antes de marcharme a Francia, se me ocurrió que esos tatuajes eran la prueba de un vínculo cercano entre el señor Rohan y tú. Mientras estaba enferma tenía poco que hacer salvo observar a las personas de mi entorno. Noté cosas que nadie más podía percibir, o siquiera pensar. Y siempre me he sentido especialmente conectada contigo. —Echándole una rápida mirada de reojo, Win observó que a él no le gustaba eso. No quería ser comprendido, ni observado. Quería permanecer a salvo tras su coraza.

»Y cuando conocí al señor Rohan —continuó Win con tono casual, como si estuvieran manteniendo una conversación normal—, me sorprendí por la cantidad de similitudes que había entre vosotros. Cómo inclina la cabeza, esa media sonrisa que tiene... La manera en que gesticula con las manos... Todas esas cosas que te había visto hacer a ti. Y pensé que no me habría sorprendido nada descubrir algún día que fuerais... hermanos.

Merripen se detuvo por completo. Se giró para enfrentarse a ella allí mismo, en la calle, obligando a otros peatones a rodearlos, mientras mascullaban sobre lo desconsideradas que eran algunas personas al bloquear una vía pública. Win levantó la mirada hacia esos salvajes ojos oscuros y se encogió de hombros con aire inocente, esperando su respuesta.

—Eso es poco probable —dijo él bruscamente.

—Las cosas improbables ocurren todo el tiempo —afirmó Win—. En especial, en nuestra familia. —Siguió con los ojos clavados en él, intentando leer su expresión—. Es cierto, ¿no? —preguntó asombrada— ¿Es tu hermano?

Él vaciló. Su susurro fue tan bajo que ella apenas pudo oírlo.

—Es mi hermano menor.

—Me alegro por ti. Por ambos. —Le dirigió una amplia sonrisa hasta que él esbozó una mueca irónica en respuesta.

—Yo no.

—Algún día lo harás.

Tras un momento, él colocó la mano de Win sobre su brazo y comenzaron a caminar de nuevo.

—Si el señor Rohan y tú sois hermanos —dijo Win—, entonces eres medio *gadjo*. Igual que él. ¿Lo lamentas?

—No, yo... —Se detuvo a considerar el descubrimiento—. No me sorprendí tanto como debería. Siempre he sentido que soy romaní y... algo más.

Win captó lo que él no decía. A diferencia de Rohan, a Kev no le entusiasmaba la idea de enfrentarse a esa otra identidad, esa otra parte de sí mismo hasta ese momento ignorada.

—¿Vas a contárselo a la familia? —le preguntó suavemente. Conociendo a Merripen, sabía que querría mantener la información en privado hasta que hubiera considerado todas las implicaciones.

Él negó con la cabeza.

—Antes tengo que encontrar algunas respuestas. Incluyendo por qué el *gadjo* que nos engendró quería matarnos.

—¿Es eso cierto? Santo cielo, ¿por qué?

—Lo más probable es que sea por una cuestión de herencia. Con los *gadjos*, lo normal es que siempre haya dinero por medio.

—Qué mal pensado eres —le dijo, agarrándole el brazo con más fuerza.

—Tengo mis razones.

—También tienes razones para ser feliz. Hoy has encontrado a tu hermano. Y has descubierto que eres medio irlandés.

Eso sí que le hizo soltar una carcajada.

—Y ¿«eso» se supone que debe hacerme feliz?

—Los irlandeses son una raza notable. Y tienen muchas cualidades que veo en ti como el amor por la tierra, tu tenacidad...

—Mi inclinación por las peleas...

—Sí. Bueno, quizá deberías continuar reprimiendo esa parte de ti.

—Siendo medio irlandés —dijo él—, tendría que ser un buen bebedor.

—Y un conversador mucho más locuaz.

—Prefiero hablar sólo cuando tengo algo que decir.

—Hum. Eso no es ni irlandés ni gitano. Quizás haya otra parte de ti que aún no hemos descubierto.

—Dios mío. Espero que no. —Pero Kev sonreía, y Win sintió que una cálida oleada de placer se extendía por todo su cuerpo.

—Es la primera sonrisa auténtica que te he visto desde que regresé —dijo ella—. Deberías sonreír más a menudo, Kev.

—¿Debería? —le preguntó suavemente.

—Oh, sí. Es muy beneficioso para la salud. El doctor Harrow dice que los pacientes alegres tienden a recuperarse mucho más rápido que los tristes.

La mención del doctor Harrow provocó que la esquiva sonrisa de Merripen se desvaneciera.

—Ramsay dice que estáis muy unidos.

—El doctor Harrow es un amigo —contestó ella.

—¿Sólo un amigo?

—Sí, hasta ahora. ¿Pondrías alguna objeción si él deseara cortejarme?

—Claro que no —masculló Kev—. ¿Por qué razón iba a oponerme?

—Por nada. A menos que hubieras establecido algún derecho anterior, lo que, ciertamente, no has hecho.

Win sintió la lucha interior de Merripen mientras asimilaba sus palabras. Una lucha que perdió, pues dijo bruscamente:

—Nada más lejos de mi intención negarte tan insípido sustento, si es eso lo que tu apetito exige.

—¿Estás comparando al doctor Harrow con alimento? —Win luchó para contener una amplia sonrisa de satisfacción. El pequeño despliegue de celos fue un bálsamo para su alma—. Te aseguro que es no es para nada insípido. Es un hombre con sustancia y carácter.

—Es un niño de mamá con los ojos llorosos y la cara pálida.

—Es muy atractivo. Y sus ojos no son llorosos.

—¿Has dejado que te bese?

—Kev, estamos en una vía pública...

—¿Lo has dejado o no?

—Una vez —reconoció ella, y esperó a ver cómo digería él la información. Kev miró con un ceño feroz al pavimento de la acera. Cuando se hizo evidente que no iba a decir nada, Win añadió contra su voluntad—: fue un gesto de afecto.

Siguió sin decir nada.

«Asno terco», pensó Win, molesta.

—No fue como tus besos. Y jamás hemos... —Win sintió que se ruborizaba—. Jamás hemos hecho nada similar a lo que tú y yo hicimos... la otra noche...

—No pienso discutir sobre eso.

—¿Por qué podemos discutir sobre los besos del doctor Harrow pero no sobre los tuyos?

—Porque mis besos no llevarán a ningún cortejo.

Eso la hería. Y también la dejaba perpleja y frustrada. Antes de que todo quedara dicho y hecho, Win tenía intención de conseguir que Merripen admitiera por qué no quería cortejarla. Pero no allí y no en ese momento.

—Bueno, al menos tengo la oportunidad de que el doctor Harrow me corteje —dijo ella, intentando adoptar un tono pragmático—. Y a mi edad, debo considerar cualquier propuesta de matrimonio muy seriamente.

—¿A tu edad? —se mofó él—. Sólo tienes veinticinco años.

—Veintiséis. Y aunque tuviera veinticinco, sería considerada vieja. Perdí muchos años, quizá los mejores, por culpa de mi enfermedad.

—Eres más hermosa ahora de lo que lo fuiste nunca. Cualquier hombre estaría loco o ciego si no te quisiera. —El cumplido no fue dicho en un tono suave, pero sí contenía una sinceridad masculina que incrementó el rubor de Win.

—Gracias, Kev.

Él le dirigió una mirada cauta.

—¿Quieres casarte?

El terco y traidor corazón de Win latió incontrolado y dolorosamente excitado, pues durante un momento pensó que él le había preguntado «¿quieres casarte conmigo?». Pero no, él sólo le pedía su opinión sobre el matrimonio como... bien, como su erudito padre hubiera dicho, como «la estructura conceptual de una posibilidad».

—Sí, por supuesto —dijo ella—. Quiero tener niños a los que amar. Quiero un marido con el que envejecer. Quiero tener mi propia familia.

—¿Y el doctor Harrow dice que eso es posible ahora?

Win vaciló demasiado tiempo.

—Sí, es completamente posible.

Pero Merripen la conocía demasiado bien.

—¿Qué es lo que no me has dicho?

—Estoy lo suficientemente bien para hacer cualquier cosa —dijo ella con firmeza.

—¿Qué es lo que él...?

—No tengo intención de discutirlo. Tú tienes tus temas prohibidos y yo tengo los míos.

—Sabes que lo averiguaré —dijo él con voz queda.

Win lo ignoró mirando fijamente el parque que se extendía ante ellos. Sus ojos se agrandaron al ver algo que no había estado allí antes, cuando había salido con destino a Francia... Una estructura enorme, magnífica, de hierro y cristal.

—¿Es eso el Crystal Palace? Oh, tiene que serlo. Es tan hermoso..., mucho más que los grabados que he visto.

El edificio que cubría un área de más de nueve acres, alojaba una exposición universal de arte y ciencia llamada «La gran exposición». Win había leído sobre ella en los periódicos franceses que, de manera acertada, habían descrito la exposición como una de las grandes maravillas del mundo.

—¿Cuándo lo terminaron? —preguntó ella, apresurando el paso mientras se encaminaban hacia el brillante edificio.

—Hace poco menos de un año.

—¿Has estado dentro? ¿Has visto las exposiciones?

—En mi último viaje a Londres —dijo Merripen, sonriendo ante el entusiasmo de Win—. Y vi unas cuantas exposiciones, pero no todas. Llevaría más de tres días verlo todo.

—¿Qué partes has visto?

—Las que tienen que ver con la maquinaria.

—Me encantaría verlo aunque sólo fuera una mínima parte —dijo ella con tristeza, observando la multitud de visitantes que entraban y salían del espectacular edificio—. ¿Me acompañas?

—Ahora no tendrías tiempo de ver nada. Es tarde. Te traeré mañana.

—Ahora. Por favor. —Le tiró con impaciencia del brazo—. Oh, Kev, no me digas que no.

Cuando Merripen la miró, estaba tan guapo que Win sintió un agradable aleteo en la boca del estómago.

—¿Cómo podría decirte que no? —preguntó él quedamente.

Cuando la condujo a la entrada —un arco de gran altura— del Crystal Palace y pagó un chelín por cada entrada, Win miró a su alrededor con asombro. El impulsor de la exposición de diseño industrial había sido el príncipe Alberto, un hombre sabio y con visión de futuro. Según el pequeño folleto impreso que daban con las entradas, el edificio estaba construido con mil pilares de hierro y trescientas mil láminas de vidrio. Algunas partes eran tan altas como olmos enormes. En total, había cien mil exposiciones de todas las partes del mundo.

La exposición era importante tanto en un sentido social como científico. Era una oportunidad excepcional para que todas las clases, altas y bajas, y todos los países se relacionaran libremente bajo el mismo techo, un acontecimiento que ocurría en muy pocas ocasiones. Personas de todas las clases y apariencias se apiñaban dentro del edificio.

Un grupo de gente vestida a la moda permanecía parada en la sección transversal o cruciforme del Crystal Palace. Ninguna de ellas parecía prestar atención a su alrededor.

—¿A qué espera esa gente? —preguntó ella.

—A nada —contestó Merripen—. Vienen aquí para hablar. Había un grupo similar cuando vine la otra vez. No van a ninguna de las exposiciones, sólo se quedan ahí, pavoneándose.

Win se rio.

—Bueno, entonces, ¿prefieres que nos quedamos aquí y los contemplemos arrobados o vamos a ver algo realmente interesante?

Merripen le tendió el folleto.

Tras rebuscar en la lista de exposiciones, Win dijo con decisión:

—Vamos a «Telas y tejidos».

Él la acompañó a través de un vestíbulo de cristal hasta una estancia de una anchura y tamaño asombrosos. El aire estaba lleno del sonido de los telares y la maquinaria textil, con montones de alfombras expuestas alrededor de la estancia y en el centro. El olor a lana y a tinte envolvía el ambiente con un aroma acre y ligeramente punzante. Alfombras de Kidderminster, América, España, Francia, Oriente, llenaban el lugar de un arco iris de matices y texturas. Las había de pelo largo o corto, trenzadas, labradas... Win se quitó los guantes y pasó las manos por el precioso tejido.

—Merripen, mira esto —exclamó—. Es una alfombra Wilton. Es similar a las de Bruselas, pero tiene el pelo más corto. Parece terciopelo, ¿verdad?

El representante de la fábrica, que estaba de pie allí cerca, les dijo:

—Las Wilton son ahora más económicas, ya que se hacen en telares de vapor.

—¿Dónde está la fábrica? —preguntó Merripen, pasando una mano sobre la suave alfombra—. Supongo que en Kidderminster, ¿no?

—Una allí y otra en Glasgow.

Mientras los dos hombres conversaban sobre la producción de alfombras en los nuevos telares, Win vagó entre las filas de alfombras de muestra. Había más máquinas, desconcertantes por su tamaño y complejidad, unas para tejer, otras para imprimir los diseños, otras para hacer girar las bobinas de hilo. Una de ellas estaba siendo utilizada para demostrar cómo los colchones y almohadas se rellenaban de manera mecanizada.

A pesar de observar fascinada, Win notó cuando Merripen se detuvo a su lado.

—Una se pregunta si al final lo harán todo las máquinas —dijo ella.

Él esbozó una sonrisa.

—Si tuviéramos más tiempo, te llevaría a las exposiciones agrícolas. Se puede cultivar el doble de terreno en la mitad del tiempo que llevaría hacerlo a mano. Ya he adquirido una trilladora para los arrendatarios de la hacienda Ramsay. Te la enseñaré cuando vayamos allí.

—¿Apruebas los avances tecnológicos? —preguntó Win un poco sorprendida.

—Sí, ¿por qué no iba a hacerlo?

—Los romaníes no creen en estas cosas.

Él se encogió de hombros.

—A pesar de lo que los romaníes creen, no puedo ignorar los progresos tecnológicos que mejorarán la vida de todos. La mecanización hará posible que gente con menos recursos pueda permitirse comprar ropa, comida, jabón... alfombras para el suelo.

—Y ¿qué pasa con los hombres que perderán su sustento cuando una máquina ocupe su lugar?

—Las nuevas industrias están creando nuevos trabajos. ¿Por qué consentir que un hombre haga una tarea que puede hacer una máquina en lugar de enseñarle a hacer algo más?

Win sonrió.

—Hablas como un reformista —le susurró con un deje pícaro en la voz.

—Los cambios económicos siempre están acompañados de cambios sociales. Nadie puede detenerlos.

Qué mente tan perspicaz tenía Kev, pensó Win. Su padre se habría sentido orgulloso de cómo había evolucionado aquel chico gitano que había recogido en un camino.

—Supongo que toda esta industria absorberá una gran parte de la población en edad laborable —comentó ella—. Habrá mucha gente del campo dispuesta a mudarse a Londres y a otros lugares que...

Win fue interrumpida por un estallido y algunos gritos de sorpresa a su alrededor. Una espesa y asfixiante nube blanca inundó el aire. Al parecer, la máquina que rellenaba las almohadas había tenido una avería, y remolinos de plumas caían sobre todo el mundo.

Reaccionando con rapidez, Merripen se quitó el abrigo y lo colocó sobre Win, luego sostuvo un pañuelo sobre la nariz y la boca femenina.

—Respira por aquí —masculló, y la condujo a través de la estancia. La multitud se estaba dispersando, algunas personas tosían; otras, maldecían; algunas reían ante la mullida masa blanca que caía sobre el recinto. Incluso había algunos gritos de deleite de los niños que acudían desde las salas cercanas, bailando y saltando para intentar atrapar las esquivas plumas que flotaban en el aire.

Merripen no se detuvo hasta alcanzar otra sala donde se exponían otro tipo de telas. Se había construido un enorme bastidor de madera y vidrio para mostrar la tela que fluía como ríos. En las paredes se habían colgado terciopelos, brocados, sedas, algodones, muselinas, lanas, cada materia imaginable creada para arropar, tapizar o vestir. Colgando de unos pernos, las telas habían sido colocadas en rollos verticales y fijadas a las paredes de muestra que formaran pasillos dentro de la sala.

Saliendo de debajo del abrigo de Merripen, Win le lanzó una mirada y se echó a reír ante la imagen que ofrecía. Las plumas blancas le habían cubierto el pelo negro y se habían pegado a sus ropas como si fueran nieve recién caída.

El semblante preocupado de Merripen dio paso a otro ceñudo.

—Iba a preguntarte si habías respirado el polvo de las plumas —dijo él—, pero a juzgar por el ruido que haces, tus pulmones parecen estar bien.

Win no podía responderle, se estaba riendo a carcajadas.

Cuando Merripen se pasó los dedos entre los mechones negros como la medianoche, las plumas se enredaron aún más en sus cabellos.

—No hagas eso —consiguió decir Win mientras luchaba por contener la risa—. O no podrás quitarlas nunca... déjame que te ayude o será peor el remedio que la enfermedad... y..., jajaja, pareces una paloma desplumada...

Todavía riéndose alegremente, le cogió de la mano y lo instó a seguirla tras uno de los pasillos de tela, hasta que se adentraron en las sombras y quedaron ocultos a la vista de todos.

—Aquí, antes de que alguien nos vea. Oh, eres demasiado alto para mí. —Lo instó a arrodillarse en el suelo con ella. Win se arrodilló sobre las faldas, se quitó el sombrero y lo dejó a un lado.

Merripen observó la cara de Win mientras ella se ponía manos a la obra, cepillándole con la mano los hombros y el pelo.

—No puedes disfrutar con esto —dijo él.

—Tontorrón. Estás cubierto de plumas, por supuesto que disfruto. —Y así era. Él parecía tan... bueno, tan adorable, arrodillado a su lado, con el ceño fruncido mientras ella le quitaba las plumas... Y era muy agradable acariciarle los espesos y brillantes mechones de pelo, algo que él jamás le habría permitido hacer en otras circunstancias. Win no pudo contener las risitas tontas que surgían de su garganta.

Pero pasó un minuto, y luego otro, y la risa la abandonó hasta que se sintió relajada y casi en trance mientras seguía quitándole las plumas del pelo. El sonido de la gente era amortiguado por las cortinas de terciopelo que los rodeaban, como si estuvieran envueltos por unos cortinones oscuros, nebulosos y suaves.

Los ojos de Merripen tenían un brillo oscuro. Parecía una criatura salvaje y peligrosa que hubiera surgido en la hora de las brujas.

—Casi está —susurró Win. Aunque ya había terminado continuó acariciándole suavemente el pelo. Brillantes y espesos, los mechones caían como terciopelo en la nuca de Merripen.

Win contuvo el aliento cuando Kev se movió. Al principio pensó que se ponía de pie, pero en lugar de eso, la atrajo hacia él y tomó su cara entre las manos. Tenían las bocas tan cerca, que sentía el aliento de él contra sus labios.

Ella permaneció inmóvil, aturdida ante ese momento de violencia contenida, ante la implacable fuerza de su abrazo. Esperó escuchado la respiración jadeante de él, incapaz de entender lo que lo había provocado.

—No tengo nada que ofrecerte —dijo él finalmente con voz gutural—. Nada.

A Win se le habían resecado los labios. Se los humedeció e intentó hablar a pesar del escalofrío de anticipación que la recorrió.

—Te tienes a ti mismo —respondió ella.

—No me conoces. Crees que sí, pero no es así. Las cosas que he hecho, las cosas que soy capaz de hacer... tu familia y tú sólo conocéis la vida que cuentan los libros. Si comprendieras esto...

—Haz que lo comprenda. Dime qué es eso tan terrible que te mantiene apartado de mí.

Él negó con la cabeza.

—Entonces deja de torturarnos a los dos —dijo ella con voz entrecortada—. O suéltame y deja que me vaya.

—No puedo —murmuró él—. No puedo, maldita sea. —Y antes de que ella pudiera decir nada, la besó.

El corazón de Win retumbó en su pecho, y ella se abrió para él con un gemido desesperado. Sus fosas nasales fueron invadidas por el olor a humo, a hombre y al aroma otoñal de la tierra que él poseía. Su boca moldeó la de ella con una voracidad primitiva, su lengua penetró profunda y ávidamente en ella. Sus cuerpos se estrecharon con fuerza cuando Win se irguió para presionar sus pechos contra el torso de él, más cerca, con más fuerza. Y le dolió en cada lugar que se tocaron. Quería sentir su piel y sus músculos tensos y duros bajo las manos.

El deseo se inflamó ardiente y salvaje, sin dejar lugar para la cordura. Ojalá él la tendiera sobre el suelo, ahí y ahora, entre todo aquel terciopelo, y la cubriera con su cuerpo. Win pensó en albergarlo en su interior, y se sonrojó bajo las ropas hasta que un calor ardiente la hizo retorcerse. La boca de Kev buscó su garganta, y ella ladeó la cabeza para permitirle un mejor acceso. Él buscó el latido de su pulso, y acarició el vulnerable lugar con la lengua hasta que ella se quedó sin aliento.

Tomando la cara de Kev entre sus manos, Win le acarició la mandíbula con los dedos y la sombra de la barba le rozó deliciosamente las delicadas palmas de las manos. Win volvió a guiar la boca de Kev a la suya. El placer la invadió mientras cerraba los ojos y se concentraba en las sensaciones que él provocaba en ella.

—Kev —murmuró ella entre besos—, te amo tanto...

Él aplastó su boca contra la de ella con desesperación, como si así pudiera ahogar no sólo las palabras, sino la propia emoción. La saboreó tan profundamente como le fue posible, decidido a no dejar ningún recoveco sin reclamar. Ella se aferró a él, mientras su cuerpo era recorrido por estremecimientos de placer y sus nervios crepitaban por el fuego de la pasión. Él era todo lo que ella siempre había deseado, todo lo que siempre había necesitado.

Pero un gemido ahogado salió de la garganta de Kev cuando la empujó hacia atrás, rompiendo el ardiente y ansiado contacto entre sus cuerpos.

Durante un largo momento ninguno de los dos se movió, mientras intentaban recuperar el aliento. Cuando el ardor del deseo se desvaneció un poco, Win oyó que Merripen decía con voz brusca:

—No podemos quedarnos a solas. Esto no puede ocurrir de nuevo.

Sí, decidió Win en un arranque de cólera, era una situación imposible. Merripen se negaba a admitir sus sentimientos por ella y no quería explicarle por qué. Sin duda, ella merecía más confianza que ésa.

—Muy bien —dijo ella con frialdad, luchando por ponerse en pie. Cuando Merripen se levantó y trató de ayudarla, Win rechazó su mano—. No, no quiero tu ayuda. —Comenzó a sacudirse las faldas—. Tienes toda la razón, Merripen. No deberíamos quedarnos nunca a solas, pues el resultado es siempre el mismo: tú das un paso, yo respondo, y luego me apartas de tu lado. No soy una marioneta que puedas manejar a tu antojo, Kev.

Él cogió su sombrero y se lo tendió.

—Sé que no...

—Dices que no te conozco —dijo ella con furia—. Pero, al parecer, no se te ha ocurrido pensar que tú tampoco me conoces. Pareces muy seguro de quién soy, ¿verdad? Pero he cambiado en estos tres años. Y conque sólo te esforzaras un poco podrías averiguar en qué tipo de mujer me he convertido. —Se acercó al final del pasillo de tela, miró a hurtadillas para ver si había moros en la costa y luego salió al pasillo central.

Merripen la siguió.

—¿Adónde vas?

Al girarse hacia él, Win se sintió satisfecha al ver que parecía tan desaliñado y exasperado como ella.

—Me voy. Estoy demasiado enfadada para disfrutar de ninguna exposición.

—Es en la otra dirección.

Win guardó silencio mientras Merripen la guiaba fuera del Crystal Palace. Ella jamás se había sentido tan agitada y malhumorada. Sus padres siempre decían que la irritabilidad era un «exceso de bilis», pero a Win le faltaba experiencia para comprender que su mal humor provenía de algo muy distinto al exceso de bilis. Todo lo que sabía era que Merripen parecía tan molesto como ella mientras caminaba a su lado.

Le fastidiaba que él no dijera ni una sola palabra. También le fastidiaba que él se ajustara con tanta facilidad a sus pasos enérgicos, y que cuando ella comenzaba a jadear por el esfuerzo, él apenas pareciera afectado por el ejercicio.

Sólo cuando se acercaron al Rutledge rompió Win el silencio. Le agradó lo calmada que sonó su voz.

—Acataré tus deseos, Kev. De ahora en adelante, nuestra relación será platónica y amigable. Nada más. —Se detuvo en el primer escalón y lo miró con solemnidad—. Se me ha concedido una segunda oportunidad... una oportunidad excepcional para vivir la vida. Y tengo intención de aprovecharla bien. No voy a desperdiciar mi amor con un hombre que no lo quiere ni lo necesita. No te volveré a molestar otra vez.

Cuando Cam entró en el dormitorio de la *suite* encontró a Amelia de pie delante de un enorme montón de cajas y envoltorios de los que salían cintas y encajes y otros adornos femeninos. Ella se giró con una sonrisa avergonzada en los labios cuando él cerró la puerta, y el corazón le palpitó un poco ante la imagen de él: la piel morena que asomaba por el cuello abierto de la camisa, el cuerpo felino y de ágil musculatura, la hermosa, varonil y sensual cara. Hasta hacía poco tiempo, jamás se había imaginado casada, y mucho menos con una criatura tan exótica como ésa.

La mirada de Cam la recorrió de pies a cabeza; la bata color rosa de terciopelo que se abría revelando el camisón y los muslos desnudos.

—Veo que las compras fueron todo un éxito.

—No sé qué me pasó —dijo Amelia con una expresión contrita—. Ya sabes que no soy una derrochadora. Sólo quería comprar algunos pañuelos y medias. Pero... —Señaló con un gesto el montón de paquetes—. Parece que hoy me encontraba de ánimo adquisitivo.

Una sonrisa brilló en la cara morena de Cam.

—Como te he dicho antes, amor, gasta todo lo que quieras. No me convertirías en un mendigo ni aunque lo intentaras.

—También he comprado algunas cosas para ti —dijo ella, rebuscando en el montón—. Corbatas, y libros, y jabón de afeitar francés... aunque tenía intención de discutir sobre eso...

—¿Discutir sobre qué? —Cam se acercó a ella desde atrás, y se inclinó para besarla en el cuello.

Amelia sintió el rastro cálido de su boca y casi olvidó lo que había estado diciendo.

—Sobre tu afeitado —dijo ella vagamente—. La barba se ha puesto de moda últimamente. Creo que deberías probar con una perilla. Estarías muy elegante, y... —Su voz se desvaneció mientras él comenzaba a deslizar la boca por su cuello.

—Podría hacerte cosquillas —murmuró Cam, y se rio cuando ella se estremeció.

Girándola suavemente hacia él, la miró a los ojos. Había algo diferente en él, pensó ella. Una curiosa vulnerabilidad que jamás le había visto antes.

—Cam —le dijo ella con cautela—, ¿cómo te fue el recado que tenías que hacer con Merripen?

Los ojos color ámbar eran suaves y estaban brillantes de excitación.

—Bastante bien. Tengo un secreto, *monisha*. ¿Quieres que te lo cuente? —La atrajo hacia él, rodeándola con los brazos y se lo dijo al oído.

# 12

Kev estaba de un humor de mil demonios por varias razones. La principal era que Win había seguido adelante con su amenaza. Se comportaba de manera amistosa con él. Educada, cortés, condenadamente amable. Y él no estaba en posición de objetarle nada, ya que era precisamente eso lo que había querido. Pero Merripen no había esperado que pudiera haber algo peor que tener a Win recorriéndolo con una mirada de anhelo. Y era que lo mirara con esa total indiferencia.

Ella era afable, incluso cariñosa, de la misma manera que lo era con Leo o con Cam. Lo trataba como si fuera su hermano. Y Kev no podía soportarlo.

Los Hathaway se habían reunido en el comedor de la *suite*, riéndose y bromeando sobre la falta de espacio mientras se sentaban a la mesa. Era la primera vez en muchos años que cenaban juntos: Kev, Leo, Amelia, Win, Poppy y Beatrix y, por supuesto, con las adiciones de Cam, la señorita Marks y el doctor Harrow.

Aunque la señorita Marks había intentado poner reparos, todos habían insistido en que cenara con la familia.

—Después de todo —había dicho Poppy riéndose—, ¿de

qué otra manera podríamos saber cómo comportarnos? Alguien debe salvarnos de nosotros mismos.

La señorita Marks había cedido, aunque estaba claro que hubiera preferido estar en cualquier otra parte. Ocupó el mínimo espacio posible, una anodina figura encogida entre Beatrix y el doctor Harrow. La institutriz raras veces levantaba la vista del plato, salvo cuando hablaba Leo. A pesar de tener los ojos parcialmente ocultos por las gafas, Kev sospechaba que en ellos sólo asomaba disgusto hacia el hermano de las Hathaway.

Parecía que tanto la señorita Marks como Leo hubieran descubierto el uno en el otro la personificación de todo aquello que más les desagradaba. Leo no podía soportar a las personas sin sentido del humor, ni a aquellos que lo juzgaban, e inmediatamente se había referido a la institutriz como «Satanás con enaguas». Y la señorita Marks, por su parte, despreciaba a los calaveras. Cuanto más encantadores fueran éstos, más profundo era su desprecio.

La mayor parte de la conversación en la cena giró en torno a la clínica de Harrow, algo que los Hathaway consideraban una empresa milagrosa. Las mujeres agasajaron a Harrow hasta un nivel nauseabundo, deleitándose con sus comentarios y admirándolo abiertamente.

Kev sentía una aversión instintiva hacia Harrow, aunque no estaba seguro de si era por el propio médico, o porque los afectos de Win estaban en juego.

Se sentía tentado a desdeñar toda la perfección barbilampiña de Harrow que a pesar de mostrar su buen humor con una sonrisa y exhibir un vivo interés por la conversación que giraba en torno a él, no parecía tomarse nunca en serio a sí mismo. Harrow era un hombre que obviamente cargaba muchas responsabilidades sobre sus hombros —ya fueran de vida o de muerte— y a pesar de todo sabía llevarlas con ligereza. Era el tipo de persona que parecía adaptarse a cualquier circunstancia.

Mientras la familia comía y conversaba, Kev permaneció callado excepto cuando le pedían que contestara alguna pregunta sobre la hacienda Ramsay. Observó a Win con discreción, incapaz de percibir exactamente cuáles eran sus sentimientos por

Harrow. Ella reaccionaba ante el médico con su compostura habitual; su cara no decía nada. Pero cuando sus miradas se cruzaban, había una conexión inconfundible, una historia compartida. Y lo que era peor, Kev reconocía algo en la expresión del doctor... un eco evocador de su propia fascinación por Win.

En medio de aquella agradable y espantosa cena, Kev se dio cuenta de que Amelia, que estaba sentada al final de la mesa, estaba inusualmente callada. La miró fijamente, percibiendo que estaba pálida y sudorosa. Como estaba sentado justo a su izquierda, Kev se inclinó hacia ella y susurró:

—¿Qué te pasa?

Amelia le dirigió una mirada preocupada.

—Me encuentro mal —contestó ella con otro susurro mientras tragaba débilmente—. Me siento... oh, Merripen, ayúdame a levantarme.

Sin una palabra más, Kev le retiró la silla y la ayudó a ponerse en pie.

Cam, que estaba en el otro extremo de la larga mesa, les lanzó una mirada penetrante.

—¿Amelia?

—Se encuentra mal —dijo Kev.

Cam se acercó a ellos en un instante, con el rostro tenso por la preocupación. Cuando tomó a Amelia en sus brazos y la sacó refunfuñando de la habitación, uno hubiera podido pensar que ella había sufrido una lesión grave en vez de una más que probable indigestión.

—Quizá pueda ayudarlos —dijo el doctor Harrow con callada preocupación, depositando la servilleta en la mesa y siguiéndolos.

—Gracias —dijo Win con una sonrisa de agradecimiento—. Es una suerte que esté aquí.

Kev, muerto de celos, apenas pudo contener el deseo de rechinar los dientes cuando Harrow salió de la estancia.

Después de eso, la cena quedó suspendida y la familia se dirigió a la salita de la *suite* para esperar noticias de Amelia. Había pasado mucho tiempo y aún seguía sin aparecer alguien.

—¿Qué puede pasarle? —preguntó Beatrix con voz lastimera—. Amelia jamás ha estado enferma.

—Se pondrá bien —la tranquilizó Win—. El doctor Harrow es un médico excelente.

—Quizá debería acercarme a la habitación —dijo Poppy—, y preguntar cómo está.

Pero antes de que nadie pudiera intervenir y dar su opinión, Cam apareció en la puerta de la sala. Parecía un poco aturdido; sus vívidos ojos color avellana recorrieron a todos los miembros de la familia que se apresuraron a rodearlo. Parecía estar buscando las palabras correctas. En ese momento una sonrisa radiante asomó a sus labios a pesar de sus obvios esfuerzos por reprimirla.

—Sin duda, los *gadjos* tenéis una manera más civilizada de expresarlo —dijo él—, pero Amelia está encinta.

La revelación fue recibida con un coro de exclamaciones festivas.

—¿Qué ha dicho Amelia? —preguntó Leo.

La sonrisa de Cam se volvió irónica.

—Algo así como que éste no era el momento oportuno.

Kev observó a Win desde el otro lado de la estancia. Se sintió fascinado por la momentánea tristeza que ensombreció su expresión. Si alguna vez hubiera dudado de lo mucho que ella deseaba tener hijos propios, en ese momento le hubiera quedado claro que no era así. Mientras miraba a Win, una sensación cálida, fuerte e intensa recorrió su cuerpo hasta que se dio cuenta de lo que era. Estaba excitado, su cuerpo ansiaba darle a Win lo que ella deseaba. Deseaba abrazarla, amarla, llenarla con su semilla. La reacción era tan primitiva e impropia que se sintió avergonzado.

Como si percibiera su mirada, Win volvió los ojos en su dirección. Le dirigió una mirada penetrante, como si pudiera ver bajo su fachada todo el ardiente calor que lo embargaba. Pero luego apartó la vista de él con evidente rechazo.

Tras presentar sus disculpas en la salita, Cam volvió con Amelia, que estaba sentada en el borde de la cama. El doctor Harrow había abandonado el dormitorio para darles privacidad.

Cam cerró la puerta y se recostó contra ella, permitiendo que su mirada acariciara la pequeña forma tensa de su esposa. Él sabía poco de esos temas. Tanto en la cultura gitana como en la *gadje*, el embarazo y el parto eran asuntos estrictamente femeninos. Pero sabía que su esposa estaba intranquila ante una situación que no podía controlar. También sabía que las mujeres en su condición necesitaban tranquilidad y cariño. Y él tenía una inagotable reserva de ambas cosas para ella.

—¿Nerviosa? —preguntó Cam con suavidad, acercándose a ella.

—Oh, no, en absoluto, es algo normal, sólo hay que esperar... —Amelia se interrumpió con un grito ahogado cuando él se sentó a su lado y la rodeó con los brazos—. Sí, estoy un poco nerviosa. Ojalá pudiera..., ojalá pudiera hablar con mi madre. No estoy demasiado segura de cómo hacer esto.

Por supuesto. A su Amelia le gustaba tenerlo todo controlado, demostrar su autoridad y competencia en cualquier materia. Pero todo el proceso de la maternidad era de constante dependencia y vulnerabilidad, hasta la fase final cuando la naturaleza tomaba el mando.

Cam presionó los labios contra el brillante pelo oscuro de Amelia, que olía a brezo dulce. Comenzó a acariciarla de la manera que sabía que más le gustaba.

—Encontraremos a algunas mujeres experimentadas con las que podrás hablar. Lady Westcliff, quizá. Te cae bien, y Dios sabe que no tiene pelos en la lengua. Y en cuanto a lo que vas a hacer... dejarás que yo me encargue de ti, que te malcríe, y te dé cualquier cosa que quieras. —Sintió que ella se relajaba un poco—. Amelia, cariño —murmuró—, hace tanto tiempo que esperaba esto...

—¿De veras? —Ella sonrió y se acurrucó contra él—. También yo. Aunque había esperado que ocurriese en otro momento más adecuado, cuando Ramsay House estuviera terminado, y Poppy casada, y la familia bien situada...

—Confía en mí, con la familia que tienes, nunca habrá mejor momento. —Cam la tumbó en la cama con él—. Menuda madre serás —le murmuró, abrazándola con suavidad—. Con esos ojos azules, y esas mejillas sonrosadas, y tu barriga redonda con mi bebé...

—Cuando me crezca la barriga, espero que no andes pavoneándote por ahí, y señalándome como un ejemplo de tu virilidad.

—Eso ya lo hago, *monisha*.

Amelia levantó la mirada hacia sus ojos sonrientes.

—No puedo imaginar cómo ha ocurrido.

—Pensé que te lo había explicado en nuestra noche de bodas. Ella se rio entre dientes y le rodeó el cuello con los brazos.

—Me refería a que hemos estado tomando medidas preventivas. Todas esas tazas de té sucio que sabían tan mal. Y aun así, acabé concibiendo.

—Con un romaní —le dijo él a modo de explicación, y la besó apasionadamente.

Cuando Amelia se sintió lo suficientemente bien como para unirse al resto de las damas a tomar el té en la salita, los hombres bajaron al salón para caballeros del Rutledge. Aunque la estancia era para el uso exclusivo de los huéspedes del hotel, se había convertido en el lugar favorito de los lores que deseaban compartir la compañía de las muchas figuras importantes que visitaban el Rutledge.

Los techos eran confortables, oscuros y bajos, y estaban revestidos con paneles de palisandro brillante; los suelos estaban cubiertos de gruesas alfombras Wilton. En el salón para caballeros había profundos ábsides que proporcionaban espacios privados para leer, beber y conversar. El espacio central estaba amueblado con sillas tapizadas en terciopelo y mesas auxiliares repletas de cajas de puros y periódicos. Los lacayos se movían con discreción por la estancia, llevando copas de brandy caliente u oporto.

Acomodándose en uno de los ábsides octogonales vacíos, Kev pidió un brandy.

—Sí, señor Merripen —dijo el criado, apresurándose a cumplir su pedido.

—Qué servicio tan bueno —comentó el doctor Harrow—, es muy encomiable que traten por igual a todos los huéspedes.

Kev le dirigió una mirada inquisitiva.

—Y ¿por qué no iban a hacerlo?

—Me imagino que un caballero con sus orígenes no recibe el mismo trato en todos los establecimientos que frecuenta.

—Puedo asegurarle que en la mayoría de los establecimientos prestan más atención a la calidad de las ropas de un hombre que al color de su tez —replicó Kev serenamente—. Por lo general, no les importa si soy o no romaní siempre y cuando pague sus mercancías.

—Por supuesto. —Harrow pareció incómodo—. Mis disculpas. Normalmente no soy tan indiscreto, Merripen.

Kev le dirigió una breve inclinación de cabeza para indicarle que no se había sentido ofendido.

Harrow se volvió hacia Cam, cambiando de tema.

—Espero que me permita recomendarle a un colega para que atienda a la señora Rohan durante el resto de su estancia en Londres. Tengo aquí algunos conocidos, todos ellos médicos excelentes.

—Agradezco su ofrecimiento —dijo Cam, aceptando un brandy de un lacayo—. Aunque sospecho que no nos quedaremos en Londres mucho más tiempo.

—La señorita Winnifred parece tener una gran inclinación por los niños —reflexionó Harrow—. En vista de su estado, tiene suerte de poder tener sobrinos en los que volcarse.

Los otros tres hombres lo miraron con brusquedad. Cam se había quedado inmóvil con el brandy a medio camino de sus labios.

—¿Qué estado? —preguntó.

—Su incapacidad para tener niños propios —aclaró Harrow.

—¿Qué diantres quiere decir con eso, Harrow? —preguntó

Leo—. ¿No hemos estado ensalzando la milagrosa recuperación de mi hermana gracias a sus magníficos esfuerzos?

—No cabe duda de que se ha recuperado, milord. —Harrow frunció el ceño pensativamente mientras miraba fijamente su copa de brandy—. Pero siempre estará algo débil. En mi humilde opinión sería un error que intentara concebir. Es muy probable que acabara muriendo en el parto.

Sus palabras fueron seguidas por un profundo silencio. Incluso Leo, que normalmente solía adoptar un aire de despreocupación, no podía ocultar su reacción.

—¿Se lo ha dicho a mi hermana? —preguntó—. Porque me ha dado la impresión de que ella espera casarse y tener su propia familia algún día.

—Lo he discutido con ella, por supuesto —contestó Harrow—. Le he dicho que si se casa, su marido tendrá que estar de acuerdo de que la suya sería una unión sin hijos. —Hizo una pausa—. Sin embargo, la señorita Hathaway no parece aceptar esa idea. Con el tiempo, espero poder persuadirla para que se replantee sus expectativas. —Esbozó una leve sonrisa—. Después de todo, la maternidad no es necesaria para que una mujer alcance la felicidad, por mucho que la sociedad insista en lo contrario.

Cam clavó los ojos en él.

—Para mi cuñada será una decepción, por no decir otra cosa.

—Sí. Pero la señorita Hathaway vivirá más tiempo y disfrutará de una mejor calidad de vida si no tiene hijos. Y, tarde o temprano, aprenderá a aceptar sus circunstancias. —Tragó un sorbo de brandy antes de continuar en voz baja—: Es muy probable que la señorita Hathaway no estuviera abocada a la maternidad incluso antes de contraer la escarlatina. Es demasiado menuda. Muy elegante, por supuesto, pero su figura no es la ideal para engendrar niños.

Kev se bebió el brandy de un trago, permitiendo que el fuego ámbar le deshiciera el nudo de la garganta. Echó la silla hacia atrás y se puso en pie, incapaz de soportar un momento más la compañía de ese bastardo. La mención de lo «menuda» que era Win había sido la gota que colma el vaso. Mascullando una excusa, salió del hotel a la oscuridad de la noche. Sus sentidos percibieron el aire fresco, los pestilentes olores de la ciudad, los retumbantes y agobiantes sonidos que daban vida a la noche londinense. Dios, quería alejarse de ese lugar.

Quería llevarse a Win al campo con él, a un lugar fresco y sano. Alejarla del brillante doctor Harrow, cuya absoluta e irritante perfección llenaba a Kev de temor. Todos sus instintos le advertían que Win no estaba a salvo con Harrow.

Pero tampoco estaba a salvo con él.

Su madre había muerto dando a luz. Pensar en matar a Win con su propio cuerpo, con su semilla...

Todo su ser se sobrecogía ante ese pensamiento. Su terror más profundo era hacerle daño. Perderla.

Kev quería hablar con ella, escucharla, ayudarla de alguna manera a aceptar las limitaciones que tenía. Pero él había levantado una barrera entre ambos y no se atrevía a cruzarla. Porque si el defecto de Harrow era la falta de empatía, el de Kev era justo lo contrario. Demasiados sentimientos, demasiada necesidad.

La suficiente para matarla.


Más tarde, Cam acudió a la habitación de Kev. Éste acababa de regresar de su paseo, y la humedad de la niebla nocturna aún se pegaba a su abrigo y a su pelo.

Respondiendo a la llamada a la puerta, Kev se quedó en el umbral y lo miró con el ceño fruncido.

—¿Qué sucede?

—He hablado en privado con Harrow —dijo Cam con el rostro totalmente inexpresivo.

—¿Y?

—Quiere casarse con Win. Pero pretende que el matrimonio sea sólo de nombre. Ella no lo sabe todavía.

—Maldita sea —masculló Kev—. Será la última adquisición para su colección de arte. Permanecerá casta mientras él tiene aventuras con...

—No conozco muy bien a Win —murmuró Cam—, pero no

creo que ella acceda a tal acuerdo. En especial si tú le propones otra alternativa mejor, *phral*.

—Sólo hay una alternativa, y es permanecer a salvo con su familia.

—Hay más de una. Tú podrías casarte con ella.

—Eso no es posible.

—¿Por qué no?

Kev sintió que le ardía la cara.

—No podría permanecer célibe con ella. Jamás podría.

—Hay maneras de impedir la concepción.

Un bufido despectivo fue la respuesta de Kev.

—Algo que a ti te ha funcionado a las mil maravillas, ¿no? —Se frotó la cara con cansancio—. Sabes las razones por las que no puedo casarme con ella.

—Conozco la manera en que viviste —dijo Cam, escogiendo las palabras con mucha cautela—. Comprendo el miedo que tienes a hacerle daño. Pero a pesar de todo eso, me cuesta trabajo creer que de verdad la dejes ir con otro hombre.

—Lo haría si fuera lo más conveniente para ella.

—¿De veras crees que Winnifred Hathaway se merece a alguien como Harrow?

—Merece a alguien mejor que él —logró decir Kev—, y mejor que yo.


Aunque la temporada aún no había acabado, la familia estuvo de acuerdo en regresar a Hampshire. Habían considerado que dado el estado de Amelia, ésta estaría mejor en un entorno saludable, y Win y Leo quería ver la hacienda Ramsay. Si bien no era justo privar a Poppy y a Beatrix del resto de la temporada, ambas se habían mostrado realmente encantadas de poder abandonar Londres.

Esa actitud no era de extrañar en Beatrix, que todavía parecía mucho más interesada en sus libros y sus mascotas, y en retozar por el campo como una criatura salvaje. Pero a Leo le sorprendió que Poppy, que obviamente quería encontrar marido, estuviera tan dispuesta a marcharse.

—He visto a los elegibles de esta temporada —le dijo Poppy a Leo con seriedad mientras recorrían Hyde Park en un carruaje abierto—. Y ninguno de ellos es digno de que me quede en la ciudad.

Beatrix estaba sentada enfrente, con *Dodger* en el regazo. La señorita Marks se había encogido en una esquina y miraba fijamente el paisaje a través de sus gafas.

Leo no había conocido nunca a una mujer tan antipática. Brusca, pálida, huesuda y con un carácter rígido, espinoso y seco.

Era obvio que Catherine Marks odiaba a los hombres. Algo por lo que Leo no podía culparla, ya que él mismo era consciente de los defectos de los de su género. No obstante, tampoco parecía llevarse bien con las mujeres. Las únicas personas con las que parecía congeniar eran Poppy y Beatrix, quienes le habían informado de que la señorita Marks era una mujer con una inteligencia excepcional y que en ocasiones podía ser muy ingeniosa, además de tener una sonrisa preciosa.

A Leo le resultaba muy difícil imaginar que la apretada boquita de la señorita Marks pudiera curvarse en una sonrisa. Es más, incluso dudaba de que tuviera dientes, ya que no se los había visto nunca.

—Nos arruinará la visita —se había quejado esa mañana cuando Poppy y Beatrix le habían dicho que iría con ellos a pasear en el carruaje—. No disfrutaré de las vistas con la Parca haciéndonos sombra.

—No le pongas uno de esos motes horribles, Leo —había protestado Beatrix—. Me cae muy bien. Y es muy simpática cuando tú no estás delante.

—Creo que algún hombre la ha tratado muy mal —había dicho Poppy en voz baja—. De hecho, he oído un rumor que dice que la señorita Marks se convirtió en institutriz porque se había visto envuelta en un escándalo.

Leo se sintió intrigado a pesar de sí mismo.

—¿Qué clase de escándalo?

Poppy bajó la voz hasta convertirla en un susurro.

—Dicen que ofreció sus favores.

—Pues no parece una mujer que vaya por ahí ofreciendo sus favores —dijo Beatrix sin bajar la voz.

—¡Calla, Bea! —exclamó Poppy—. No quiero que la señorita Marks te oiga sin querer. Podría pensar que estamos hablando de ella.

—Pero es que estamos hablando de ella. Además, no creo que ella hiciera... ya sabes, eso..., con nadie. No parece ese tipo de mujer.

—Yo sí lo creo —había dicho Leo—. Por lo general, las mujeres más inclinadas a otorgar sus favores son aquellas que no tienen dones.

—No te entiendo —dijo Bea.

—Quiere decir que las mujeres menos atractivas son las más fáciles de seducir —había aclarado Poppy con ironía—, algo con lo que no estoy de acuerdo. Y además, la señorita Marks no es poco atractiva. Es sólo un poco... severa.

—Es flaca y huesuda como un pollo escocés —había mascullado Leo.

Mientras el carruaje dejaba atrás Marble Arch y enfilaba Park Lane, la señorita Marks centró su mirada en los despliegues florales de la primavera.

Mirándola distraídamente, Leo reparó en que poseía un perfil decente; una nariz respingona debajo de las gafas, una barbilla suave y redondeada. Lástima que la boca apretada y la frente ceñuda estropearan el conjunto.

Volvió a centrar su atención en Poppy, reflexionando sobre su falta de ganas de permanecer en Londres. Cualquier otra chica de su edad habría implorado poder finalizar la temporada y disfrutar de todos los bailes y fiestas.

—Háblame de los elegibles de esta temporada —le dijo a Poppy—. ¿No hay ninguno que haya despertado tu interés?

Ella sacudió la cabeza.

—Ninguno. Aunque he conocido a unos cuantos, a lord Bromley, a...

—¿Bromley? —repitió Leo arqueando las cejas—. Pero si te

dobla la edad. ¿No has considerado a nadie más joven? Alguien que haya nacido en este siglo, quizá.

—Bueno, también está el señor Radstock.

—Es gordo y pesado —dijo Leo, que había coincidido con el robusto hombre en algunas ocasiones. La clase alta de Londres era una comunidad relativamente pequeña—. ¿Quién más?

—Lord Wallscourt, es dulce y agradable, pero... es un conejo.

—¿Dulce y agradable? —preguntó Beatrix, que tenía muy buen concepto de los conejos.

Poppy sonrió.

—No. Quería decir que era insulso y... bueno, sencillamente «conejudo». Lo que es una cualidad perfecta en una mascota, pero no en un marido. —Se volvió a atar las cintas del sombrero mientras seguía hablando—. Sé, Leo, que me aconsejarás que baje mis expectativas, pero es que ya las he rebajado tanto que incluso un gusano daría la talla. Debo decir que la temporada londinense ha sido una gran decepción.

—Lo siento, Poppy —dijo Leo con voz queda—. Me gustaría conocer a algún hombre que diera la talla, pero los únicos que conozco son vagos y bebedores. Unos excelentes amigos todos ellos, pero antes les metería un balazo que tenerlos de cuñados.

—Eso me recuerda algo que quería preguntarte hace tiempo.

—¿Sí? —le dirigió una mirada a la cara dulce y seria de su hermosa hermana, que aspiraba con tanto anhelo a tener una vida tranquila y normal.

—Ahora que he frecuentado la sociedad —dijo Poppy—, he oído rumores...

La sonrisa de Leo se hizo pesarosa cuando comprendió lo que ella quería saber.

—Sobre mí.

—Sí. ¿Eres en realidad tan malo como dicen algunas personas?

A pesar de lo delicado de la pregunta, Leo era consciente de que tanto la señorita Marks como Beatrix habían centrado su atención en él.

—Eso me temo, cariño —dijo él, mientras un sórdido desfile de sus pecados pasados atravesaban su mente.

—¿Por qué? —preguntó Poppy con una franqueza que en cualquier otro momento él hubiera encontrado encantadora. Pero no con la mirada santurrona de la señorita Marks fija en él.

—Es muy fácil ser malo —dijo él—. En especial si uno no tiene motivos para ser bueno.

—¿Ganar un lugar en el cielo no es suficiente motivo? —preguntó Catherine Marks. Leo habría pensado que tenía una voz bonita si no proviniera de alguien tan poco atractivo—. ¿No es ésa razón suficiente para proceder con un mínimo de decencia?

—Depende —dijo él con sarcasmo—. ¿Qué es el cielo para usted, señorita Marks?

Ella consideró la pregunta con más cautela de la que él habría esperado.

—Paz, serenidad. Un lugar donde no existe el pecado, ni los rumores, ni los conflictos.

—Señorita Marks, mucho me temo que su idea del cielo coincide con mi idea del infierno. Por eso mis malas artes continuarán felizmente su andadura. —Volviéndose hacia Poppy continuó con más suavidad—. No pierdas las esperanzas, hermanita. Ahí fuera hay alguien esperándote. Algún día lo conocerás, y será todo lo que tú deseas.

—¿De verdad crees eso? —preguntó Poppy.

—No. Pero siempre he pensado que es algo bonito que decir a alguien en tus circunstancias.

Poppy soltó una risita y le dio un codazo a Leo, mientras la señorita Marks le dirigía una mirada de puro desprecio.

# 13

La última noche en Londres, la familia asistió al baile privado del señor y la señora Hunt en su casa de Mayfair. El señor Hunt era empresario de ferrocarril y uno de los dueños de las fábricas de locomotoras británicas. Era un hombre hecho a sí mismo, hijo de un carnicero londinense. Formaba parte de una nueva y pujante clase social de inversores, empresarios y gerentes que desafiaban las largas tradiciones y la autoridad de la aristocracia.

Una mezcla fascinante y variopinta de invitados asistía al baile anual de primavera de los señores Hunt... políticos, extranjeros, aristócratas y hombres de negocios. Se decía que las invitaciones estaban muy solicitadas, e incluso aquellos de la nobleza que en apariencia desdeñaban el afán de riqueza de los empresarios estaban deseosos por establecer relaciones con el increíblemente poderoso señor Hunt.

La mansión de los Hunt podría haber sido descrita como un símbolo del éxito de la empresa privada. Grande, lujosa y con lo último en avances tecnológicos, la casa estaba iluminada con gas en todas las habitaciones, y las molduras de yeso estaban hechas con flexibles moldes modernos, los mismos que se estaban exhibiendo en ese momento en el Crystal Palace. Ventanas del suelo al techo daban acceso a los amplios caminos y jardines, y a un invernadero con techo de vidrio que poseía un complicado sistema de calefacción bajo el suelo.

Poco antes de que los Hathaway llegaran a la mansión Hunt, la señorita Marks murmuró unos últimos consejos a sus pupilas, recordándoles que no rellenaran sus carnets de baile con demasiada rapidez por si acaso algún caballero llegaba tarde al baile y querían bailar con él, y que jamás se quitaran los guantes o se negaran a bailar con un caballero a menos que ya tuvieran ese baile comprometido con otro. Pero, sobre todo, jamás debían bailar con el mismo caballero más de tres bailes... tal excesiva familiaridad daría lugar a las murmuraciones.

Win estaba impresionada por la manera en la que la señorita Marks daba sus instrucciones, y por la fervorosa atención que le prestaban Poppy y Beatrix. Estaba claro que las tres habían trabajado durante mucho tiempo en el intrincado mundo del protocolo.

Win estaba en desventaja comparada con sus dos hermanas menores. Como llevaba mucho tiempo lejos de Londres, su propio conocimiento de las buenas costumbres sociales era nulo.

—Espero no avergonzaros —dijo con ligereza—. Aunque debo advertiros que las probabilidades de que cometa un error sean muy altas. Espero que no le importe enseñarme a mí también, señorita Marks.

La institutriz sonrió mostrando unos dientes pequeños, blancos y parejos y unos labios suaves. Win no pudo evitar pensar que si la señorita Marks ganara algunos kilos, sería muy bonita.

—Usted tiene un innato sentido del decoro —le dijo a Win—, no puedo imaginarla actuando de una manera que no sea como una perfecta dama.

—Oh, Win nunca hace nada mal —dijo Beatrix a la señorita Marks.

—Win es una santa —convino Poppy—. Y aunque es difícil, hacemos todo lo posible por tolerarla.

Win sonrió.

—Para vuestra información —les dijo con ligereza—, tengo intención de romper al menos tres reglas de etiqueta antes de que finalice el baile.

—¿Qué tres? —preguntaron Poppy y Beatrix al unísono. La señorita Marks simplemente pareció perpleja, como si estuviera tratando de comprender por qué alguien haría tal cosa a propósito.

—No lo he decidido aún. —Win entrelazó sus manos enguantadas en el regazo—. Esperaré a que se me presenten las oportunidades.

Cuando entraron en la mansión, los lacayos se apresuraron a recoger las capas y los chales de las damas y los abrigos y los sombreros de los caballeros. Ver a Cam y a Merripen de pie uno al lado del otro, quitándose los abrigos con el mismo gesto conciso, dibujó una sonrisa en los labios de Win. Se preguntó cómo era posible que nadie se hubiera dado cuenta de que eran hermanos. Su parecido era muy evidente para ella aunque no fueran idénticos. El mismo pelo oscuro y ondulado, aunque Cam lo llevaba más largo y Merripen pulcramente cortado. La misma constitución esbelta y atlética, si bien Cam era más delgado y flexible, mientras que Merripen era más fornido, con la masa muscular de un boxeador.

Sin embargo, la principal diferencia entre ambos no estaba en su físico, sino en la forma en que cada uno encaraba el mundo. Cam, con una tolerancia divertida y encantadora, y con una gran confianza y perspicacia. Y Merripen, con una digna fuerza latente, y unos sentimientos tan intensos y profundos que él trataba desesperadamente de ocultar.

Oh, cómo le quería. Pero no sería fácil de conquistar, si es que llegaba a conquistarlo alguna vez. Win pensó que era como intentar persuadir a una criatura salvaje para que comiera de su mano: interminables avances y retiradas; hambre y necesidad contra recelo y miedo.

Le quería aún más allí, en medio de ese brillante gentío, con su figura distante y poderosa vestida con un austero traje negro y una camisa blanca. Merripen no se consideraba inferior a las personas que tenía alrededor, pero era muy consciente de que no era uno de ellos. Comprendía sus valores, pero no siempre estaba de acuerdo con ellos. Había aprendido a comportarse de manera adecuada en el mundo *gadjo*, pues era el tipo de hombre que se adaptaba a cualquier circunstancia. Después de todo, pensó Win divertida, no eran muchos los hombres que podían domar un caballo, construir un muro de piedra con sus propias manos, recitar el alfabeto griego y discutir los méritos filosóficos del empirismo y el racionalismo. Por no hablar de reconstruir una hacienda y manejarla como si hubiera nacido para ello.

Había un halo de misterio impenetrable que rodeaba a Kev Merripen. Win se había obsesionado con el tentador pensamiento de descubrir todos sus secretos y alcanzar el extraordinario corazón que él protegía tan celosamente.

La melancolía la invadió mientras recorría con la mirada el bello interior de la mansión, los invitados riéndose y charlando mientras la música flotaba suavemente en el ambiente. Win quería disfrutar y divertirse, pero quería aún más estar a solas con el hombre más interesante de la estancia.

No obstante, no iba a limitarse a ser un florero. Iba a bailar, a reírse y a hacer todas aquellas cosas que había soñado mientras reposaba en su lecho de enferma. Y si eso disgustaba a Merripen, o lo ponía celoso, tanto mejor.

Tras quitarse la capa, Win siguió a sus hermanas. Todas iban vestidas con trajes de raso color pastel; Poppy iba de rosa; Beatrix, de azul; Amelia, de lavanda; y ella misma, de blanco. Su vestido era incómodo, pero Poppy le había asegurado entre risas que estaba bien, pues un vestido de baile cómodo era un vestido sin estilo. La parte de arriba era demasiado liviana, el corpiño tenía un escote bajo y cuadrado, y las mangas eran cortas y ceñidas. De la cintura para abajo era demasiado pesado, con faldas de tres capas con ribetes. Pero lo más incómodo de todo era el corsé, una prenda que llevaba tanto tiempo sin usar que incluso la más leve restricción le resultaba incómoda. Aunque no lo había apretado demasiado, el corsé le oprimía el torso y empujaba sus pechos hacia arriba de una manera artificial. Apenas era decente. Y todavía era considerado más «indecente» prescindir de él.

Sin embargo, pensándolo bien, le pareció que valía la pena la incomodidad cuando vio la reacción de Merripen. Se quedó pálido cuando la vio con el vestido escotado, y la recorrió con la mirada desde los escarpines de satén que asomaban por debajo del dobladillo hasta su cara. Sus ojos se demoraron un momento en sus pechos, que se alzaron como si hubieran sido ahuecados por las manos masculinas. Cuando finalmente la mirada de Kev se centró en la suya, ardía con un fuego oscuro. Un escalofrío la recorrió bajo el corsé y apartó la vista de él con dificultad.

Los Hathaway se adentraron en el vestíbulo, donde una lámpara de araña derramaba una brillante luz sobre el suelo.

—Qué criatura más extraordinaria —oyó Win que murmuraba el doctor Harrow. Ella siguió su mirada hacia la dueña de la casa, la señora Annabelle Hunt, que saludaba a los invitados.

Aunque Win no conocía a la señora Hunt, la reconoció por las descripciones que había oído. Se decía que la señora Hunt era una de las damas más bellas de Inglaterra, poseía una hermosa y voluptuosa figura, unos chispeantes ojos azules y una cabellera que brillaba con reflejos dorados. Pero era su expresión alegre y vivaz lo que la hacía verdaderamente atractiva.

—Ése es su marido, el que está a su lado —murmuró Poppy—. Es un hombre intimidante, pero muy simpático.

—Lamento disentir —dijo Leo.

—¿No crees que sea intimidante? —preguntó Win.

—No creo que sea simpático. Cada vez que me encuentro en la misma estancia que su mujer, me mira como si quisiera descuartizarme.

—Bueno —dijo Poppy con tono sensato—, no puedes culparle. —Se inclinó hacia Win y le dijo—: El señor Hunt está loco por su esposa. ¿Sabes? El suyo es un matrimonio por amor.

—¡Qué anticuado! —comentó el doctor Harrow con una amplia sonrisa.

—Incluso baila con ella —le dijo Beatrix a Win—, algo que se supone que los esposos no deben hacer nunca. Claro que considerando la fortuna del señor Hunt, la gente encuentra razones para disculpar tal comportamiento.

—Qué diminuta es su cintura —murmuró Poppy a Win—. Y eso que ha tenido tres niños, dos de ellos muy grandes.

—Tendré que sermonear a la señora Hunt sobre lo poco saludable que es apretar el talle demasiado —dijo el doctor Harrow en voz baja, y Win se rio.

—Me temo que elegir entre la salud y la moda no es fácil para las damas —le dijo—. Aún me sorprende que no me haya sermoneado esta noche.

—Usted casi no lo necesita —dijo él, con un brillo en sus ojos grises—. Su cintura sin corsé es apenas más ancha que la de la señora Hunt.

Win lanzó una sonrisa a la hermosa cara de Julian, pensando que en su presencia se sentía segura y a salvo. Había sido así desde que lo había conocido. Él había sido como un dios para ella y para todos en la clínica. Pero todavía no lo veía como a un hombre de carne y hueso. Y no creía que pudiera llegar a hacerlo con el tiempo.

—La misteriosa y desaparecida hermana Hathaway —exclamó la señora Hunt, cogiendo las dos manos enguantadas de Win.

—No tan misteriosa —dijo Win sonriendo.

—Señorita Hathaway, es un placer conocerla al fin, y más aún verla en tan buena forma.

—La señora Hunt siempre pregunta por ti —le dijo Poppy a Win—, así que la hemos mantenido informada de tus progresos.

—Gracias, señora Hunt —dijo Win con timidez—. Ahora estoy bastante bien, y me siento muy honrada de haber sido invitada a su preciosa casa.

La señora Hunt le dirigió a Win una sonrisa deslumbrante, reteniendo sus manos mientras se dirigía a Cam.

—Qué modales tan graciosos. Creo, señor Rohan, que la señorita Hathaway logrará adquirir fácilmente la misma popularidad que sus hermanas.

—Me temo que eso será para el año próximo —dijo Cam con soltura—. Este baile marca el fin de la temporada para nosotros. Nos iremos todos a Hampshire la semana que viene.

La señora Hunt hizo una pequeña mueca.

—¿Tan pronto? Supongo que era de esperar. Lord Ramsay querrá ver su hacienda.

—Sí, señora Hunt —dijo Leo—. Adoro las imágenes bucólicas. Uno no se cansa nunca de ver demasiadas ovejas.

Ante el sonido de la risa de la señora Hunt, su marido se unió a la conversación.

—Bienvenido, milord —le dijo Simon Hunt a Leo—. Las noticias de su regreso han sido recibidas con gran júbilo en todo Londres. Al parecer, las mesas de juego y los clubes sufrieron mucho en su ausencia.

—En ese caso, haré lo que esté en mi mano para vigorizar la economía —dijo Leo.

Hunt le dirigió una breve sonrisa.

—Le debe mucho a ese hombre —le dijo a Leo, señalando con la mano a Merripen. Kev, como siempre, se había mantenido discretamente a un lado del grupo—. Según Westcliff, su vecino, Merripen, ha obtenido un gran éxito al levantar la hacienda Ramsay en tan poco tiempo.

—Ya que el nombre «Ramsay» rara vez está asociado con la palabra «éxito» —replicó Leo—, los logros de Merripen son todavía más impresionantes.

—Quizás un poco más tarde —le dijo Hunt a Merripen— podríamos encontrar un momento para discutir acerca de sus impresiones sobre la trilladora que compró para la hacienda. Con la industria del ferrocarril tan firmemente establecida, estoy considerando expandir mis negocios al comercio de la maquinaria agrícola. He oído rumores sobre un nuevo diseño de trilladoras, así como de una prensa de heno al vapor.

—Todo el proceso agrícola se está mecanizando —replicó

Merripen—. Las cosechadoras, las cortadoras y las agavilladoras... Hay muchos prototipos expuestos en la exposición.

Los ojos oscuros de Hunt brillaron con interés.

—Me gustaría oír más.

—Mi marido está irremediablemente fascinado por las máquinas —dijo la señora Hunt, riéndose—. Creo que es un tema que ha eclipsado todos sus demás intereses.

—No todos —dijo Hunt suavemente. Algo en la manera en que miró a su esposa provocó que la señora Hunt se ruborizara.

Leo, divertido, aprovechó el momento para decir:

—Señor Hunt, me gustaría presentarle al doctor Harrow, es el médico que consiguió que mi hermana recobrara la salud.

—Un placer, señor —dijo el doctor Harrow, estrechando la mano de Hunt.

—Lo mismo digo —respondió Hunt cordialmente, devolviéndole el apretón. Pero al instante le dirigió al doctor una mirada extraña y especulativa.

—¿Es usted el mismo doctor Harrow que tiene una clínica en Francia?

—Sí.

—¿Y todavía reside allí?

—Sí, aunque intento visitar a mis amigos y a mi familia en Gran Bretaña tan a menudo como me lo permite el trabajo.

—Creo conocer a la familia de su difunta esposa —murmuró Hunt, clavando los ojos en él con dureza.

Tras un rápido parpadeo, Harrow respondió con una sonrisa de pesar.

—Los Lanham. Unas personas maravillosas. Hace varios años que no los veo. Me trae muchos recuerdos. Usted ya me entiende.

—Entiendo —dijo Hunt secamente.

Win se sintió intrigada por la larga e incómoda pausa que siguió, y la sensación de discordia que emanó de los dos hombres. Volvió la mirada a su familia, y a la señora Hunt, quienes, estaba claro, no comprendían lo que sucedía.

—Bueno, señor Hunt —dijo la señora Hunt alegremente—,

¿vamos a escandalizar a todo el mundo bailando juntos? Van a tocar el vals muy pronto... y ya sabes que tú eres mi compañero favorito.

La atención de Hunt fue de inmediato captada por la nota coqueta en la voz de su esposa. Le dirigió una amplia sonrisa.

—Lo que desees, cariño.

Harrow buscó la mirada de Win.

—Hace mucho tiempo que no bailo el vals —dijo—, ¿puede reservarme uno en su carnet de baile?

—Su nombre ya está apuntado —contestó ella, y apoyó la mano en el brazo que él le ofrecía. Siguieron a los Hunt al salón de baile.

Poppy y Beatrix se aproximaron a sus respectivas parejas, mientras Cam cerraba los dedos sobre la mano enguantada de Amelia.

—Qué me condenen si Hunt es el único que puede escandalizar a la sociedad. Ven a bailar conmigo.

—Me temo que no escandalizaremos a nadie —dijo ella acompañándolo sin vacilar—. La gente ya tiene asumido que no somos demasiado convencionales.

Leo observó el desfile que se dirigía al salón de baile con los ojos entrecerrados.

—Me pregunto —dijo a Merripen—, qué es lo que sabe Hunt de Harrow. ¿Lo conoces lo suficientemente bien para preguntarle?

—Sí —dijo Merripen—. Pero aunque no fuera así, no abandonaría este lugar hasta conseguir que me lo dijera.

Eso provocó que Leo se riera entre dientes.

—Puede que seas el único en toda esta mansión que se atreva a desafiar a Simon Hunt. Es un maldito bastardo.

—Igual que yo —fue la sombría respuesta de Merripen.


Era un hermoso baile, o lo habría sido si Merripen se hubiera comportado como un ser humano razonable. Durante todo el rato, no le quitó la vista de encima a Win, y tampoco se molestó en ser discreto al respecto. Mientras ella iba de un grupo a otro, él conversaba con un grupo de hombres que incluía al señor Hunt, pero su mirada nunca se apartó de ella.

Al menos en tres ocasiones, se acercaron a Win varios hombres a los que ella había prometido un baile, y cada vez Merripen aparecía a su lado y se dedicaba a fulminarlos con la mirada hasta que conseguía ahuyentarlos.

Merripen le espantaba los pretendientes a diestro y siniestro.

Ni siquiera la señorita Marks fue capaz de disuadirle. La institutriz le había informado con firmeza que su protección era innecesaria mientras ella tuviera la situación controlada. Pero él le había replicado con obstinación que si su papel era actuar como chaperona, entonces estaba haciendo un trabajo pésimo y que ya podía mantener a los hombres indeseables lejos de sus pupilas.

—¿Qué crees que estás haciendo? —murmuró Win a Merripen furiosamente cuando él espantó a otro consternado caballero—. ¡Quería bailar con él! ¡Le había prometido que lo haría!

—No vas a bailar con esa escoria —masculló Merripen.

Win sacudió la cabeza, perpleja.

—Pero si es vizconde. Pertenece a una de las familias más respetadas. ¿Por qué razón no te gusta?

—Es amigo de Leo. ¿Te parece razón suficiente?

Win lo fulminó con la mirada y se esforzó por mantener la compostura. Siempre le había resultado fácil ocultar sus emociones bajo una fachada tranquila, pero últimamente lo encontraba cada vez más difícil. Todos sus sentimientos estaban a flor de piel.

—Si estás tratando de arruinarme la velada —le dijo—, estás haciendo un magnifico trabajo. Quiero bailar, y tú te dedicas a ahuyentar a todo el que se me acerca. Déjame en paz. —Le dio la espalda y suspiró aliviada cuando Julian Harrow se acercó a ellos.

—Señorita Hathaway —le dijo—, ¿me concede el honor...?

—Sí —le dijo antes de que él pudiera finalizar la frase. Colocando la mano en su brazo, dejó que la condujera hasta la pista donde una multitud de parejas bailaban el vals. Mirando por encima del hombro, vio que Merripen la seguía con la mirada, y ella le dirigió una mirada de advertencia. Él le respondió frunciendo el ceño.

Mientras se alejaba, Win sintió que una risa histérica burbujeaba en su garganta. Se la tragó, pensando que Kev Merripen era el hombre más exasperante que conocía. Era como el perro del hortelano, ni comía ni dejaba comer; se negaba a mantener una relación con ella y al mismo tiempo no dejaba que ella se relacionara con ningún otro hombre. Y conociendo su capacidad de aguante, ésa sería la tónica en los años venideros. O tal vez para siempre. Ella, simplemente, no podía vivir de esa manera.

—Winnifred —dijo Julian Harrow, fijando en ella sus ojos grises—. Ésta es una noche demasiado hermosa para que esté tan disgustada. ¿Qué le preocupa?

—Nada importante —dijo ella, intentando adoptar un tono ligero, pero sin éxito, ya que su voz sonó muy seca—. Es un simple malentendido familiar.

Le hizo una reverencia y Julian se inclinó en respuesta, y la tomó entre sus brazos. Su mano se apoyaba con firmeza en su espalda, guiándola con facilidad mientras bailaban.

El contacto de Julian despertó en ella recuerdos de la clínica, la manera en que la había animado y ayudado; había sido severo cuando había sido necesario, y otras veces lo habían celebrado juntos cuando ella había alcanzado algún hito importante en su progreso. Era un buen hombre, amable, magnánimo. Un hombre bien parecido. Para Win era difícil ignorar las miradas de admiración femeninas que él atraía. La mayoría de las jóvenes solteras del baile habrían dado cualquier cosa por tener un pretendiente tan espléndido.

«Podría casarme con él», pensó. Él le había dejado claro que todo lo que necesitaba era un poco de ánimo por su parte. Podría convertirse en la esposa del doctor y vivir en el sur de Francia, y quizá podría ayudarle de alguna manera en su trabajo en la clínica. Ayudar a otras personas que sufrían de la misma manera que ella lo había hecho... hacer algo importante y positivo con su vida... ¿qué sería mejor que eso?

Cualquier cosa era preferible que el dolor de amar a un hombre que no podía tener. Y además, que Dios la ayudara, viviendo tan cerca de él. Se convertiría en una mujer amargada y frustrada. Incluso podría llegar a odiarlo.

Se obligó a relajarse entre los brazos de Julian. La sensación de desolación, de amargura, se desvaneció aliviada por la música y el ritmo del vals. Julian la hizo girar por el salón de baile, guiándola con cuidado entre el resto de los bailarines.

—Esto es lo que soñaba —dijo Win—. Poder hacer esto... igual que todos los demás.

La mano de Julian le apretó la cintura.

—Como debe ser. Pero usted no es como todos los demás. Usted es la mujer más hermosa del baile.

—No —dijo ella, riéndose.

—Sí. Como un ángel de la pintura clásica. O quizá la Venus durmiendo. ¿Conoce ese cuadro?

—Me temo que no.

—La llevaré a verlo algún día. Incluso podría encontrarlo un tanto escandaloso.

—Supongo que Venus está desnuda en esa obra, ¿no? —Win intentó sonar mundana, pero sintió que se sonrojaba—. Nunca he podido comprender por qué esas bellezas clásicas están siempre desnudas, cuando con un discreto paño lograrían el mismo efecto.

—Porque no hay nada más bello que el cuerpo femenino desnudo. —Julian se rio entre dientes al ver que su rubor se intensificaba—. La he avergonzado con mi franqueza. Lo siento.

—No creo que lo sienta. Creo que tenía intención de desconcertarme. —Coquetear con Julian era una sensación nueva.

—Tiene razón. Quería desconcertarla un poco.

—¿Por qué?

—Porque me gustaría que me viera como alguien distinto que el previsible, tedioso y viejo doctor Harrow.

—Usted no es ninguna de esas cosas —dijo ella, riéndose.

—Bien —murmuró él, devolviéndole la sonrisa. El vals se acabó y los caballeros guiaron a sus parejas fuera de la pista de baile, mientras otras tomaban su lugar.

—Hace mucho calor aquí dentro y hay demasiada gente —dijo Julian—. ¿Le gustaría comportarse de manera escandalosa y desaparecer conmigo un momento?

—Me encantaría.

La condujo a una esquina medio oculta por unas enormes macetas. En el momento oportuno, la guió fuera del salón de baile hacia un enorme invernadero de cristal. El recinto estaba lleno de caminos, flores y arbustos de interior, y pequeños bancos apartados. Más allá del invernadero había una amplia terraza sobre los jardines vallados y otras mansiones de Mayfair. La silueta de la ciudad hacía de fondo, con chimeneas que llenaban el cielo de la medianoche con nubes de humo.

Cuando se sentaron en un banco, las faldas de Win los rodearon. Julian se volvió hacia ella. La tenue luz de la luna otorgaba a su perfil marfileño una leve luminiscencia.

—Winnifred —murmuró él, y el timbre de su voz fue bajo e íntimo. Al volver la mirada hacia sus ojos grises, Win se dio cuenta de que él iba a besarla.

Pero la sorprendió quitándole uno de los guantes con exquisito cuidado con la luz de la luna reluciendo tenuemente sobre su pelo oscuro. Alzando la delgada mano de Win a sus labios, él le besó el dorso de los dedos y la frágil piel del interior de la muñeca. Le sostuvo la mano como una flor a medio abrir delante de la cara. Su ternura la desarmó.

—Usted sabe por qué he venido a Inglaterra —le dijo con suavidad—. Quería conocerla mejor, mucho mejor, querida, y eso no era posible en la clínica. Me gustaría...

Un sonido cercano hizo que Julian se interrumpiera y levantara la cabeza de golpe.

Tanto Win como él clavaron los ojos en el intruso.

Era Merripen, por supuesto, su enorme, oscura y agresiva figura se dirigía a grandes zancadas hacia ellos.

Win se quedó boquiabierta, totalmente incrédula. ¿La había seguido hasta allí? Se sintió como una criatura atrapada. Por el amor de Dios, ¿es que no había ningún lugar en el que pudiera escapar de su escandaloso acoso?

—Vete... Lárgate —le dijo, pronunciando cada palabra con desdeñosa precisión—. Tú no eres mi chaperona.

—Y tú deberías estar con tu chaperona —le espetó Merripen—. No aquí con él.

Para Win nunca había sido tan difícil dominar sus emociones. Las reprimió, ocultándolas tras una fachada inexpresiva. Pero por dentro, podía notar que su temperamento bullía impaciente. Su voz sonó agitada cuando se dirigió a Julian.

—¿Haría el favor de dejarnos solos, doctor Harrow? Hay algo que tengo que discutir con Merripen.

Julian pasó la mirada de la cara decidida de Merripen a la de ella.

—No estoy seguro de que sea lo mejor —dijo él lentamente.

—Lleva atormentándome toda la velada —dijo Win—. Soy la única que puede poner fin a esta situación. Por favor, permítame un momento a solas con él.

—De acuerdo. —Julian se levantó del banco—. ¿Dónde la espero?

—En el salón de baile —contestó Win, agradeciendo no tener que discutir también con Julian. Era obvio que él la respetaba, y que también respetaba su pericia lo suficiente como para dejarla manejar la situación—. Gracias, doctor Harrow.

Win apenas se dio cuenta de la partida de Julian, pues estaba centrada en Merripen. Se puso de pie y se acercó a él frunciendo el ceño, furiosa.

—Me estás volviendo loca —exclamó—. ¡Quiero que dejes de comportarte de esta manera, Kev! ¿Tienes idea de lo ridículo que estás siendo? ¿De lo mal que te has comportado esta noche?

—¿Yo me he comportado mal? —bramó él, furioso—. Estabas a punto de permitir que te comprometiera.

—Quizá quería que me comprometiera.

—Si no te gusta mi comportamiento, peor para ti —dijo él, estirando la mano para agarrarla del brazo con la intención de sacarla a rastras fuera del invernadero—. Porque voy a asegurarme de que permaneces a salvo.

—¡No me toques! —Win se retorció encolerizada para librarse de su agarre—. Llevo años a salvo. Llevo mucho tiempo sin sufrir ningún daño tumbada en una cama, observando cómo todo el mundo a mi alrededor disfrutaba de la vida. He tenido suficiente de eso para el resto de mi vida, Kev. Y si eso es lo que quieres para mí, que viva sola y sin ser amada, entonces puedes irte al infierno.

—Jamás has estado sola —le respondió él con dureza—. Y siempre has sido amada.

—Quiero ser amada como una mujer. No como una niña, ni como una hermana, ni como una minusválida.

—No es así como yo...

—Quizá ni siquiera seas capaz de sentir un amor semejante. —En su violenta frustración, Win experimentó un sentimiento que nunca había sentido antes. El deseo de lastimar a alguien—. Quizá nunca puedas.

Cuando Merripen se movió bajo un rayo de luz de luna que se filtraba por el cristal del invernadero, Win se sintió un poco conmocionada al ver la expresión asesina de su cara. Con unas simples palabras había logrado herirlo profundamente, lo suficiente para abrir una brecha en su oscura y furiosa fachada. Ella dio un paso atrás, alarmada, cuando él la apresó con un agarre brutal.

La sacudió con fuerza.

—Los fuegos del infierno podrían arder durante mil años y ni siquiera eso igualaría lo que siento por ti cada minuto del día. Te amo tanto que no hay placer en ello. Sólo tormento. Porque aunque pudiera diluir lo que siento por ti a una millonésima parte, aún sería suficiente para matarte. Y aunque me vuelva loco, prefiero verte vivir en los brazos de ese frío bastardo sin alma, que morir en los míos.

Antes de que ella pudiera comenzar a comprender lo que él

había dicho, y todas sus implicaciones, él devoró su boca con un hambre voraz. Por un minuto, quizá dos, Win ni siquiera pudo moverse, sólo permanecer allí, impotente, conmocionada, mientras cada uno de sus pensamientos racionales se disolvía. Se sintió débil, pero no porque estuviera mareándose. Su mano se movió como si tuviera vida propia a la nuca de Kev, a los rígidos músculos por encima del almidonado cuello, a los sedosos mechones de su pelo.

Le acarició la nuca sin ser consciente, intentando apaciguar su dura y jadeante respiración. La boca de Kev cubría la suya, cada vez más profundamente, lamiéndola y jugueteando, probando su adictivo y dulce sabor. Y en ese momento algo calmó el frenesí de Merripen, y se volvió suave. Le tembló la mano cuando acarició la cara de Win, rozándole la mejilla con los dedos y ahuecándole la mejilla. La hambrienta presión de su boca abandonó la de Win, y le besó los párpados, la nariz y la frente.

Ante la necesidad de sentirla más cerca, Kev la llevó hasta la pared del invernadero. Win se quedó sin aliento cuando sus hombros desnudos chocaron contra la fría hoja de vidrio, poniéndole la piel de gallina. El cristal estaba frío... pero su cuerpo estaba ardiendo. La suave boca de Kev trazaba un camino de fuego por su garganta, por su escote, por el nacimiento de los senos.

Merripen deslizó dos dedos dentro del corpiño, acariciando la fría suavidad de su pecho. No era suficiente. Tiró con impaciencia del borde del corpiño y las copas del corsé cayeron. Win cerró los ojos, ofreciéndose sin una palabra de protesta, manteniéndose en silencio salvo por la respiración jadeante.

Merripen soltó un suave gruñido de satisfacción cuando el pecho de Win apareció ante sus ojos. La alzó contra el cristal, casi poniéndola de puntillas, y cerró la boca sobre la cima de su seno.

Win se mordió los labios para no gritar. Cada lametazo de la lengua de Kev le enviaba escalofríos ardientes a los dedos de los pies. Le deslizó las manos por el pelo, una con guante y otra sin él, arqueando su cuerpo contra la tierna estimulación de su boca.

Cuando el pezón estuvo tenso y palpitante, Merripen regresó a su cuello, arrastrando la boca por la piel delicada.

—Win. —Su voz era jadeante—. Quiero... —Pero contuvo las palabras y la besó otra vez, con dureza febril, mientras pellizcaba la dura cima de su pecho con los dedos. Se la apretó y frotó con suavidad, hasta que el suave y excitante hostigamiento provocó que ella se retorciera y sollozara de placer.

En ese momento todo terminó con rapidez. Él se quedó paralizado de manera inexplicable y la apartó bruscamente de la pared, apretándola contra su cuerpo. Como si estuviera tratando de protegerla de algo mientras mascullaba una maldición.

—¿Qué...? —A Win le resultó difícil hablar. Estaba aturdida como si estuviera saliendo de un sueño profundo; la cabeza le daba vueltas—. ¿Qué sucede?

—Vi movimiento en la terraza. Puede que alguien nos haya visto.

Eso trajo a Win de vuelta a la realidad. Se apartó de él torpemente, intentando volver a colocarse el corpiño en su lugar.

—Mi guante —susurró al verlo sobre el banco como una pequeña bandera blanca abandonada.

Merripen se acercó para recuperarlo.

—Me... me voy a la salita para damas —dijo con voz temblorosa—. Me arreglaré y volveré al salón de baile tan pronto como pueda.

No estaba del todo segura de qué acababa de ocurrir, de lo que eso significaba. Merripen había admitido que la amaba. Finalmente lo había dicho. Pero ella siempre lo había imaginado como una revelación feliz, no como una amarga confesión. Todo parecía terriblemente equivocado.

Ojalá pudiera regresar a la habitación del hotel en ese momento. Quería estar a solas. Necesitaba privacidad para pensar. ¿Qué era lo que él había dicho...? «Prefiero verte vivir en los brazos de ese frío bastardo sin alma, que morir en los míos.» Eso no tenía ningún sentido. ¿Por qué había dicho él tal cosa?

Quería discutirlo con él, pero ése no era ni el momento ni el lugar. Debía tratar ese asunto con mucho tacto. Merripen era mucho más complicado que la mayoría de la gente. Aunque daba la impresión de ser menos sensible que el resto de los hombres, la verdad era que albergaba unos sentimientos tan poderosos y profundos que ni siquiera era capaz de lidiar con ellos.

—Debemos hablar, Kev —dijo ella.

Él aceptó con una breve inclinación de cabeza, y dejó caer los hombros como si sostuviera una carga insoportable.

Win se acercó tan discretamente como pudo a la salita para damas de la planta superior, donde las criadas estaban ocupadas reparando cenefas rotas, ayudando a eliminar el brillo de las caras sudorosas, y asegurando peinados con horquillas adicionales. Las mujeres se reunían en grupitos, riendo tontamente y cotilleando de cosas que habían visto u oído por casualidad. Win se sentó ante el espejo y estudió su reflejo. Tenía las mejillas arreboladas, un marcado contraste con su habitual palidez, y los labios rojos e hinchados. Su rubor se intensificó cuando se preguntó si todo el mundo se daría cuenta de lo que había estado haciendo.

Una criada se acercó a limpiarle el sudor de la cara y a cubrirla con polvo de arroz, y Win le dio las gracias. Inspiró varias veces todo lo que le permitió el corsé para tranquilizarse e intentó subir un poco el corpiño que le cubría los pechos.

Cuando Win se sintió en condiciones de volver a la planta baja, habían pasado treinta minutos. Sonrió cuando Poppy entró en la salita y se acercó a ella.

—Hola, cariño —dijo Win, levantándose de la silla—. Ven, siéntate en mi silla. ¿Necesitas horquillas? ¿Polvos?

—No, gracias. —Poppy mostraba una expresión tensa y ansiosa, parecía casi tan excitada como había estado Win unos minutos antes.

—¿Te lo estás pasando bien? —preguntó Win un poco preocupada.

—Lo cierto es que no demasiado —dijo Poppy, llevándola a la esquina para que nadie las oyera—. Estaba deseando conocer a alguien que no formara parte del grupo habitual de esos viejos nobles, o peor aún, de esos jóvenes tan conservadores. Pero los únicos hombres nuevos que he conocido son cazadotes y hombres de negocios. O sólo quieren hablar de dinero, lo cual es muy vulgar y un tema sobre el que no sé nada, o tienen negocios sobre los que aseguran no poder discutir, lo que quiere decir que probablemente estén envueltos en algo ilegal.

—¿Y Beatrix? ¿Qué tal lo lleva?

—Lo cierto es que ella es muy popular. Se pasa el tiempo diciendo cosas escandalosas, y la gente se ríe y piensa que es ocurrente sin percatarse de que habla en serio.

Win sonrió.

—¿Bajamos y nos reunimos con ella?

—Todavía no. —Poppy extendió la mano para tomar la de ella, y se la apretó con fuerza—. Win, querida... te estaba buscando porque... hay algún tipo de agitación ahí abajo. Y... tú estás involucrada.

—¿Una agitación? —Win negó con la cabeza, sintiendo que un frío helado la calaba hasta los huesos. El estómago le dio un vuelco—. No entiendo.

—Se está extendiendo con suma rapidez el rumor de que te han visto en el invernadero en una posición comprometida. Muy comprometida.

Win sintió que se ponía blanca.

—Sólo han pasado treinta minutos —susurró.

—Así es la sociedad londinense —dijo Poppy con seriedad—. Los rumores se extienden a toda velocidad.

Un par de jóvenes damas entraron en la salita, vieron a Win, e, inmediatamente, se cuchichearon algo al oído.

La mirada afligida de Win encontró la de Poppy.

—Va a ser todo un escándalo, ¿verdad? —le preguntó con voz débil.

—No si actuamos con rapidez. —Poppy le apretó la mano—. Debo llevarte a la biblioteca, querida. Amelia y el señor Rohan están allí... debemos reunirnos con ellos e intentar resolver el problema entre todos. Tenemos que decidir qué hacer.

Win casi deseó poder volver a ser una enferma con tendencia a desmayarse. Porque en momentos como ése, sufrir un largo y profundo desmayo parecía lo más conveniente.

—Oh, ¿qué he hecho? —susurró.

En respuesta, Poppy sonrió débilmente.

—Al parecer, eso es lo que todo el mundo se está preguntando.

# 14

La biblioteca de la mansión Hunt era una estancia elegante con las paredes repletas de librerías de caoba con puertas de vidrio. Cam Rohan y Simon Hunt estaban de pie al lado de un enorme aparador lleno de botellas de licor. Sujetando un vaso medio lleno de un líquido ámbar, Hunt le dirigió a Win una mirada inescrutable cuando entró en la biblioteca. Amelia, la señora Hunt y el doctor Harrow también estaban allí. Win tuvo la curiosa sensación de que eso no podía estar ocurriendo. Jamás se había visto involucrada en un escándalo, y no era tan excitante ni interesante como se había imaginado mientras yacía en su lecho de enferma.

Daba miedo.

Porque a pesar de sus palabras a Merripen sobre querer ser comprometida, no quería que eso pasara de verdad. Ninguna mujer en su sano juicio podía desear una cosa semejante. Provocar un escándalo significaría no sólo arruinar sus perspectivas de matrimonio, sino las de sus hermanas pequeñas. Era algo que afectaría a toda la familia. Su despreocupación podía perjudicar a todos aquellos que ella amaba.

—Win. —Amelia se acercó a ella de inmediato, abrazándola con firmeza—. No pasa nada, querida. Ahora lo resolveremos.

Si no estuviera tan angustiada, Win habría sonreído. Su hermana mayor era conocida por su confianza y habilidad para arreglar cualquier situación, sin importar que se tratara de un desastre natural, alguna invasión extranjera, o una estampida de animales salvajes. Sin embargo, nada de eso podía compararse a los estragos que provocaba un escándalo en la sociedad londinense.

—¿Dónde está la señorita Marks? —preguntó Win con voz ronca.

—En el salón de baile con Beatrix. Estamos tratando de guardar las apariencias todo lo posible. —Amelia le dirigió a los Hunt una sonrisa forzada y llena de pesar—. Pero nuestra familia jamás ha sido especialmente buena en eso.

Win se puso rígida cuando vio que Merripen y Leo entraban en la estancia. Leo se acercó a ella de inmediato, mientras Merripen se agazapaba en una esquina como siempre, sin dirigirle ni una mirada. Sobre la habitación cayó un tenso silencio que le puso los pelos de punta.

Ella no era la única que estaba metida en eso, pensó Win en un arrebato de furia.

Merripen tendría que ayudarla ahora. Tendría que protegerla con todas las armas que tuviera a su alcance, incluyendo su nombre.

El corazón le comenzó a latir con tanta fuerza que casi le dolió.

—Al parecer estás empezando a recuperar el tiempo perdido, hermanita —dijo Leo con ligereza, pero había un atisbo de preocupación en sus ojos claros—. Tenemos que buscar una rápida solución para esto dado que nuestra ausencia provocará más rumores. Las malas lenguas se mueven tan rápido que corre una brisa fresca en el salón de baile.

La señora Hunt se acercó a Amelia y a Win.

—Winnifred. —Su voz era muy suave—. Si este rumor no es cierto, estoy dispuesta a negarlo de inmediato en tu nombre.

Win inspiró entrecortadamente.

—Es cierto —dijo ella.

La señora Hunt le dio una palmadita en el brazo y le dirigió una mirada tranquilizadora.

—Créeme, ni eres la primera ni serás la última en encontrarte en este tipo de aprieto.

—De hecho —intervino la voz arrastrada del señor Hunt—, la señora Hunt tiene experiencia de primera mano en este...

—Señor Hunt —le recriminó su esposa con indignación, y él sonrió ampliamente. Volviéndose hacia Win, la señora Hunt dijo—: Winnifred, el caballero en cuestión y tú deberéis resolver esto de inmediato. —Hizo una delicada pausa—. ¿Puedo preguntarte con quién estabas?

Win no podía contestar. Bajó la mirada a la alfombra y consternada estudió el diseño de medallones y flores mientras esperaba que Merripen diera un paso al frente y hablara. El silencio duró sólo unos segundos, pero parecieron horas. «Di algo —pensó ella con desesperación—. ¡Diles que eras tú!»

Pero no hubo ningún movimiento ni sonido por parte de Merripen.

En su lugar, fue Julian Harrow quien se adelantó.

—Yo soy el caballero en cuestión —dijo en voz baja.

Win levantó la cabeza de golpe. Le dirigió una mirada de asombro cuando la tomó de la mano.

—Les pido perdón a todos —continuó Julian—, y en especial a la señorita Hathaway. No tenía intención de exponerla a chismes o condenas. Esto sólo precipita algo que ya había decidido hacer, y que no es otra cosa que pedir la mano de la señorita Hathaway.

Win se quedó sin respiración. Miró directamente a Merripen, y un silencioso grito de angustia le atravesó el corazón. El rostro pétreo de Merripen y sus ojos, negros como el carbón, no revelaban nada.

No dijo nada.

No hizo nada.

Merripen la había comprometido y ahora dejaba que otro hombre asumiera la responsabilidad por él. Dejaba que otro hombre la rescatara. Tal traición era peor que cualquier enfermedad o dolor que ella hubiera experimentado antes. Win lo odió. Lo odiaría hasta el día de su muerte y más allá.

¿Qué elección tenía ella sino aceptar a Julian? Era eso o permitir que sus hermanas y ella misma quedaran arruinadas.

Win notó cómo el color huía de su rostro, pero se obligó a sonreír débilmente mientras dirigía la mirada a su hermano.

—Bien, milord —le preguntó a Leo—, ¿Deberíamos pedir primero su permiso?

—Tienes mi bendición —le dijo su hermano con sequedad—. Después de todo, no quiero que mi impoluta reputación se vea arruinada por tus escándalos.

Win se volvió hacia Julian.

—Entonces sí, doctor Harrow —dijo con voz calmada—. Me casaré con usted.

Un ceño se formó entre las finas y oscuras cejas de la señora Hunt mientras clavaba los ojos en Win. Asintió de una manera formal.

—Saldré y dejaré caer entre los invitados que lo único que vieron fue a una pareja de novios abrazándose... de un modo un poco desmedido, por supuesto, pero perdonable en vista de su compromiso matrimonial.

—Lo haré yo —dijo el señor Hunt, acercándose a su esposa. Le tendió la mano al doctor Harrow y se la estrechó—. Enhorabuena, señor. —Su tono fue cordial pero no entusiasta—. Es muy afortunado por haber conseguido la mano de la señorita Hathaway.

Mientas Hunt se marchaba, Cam se acercó a Win. Ella se obligó a sostener la mirada de esos perspicaces ojos color avellana, aunque le costó lo suyo.

—¿Es esto lo que quieres, hermanita? —le preguntó suavemente.

Su simpatía casi la hizo derrumbarse.

—Oh, sí. —Apretó la mandíbula para contener un estremecimiento, y logró sonreír—. Soy la mujer más afortunada del mundo.

Y cuando se sintió capaz de mirar a Merripen, observó que él ya se había ido.

—Vaya velada más espantosa —masculló Amelia después de abandonar la biblioteca.

—Sí. —Cam la condujo por el pasillo al vestíbulo.

—¿Adónde vamos?

—Volvemos al salón de baile. Intenta parecer tranquila y feliz.

—Oh, Dios mío. —Amelia se apartó de él y se dirigió a una enorme hornacina, donde una ventana paladiana asomaba a la calle. Apoyó la frente en el cristal y suspiró profundamente. El sonido repetitivo de unos golpecitos en el suelo resonó en el pasillo.

A pesar de lo seria que era la situación, Cam no pudo contener una amplia sonrisa. Cada vez que Amelia se sentía preocupada o enfadada, reaparecía su viejo tic nervioso. Como él le había dicho una vez, Amelia le recordaba a un colibrí apisonando el nido con la pata.

Cam se acercó a ella y posó las cálidas palmas de sus manos sobre los fríos hombros femeninos. Sintió que ella se estremecía bajo su tacto.

—Colibrí —murmuró, deslizándole las manos hasta la nuca para masajearle los tensos músculos del cuello. Cuando la tensión remitió, el golpeteo del pie se fue desvaneciendo poco a poco. Finalmente, Amelia se relajó lo suficiente para confiarle sus pensamientos.

—Todos los que estábamos en la biblioteca sabíamos que fue Merripen quien la comprometió —dijo con brusquedad—, no Harrow. No puedo creerlo. Todo lo que Win ha sufrido para acabar así. Casándose con un hombre que no la ama y que se la llevará a Francia, y, mientras tanto, Merripen no moverá ni un dedo para impedirlo. ¿Qué es lo que le pasa?

—Es algo que no puedo explicarte aquí y ahora. Tranquilízate, cariño. No ayudará a Win que te muestres preocupada.

—No puedo evitarlo. Todo está mal. Oh, sólo tienes que ver la mirada de mi hermana...

—Ya lo arreglaremos —murmuró Cam—. Un compromiso matrimonial no es lo mismo que estar casados.

—Pero un compromiso matrimonial no deja de ser vinculante —dijo Amelia con una mirada de tristeza—. Tú sabes que para algunas personas es igual que un contrato y que, por lo tanto, no puede romperse con facilidad.

—Quizá tengamos que forzar la ruptura —concedió.

—Oh, Cam —dejó caer los hombros—. Tú jamás dejarías que nada se interpusiera entre nosotros, ¿verdad? ¿Jamás dejarías que nos separaran?

La pregunta era tan sumamente ridícula que Cam no supo qué decir. Giró a Amelia para que lo mirara y observó con enorme sorpresa que su práctica y sensata esposa estaba al borde del llanto. El embarazo la ponía sensible, pensó. El brillo húmedo en los ojos de Amelia lo llenó de ternura. Le rodeó protectoramente los hombros con un brazo y, con la mano libre, le acarició el pelo sin importar si la despeinaba.

—Tú eres la razón de mi vida —dijo en voz baja, estrechándola con más fuerza—. Lo eres todo para mí. Nada podría hacer que te abandonara. Y si alguien intentara separarnos, lo mataría. —Cubrió su boca con la de él y la besó con una devastadora sensualidad sin detenerse hasta que ella estuvo débil, sonrojada y laxa contra su cuerpo duro—. Ahora —dijo él medio en broma—, ¿dónde está ese invernadero?

Amelia soltó una risa llorosa.

—Creo que ya ha habido demasiadas murmuraciones por una noche. ¿Vas a hablar con Merripen?

—Por supuesto. No me escuchará, pero eso no me ha detenido antes.

—¿Crees que él...? —Amelia se interrumpió cuando oyó ruido de pasos y el frufrú de unas faldas en el pasillo. Se ocultó aún más en la hornacina con Cam, arrebujándose entre sus brazos. Lo sintió sonreír contra su pelo. Permanecieron quietos y silenciosos mientras oían las voces de un par de damas.

—¿Por qué, en nombre del cielo, les han invitado los Hunt? —preguntaba una de ellas llena de indignación.

Amelia creyó reconocer la voz. Pertenecía a una de las chaperonas con cara de ciruela que se había sentado a su lado en el salón de baile. Era la tía solterona de una joven dama.

—¿Porque son muy ricos? —sugirió su acompañante.

—Sospecho que es más bien porque lord Ramsay es vizconde.

—Tienes razón. Un vizconde soltero.

—Pero eso no quita lo otro... ¡gitanos en la familia! Me estremezco con sólo pensarlo. Una no puede esperar que se comporten de manera civilizada... se guían por sus instintos animales. Y se espera que nos codeemos con esa gente como si fueran nuestros iguales.

—Los Hunt son «burgueses», ya lo sabes. No importa que el señor Hunt sea el dueño de medio Londres, no deja de ser el hijo de un carnicero.

—Ellos y muchos de los invitados no están a nuestra altura. No me cabe la menor duda de que nos enteraremos de al menos otra media docena de escándalos antes de que acabe la velada.

—Terrible. Lo reconozco. —Hubo una pausa y luego la segunda mujer añadió pensativamente—: Espero que nos vuelvan a invitar el año que viene.

Mientras las voces se desvanecían, Cam bajó la mirada a su esposa con el ceño fruncido. Le importaba un bledo lo que dijeran de él, a esas alturas de su vida estaba más que acostumbrado a lo que la gente opinaba de los gitanos. Pero odiaba que las flechas alcanzaran a Amelia.

Para su sorpresa, ella le sonreía y lo miraba tranquilamente con aquellos ojos azules como la medianoche.

—¿Qué te parece tan divertido? —le preguntó Cam con una expresión inquisitiva.

Amelia se puso a juguetear con un botón de su abrigo.

—Estaba pensando... que esta noche, esas dos viejas cacatúas se irán a la cama amargadas y solas. —Una traviesa sonrisa le curvó los labios—. Mientras que yo estaré con un ardiente y guapísimo romaní, que me protegerá del frío toda la noche.


Kev observó y esperó hasta que encontró una oportunidad para acercarse a Simon Hunt, que acababa de escapar de una conversación con dos mujeres que reían tontamente.

—¿Puedo hablar un momento contigo? —le preguntó Kev en voz baja.

Hunt no pareció sorprendido ante la interpelación.

—Vamos a la terraza de atrás.

Se abrieron paso hasta una puerta lateral del salón, que daba directamente a la terraza. Había un grupo de caballeros reunidos en una esquina, disfrutando de sus cigarros. El aroma penetrante del tabaco flotaba en la brisa fresca.

Simon Hunt sonrió amablemente y negó con la cabeza cuando los hombres los llamaron por señas para que se unieran a ellos.

—Tenemos que hablar de negocios —les dijo—. Quizá más tarde.

Apoyándose con actitud despreocupada en la balaustrada de hierro, Hunt dirigió a Kev una mirada inquisitiva.

En las pocas ocasiones que se habían encontrado en Hampshire, en Stony Cross Park, la hacienda vecina a la de Ramsay, a Kev le había gustado Hunt. Era un hombre que no se andaba con rodeos y que hablaba con franqueza. Un hombre abiertamente ambicioso que disfrutaba haciendo dinero y de los placeres que éste proporcionaba. Y aunque la mayoría de los hombres en su posición se hubieran tomado más en serio a sí mismos, Hunt poseía un irreverente e irónico sentido del humor.

—Imagino que quieres preguntarme que sé sobre Harrow —dijo Hunt.

—Sí.

—En vista de los recientes acontecimientos, es como cerrar la puerta después de que hayan robado la casa. Si bien debo añadir que no tengo pruebas de nada, las acusaciones que los Lanham han esgrimido en contra de Harrow son lo suficientemente graves como para tenerlas en consideración.

—¿Qué acusaciones? —gruñó Kev.

—Antes de que Harrow estableciese la clínica en Francia, se casó con la hija mayor de Lanham, Louise. He oído decir que era una chica muy hermosa, un poco consentida y testaruda, pero un buen partido para Harrow. Tenía una enorme dote y una familia muy bien relacionada.

Metiéndose la mano en el abrigo, Hunt sacó una delgada cigarrera de plata.

—¿Quieres uno? —le preguntó. Kev negó con la cabeza. Hunt extrajo un cigarro, y arrancando hábilmente la punta con los dientes, lo encendió. La brasa del cigarro resplandeció cuando Hunt aspiró el humo.

—Según los Lanham —continuó Hunt, exhanlado el humo aromático del cigarro—, tras un año de matrimonio, Louise cambió. Se volvió dócil y distante, y parecía haber perdido el interés por sus anteriores aficiones. Cuando los Lanham abordaron a Harrow con sus preocupaciones, éste afirmó que los cambios de su esposa eran, simplemente, una prueba de su madurez y satisfacción matrimonial.

—¿Y lo creyeron?

—No. Sin embargo, cuando le preguntaron a Louise, ella afirmó que era feliz y les pidió que no interfirieran en su vida. —Hunt se llevó el cigarro a los labios de nuevo y fijó la mirada pensativamente en las luces de Londres que parpadeaban a través de la neblina de la noche—. En algún momento durante el segundo año de matrimonio, Louise comenzó a debilitarse.

Kev sintió un escalofrío ante la palabra «debilidad». Normalmente era utilizada por los médicos cuando no podían diagnosticar o comprender una enfermedad; un deterioro físico que ningún tratamiento podía prevenir.

—Louise se transformó en una mujer débil y deprimida que se pasaba los días postrada en la cama. Nadie podía hacer nada por ella. Los Lanham insistieron en que la atendiera su médico de siempre, pero éste no pudo encontrar ninguna causa para su enfermedad. El estado de Louise siguió empeorando durante más o menos un mes, y luego murió. La familia culpó a Harrow del fallecimiento. Antes del matrimonio, Louise había sido una chica saludable, vivaz y, dos años después, estaba muerta.

—Algunas veces ocurren cosas así —comentó Kev, sintiendo la necesidad de hacer de abogado del diablo—. Puede que no fuera culpa de Harrow.

—No. Pero fue la reacción de Harrow lo que convenció a la

familia de que él era el responsable de la muerte de Louise. Se mostró demasiado sereno. Frío. Sólo derramó algunas lágrimas de cocodrilo para guardar las apariencias, y eso fue todo.

—¿Y después se fue a Francia con el dinero de la dote?

—Sí. —Hunt se encogió de hombros—. Desprecio los rumores, Merripen. Rara vez me dedico a propagarlos. Pero los Lanham son gente respetable y no son dados al dramatismo. —Frunciendo el ceño, golpeó la ceniza del cigarro contra el borde de la balaustrada—. Y a pesar de todo el bien que, según dicen, Harrow ha hecho por sus pacientes, no puedo evitar la sensación de que hay algo raro en él. No sé cómo explicarlo.

Kev sintió un gran alivio al ver un eco de sus propios pensamientos en un hombre como Hunt.

—He tenido esa misma sensación con Harrow desde que lo conocí —dijo—. Pero todos los demás parecen reverenciarle.

En los ojos oscuros de Hunt apareció una chispa irónica.

—Sí, bueno..., no sería la primera vez que no estoy de acuerdo con la opinión popular. Pero creo que cualquiera que aprecie a la señorita Hathaway debería estar preocupado por ella.

# 15

Por la mañana, Merripen se había ido. Había pagado su cuenta en el Rutledge y había dejado un aviso de que viajaría solo a la hacienda Ramsay.

Win se había despertado con los recuerdos de la noche anterior flotando en su desconcertada mente. Se sentía cansada, agobiada y de mal humor. Merripen había sido una parte de ella durante demasiado tiempo. Lo había llevado en su corazón, se le había metido en los huesos. Dejarlo ir ahora sería como amputarse una parte de sí misma. Pero a pesar de eso, no tenía más remedio que hacerlo. El propio Merripen había hecho imposible que siguiera otro camino.

Se aseó y se vistió con la ayuda de una doncella, y permitió que le arreglara el pelo en un moño trenzado. No habría conversaciones significativas con nadie de su familia, decidió con frialdad. No habría lágrimas ni pesar. Iba a casarse con el doctor Julian Harrow y viviría muy lejos de Hampshire. Y trataría de encontrar la paz en la medida que fuera posible desde esa enorme y necesaria distancia.

—Quiero casarme tan rápido como sea posible —le dijo a Julian esa misma mañana, cuando tomaban el té en la *suite* de la familia—. Echo de menos Francia. Quiero regresar allí sin demora. Como tu esposa.

Julian sonrió y le acarició la curva de la mejilla con las suaves yemas de sus dedos.

—Muy bien, cariño. —Le cogió la mano entre las suyas, y le rozó los nudillos con el pulgar—. Tengo que ocuparme de un asunto en Londres, y me reuniré contigo en Hampshire en pocos días. Lo planearemos todo allí. Podemos casarnos en la capilla de la hacienda si ése es tu deseo.

La capilla que Merripen había reconstruido.

—Perfecto —dijo Win con voz neutra.

—Hoy te compraré el anillo —dijo Julian—. ¿Qué piedra te gusta? ¿Un zafiro del color de tus ojos?

—Cualquier cosa que escojas estará bien. —Win dejó su mano entre las de él mientras ambos permanecían en silencio—. Julian —murmuró—, aún no me has preguntado qué... qué sucedió entre Merripen y yo anoche.

—No es necesario —replicó Julian—. Me gusta mucho el resultado.

—Quiero... quiero que sepas que seré una buena esposa —dijo Win con seriedad—. Mi relación anterior con Merripen...

—Eso se desvanecerá con el tiempo —comentó Julian en voz baja.

—Sí.

—Pero te advierto, Winnifred... que emprenderé una larga batalla para conseguir tu amor. Seré un marido devoto y generoso, no habrá lugar en tu corazón para nadie más.

Ella pensó en sacar a colación el tema de los niños, preguntarle si quizás él consentiría algún día en tener uno si su salud mejoraba aún más. Pero por lo que sabía de Julian, no cambiaba de opinión con facilidad. Y tampoco es que eso tuviera importancia. De cualquier manera estaba atrapada.

Eso era lo que la vida le había deparado ahora, y tenía que sacarle el mayor partido posible.

Tras dos días de arreglos, la familia se puso en camino hacia Hampshire. Cam, Amelia, Poppy y Beatrix estaban en el primer carruaje, mientras que Leo, Win y la señorita Marks iban en el segundo. Habían salido antes de que rompiera el día, para adelantar camino todo lo que fuera posible en ese viaje de doce horas.

Sólo Dios sabía qué tipo de batalla campal se estaría produciendo en el segundo carruaje. Cam esperaba que la presencia de Win ayudara a mitigar la animosidad entre la señorita Marks y Leo.

La conversación en el primer carruaje, como Cam había esperado, era muy animada. Tanto Poppy como Beatrix se habían lanzado a una campaña a favor de Merripen como mejor candidato a marido de Win. Con la ingenuidad propia de su edad, las chicas habían supuesto que el único escollo en su camino era la falta de fortuna de Merripen.

—... así que podrías darle parte de tu dinero —decía Beatrix con entusiasmo.

—... o parte de la fortuna de Leo —intercedió Poppy—. Leo sólo la está malgastando y...

—... y hacerle creer a Merripen que es la dote de Win —dijo Beatrix—, de esa manera su orgullo no se vería perjudicado.

—Y tampoco necesitarían tanto dinero —dijo Poppy—. A ninguno de los dos les gustan las mansiones ni los carruajes ni...

—Callaos un momento las dos —dijo Cam, levantando las manos en un gesto defensivo—. El problema es más complejo que una cuestión de dinero, y... no, dejad de hablar un momento y escuchadme bien. —Les dirigió una sonrisa a los dos pares de ojos azules que lo miraban con inquietud. Encontró su preocupación por Merripen y Win muy enternecedora—. Merripen tiene dinero más que de sobra que ofrecer a Win. Con lo que gana como administrador de la hacienda Ramsay tiene para disfrutar de una vida desahogada, y además, tiene acceso ilimitado a las cuentas de la hacienda Ramsay.

—Entonces, ¿por qué Win se va a casar con el doctor Harrow y no con Merripen? —exigió saber Beatrix.

—Por razones que él quiere mantener en privado, Merripen cree que no sería un marido apropiado para ella.

—¡Pero la ama!

—El amor no soluciona todos los problemas, Bea —dijo Amelia con suavidad.

—Mamá habría dicho lo mismo —comentó Poppy con una leve sonrisa, mientras Beatrix parecía contrariada.

—¿Y qué habría dicho vuestro padre? —preguntó Cam.

—Nos habría conducido a alguna disertación filosófica sobre la naturaleza del amor que no habría llevado a ninguna parte —dijo Amelia—, pero que habría resultado fascinante.

—No me importa lo complicado que digáis que es —dijo Beatrix—. Win debería casarse con Merripen. ¿No estás de acuerdo, Amelia?

—No es decisión nuestra —respondió Amelia—. Y tampoco de Win, a menos que ese cabeza dura le ofrezca una alternativa. Win no puede hacer nada si él no se declara.

—¿No estaría bien que las damas pudieran declararse a los caballeros? —reflexionó Beatrix.

—Dios mío, no —se apresuró a decir Amelia—. Haría las cosas mucho más fáciles a los caballeros.

—En el reino animal —comentó Beatrix—, los machos y las hembras están en igualdad de condiciones. Las hembras pueden hacer cualquier cosa que deseen.

—El reino animal permite muchos comportamientos que nosotros los humanos no podemos imitar. Rascarse en público, por ejemplo. Regurgitar la comida. Pavonearse para atraer a la pareja. Sin mencionar... bueno, no hace falta que continúe.

—A mí me gustaría que lo hicieras —dijo Cam con una amplia sonrisa. Acomodó a Amelia a su lado y se dirigió a Beatrix y a Poppy—. Oídme atentamente. Ninguna de vosotras debe molestar a Merripen con esta situación. Sé que queréis ayudar, pero lo único que conseguiréis es provocarlo.

Las dos protestaron y asintieron con la cabeza a regañadientes, luego se acomodaron en sus respectivas esquinas. Fuera todavía estaba oscuro, y el traqueteo del carruaje era adormecedor. En cuestión de minutos, las dos hermanas estuvieron dormitando.

Cam miró a Amelia, y vio que estaba todavía despierta. Le acarició la suave piel de la cara y la garganta, mientras observaba fijamente los ojos de aquel color azul tan puro.

—¿Por qué Merripen guardó silencio, Cam? —murmuró ella—. ¿Por qué permitió que fuera el doctor Harrow quien defendiera a Win?

Cam se tomó tiempo antes de contestar.

—Tiene miedo.

—¿De qué?

—Del daño que puede hacerle.

Amelia frunció el ceño desconcertada.

—Eso no tiene sentido. Merripen jamás la lastimaría.

—No a propósito. —Él suspiró y la acomodó más cerca de su cuerpo—. ¿Te contó Merripen alguna vez que fue un *asharibe*?

—No, ¿qué significa eso?

—Es la palabra que se usa para describir a un guerrero gitano. Algunos niños de cinco o seis años son entrenados para pelear con los puños. No hay reglas ni límite de tiempo. El objetivo es infligir el mayor daño posible y lo más rápido que se pueda hasta que el adversario caiga derrotado. Los entrenadores de los niños reúnen a multitudes que le pagan dinero. He visto cómo algunos *asharibe* acababan malheridos, ciegos, o incluso muertos ante la gente. Pelean con las muñecas y las costillas rotas si es preciso. —Con un gesto distraído, Cam alisó el pelo de Amelia mientras añadía—: En mi tribu no había ninguno. Nuestro jefe decidió que era una práctica demasiado cruel. Aprendimos a pelear, por supuesto, pero nunca fue un modo de vida para nosotros.

—Merripen... —murmuró Amelia.

—Por lo que pude saber, para él fue mucho peor. El hombre que lo crio... —A Cam, siempre tan elocuente, le resultó difícil seguir hablando.

—¿Su tío? —lo apremió Amelia.

—Nuestro tío. —Cam ya le había dicho que Merripen y él

eran hermanos. Pero todavía no le había contado el resto de lo que Shuri había dicho—. Al parecer, crio a Merripen como si fuera un animal salvaje.

Amelia palideció.

—¿A qué te refieres?

—Merripen fue criado para ser tan despiadado como un animal salvaje. Nuestro tío le hizo pasar hambre y lo maltrató hasta que estuvo dispuesto a luchar contra cualquiera, en cualquier circunstancia. Le enseñaron a ignorar los golpes de su adversario y a devolverlos con mayor fuerza.

—Pobre niño —murmuró Amelia—. Eso explica por qué se comportó de la manera que lo hizo cuando llegó a nuestra casa. Estaba sólo medio civilizado. Pero... eso fue hace mucho tiempo. Su vida ha sido muy diferente desde entonces. Y habiendo sufrido tanto, ¿no quiere ser amado? ¿No quiere ser feliz?

—No funciona de esa manera, cariño. —Cam sonrió ante el desconcierto que se reflejó en su cara. No le sorprendía que a Amelia, que había sido criada en una familia numerosa y cariñosa, le resultara difícil entender a un hombre que temía a sus propias necesidades como si fueran su peor enemigo—. ¿Qué sucedería si durante tu infancia te hubieran enseñado que la única razón de tu existencia era infligir dolor a los demás? ¿Que la violencia fuera lo único en lo que fueras buena? ¿Cómo olvidar tal cosa? No podrías. Sólo intentarías ocultarlo lo mejor posible, siempre consciente de lo que realmente late debajo de tu piel.

—Pero... es obvio que Merripen ha cambiado. Es un hombre con muchas cualidades.

—Merripen no estaría de acuerdo.

—Bueno, Win ha dejado claro que ella lo aceptaría a pesar de todo.

—No importa lo que ella diga. Él está determinado a protegerla de sí mismo.

Amelia odiaba tener que enfrentarse a problemas que no tenían solución.

—Entonces, ¿qué demonios hacemos?

Cam bajó la cabeza para besarla en la punta de la nariz.

—Sé cómo odias oír esto, cariño..., pero nada. Es algo que no está en nuestras manos sino en las de ellos.

Ella sacudió la cabeza y masculló algo contra su hombro.

—¿Qué has dicho? —le preguntó, divertido.

Amelia levantó la mirada a los ojos color ámbar de él, y una sonrisa irónica le curvó los labios.

—Algo parecido a que «odio» tener que dejar el futuro en manos de Merripen y Win.


La última vez que Win y Leo habían visto Ramsay House estaba quemada y en ruinas, y sus cimientos se hallaban cubiertos de maleza y escombros. A diferencia del resto de la familia, los dos hermanos no habían podido ver el proceso de reconstrucción.

El condado de Hampshire estaba situado en la costa al sur de Inglaterra, y en él predominaban los bosques antiguos llenos de abundante fauna silvestre. El clima de Hampshire era más suave y soleado que en otras regiones de Inglaterra gracias a su ubicación. Aunque Win no había vivido allí mucho tiempo antes de que tuviera que irse a la clínica de Harrow, tenía la sensación de estar volviendo a casa. Era un lugar tranquilo y acogedor, con un mercado en el pueblo de Stony Cross al que se podía ir andando desde la hacienda.

Parecía que el clima de Hampshire había decidido presentar a la hacienda en su mayor esplendor, y el sol brillaba en lo alto con algunas nubes pintorescas a lo lejos.

El carruaje pasó por la casa del guarda, construida con ladrillos de un color azul pardusco y piedra caliza.

—Se refieren a ella como la Casa Azul —dijo la señorita Marks—, por razones obvias.

—¡Qué preciosidad! —exclamó Win—. Jamás había visto ladrillos pintados en Hampshire.

—Son ladrillos azules de Staffordshire —dijo Leo, estirando el cuello para ver el otro lado de la casa—. Ahora los ladrillos pueden ser transportados desde cualquier lugar gracias al ferrocarril, no es necesario que el constructor los haga in situ.

Prosiguieron el lento recorrido hacia la mansión, que estaba rodeada por un manto de césped verde y aterciopelado y caminos de grava blanca, donde se podían encontrar arbustos y rosales.

—Dios mío —murmuró Leo cuando tuvieron la mansión a la vista. Era una estructura de piedra caliza con multitud de tejados y alegres buhardillas. La pizarra azul de los tejados contrastaba con la piedra caliza de las fachadas. Aunque el lugar era parecido a la antigua mansión, había sido mejorado. Y lo que quedaba de la estructura original había sido restaurado con tanto cariño que apenas se podían distinguir las secciones nuevas de las antiguas.

Leo no podía apartar la vista del lugar.

—Merripen me dijo que había añadido nuevas estancias. Pero veo muchas más ventanas. Y han añadido un ala de servicio.

Había gente trabajando por todas partes, carreteros, carpinteros y albañiles, jardineros recortando setos, mozos de cuadra y lacayos que salían de la casa para recibir a los carruajes. La hacienda no sólo había cobrado vida, crecía de manera prolífica.

Observando la absorta mirada de su hermano, Win sintió una oleada de gratitud hacia Merripen, quien había hecho todo eso posible. Era bueno para Leo volver a un hogar que había sido reconstruido con tanto esmero. Era un buen auspicio para una nueva vida.

—Todavía queda personal por contratar —dijo la señorita Marks—, pero el que ha contratado el señor Merripen es muy eficiente. El señor Merripen es un administrador muy exigente, pero justo y amable. Todos en la finca harían cualquier cosa por complacerle.

Win bajó del carruaje con la ayuda de un lacayo, y permitió que la escoltara hasta las puertas principales; un maravilloso juego de puertas dobles con paneles de madera sólida en la parte inferior y vidrieras en la parte superior. Tan pronto como Win llegó al último escalón, las puertas se abrieron para revelar a una mujer madura con el pelo color jengibre y una cara pecosa. Su figura, envuelta en un vestido negro sin escote, era bien proporcionada.

—Bienvenida, señorita Hathaway —dijo afectuosamente—. Soy la señora Barnstable, el ama de llaves. Todos nos alegramos de que hayan regresado de nuevo a Hampshire.

—Gracias —murmuró Win, siguiéndola al vestíbulo.

Los ojos de Win se agrandaron cuando vio el interior, tan luminoso y brillante. Las dos alturas del vestíbulo estaban revestidas de paneles pintados de un tono crema. La escalera de piedra gris estaba situada al fondo de la estancia, y las balaustradas de hierro negro brillaban inmaculadas. Por todos lados olía a jabón y a cera fresca.

—Impresionante —suspiró Win—. No parece el mismo lugar.

Leo se acercó a ella. Por una vez no tenía ningún comentario sarcástico que hacer, ni se molestó en ocultar su admiración.

—Es un maldito milagro —dijo—. Estoy totalmente asombrado. —Miró al ama de llaves—. ¿Dónde está Merripen, señora Barnstable?

—Está en el almacén de madera de la hacienda, milord, ayudando a descargar un vagón. La madera es muy pesada, y los trabajadores a veces necesitan la ayuda del señor Merripen con las cargas difíciles.

—¿Tenemos almacén de madera? —preguntó Leo.

La señorita Marks fue la que respondió.

—El señor Merripen ha pensado construir casas para los nuevos arrendatarios.

—Es la primera noticia que tengo. ¿Por qué vamos a hacer casas para los arrendatarios? —El tono de Leo no era de censura, sólo estaba interesado. Pero los labios de la señorita Marks se apretaron como si hubiera interpretado la pregunta como una queja.

—Los nuevos arrendatarios se sintieron atraídos por las promesas de casas nuevas. Son ya agricultores de éxito, educados y progresistas, y el señor Merripen cree que su presencia aumentará la prosperidad de la hacienda. En otras propiedades vecinas, como Stony Cross Park, también se construyen casas para los arrendatarios y empleados...

—Está bien —la interrumpió Leo—. No era necesario ponerse a la defensiva, Marks. Dios sabe que no pienso interferir en los planes de Merripen después de ver lo que ha hecho hasta ahora. —Volvió la mirada al ama de llaves—. Si me indica la dirección, señora Barnstable, saldré al encuentro de Merripen. Quizá pueda ayudarlo a descargar la madera de ese vagón.

—Un lacayo le mostrará el camino —dijo el ama de llaves de inmediato—. Pero el trabajo es bastante arriesgado en ocasiones, milord, y no es apropiado para un hombre de su posición.

La señorita Marks apostilló con un tono cáustico:

—Además, dudo que usted pueda ser de ayuda.

El ama de llaves se quedó boquiabierta.

Win tuvo que contener una amplia sonrisa. La señorita Marks se había dirigido a Leo como si fuera un crío en vez de un hombre hecho y derecho de más de un metro ochenta.

Leo le dirigió a la institutriz una sonrisa sardónica.

—Soy más capaz físicamente de lo que usted sospecha, Marks. No tiene ni idea de lo que esconde este abrigo.

—Y estoy profundamente agradecida por eso.

—Señorita Hathaway —se apresuró a interrumpirla el ama de llaves, intentando cortar la discusión—. ¿Puedo acompañarla a su habitación?

—Sí, gracias. —Al oír las voces de sus hermanas, Win se giró para verlas entrar en el vestíbulo acompañadas del señor Rohan.

—¿Y bien? —preguntó Win con una sonrisa, abriendo los brazos para abarcar la estancia—. No tengo palabras para describirlo.

—Vamos a refrescarnos y a quitarnos el polvo del viaje, y luego te lo enseñaré todo.

—Sólo tardaré unos minutos —contestó Win, y se dirigió hacia las escaleras con el ama de llaves.

—¿Cuánto tiempo lleva empleada en la casa, señora Barnstable? —preguntó mientras subían al segundo piso.

—Más o menos un año. Desde que la casa estuvo habitable. Anteriormente estuve empleada en Londres, pero mi antiguo amo falleció y el nuevo señor despidió a la mayoría del personal para reemplazarlo con sus propios criados. Necesitaba urgentemente un empleo.

—Lamento oír eso. Pero espero que le guste trabajar para nosotros.

—Es todo un desafío —dijo el ama de llaves—, tengo que contratar a todo el personal y enseñarles. Confieso que tuve algunas dudas iniciales dadas las inusuales circunstancias de mi cargo. Pero el señor Merripen fue muy persuasivo.

—Sí —dijo Win adoptando un aire distraído—, es difícil decirle que no.

—Todo un carácter, el señor Merripen. A menudo me sorprendo de verle dirigir una docena de tareas a la vez... carpinteros, pintores, herreros, mozos de cuadra, todos reclamando a voces su atención. Pero él siempre mantiene la cabeza fría. Apenas podemos hacer nada sin él. Es el pilar de la hacienda.

Win asintió sombríamente con la cabeza, echando un vistazo a las habitaciones por las que pasaban. Todas con paneles de color crema, muebles de cerezo y tapicerías de terciopelo en colores suaves preferibles a las oscuras y sombrías cortinas que estaban tan de moda. Apenada, Win pensó que nunca podría disfrutar de esa casa excepto en algunas visitas ocasionales.

La señora Barnstable la condujo a una hermosa habitación cuyas ventanas daban a los jardines.

—Ésta es su habitación —dijo el ama de llaves—. Nadie la ha ocupado antes. —La cama tenía un cabecero tapizado en un tono azul claro, la colcha era de lino blanco. Había un bello escritorio para damas en una esquina, y un armario de arce brillante con un espejo en una de las puertas.

»El señor Merripen eligió personalmente el papel pintado —dijo la señora Barnstable—. Casi volvió loco al decorador cuando se empeñó en ver cientos de muestras hasta que encontró este diseño.

El empapelado era blanco, con un delicado diseño de ramas en flor. Algunas de ellas estaban decoradas con la figura de un pequeño petirrojo.

Lentamente, Win se acercó a una de las paredes y acarició una de las aves con la punta de los dedos. Se le nubló la vista.

Durante su larga recuperación de la escarlatina, cuando estaba tan cansada que ni siquiera podía sujetar un libro entre las manos y no había nadie que pudiera leer para ella, se había dedicado a mirar por la ventana un nido de petirrojos en un arce cercano. Había observado cómo los polluelos salían de los huevos azules, con sus pequeños cuerpos rosados y carentes de plumaje. Había visto cómo les crecían las plumas, y cómo la madre se afanaba para llenar los buches de las famélicas crías. También había visto cómo, uno a uno, extendían sus alas para abandonar el nido mientras ella permanecía en la cama.

Merripen, a pesar del miedo que le tenía a las alturas, había subido a menudo por una escalera de mano para limpiar la ventana de Win en el segundo piso. No quería que nada le impidiera ver el mundo exterior.

Le había dicho que el cielo siempre debía ser azul para ella.

—¿Le gustan los pájaros, señorita Hathaway? —preguntó el ama de llaves.

Win asintió con la cabeza sin mirarla, temiendo que su cara se hubiera ruborizado por las emociones que la habían asaltado.

—Sobre todo los petirrojos —murmuró quedamente.

—Un lacayo subirá sus baúles de inmediato, y una doncella se encargará de desempacar y ordenar su ropa. Mientras tanto, si desea asearse, hay agua limpia en el aguamanil.

—Gracias. —Win se acercó a la jarra de porcelana. Vertió el agua en la jofaina y se refrescó la cara y el cuello sin prestar atención a las gotas que le cayeron en el corpiño. Se secó la cara con un paño, pero sólo sintió un breve alivio del doloroso calor que la había invadido.

Al oír chirriar una tabla del suelo, se dio la vuelta bruscamente.

Merripen estaba en la puerta, observándola.

El condenado calor que la recorría de pies a cabeza se incrementó.

Quería estar al otro lado del mundo lejos de él. No quería volver a verlo. Pero, al mismo tiempo, sus sentidos se empapaban ávidamente de su imagen... Tenía el cuello de la camisa abierto, la tela blanca contrastaba con el tono moreno de su piel y el oscuro pelo rizado; el olor a sudor le inundaba las fosas nasales. Su tamaño y su presencia la dejaron paralizada, llena de necesidad. Quería conocer el sabor de su piel con los labios. Quería sentir el latido de su pulso contra el de ella. Oh, si al menos se acercara a ella, así, tal como estaba en ese momento, y la apretara contra ese cuerpo duro y poderoso, y la tomara y arruinara su reputación.

—¿Qué tal el viaje desde Londres? —le preguntó Kev con cara inexpresiva.

—No voy a mantener conversaciones absurdas contigo. Es más, ni siquiera voy a hablar contigo. —Win se acercó a la ventana y miró sin ver las sombras del jardín.

—¿Te gusta la habitación?

Ella asintió con la cabeza sin mirarle.

—Si necesitas algo...

—Tengo todo lo que necesito —lo interrumpió—. Gracias.

—Quiero hablar contigo de lo que...

—Muy bien —dijo ella, logrando sonar tranquila—. No necesitas buscar excusas de por qué no saliste en mi defensa.

—Quiero que entiendas...

—Lo entiendo. Y ya te he perdonado. Quizás alivie tu conciencia saber que estaré mucho mejor de esta manera.

—No quiero tu perdón —dijo él bruscamente.

—Bien, entonces no te perdono. Lo que prefieras. —No podía soportar estar a solas con él ni un momento más. Se le rompía el corazón, podía sentir cómo estallaba en mil pedazos. Bajando la cabeza, se dirigió hacia la puerta.

Win no tenía intención de detenerse. Pero antes de traspasar el umbral, se detuvo a medio metro de él. Tenía que decirle algo. No podía contener las palabras.

—Por cierto —se oyó decir con un tono carente de emoción—, ayer fui a ver a un médico de Londres. Uno con muy buena reputación. Le conté mi historial médico, y le pedí que evaluara mi estado general de salud. —Consciente de la intensa mirada de Merripen, Win continuó con el mismo tono neutro—. En su opinión profesional, no hay razón alguna para que no tenga hijos si quiero tenerlos. Me dijo que ninguna mujer estaba exenta de peligro durante el parto. Así que en vista de eso llevaré una vida plena. Tendré relaciones maritales con mi esposo y, si Dios quiere, seré madre algún día. —Hizo una pausa y, con una voz amargada que no parecía suya, añadió—: Julian se alegrará mucho cuando se lo diga, ¿no crees?

Si sus palabras hirientes habían atravesado su dura coraza, Kev no lo demostró.

—Hay algo que deberías saber de él —dijo Merripen quedamente—. La familia de su primera esposa, los Lanham, cree que él tuvo algo que ver con la muerte de su hija.

Win levantó la cabeza de golpe y lo miró fijamente con los ojos entrecerrados.

—No puedo creer que hayas caído tan bajo. Julian me lo ha contado todo. Él amaba a su esposa. Hizo todo lo que estuvo en su mano para curarla. Cuando ella murió, él quedó destrozado, y luego fue víctima de una persecución por parte de su familia política. En su pena, los Lanham necesitaban culpar a alguien. Julian era el chivo expiatorio más conveniente.

—Los Lanham dijeron que él se había comportado de una manera sospechosa tras la muerte de su mujer. No les pareció que fuera un marido afligido.

—No todas las personas expresan su pena de la misma manera —le espetó Win—. Julian es médico..., está acostumbrado a mostrarse imperturbable a causa de su trabajo, porque sabe que eso es lo mejor para sus pacientes. Es natural que no mostrara sus emociones, sin importar lo grande que fuera su pena. ¿Cómo te atreves a juzgarlo?

—¿Te das cuenta de que puedes estar corriendo peligro con él?

—¿Con Julian? ¿El hombre que me curó? —Ella sacudió la cabeza mientras soltaba una carcajada de incredulidad—. Por nuestra pasada amistad, voy a olvidar lo que has dicho, Kev.

Pero recuerda que en el futuro no toleraré ningún insulto hacia Julian. Recuerda que él salió en mi defensa cuando tú no lo hiciste.

Pasó por su lado rozándole sin esperar a ver su reacción, y vio a su hermana mayor que venía por el pasillo.

—Amelia —le dijo con una amplia sonrisa—. ¿Empezamos ahora nuestro recorrido? Quiero verlo todo.

# 16

Aunque Merripen había dicho por activa y por pasiva que el amo era Leo y no él, los sirvientes y los trabajadores todavía lo consideraban la máxima autoridad. Era a Merripen al que todos abordaban cuando surgía alguna duda. Y Leo se sentía feliz de dejar que continuara la misma dinámica mientras él se familiarizaba con el funcionamiento de la hacienda y sus habitantes.

—No soy un completo idiota a pesar de que parezca lo contrario —le dijo a Merripen con sequedad una mañana mientras lo acompañaba al este de la hacienda—. Es obvio que has hecho buenos arreglos y que todo va perfectamente. No tengo intención de andar metiendo las narices donde no me llaman para demostrar que soy el amo. Lo único que he sugerido fue hacer algunas mejoras en las viviendas de los arrendatarios.

—¿Como cuáles?

—Algunas variaciones en el diseño harían las casas más confortables y atractivas. Y si la idea es establecer finalmente una aldea en la hacienda, quizá nos convenga seguir un modelo de planeamiento.

—¿Quieres dedicarte a hacer planos y elevaciones? —preguntó Merripen, sorprendido ante la muestra de interés de Leo, normalmente tan indolente.

—Si no te importa.

—Claro que no. La hacienda es tuya. —Merripen le dirigió una mirada especulativa—. ¿Estás considerando volver a ejercer tu antigua profesión?

—En realidad, ésa es mi intención. Podría hacer prácticas aquí como arquitecto. Ya veremos qué tal se me da. Además, tiene sentido que comience con las casas de mis arrendatarios. —Sonrió ampliamente—. Nadie me demandará.


En una hacienda con tantos bosques como las tierras del vizcondado de Ramsay, era necesario talar los árboles cada diez años. Según los cálculos de Merripen, se habían saltado por lo menos dos ciclos, lo que quería decir que en Ramsay House había árboles de más de treinta años —muertos, enfermos o que no podían crecer— listos para ser talados.

Para consternación de Leo, Merripen insistió en mostrarle todo el proceso, hasta que Leo supo mucho más de lo que hubiera querido saber sobre árboles.

—La tala controlada ayuda al crecimiento natural —dijo Merripen en respuesta al gruñido de Leo—. Los bosques de la hacienda tendrán madera más sana y de mayor valor si se cortan los árboles correctos y se deja espacio suficiente para que crezcan los nuevos.

—En mi opinión, creo que es mejor dejar que los árboles crezcan donde quieran —dijo Leo, pero Merripen lo ignoró.

Para mantenerse informado, e instruir de paso a Leo, Merripen programó una reunión con la pequeña plantilla de leñadores de la hacienda. Se dedicaron a examinar algunos árboles mientras los leñadores les explicaban cómo medir la longitud y la anchura de un árbol, y cómo determinar la cantidad de madera en metros cúbicos. Armados con una cinta métrica de cinco metros y una escalera de mano se dedicaron a medir las circunferencias de los árboles y a esbozar algunas valoraciones preliminares.

Antes de que Leo supiera realmente cómo había ocurrido, se encontraba en lo alto de la escalera, ayudando a tomar las medidas.

—¿Puedo preguntarte por qué —le gritó desde lo alto a Merripen— tú estás ahí abajo y yo aquí arriba jugándome el pellejo?

—El árbol es tuyo —señaló Merripen escuetamente.

—¡Y también mi cuello!

A Leo no se le escapó que Merripen quería que él empezara a tomar parte activa en todos los asuntos de la hacienda, fueran o no importantes. Al parecer, en esos días un caballero no podía simplemente relajarse en la biblioteca y beber un buen oporto, sin importar lo atrayente que eso fuera. Uno podía delegar las responsabilidades de la hacienda en los administradores y los sirvientes, pero a cambio corría el riesgo de salir trasquilado.

Mientras se encargaban de llevar a cabo las tareas diarias de una lista que no hacía más que aumentar a lo largo de la semana, Leo comprendió lo abrumador que era el trabajo que Merripen había realizado durante los últimos tres años. La mayor parte de los administradores habían recibido algún aprendizaje, y la mayoría de los jóvenes de la aristocracia se habían criado conociendo las tareas de las haciendas que heredarían algún día.

Merripen, sin embargo, había aprendido todo eso —a manejar el ganado, la agricultura, la silvicultura, la construcción, la explotación de las tierras, los sueldos, las ganancias y los alquileres— sin preparación ni tiempo para adquirirla. Pero era el hombre perfecto para ello. Tenía una memoria de elefante, ganas de trabajar duro, y un incansable interés por los detalles.

—Admítelo —le había dicho Leo tras una conversación particularmente estúpida sobre agricultura—. En ocasiones te cansas, ¿verdad? Tiene que ser aburrido pasarte más de una hora debatiendo sobre la rotación de los cultivos, o qué cantidad de tierra asignar al maíz o a los guisantes.

Merripen había considerado la pregunta durante un buen rato, como si no se le hubiera pasado nunca por la cabeza que el trabajo de la hacienda podría resultar tedioso.

—No si es necesario hacerlo.

Fue entonces cuando Leo lo entendió finalmente. Si Merripen tenía un objetivo, ningún detalle le parecía insignificante, ninguna tarea demasiado ingrata. No había nada que lo disuadiera de su propósito. Esa concienzuda dedicación, que Leo había ridiculizado en el pasado, había encontrado una salida perfecta. Dios o el diablo ayudarían a cualquiera que tuviera la dedicación de Merripen.

Pero Merripen tenía una debilidad.

A esas alturas todos los miembros de la familia se habían dado cuenta de la atracción feroz e imposible que existía entre Merripen y Win. Y todos sabían que debían cuidarse de no mencionarla si no querían tener problemas. Leo jamás había visto a dos personas luchar con tanto ahínco contra un amor mutuo.

Hasta hacía poco tiempo, Leo habría escogido al doctor Harrow para Win sin vacilar ni un momento. Casarse con un gitano era una manera segura de bajar de escalafón. En la sociedad londinense era perfectamente razonable casarse por conveniencia y buscar el amor en otra parte. Sin embargo, eso no era posible para Win. Su corazón era demasiado puro; sus sentimientos, demasiado intensos. Y después de haber sido testigo de la lucha de su hermana por recuperarse, de cómo jamás había vacilado, Leo pensaba que era una pena que no pudiera tener el marido que verdaderamente quería.

La mañana del tercer día después de su llegada a Hampshire, Amelia y Win se encontraban paseando por el camino que rodeaba la propiedad y que conducía de regreso a Ramsay House. Era un día frío y despejado, el camino estaba enlodado en algunos lugares, los prados estaban cubiertos con una profusión de margaritas blancas que a primera vista parecían copos de nieve.

Amelia, a quien siempre le había gustado pasear, seguía el paso enérgico de Win con facilidad.

—Me encanta Stony Cross —dijo Win, aspirando el dulce aire frío—. Me siento como en casa, incluso más que en Primrose Place, a pesar de que no haya vivido aquí demasiado tiempo.

—Sí. Hay algo especial en Hampshire. Cada vez que volvemos de Londres, me siento muy aliviada. —Quitándose el sombrero, Amelia lo sujetó por las cintas y lo balanceó suavemente mientras caminaban. Parecía estar absorta en el paisaje, las flores que asomaban por doquier, los zumbidos de las abejas y los demás insectos que pululaban entre los árboles, el aroma de la hierba calentada por el sol—. Win —dijo finalmente en un tono pensativo—, no tienes por qué dejar Hampshire, lo sabes, ¿no?

—Sí, tengo que hacerlo.

—Nuestra familia puede hacer frente a cualquier escándalo. Mira a Leo. Sobrevivimos a todo lo de él...

—Si hablamos en términos de escándalo —la interrumpió Win con ironía—, creo que en realidad he logrado superar a Leo.

—No creo que eso sea posible, querida.

—Sabes tan bien como yo que la pérdida de virtud de una mujer puede arruinar a una familia con mucha más eficacia que la pérdida del honor de un hombre. No es justo, pero es así.

—Tú no perdiste la virtud —dijo Amelia con indignación.

—No por falta de intentarlo. Créeme, quería perderla. —Volviendo la mirada a su hermana mayor, Win observó que la había dejado conmocionada. Le dirigió una débil sonrisa—. ¿De veras creías que no podía sentir pasión, Amelia?

—Bueno..., supongo que sí. Nunca hablaste de chicos, ni de bailes y fiestas, ni soñabas con tu futuro marido.

—Eso era por Merripen —admitió Win—. Él era todo lo que yo quería.

—Oh, Win —murmuró Amelia—. Lo siento tanto...

Win se adelantó para subir una tosca escalera de piedra en medio de un muro, y Amelia comprendió que quería cambiar de tema. Anduvieron por un sendero cubierto de hierba que conducía al bosque, y continuaron hacia un puente que cruzaba un pequeño riachuelo.

Amelia enlazó su brazo con el de Win.

—En vista de lo que acabas de decir, creo con más razón que nunca que no deberías casarte con Harrow. No me entiendas mal, puedes casarte con él si es eso lo que quieres, pero no por temor al escándalo.

—Quiero hacerlo. Él me gusta. Creo que es un buen hombre. Y si me quedo aquí, sólo conseguiría prolongar el sufrimiento tanto de Merripen como del mío propio. Uno de los dos debe marcharse.

—Y ¿por qué tienes que ser tú?

—Merripen es necesario aquí. Éste es su lugar. Y la verdad es que a mí me da igual dónde vivir. De hecho, creo que lo mejor para mí es comenzar de nuevo en alguna otra parte.

—Cam va a hablar con él —dijo Amelia.

—¡Oh, no debe hacerlo! No por mí. —Win se sintió avergonzada y se giró hacia Amelia—. No se lo permitas, por favor.

—No podría detener a Cam ni aunque lo intentara. No va a hablar con Merripen sólo por tu bien, Win. Es por el propio bien de Merripen. Mucho nos tememos de lo que será capaz de hacer una vez que te haya perdido para siempre.

—Ya me ha perdido —dijo Win de modo cortante—. Me perdió en el momento que se negó a salir en mi defensa. Y después de que me vaya, él no será diferente a como ha sido siempre. Jamás se ablandará. De hecho, creo que desprecia las cosas que le hacen feliz, porque disfrutar de cualquier cosa lo ablandaría. —Sintió los músculos faciales paralizados y levantó las manos para masajearse la cara, pellizcándose la frente y las mejillas—. Cuanto más me preocupo por él, más decidido se muestra a apartarme de su lado.

—Hombres —se quejó Amelia, cruzando el puente.

—Merripen está convencido de que no tiene nada que ofrecerme. Eso lo convierte en un hombre arrogante, ¿no crees? Decide qué es lo que necesito, sin importar cuáles sean mis sentimientos. Me pone en un pedestal y de ese modo se libra de cualquier responsabilidad.

—No es arrogancia —dijo Amelia con suavidad—. Es miedo.

—Bueno, no pienso vivir de esa manera. No voy a dejar que sus miedos o los míos me paralicen. —Win se relajó un poco, sintió que la calma la invadía al admitir la verdad—. Le amo, pero no quiero tener que obligarlo a casarse conmigo o atraparlo en un matrimonio que no desea. Lo que quiero es un esposo dispuesto.

—Ciertamente nadie puede culparte por ello. Siempre me han molestado mucho las personas que dicen que una mujer ha «pescado» a un hombre. Como si hubiéramos estado pescando truchas.

A pesar de su mal humor, Win no pudo evitar sonreír.

Siguieron caminando a través del húmedo y cálido paisaje. Cuando finalmente se aproximaban a Ramsay House, vieron que un carruaje se detenía en la entrada.

—Es Julian —dijo Win—. ¡Se ha adelantado! Ha debido de salir de Londres antes del amanecer. —Apretó el paso y llegó hasta él cuando bajaba del carruaje.

La fría compostura de Julian no se había alterado ni un ápice durante el largo viaje desde Londres. Tomó las manos de Win, se las agarró con firmeza y le dirigió una sonrisa.

—Bienvenido a Hampshire —dijo ella.

—Gracias, querida. ¿Has estado caminando?

—Con brío, doctor —le aseguró, sonriente.

—Muy bien. Tengo algo para ti. —Rebuscó en el bolsillo y sacó un pequeño objeto. Win sintió que le ponía un anillo en el dedo anular. Bajó la vista para ver un rubí, con un tono rojo conocido como «sangre de paloma», con incrustaciones de oro y diamantes—. Se dice —le dijo Julian— que poseer un rubí trae paz y alegría.

—Gracias, es precioso —murmuró ella, inclinándose hacia delante. Cerró los ojos cuando sintió que los labios de Julian le rozaban suavemente la frente. Paz y alegría... Dios mediante, quizás algún día consiguiera ambas cosas.


Cam pensó que era una locura abordar a Merripen cuando estaba trabajando en el almacén de madera. Observó durante un rato cómo su hermano ayudaba a los leñadores a descargar los enormes troncos del vagón. Era un trabajo peligroso, un error podría dar como resultado una lesión grave o la muerte.

Utilizando unas tablas dispuestas en rampas y unas largas palancas, los hombres hicieron rodar los troncos centímetro a centímetro hasta el suelo. Gruñendo por el esfuerzo, y con los músculos tensos, intentaron controlar el pesado descenso de los troncos. Merripen, que era el más grande y fuerte del grupo, había ocupado la parte central, con lo que era más difícil escapar si algo salía mal.

Cam se adelantó para ayudar.

—No te acerques —le espetó Merripen, mirándole con el rabillo del ojo.

Cam se detuvo al instante. Observó que los leñadores seguían un procedimiento. Cualquiera que no lo conociera podría provocar sin querer un error fatal.

Esperó mientras observaba cómo los troncos llegaban sin ningún problema al suelo. Los leñadores respiraron jadeantes, se inclinaron y apoyaron las manos en las rodillas como buscando recobrar el aliento. Todos menos Merripen, que se dedicó a retirar un gancho del extremo de unos de los troncos, luego se volvió hacia Cam todavía sujetando el garfio en las manos.

Merripen parecía un demonio, con la cara morena y salpicada de sudor, los ojos brillantes con un fuego infernal. Aunque Cam había llegado a conocerlo bien en los últimos tres años, jamás había visto de esa manera a Merripen. Parecía un alma en pena sin esperanza ni deseo de redención.

«Dios me ayude», pensó Cam. Una vez que Win se hubiera casado con el doctor Harrow, Merripen estaría abocado a la locura. Recordando el problema que habían tenido con Leo, Cam gimió para sus adentros.

Estaba tentado a lavarse las manos y dejar que las cosas siguieran su curso, convenciéndose de que tenía cosas mejores que hacer que intentar que su hermano viera la luz y recobrara el juicio. Debería dejar que Merripen sufriera las consecuencias de sus propias acciones.

Pero entonces Cam consideró cómo se comportaría él mismo si alguien o algo amenazara con arrebatarle a Amelia. Seguramente no estaría en una situación mejor. Una renuente compasión lo invadió.

—¿Qué quieres? —preguntó Merripen lacónicamente, dejando el gancho a un lado.

Cam se acercó lentamente.

—Ha llegado Harrow.

—Ya lo he visto.

—¿Vas a ir a darle la bienvenida?

Merripen le lanzó una mirada desdeñosa.

—Leo es el cabeza de familia. Él puede darle la bienvenida a ese bastardo.

—¿Mientras que tú te escondes aquí en el almacén de madera?

Los ojos oscuros de Kev se entrecerraron.

—No me estoy escondiendo. Estoy trabajando. Y tú me estás entreteniendo.

—Quiero hablar contigo, *phral*.

—No me llames así. Y no quiero que te metas en mis asuntos.

—Alguien tiene que intentar meter algo de sentido común en tu cabeza —dijo Cam con suavidad—. Mírate, Kev. Te comportas exactamente igual que el bruto en quien intentó convertirte Rom Baro.

—Cállate —dijo Merripen con voz ronca.

—Estás dejando que decida por ti el resto de tu vida —insistió Cam—. Te aferras a esas malditas cadenas con todas tus fuerzas.

—Si no cierras la boca...

—Si sólo te estuvieras haciendo daño a ti mismo y a nadie más, no diría ni mu. Pero también le estás haciendo daño a ella, y no parece importarte una mier...

Cam fue interrumpido cuando Merripen se lanzó sobre él, atacándole con una fuerza brutal que los envió a los dos al suelo. El impacto fue duro a pesar de la tierra enlodada. Rodaron sobre sí mismos dos, tres veces, luchado por alcanzar la posición dominante. Merripen era condenadamente pesado.

Comprendiendo que podía resultar gravemente herido si quedaba atrapado bajo el cuerpo de Kev, Cam se retorció para liberarse y se puso en pie. Sin bajar la guardia, se echó a un lado cuando Merripen se puso en pie de un brinco con la elegancia felina de un tigre.

Los leñadores se abalanzaron hacia ellos, dos agarraron a Merripen y lo apartaron, otro sujetó a Cam.

—Eres idiota —espetó Cam, fulminando a Merripen con la mirada. Él se retorció para liberarse de los hombres que intentaban contenerlo—. Estás decidido a echar a perder tu vida cueste lo que cueste, ¿verdad?

Merripen se abalanzó hacia delante con una mirada asesina mientras los leñadores seguían luchando por contenerlo.

Cam sacudió la cabeza, asqueado.

—Esperaba mantener una conversación razonable contigo, pero, al parecer, estás fuera de ti. —Les dirigió una mirada a los leñadores—. ¡Soltadlo! Puedo manejarlo. Es fácil vencer a un hombre que se deja llevar por sus emociones.

En respuesta a eso, Merripen hizo un visible esfuerzo por controlar su furia, y el brillo salvaje de sus ojos disminuyó hasta que se convirtió en un destello de odio frío. Lentamente, con la misma cautela que manejaban los troncos, los leñadores le soltaron los brazos.

—Me has convencido —le dijo Cam a Merripen—. Y si sigues así acabarás por convencer a todos los demás. Por mi parte puedes ahorrarte el esfuerzo: tienes razón. No eres adecuado para ella.

Y se alejó del almacén de madera, mientras Merripen le dirigía una mirada encolerizada a su espalda.


La ausencia de Merripen ensombreció la cena de esa noche, mientras todos intentaban comportarse con naturalidad. Lo más extraño era que Merripen nunca había dominado una conversación ni adoptado el papel protagonista de las reuniones, y aun así, la ausencia de su discreta presencia era como dejar una silla sin una de sus patas. Todo estaba desequilibrado cuando él no estaba.

Julian llenó el hueco con encanto y ligereza, contándoles divertidas anécdotas sobre sus conocidos de Londres, discutiendo sobre su clínica, o revelando los orígenes de las terapias que tan buenos resultados tenían en sus pacientes.

Win lo escuchó sonriente. Fingió interesarse en la escena que se desarrollaba a su alrededor, en la mesa cubierta de porcelana china y cristal, en las bandejas de comida bien condimentada, y en los cubiertos de plata fina. Parecía tranquila. Pero por dentro no sentía nada más que contradictorias emociones; la cólera, el deseo y la pena se mezclaban tan completamente que era incapaz de separarlas.

A media cena, entre el pescado y el asado, un lacayo se acercó a la cabecera de la mesa con una diminuta bandeja de plata y le entregó una nota a Leo.

—Milord —murmuró el lacayo.

Todos se quedaron en silencio mientras observaban cómo Leo leía la nota. Sin aspavientos, dobló el papel, se lo metió en el bolsillo de la chaqueta y le murmuró al lacayo instrucciones para que prepararan su caballo.

Leo esbozó una sonrisa cuando vio todas las miradas fijas en él.

—Espero que me disculpéis —dijo con voz serena—. Tengo que ocuparme de un asunto que no puede esperar. —En sus ojos azules asomaba un brillo sardónico cuando miró a Amelia—. ¿Podrías encargarte de que reserven en la cocina un plato de postre para mí? Ya sabes cómo me gusta el dulce de licor.

—¿Cómo postre o bebida? —replicó Amelia, y él sonrió ampliamente.

—De las dos maneras, por supuesto. —Se levantó—. Disculpadme, por favor.

Win se sintió enferma de preocupación. Sabía que le había ocurrido algo a Merripen, lo sentía en sus huesos.

—Milord —le dijo con voz ahogada—. ¿Qué...?

—Todo está bien —la interrumpió de inmediato.

—¿Quieres que me encargue yo? —le preguntó Cam, mirando con dureza a Leo. Que Leo resolviera un problema era una situación nueva para todos, y más que nadie para el propio Leo.

—De ninguna manera —respondió Leo—. No me perdería esto por nada del mundo.

La cárcel de Stony Cross estaba ubicada en Fishmonger Lane. Los habitantes del pueblo se referían a la prisión de dos celdas como «el redil». Era la palabra que se usaba antiguamente para referirse al lugar donde se recogía a los animales perdidos. El redil se utilizaba en la época medieval cuando se dejaban los campos abiertos. El dueño de una vaca perdida, una oveja o una cabra podía encontrarla por lo general en el redil, donde podía reclamarla a cambio de una retribución. En la actualidad, los bebedores o los infractores de la ley podían ser reclamados por sus familiares de la misma manera.

Leo había pasado más de una noche en el redil. Pero por lo que él sabía, Merripen jamás había tenido problemas con la ley, y le constaba que nunca le habían acusado de embriaguez, ni en público ni en privado. Hasta ese momento.

Resultaba bastante desconcertante ese cambio de papeles. Merripen siempre había sido el que le había sacado de no importaba qué cárcel o calabozo en el que hubiera acabado tras una noche de juerga.

Leo se reunió brevemente con el oficial de policía, al que toda aquella situación parecía traerle sin cuidado.

—¿Puedo preguntar la naturaleza del delito? —preguntó Leo con tono neutro.

—Lo detuve tras una pelea en la taberna —contestó el oficial—. Se lio a golpes con uno de los habitantes del pueblo bastante conflictivo.

—¿Cuál fue la causa de la pelea?

—Al parecer, el parroquiano hizo algún comentario desafortunado sobre la bebida y los gitanos, y eso desató la furia del señor Merripen. —Rascándose la cabeza, el oficial dijo con aire pensativo—: Merripen tenía a un montón de hombres dispuestos a defenderle, está muy bien considerado entre los agricultores de la zona, pero también la emprendió con ellos. Y, aun así, intentaron pagar la fianza. Dijeron que no parecía él mismo, tan descuidado y agresivo. Por lo que se ve, Merripen suele ser un tipo tranquilo. No como los otros de su clase. Pero les dije que no, que no aceptaría ninguna fianza hasta que él se hubiera tranquilizado un poco. Tiene unos puños del tamaño de los jamones de Hampshire. No pienso soltarle hasta que esté medio sobrio.

—¿Puedo hablar con él?

—Sí, milord. Está en la primera celda. Le llevaré hasta allí.

—No es necesario —dijo Leo con gesto amable—, conozco el camino.

El oficial sonrió abiertamente ante la respuesta de Leo.

—Supongo que sí, milord.

La celda estaba desprovista de muebles salvo por un taburete bajo, un cubo vacío y un jergón de paja. Merripen estaba sentado en el jergón, con la espalda apoyada contra la pared de madera. Había subido un pie a la cama y apoyaba el brazo en la rodilla. La oscura cabeza estaba inclinada en una posición de absoluta derrota.

Merripen levantó la vista cuando Leo se acercó a los barrotes de hierro que los separaban. Tenía la cara demacrada y taciturna. Parecía como si odiara al mundo y a todos sus habitantes.

Leo, ciertamente, estaba familiarizado con ese sentimiento.

—Bueno, es todo un cambio —comentó alegremente—. Por lo general, tú estás de este lado y yo de ése.

—¡Vete a la mierda! —gruñó Merripen.

—Y eso es lo que digo «yo» normalmente —se maravilló Leo.

—Te mataré —dijo Merripen con una brutal sinceridad.

—Eso no me anima mucho a sacarte de aquí, ¿sabes? —Leo cruzó los brazos sobre el pecho y observó al otro hombre con detenimiento. Merripen ya no estaba bebido. Sólo de un humor de mil demonios. Y además estaba sufriendo. Leo supuso que en vista de sus propias fechorías pasadas, debería tener más paciencia con él—. No obstante —le dijo—, te liberaré, ya que tú has hecho lo mismo por mí en muchas ocasiones.

—Entonces hazlo de una vez.

—Pronto. Pero antes quiero decirte unas cuantas cosas. Y está claro que si te libero primero, echarías a correr como una liebre en una cacería y entonces perdería la ocasión de charlar contigo.

—Di lo que quieras. No pienso escucharte.

—Mírate. Estás hecho un desastre y encerrado en la cárcel. Y para colmo vas a recibir un sermón sobre comportamiento de mí, lo cual es, obviamente, lo más bajo que un hombre puede llegar a caer.

Aunque daba la impresión de que las palabras estaban cayendo en saco roto, Leo continuó sin arredrarse.

—Tú no estás hecho para esto, Merripen. No tienes aguante para la bebida. Y a diferencia de las personas como yo, que se vuelven amigables cuando beben, te conviertes en una bestia malhumorada. —Leo hizo una pausa, considerando la mejor manera de provocarle—. Según dicen, la bebida saca a relucir la verdadera naturaleza de uno mismo.

Eso sí hizo reaccionar a Merripen, ya que le dirigió una oscura mirada llena de furia y angustia. Sorprendido por la intensidad de su reacción, Leo vaciló antes de continuar.

Comprendía la situación de Merripen más de lo que ese bastardo podía o quería creer. Puede que Leo no conociera el misterioso pasado de Merripen, ni ese carácter tan complejo que lo hacía incapaz de tener a la mujer que amaba, pero Leo conocía una sencilla verdad que superaba todo lo demás.

La vida era demasiado corta.

—Maldita sea —masculló Leo, paseándose de un lado para otro. Habría preferido coger un cuchillo y abrirse en canal antes de decir lo que tenía que decir. Pero tenía la sensación de que él, de alguna manera, era lo único que se interponía entre Merripen y su destrucción total, que había unas cuantas palabras esenciales, un argumento crucial, que no podía guardarse para sí.

»Si no fueras tan condenadamente terco —dijo Leo—, no tendría que hacer esto.

No hubo respuesta de Merripen. Ni siquiera una mirada.

Leo se giró hacia un lado y se frotó la nuca, clavando los dedos sobre los músculos rígidos.

—Sabes que nunca hablo de Laura Dillard. De hecho, puede que ésta sea la primera vez que digo su nombre completo desde que ella murió. Pero te voy a decir algo sobre ella, no como pago a lo que has hecho por la hacienda Ramsay, sino...

—No lo digas, Leo. —Las palabras fueron duras y frías—. Acabarás por ponerte en ridículo.

—Bien, soy bueno en eso. Y no me has dejado otra maldita elección. ¿Comprendes lo que has creado en tu interior, Merripen? Una cárcel a medida. Porque aun después de que salgas de aquí, seguirás estando prisionero. Toda tu vida será una prisión. —Leo pensó en Laura, en sus rasgos que ya no estaban tan claros en su mente. Aunque ella seguía viviendo en su interior como la luz del sol en un mundo que se había vuelto helado desde su muerte.

El infierno no era un agujero de fuego y azufre. El infierno era despertarse solo, con las sábanas mojadas con tus lágrimas y tu simiente, sabiendo que la mujer con la que habías soñado jamás regresaría.

—Desde que perdí a Laura —dijo Leo—, todo lo que hago es pasar el rato. Es difícil que me llegue a interesar alguna cosa. Pero por lo menos vivo con la certeza de que luché por ella. Por lo menos yo disfruté de cada condenado momento que pude tener con ella. Y Laura murió sabiendo que la amaba. —Dejó de andar y clavó una mirada desdeñosa en Merripen—. Pero tú lo estás tirando todo por la borda y, de paso, le estás rompiendo el corazón a mi hermana, porque eres un maldito cobarde. O eso o eres tonto de remate. ¿Cómo puedes...? —Se interrumpió cuando Merripen se lanzó sobre los barrotes sacudiéndolos como un loco.

—¡Cállate, maldita sea!

—¿Qué será de ti una vez que Win se haya ido con Harrow? —continuó Leo—. Permanecerás en esa cárcel interior que tú solito te has creado, eso está claro. Pero Win estará mucho peor. Estará sola. Lejos de su familia. Casada con un hombre que no la considera más que un objeto decorativo para colocar en un maldito estante. Y ¿qué pasará cuando su belleza desaparezca y ella pierda su valor para él? ¿Cómo la tratará entonces?

Merripen permaneció inmóvil, con la expresión desencajada y una mirada asesina en los ojos.

—Ni tú ni yo valemos nada —dijo Leo suavemente—. Oh,

puede que podamos trabajar en la hacienda o cuadrar los libros de contabilidad, o dirigir a los arrendatarios, o inventariar una apestosa despensa. Supongo que con eso nos las arreglaremos bastante bien. Pero ninguno de nosotros estará más que medio vivo, como la mayoría de los hombres, la única diferencia es que nosotros lo sabemos.

Leo hizo una pausa, vagamente sorprendido por la sensación agobiante que sentía, como si alguien le hubiera colocado una soga al cuello. Sus emociones lo dejaban sin fuerzas, y, de repente, se sintió tan cansado que pareció requerir toda la energía de su cuerpo simplemente para mantener el corazón palpitando.

—Amelia me contó hace tiempo una sospecha que tuvo hace años. Algo que le había molestado bastante. Me dijo que cuando Win y yo enfermamos de escarlatina, hiciste un jarabe de belladona, y que habías elaborado en secreto mucho más del necesario. Me contó que pusiste una taza de esa mezcla en la mesilla de noche de Win, como alguna clase de tisana macabra. Amelia pensaba que si Win hubiese muerto, tú te habrías tomado el resto del veneno. Y siempre te he odiado por ello. Porque me obligaste a seguir viviendo sin la mujer que amaba, mientras que tú no tenías ninguna maldita intención de hacer lo mismo.

Merripen no contestó, ni dio señal de haber oído las palabras de Leo.

—Por Dios, hombre —le dijo Leo con voz ronca—. Si tenías los huevos para morir con ella, ¿no crees que podrías reunir el mismo coraje para vivir con ella?

No hubo otra cosa que silencio cuando Leo se alejó de la celda. Se preguntó qué diablos había hecho y qué consecuencias tendría.

Leo se dirigió a la oficina del oficial y le dijo que pusiera en libertad a Merripen.

—Sin embargo, espera otros cinco minutos antes de soltarlo —añadió secamente—. Necesito tiempo para alejarme.

Después de que Leo se fuera, la conversación en torno a la mesa del comedor había recobrado un tono de inusitada alegría. Nadie quería hacer conjeturas en voz alta sobre la razón de la misteriosa ausencia de Merripen, ni por qué Leo había ido a ocuparse de un misterioso asunto... pero era probable que ambas cosas estuvieran relacionadas.

Win, sin embargo, se preocupaba en silencio, y se reprendió a sí misma con severidad porque no tenía derecho a preocuparse por Merripen. Y a pesar de ello se había sentido todavía más preocupada. Mientras se obligaba a picotear la cena, sintió que la comida se le atascaba en la garganta.

Se acostó pronto poniendo como excusa un dolor de cabeza, y dejó a los demás jugando a las cartas en la salita. Después de que Julian la hubiera acompañado a la escalera principal, había permitido que la besara. Fue un beso persistente, que se volvió húmedo cuando él le había abierto los labios. La paciente dulzura de su boca sobre la de ella había sido, si no impactante, sí muy agradable.

Win pensó que Julian sería una pareja cuidadosa y sensible cuando ella lograra finalmente animarlo a hacer el amor. Pero no parecía demasiado interesado en ello, lo que era a la vez una decepción y un alivio. Si la hubiera mirado alguna vez con una sola fracción del hambre y la necesidad que Merripen sentía por ella, quizá podría haber despertado una respuesta en ella.

Pero Win sabía que aunque Julian la deseaba, sus sentimientos no se acercaban ni de lejos a los anhelos primarios que sentía Merripen. Y se le hacía difícil imaginar a Julian perdiendo la compostura incluso en el más íntimo de los actos. No podía imaginarlo sudando, gimiendo y abrazándola con fuerza. Sabía instintivamente que Julian jamás se permitiría llegar a tal nivel de abandono.

Y también sabía que, en el futuro, existía la posibilidad de que Julian se acostara con otra mujer. Ese pensamiento la desmoralizó. Pero esa preocupación no era suficiente para disuadirla del matrimonio. Después de todo, el adulterio no era una circunstancia insólita. Aunque se consideraba un ideal social que un hombre mantuviera su voto de fidelidad, la mayoría de la gente se apresuraba a disculpar a un marido descarriado. Según la sociedad, una esposa debía ser transigente.

Win se aseó y se puso un camisón blanco. Se sentó en la cama para leer un rato. La novela, que le había prestado Poppy, tenía tantos personajes y una prosa tan florida y extensa que sólo podía pensar que al autor le habían pagado por palabra. Tras terminar dos capítulos, Win cerró el libro y apagó la lámpara. Se acostó y se entretuvo mirando abatida la oscuridad.

Después de un rato el sueño la venció. Se durmió profundamente, consiguiendo finalmente evadirse de todo. Pero un poco más tarde, mientras todavía estaba oscuro, se despertó sobresaltada de un sueño profundo. Había algo o alguien en la habitación. Su primer pensamiento fue que se trataba del hurón de Beatrix, que algunas veces se colaba en la habitación para coger objetos que le intrigaban.

Frotándose los ojos, Win se incorporó y sintió un movimiento al lado de la cama. Una enorme sombra se cernió sobre ella. Antes de que el desconcierto diera paso al miedo, oyó un murmullo familiar, y sintió la cálida presión de los dedos de un hombre sobre los labios.

—Soy yo.

Movió los labios silenciosamente contra la mano.

«Kev.»

A Win se le encogió el estómago con un dolor placentero, y se le subió el corazón a la garganta. Pero aún estaba furiosa con Kev, había terminado con él, y si había acudido allí para mantener una conversación a medianoche, se equivocaba de pe a pa. Se dispuso a decírselo, pero, para su sorpresa, sintió un grueso trozo de tela en la boca que al momento él ataba hábilmente detrás de la cabeza. Unos segundos después, también le había atado las muñecas.

Win se había quedado paralizada. Merripen jamás había hecho algo así. Y sabía que era él, lo reconocería aunque sólo fuera por el tacto de sus manos. ¿Qué era lo que quería? ¿Qué pasaba por su mente? Su respiración era más rápida de lo habitual cuando su aliento le rozó el pelo. Ahora que su vista se había acostumbrado a la oscuridad, Win vio que su cara mostraba una expresión dura y austera.

Merripen le quitó el anillo de rubí del dedo y lo depositó sobre la mesilla de noche. Cogiéndole la cabeza entre las manos, miró fijamente sus dilatadas pupilas. Sólo dijo dos palabras. Pero explicaron todo lo que estaba haciendo, y todo lo que tenía intención de hacer.

—Eres mía.

La alzó fácilmente, cargándola sobre su poderoso hombro y la sacó de la habitación.

Win cerró los ojos, anhelante y temblorosa. Ahogó los sollozos contra el paño que le cubría la boca; no eran causados por la infelicidad o el miedo, sino por un salvaje alivio. Ése no era un acto impulsivo. Eso era un ritual. Ése era un antiguo rito de cortejo gitano que no dejaba lugar a dudas. Win iba a ser secuestrada y violada.

Por fin.

# 17

El rapto fue hábilmente ejecutado. Uno no hubiera esperado menos de Merripen. Aunque Win había pensado que él la llevaría a su habitación, Kev la sorprendió llevándola afuera donde esperaba su caballo. Envolviéndola en su abrigo, Merripen la sujetó contra su pecho y partió con ella. No a la casa del guarda, sino al bosque, a través de la niebla de la noche y la densa negrura que pronto disiparía la luz del amanecer.

Win permaneció relajada contra Kev, confiando en él, y a pesar de ello temblando por los nervios. Ése era Merripen, y, sin embargo, no era el mismo de siempre. Aquel aspecto de su carácter que Kev siempre había mantenido bajo estricto control se había liberado.

Merripen guió el caballo con pericia a través del bosque de robles y fresnos. En medio de la espesura apareció una pequeña casita de campo, como si fuera una figura fantasmal en medio de la oscuridad. Win se preguntó a quién pertenecería. Parecía nueva y limpia, con una chimenea de donde salía una voluta de humo. Había una luz encendida en su interior, como si alguien se hubiera anticipado a su llegada y les diera la bienvenida.

Desmontando, Merripen tomó a Win en brazos y la llevó hasta el porche delantero.

—No te muevas —le dijo. Ella obedeció y permaneció quieta mientras él ataba las riendas del caballo.

Merripen cerró la mano sobre las muñecas atadas de Win y la hizo entrar en la casa. Win lo siguió dócilmente, una cautiva más que dispuesta. La casa había sido equipada con pocos muebles, y olía a pintura y a madera fresca. No sólo no había rastro de habitantes, sino que parecía que allí nunca había vivido nadie.

Guiando a Win al dormitorio, Merripen la lanzó encima de una cama cubierta con una colcha de lino blanco. Los pies desnudos de Win quedaron colgando sobre el borde del colchón cuando se incorporó.

Merripen estaba de pie delante de ella, la luz del fuego de la chimenea le iluminaba un lado de la cara. Sin apartar la mirada de ella, se quitó el abrigo lentamente y lo dejó caer al suelo, sin preocuparse por el delicado tejido. Cuando se sacó la camisa por la cabeza, Win se alarmó ante la impresionante visión de su poderoso y musculoso torso. No tenía vello en el pecho, la piel morena brillaba como el raso; Win curvó los dedos para contener el deseo de tocarla. Sintió un arrebato de excitación y un cálido rubor le inundó las mejillas.

Los ojos oscuros de Merripen observaron su reacción. Win tenía la sensación de que él sabía lo que ella quería, lo que necesitaba, que la conocía mejor de lo que ella misma lo hacía. Kev se quitó las botas, las apartó a un lado de una patada, y se acercó hasta que Win captó el aroma cálido y masculino. Suavemente, le rozó el cuello ribeteado con encaje de su camisón. Luego deslizó la mano por su pecho y moldeó y sopesó uno de sus senos. El pequeño apretón la hizo estremecerse, y una cálida sensación se concentró en la cima endurecida. Quería que la besara allí. Lo deseaba tanto que se removió inquieta, encogió los dedos de los pies, y sus labios se entreabrieron en un jadeo silencioso bajo la tela que los cubría.

Para su alivio, Merripen estiró la mano detrás de su cabeza y le desató la mordaza.

Ruborizada y estremecida, Win se las arregló para soltar un susurro tembloroso.

—No... no necesitabas ponerme eso. No habría gritado.

El tono de Merripen era serio, pero había un brillo salvaje en las profundidades de sus ojos.

—Si decido hacer algo, lo hago correctamente.

—Sí. —Un sollozo de placer constriñó la garganta de Win cuando él le deslizó los dedos por el pelo y le acarició la cabeza—. Ya lo sé.

Ahuecándole la cabeza con las manos, él se inclinó para besarla con suavidad, con ardor, con leves golpecitos de su lengua, y cuando ella respondió, él se volvió más duro, más exigente. El beso continuó, dejándola jadeante y excitada, haciendo que su pequeña y ávida lengua se atreviera a avanzar más allá de los dientes de Kev. Estaba tan excitada por la sensación de saborearle, tan aturdida por la oleada de placer que estremecía su cuerpo, que le llevó un rato darse cuenta de que estaba tumbada sobre la cama con él, con las manos atadas levantadas por encima de la cabeza.

Kev le deslizó los labios por la garganta, saboreándola con besos lentos y hambrientos.

—¿D-dónde estamos? —logró preguntar Win, estremeciéndose cuando su boca encontró un lugar particularmente sensible.

—En la casa del guardabosques. —Se demoró en ese lugar vulnerable hasta que ella se retorció.

—¿Dónde está el guardabosques?

La voz de Kev sonó ronca por la pasión.

—Aún no tenemos.

Win frotó la mejilla y la barbilla contra los pesados mechones de su pelo, deleitándose con la sensación.

—¿Cómo es posible que no haya visto este lugar antes?

Kev levantó la cabeza.

—Está en medio del bosque —susurró—, alejado del ruido. —Jugueteó con su pecho, rozando suavemente la cima—. Un guardabosques necesita paz y tranquilidad para cuidar de las aves.

Lo que Win sentía en su interior era cualquier cosa menos paz y tranquilidad, tenía los nervios a flor de piel, y retorcía las muñecas bajo las ataduras de seda. Se moría por tocarle, por abrazarle.

—Kev, desátame las manos.

Él negó con la cabeza. La lenta caricia de su mano por el cuerpo de Win hizo que ella se arqueara.

—Oh, por favor —jadeó ella—. Kev...

—Silencio —murmuró él—. Todavía no. —Su boca cubrió la de ella con avidez—. Llevo demasiado tiempo deseándote. Te necesito demasiado. —Le capturó el labio inferior con los dientes, excitándola con delicadeza—. Un roce de tus manos, y no duraríamos ni un segundo.

—Pero quiero abrazarte —le dijo quejumbrosamente.

La mirada de los ojos de Kev hizo que se estremeciera.

—Antes de que hayamos terminado, cariño, me abrazarás con cada parte de tu cuerpo. —Le cubrió el salvaje latido de su corazón con la palma de la mano. Inclinando la cabeza, la besó en la cálida mejilla y murmuró—: Win, ¿sabes lo que voy a hacer?

Ella inspiró entrecortadamente.

—Creo que sí. Amelia me contó algo hace tiempo. Y, por supuesto, todos vemos lo que hacen las ovejas y el ganado en primavera.

Su explicación dibujó una rara y amplia sonrisa en la cara de Kev.

—Si nos atenemos a eso, no tendremos ningún problema.

Ella lo capturó entre sus brazos atados y luchó por alcanzar su boca. Él la besó, volviéndola a tumbar en la cama y deslizando una de sus rodillas con suavidad entre los muslos de Win. Fue descendiendo poco a poco, hasta que ella sintió una íntima presión contra aquella parte de su cuerpo que había comenzado a palpitar. La rítmica y sutil fricción la hizo contorsionarse, sintiendo un dolor placentero y un escalofrío en respuesta a cada lento envite. Aturdida, Win se preguntó si hacer eso con un hombre al que conocía desde hacía tanto tiempo no sería mucho más embarazoso que hacerlo con un completo desconocido.

La noche estaba dando paso al día, la luz plateada de la mañana comenzaba a entrar en la habitación, el bosque despertaba con los gorjeos y cantos de los colirrojos y las golondrinas. Win pensó brevemente en los habitantes de Ramsay House... Pronto descubrirían que ella había desaparecido. Un helado estremecimiento la atravesó cuando se preguntó si la buscarían. Si regresaba a casa siendo virgen todavía, podría estar en peligro su futuro con Merripen.

—Kev —murmuró ella con agitación—, quizá deberías apresurarte.

—¿Por qué? —preguntó él contra su garganta.

—Temo que alguien nos detenga.

Kev levantó la cabeza.

—Nadie va a detenernos. Esta casa podría ser sitiada por el ejército, explotar o caerle relámpagos encima, y, aun así, nadie podría impedir lo que está a punto de suceder.

—No obstante creo que deberías ir un poco más rápido.

—¿De veras? —Merripen sonrió de una manera que le detuvo el corazón. Cuando estaba relajado y feliz, pensó Win, Kev era el hombre más guapo sobre la faz de la tierra.

Kev conquistó su boca con maestría, distrayéndola con besos profundos y ardientes. Al mismo tiempo tomó la parte delantera del camisón con sus manos y tiró de ella, desgarrando la prenda por la mitad como si no fuera más que papel. Win soltó un grito ahogado de asombro, pero se quedó quieta.

Merripen se alzó sobre ella. Agarrándole las muñecas, se las volvió a subir por encima de la cabeza, exponiendo su cuerpo ante su mirada y consiguiendo que sus pechos se alzaran. Clavó los ojos en aquellos pezones de un tono rosa pálido. El suave gruñido que salió de la garganta de Kev la hizo temblar. Se inclinó y abrió la boca sobre la cima del seno derecho y la rozó con la lengua... tan cálida... Win dio un brinco ante el contacto como si la hubiera quemado con agua hirviendo. Cuando él alzó la cabeza, el pezón estaba más rojo y más tenso de lo que había estado nunca.

Los ojos de Win se entrecerraron por la pasión cuando él le

besó el otro pecho. Con la lengua, transformó el pico suave en un brote tenso, y lo calmó con suaves golpecitos. Ella se arqueó contra la húmeda boca, su respiración se mezclaba con roncos sollozos. Kev sujetó el pezón entre los dientes, lo mordisqueó suavemente y le dio un lametazo. Win gimió cuando sus firmes manos le recorrieron el cuerpo, demorándose en algunos lugares y haciendo que se estremeciera de manera insoportable.

Al llegar a sus muslos, Kev intentó separarlos, pero Win los mantuvo tímidamente cerrados. Su reticencia era debida a la súbita conciencia de la abundante humedad que «allí» había, algo que ella nunca había esperado ni de lo que nadie le había hablado.

—Creí que habías dicho que tenía que apresurarme —le susurró Merripen al oído, luego le recorrió el ruborizado rostro con los labios.

—Desátame las manos —le imploró, preocupada—. Necesito... bueno, hay algo que tengo que arreglar.

—¿Algo que arreglar? —Dirigiéndole una mirada inquisitiva, Merripen desató la sedosa tela que aseguraba sus muñecas—. ¿Te refieres a la alcoba?

—No, me refiero a mí misma...

La perplejidad dibujó un ceño entre las cejas oscuras de Kev. Le acarició la zona donde se unían los muslos, y, automáticamente, ella los juntó aún más. Dándose cuenta del problema, él sonrió levemente, mientras se sentía invadido completamente por la ternura.

—¿Es esto lo que te preocupa? —Separó sus muslos con fuerza, buscando la húmeda y resbaladiza superficie con la yema de los dedos—. ¿Que estás mojada aquí?

Ella cerró los ojos y asintió con la cabeza al tiempo que emitía un sonido ahogado.

—No —la tranquilizó—. Esto es bueno, es como se supone que debe ser. Me ayuda a penetrar en ti, y... —Su respiración se volvió jadeante—. Oh, Win, eres tan preciosa, déjame tocarte, déjame tenerte...

Con una agónica modestia, Win dejó que le separara los muslos por completo. Intentó permanecer quieta, pero sus caderas se retorcieron con fuerza cuando él acarició aquel lugar que se había vuelto tan dolorosamente sensible. Él gimió suave y apasionadamente cuando sintió la dulce carne femenina. Más humedad, más calor; la rozó con la yema de los dedos, acariciándola con ternura hasta deslizar un dedo en su interior. Ella se puso rígida y contuvo la respiración, y él se retiró de inmediato.

—¿Te he hecho daño?

Win abrió los ojos.

—No —dijo ella asombrada—. De hecho, no sentí ningún dolor. —Se estiró para mirar entre sus muslos—. ¿Hay sangre? Quizá debería...

—No. Win... —Había una cómica expresión de consternación en la cara de Kev—. Lo que acabo de hacer no causa dolor ni sangre. —Hubo una breve pausa—. Sin embargo, cuando te penetre con mi verga, lo más probable es que te duela como el demonio.

—Oh. —Ella consideró sus palabras durante un momento—. ¿Es esa la palabra con la que los hombres se refieren a sus partes masculinas?

—Una de las que utilizan los *gadjos*.

—¿Cómo la llamáis los romaníes?

—La llaman *kori*.

—¿Qué quiere decir?

—Espina.

Win deslizó una tímida mirada a la pesada protuberancia que tensaba la braglieta de los pantalones.

—Parece más grande que una espina. Creo que deberían haber utilizado una palabra más adecuada. Pero supongo... —Inspiró hondo cuando él deslizó de nuevo la mano hacia abajo—. Supongo que si una quiere rosas, debe soportar... —el dedo de Merripen se había colado en el interior de su cuerpo otra vez— las espinas de vez en cuando.

—Muy filosófico. —Con suavidad la acarició y jugueteó con el nudo apretado de su cuerpo.

Win encogió los dedos de los pies sobre la colcha cuando un nudo de tensión se enrolló en su vientre.

—Kev, ¿qué debo hacer?

—Nada. Déjame complacerte.

Durante toda su vida, Win había ansiado eso sin saber muy bien lo que era, esa lenta y asombrosa fusión con él, esa dulce disolución de uno mismo. Esa rendición mutua. No le cupo la menor duda de que Kev tenía el control, y, aun así, la recorrió con una mirada llena de embeleso. Ella sintió que se perdía en esa sensación, con el cuerpo arrebolado y ardiente.

Merripen no le permitió ocultar ninguna parte de sí misma... tomó lo que quiso, giró y levantó su cuerpo, rodando con ella, siempre con cuidado y, sin embargo, con apasionada insistencia. La besó bajo los brazos y en los costados, por todas partes, recorriendo con la lengua cada curva y húmedo pliegue. Poco a poco, el placer que se acumulaba en su cuerpo se fue transformando en algo oscuro y salvaje, y ella gimió por el dolor que le provocaba esa aguda necesidad.

Los latidos de su corazón reverberaban en cada parte de su cuerpo, en sus pechos y en sus brazos, y en su vientre, incluso en las yemas de sus dedos. Apenas podía soportar ese deseo salvaje que él había despertado en ella. Le pidió un momento de respiro.

—Aún no —le dijo él entre ásperos jadeos, con la voz ronca por un triunfo que ella aún no comprendía.

—Por favor, Kev...

—Eres tan estrecha, puedo sentirlo. Oh, Dios... —le cogió la cabeza entre las manos, la besó vorazmente y le dijo contra los labios—: no quieres que me detenga todavía. Déjame demostrarte por qué.

Un gemido escapó de los labios de Win cuando él se deslizó entre sus muslos, inclinando la cabeza sobre el lugar hinchado que había estado atormentando con los dedos. Situó su boca sobre ella, lamiéndole la salada y delicada hendidura, abriéndola con los pulgares. Ella intentó incorporarse pero cayó hacia atrás, contra las almohadas, cuando él encontró lo que buscaba con esa lengua firme y húmeda.

Win estaba extendida bajo él como un sacrificio pagano, iluminada por la luz del día que ahora inundaba la habitación. Merripen la cató con cálidos y repetidos lametazos, saboreando la carne expuesta. Entre gemidos, ella cerró las piernas en torno a la cabeza de Kev, y él comenzó a mordisquear y a lamer delicadamente el interior de un pálido muslo y luego el otro. Deleitándose en ella. Queriéndolo todo.

Win curvó los dedos desesperadamente en su pelo, perdida ya la vergüenza mientras lo guiaba, arqueando el cuerpo en una muda invitación... «aquí, por favor, más, más, ahora»... Y gimió cuando él movió la boca sobre ella con rapidez, con un continuo ritmo de húmedos lametazos. El placer la invadió, haciéndola lanzar un grito de asombro, dejándola rígida y paralizada durante unos segundos insoportables. Cada movimiento y cada pausa, y cada latido del universo se habían concentrado en ese calor apremiante y resbaladizo, habían reclamado ese lugar crucial, y en ese momento, todo estalló, todas las sensaciones y las tensiones se liberaron de una manera exquisita, y Win se dejó llevar por esos estremecimientos desgarradores y maravillosos.

Win se relajó impotente cuando los espasmos se desvanecieron. Se sintió saciada e invadida por un profundo cansancio, una sensación de paz tan profunda que apenas podía moverse. Merripen la soltó sólo el tiempo necesario para desnudarse por completo. Desnudo y excitado, volvió junto a ella. Se acomodó sobre Win con una salvaje necesidad masculina.

Win lo rodeó con los brazos con un murmullo somnoliento. La espalda de Kev era fuerte y suave bajo sus dedos, y los músculos masculinos se tensaron ansiosos bajo sus caricias. Él bajó la cabeza y rozó la mejilla de Win con la suya. Ella se rindió a su fuerza de una manera absoluta, dobló las rodillas y arqueó las caderas para acunarlo entre sus muslos.

Él empujó suavemente al principio. La carne inocente se resistió, ardiendo por la intrusión. Kev empujó con más fuerza, y Win contuvo el aliento ante el punzante dolor que provocó su penetración. Era demasiado, demasiado duro, demasiado profundo. Se retorció bajo él, y Kev se introdujo hasta el fondo y la inmovilizó con su peso, sin dejar de decirle con voz entrecortada que se estuviera quieta, que esperara, que aún no tenía intención de moverse, que luego sería mejor. Ambos permanecieron quietos, respirando con dificultad.

—¿Quieres que me detenga? —susurró Merripen jadeante con la cara tensa.

Incluso en ese punto de ardiente necesidad, se preocupaba por ella. Comprendiendo lo que debía de haberle costado hacer esa pregunta sabiendo cuánto la deseaba, Win se sintió llena de ternura y amor.

—Ni se te ocurra detenerte ahora —le respondió. Extendiendo las manos hasta sus delgados costados, lo acarició con timidez. Él gimió y comenzó a moverse, su cuerpo se estremeció cuando penetró más profundamente en ella.

Aunque cada envite causaba una dolorosa quemazón allí donde estaban unidos, Win intentó atraerle aún más profundamente en su interior. La sensación de tenerle dentro de su cuerpo estaba por encima del placer o el dolor. Lo necesitaba con desesperación.

Merripen bajó la mirada hacia ella, clavando los ojos brillantes en su cara ruborizada. Parecía feroz y hambriento, incluso un poco desorientado, como si estuviera experimentando algo fuera del alcance de los mortales. Fue en ese momento cuando Win se percató de la intensa pasión que Kev sentía por ella, y que había estado acumulando durante todos esos años a pesar de sus esfuerzos por sofocarla. Cuánto había luchado él contra ese destino, por unas razones que ella aún no comprendía del todo. Pero ahora él poseía su cuerpo con una reverencia e intensidad que eclipsaba cualquier otro sentimiento.

Y aun así, Merripen la amaba como a una mujer, no como a una criatura etérea. Sus sentimientos por ella eran puros, lujuriosos y elementales. Justo como ella había querido.

Lo tomó y lo acogió, envolviéndolo con sus delgadas piernas, enterrando la cara en el hueco de su hombro. Amaba los sonidos que él emitía, los gemidos y los suaves gruñidos, el jadeo entrecortado de su respiración. Y la fuerza de él que la rodeaba, que la penetraba. Le acarició la espalda y los costados con ternura, y le llenó el cuello de besos. Él pareció impulsado por sus atenciones y aumentó el ritmo de sus embestidas mientras cerraba los ojos con fuerza. Justo en ese momento, embistió en ella una última vez y se detuvo, temblando de pies a cabeza como si estuviera agonizando.

—Win —gimió, enterrando su cara contra la de ella—. Win. —Esa única sílaba contenía la fe y la pasión de un millar de oraciones.

Pasaron los minutos sin que ninguno de los dos se moviera. Permanecieron allí abrazados, juntos, saciados y húmedos; sin querer separarse.

Win sonrió cuando sintió que los labios de Merripen le recorrían la cara. Cuando llegaron a su barbilla, le dio un pequeño mordisco.

—No en un pedestal —le dijo él con brusquedad.

—¿Mmmm? —Ella se movió, levantando la mano para acariciar la piel áspera afeitada de su mejilla—. ¿Qué quieres decir?

—Dijiste que te tenía en un pedestal... ¿recuerdas?

—Sí.

—Jamás fue así. Siempre te he llevado en el corazón. Siempre. Pensé que con eso sería suficiente.

Se movió, y Win le besó con suavidad.

—¿Qué ha sucedido, Kev? ¿Por qué has cambiado de idea?

# 18

Kev no tenía intención de responder a esa pregunta hasta que se hubiera ocupado de ella. Se levantó de la cama y fue a la pequeña cocina, que tenía una pequeña caldera con un depósito de agua y un sistema de tuberías que proveían de agua caliente al instante. Llenando un cuenco de agua caliente, la llevó al dormitorio con un paño limpio.

Se detuvo ante la imagen de Win acostada de lado, sus suaves curvas estaban cubiertas por las sábanas blancas y el pelo le caía por los hombros como riachuelos plateados. Pero lo que más lo atraía de todo era la suave saciedad de su rostro y el color rosado de los labios hinchados que él había besado y que aún quería besar. Era la imagen de sus sueños más profundos, verla en su cama de esa manera. Esperándolo.

Humedeció el paño con el agua caliente y apartó la sábana, prendado de su belleza. La habría querido fuera como fuese, virgen o no... pero en secreto reconocía la satisfacción que le producía haber sido su primer amante. Nadie salvo él la había tocado, ni le había dado placer, ni la había visto desnuda... excepto...

—Win —dijo él, frunciendo el ceño mientras la aseaba, presionando el paño caliente entre sus muslos—. En la clínica, ¿vestíais alguna vez otra cosa que no fuera la ropa de entrenamiento? Es decir, ¿Harrow te miró alguna vez?

La expresión de Win era serena, pero había un brillo de diversión en sus ojos azules.

—¿Estás preguntando si Julian alguna vez tuvo que examinarme desnuda?

Kev estaba celoso y los dos lo sabían, pero a pesar de ello no pudo evitar mirarla con el ceño fruncido.

—Sí.

—No, no lo hizo —dijo ella con aire remilgado—. Estaba interesado en mi aparato respiratorio, el cual, como sabes, está en un lugar diferente a los órganos reproductores.

—Estaba interesado en algo más que en tus pulmones —dijo Kev ominosamente.

Ella sonrió.

—Si con esto esperas distraerme de la pregunta que te he hecho antes, no está funcionando. ¿Qué fue lo que te sucedió anoche, Kev?

Él enjuagó el paño, lo escurrió y lo presionó otra vez entre sus muslos.

—Estuve en el redil.

Win agrandó los ojos.

—¿En la cárcel? ¿Fue allí adonde fue Leo? ¿A liberarte?

—Sí.

—¿Por qué demonios acabaste entre rejas?

—Por provocar una pelea en una taberna.

Win chasqueó la lengua varias veces.

—Eso no es propio de ti.

Esa declaración estaba cargada de tal ironía no intencionada que Kev casi se rio. De hecho, notó que la risa burbujeaba en lo más profundo de su pecho; se sintió tan divertido y a la vez tan abatido que no pudo hablar. Su expresión debió de ser ciertamente extraña, porque Win clavó los ojos en él y se incorporó de golpe. Apartó el paño y lo dejó a un lado, y se subió la sábana sobre los pechos. Le pasó la mano con suavidad y ternura sobre el hombro desnudo, tranquilizándolo con su caricia. Y luego continuó acariciándolo, deslizándole la mano por el cuello, por el pecho, por el estómago, y con cada tierna caricia el control de Merripen parecía resquebrajarse un poco más.

—Hasta que llegué a tu familia —le dijo con voz ronca—, ésa era la única razón por la que existía. Para pelear. Para lastimar a las personas. Era... un monstruo. —Mirándola directamente a los ojos, no vio en ellos más que preocupación.

—Cuéntamelo —murmuró ella.

Él negó con la cabeza. Un escalofrío le recorrió la espalda.

Win le rodeó el cuello con la mano. Lentamente le bajó la cabeza a su hombro, hasta que el rostro masculino quedó medio oculto.

—Cuéntamelo —insistió de nuevo.

Kev se sintió perdido, ahora era incapaz de ocultarle nada a Win. Y sabía que lo que estaba a punto de revelar la disgustaría y la predispondría contra él, pero se descubrió haciéndolo de todas maneras.

Le confesó todo sin callarse nada, intentando hacerla comprender cómo se había convertido en el despiadado bastardo que había sido y que todavía era. Le habló de los niños a los que había golpeado hasta hacerlos trizas, y que se temía podrían haber muerto más tarde, aunque nunca llegó a saberlo con certeza. Le dijo que había vivido como un animal, robando y comiendo sobras, y le habló de la furia que lo había consumido desde siempre. Había sido un matón, un ladrón, un mendigo. Le habló de las crueldades y humillaciones que había padecido, y del orgullo y el sentido común que lo habían mantenido cuerdo.

Kev había guardado todo eso en su interior desde siempre, pero ahora lo escupía como si fuera basura. Y se sintió consternado al darse cuenta de que había perdido el control. Cada vez que intentaba detenerse, todo lo que necesitaba era una suave caricia, o un murmullo de Win, y balbuceaba como un criminal condenado a la horca ante un sacerdote.

—¿Cómo podría tocarte con estas manos? —le preguntó con un tono lleno de angustia—. ¿Y cómo podrías tú consentirlo? Dios mío, si supieras las cosas que he hecho...

—Yo adoro tus manos —murmuró ella.

—No soy lo bastante bueno para ti. Pero nadie lo es. La mayoría de los hombres, buenos o malos, tienen un límite, incluso aquellos a los que aman. Pero yo no. Para mi no hay Dios, ni códigos morales. Solo tú. Tú eres mi religión. Haría cualquier cosa que me pidieras. Pelearía, robaría, mataría por ti. Lo haría...

—Shhh. ¡Dios mío! —Win sonó jadeante—. No hay necesidad de quebrantar todos los mandamientos, Kev.

—No lo entiendes —le dijo él, echándose hacia atrás para mirarla—. Si crees que cualquiera de las cosas que te he dicho...

—Lo entiendo. —Su cara era como la de un ángel, suave y compasiva—. Y creo lo que has dicho... pero no estoy de acuerdo con las conclusiones a las que pareces haber llegado. —Alzó las manos, ahuecándole las enjutas mejillas—. Tú eres un buen hombre, Kev, un hombre cariñoso. Rom Baro intentó matar todo lo bueno que hay en ti, pero no pudo. Porque eres fuerte. Porque tienes corazón.

Win se tumbó de nuevo sobre la cama y lo atrajo hacia ella.

—Sé que no es fácil, Kev —murmuró—. Tu tío fue un mal hombre, pero lo que él hizo debe ser enterrado con él. «Deja que los muertos entierren a sus muertos.» ¿Sabes lo que significa?

Él negó con la cabeza.

—Que dejes atrás el pasado y que mires sólo hacia delante. Sólo entonces podrás encontrar un nuevo camino. Una nueva vida. Es un dicho cristiano... pero creo que también vale para un romaní.

Y así era, pero en más de un sentido. Los romaníes eran un pueblo infinitamente supersticioso con respecto a la muerte y a los muertos, destruían todas las posesiones del difunto y muy rara vez mencionaban su nombre. No sólo lo hacían por el bien de ellos sino por el de los muertos, para que no regresaran al mundo de los vivos como miserables fantasmas. Deja que los muertos entierren a sus muertos... pero él no estaba seguro de poder hacerlo.

—Es difícil dejar todo eso atrás —dijo con voz ronca—. Es duro olvidarlo.

—Sí. —Le rodeó con los brazos—. Pero creo que tenemos cosas mucho mejores con las que llenar tu mente.

Kev guardó silencio durante un rato, apretando la oreja contra el corazón de Win, escuchando el latido constante y el fluir de su respiración.

—Desde la primera vez que te vi, supe lo mucho que significarías para mí —murmuró Win finalmente—. A pesar de ser un niño salvaje y malhumorado, te amé de inmediato. Tú también lo sentiste, ¿verdad?

Él asintió ligeramente con la cabeza, entregándose al lujo de sentirla. Su piel olía tan bien como las ciruelas, con un leve atisbo de almizcle femenino.

—Quería domesticarte —dijo ella—. No por completo. Sólo lo suficiente para poder estar cerca de ti. —Enredó los dedos entre sus cabellos—. Hombre escandaloso. ¿Qué diablos te poseyó para secuestrarme cuando sabías que habría venido de buena gana?

—Sólo quería dejártelo claro —dijo él con voz ronca.

Ella se rió entre dientes y le acarició la cabeza con la yema de los dedos haciéndola ronronear.

—Pues me ha quedado claro. ¿Tenemos que regresar ahora?

—¿Quieres hacerlo?

Win negó con la cabeza.

—Aunque... no me importaría comer algo.

—Traje comida a la casa antes de ir a raptarte.

Ella le recorrió el borde de la oreja con un dedo coqueto.

—Qué villano más eficiente. Entonces, ¿podemos quedarnos aquí todo el día?

—Sí.

Win se removió con deleite.

—¿Vendrá alguien a buscarnos?

—Lo dudo mucho. —Kev bajó las sábanas y le acarició con la nariz el exuberante valle entre sus pechos—. Y además, mataré a la primera persona que se acerque a la puerta.

Una risa silenciosa burbujeó en la garganta de Win.

—¿De qué te ríes? —le preguntó él sin moverse.

—Oh, sólo pensaba en todos los años que pasé intentando salir de la cama para estar contigo. Y cuando volví a casa, todo lo que quería era volver a ella. Contigo.


Desayunaron un té fuerte y gruesas rebanadas de pan tostado con queso fundido. Win estaba sentada en un taburete en la cocina, envuelta en la camisa de Merripen. Disfrutaba observando el despliegue de músculos de la espalda masculina, mientras él echaba un cubo de agua caliente en un baño de asiento portátil. Sonriendo, Win dio el último bocado a su tostada antes de decir:

—Ser raptada y violada —comentó—, aumenta el apetito de la víctima.

—También el del raptor.

Parecía que ese sencillo lugar, esa pequeña y tranquila casita, tenía un aura casi mágica. Win se sentía como si se hubiera quedado atrapada en algún tipo de encantamiento. Casi temía estar soñando, que, de un momento a otro, se despertaría sola en su casta cama. Pero la presencia de Merripen era demasiado tangible y auténtica para que eso fuera un sueño. Y estaba esa pequeña punzada de dolor en aquella parte de su cuerpo que era una prueba irrefutable de que había sido tomada. Poseída.

—A estas horas todos deben de saberlo ya —dijo Win con aire distraído, pensando en los habitantes de Ramsay House—. Pobre Julian. Debe de estar furioso.

—¿No debería de tener el corazón roto? —Merripen dejó el cubo del agua a un lado y se acercó a Win sólo con los pantalones puestos.

Win frunció el ceño pensativamente.

—Más bien estará desilusionado. Sé que se preocupa por mí. Pero no creo que tenga el corazón roto. —Se apoyó contra Kev cuando él le acarició el cabello, y le rozó con la mejilla la tensa suavidad de su estómago—. Jamás me ha querido de la misma manera que tú.

—Un hombre tiene que ser un eunuco para no hacerlo. —Lo oyó contener la respiración cuando le besó el hueco del ombligo—. ¿Llegaste a contarle lo que te dijo el médico de Londres? ¿Que gozabas de la suficiente salud para tener niños?

Win asintió con la cabeza.

—¿Qué dijo Harrow al respecto?

—Julian me dijo que sería capaz de visitar a una legión de médicos con tal de oír la opinión que más me convenía. Pero su opinión seguía siendo la misma, cree que no debería tener hijos.

Merripen la instó a ponerse en pie y bajó la mirada hacia ella con una expresión insondable.

—No quiero que corras peligro por mi culpa. Pero tampoco confío en Harrow ni en su opinión.

—¿Porque lo consideras un rival?

—En parte —reconoció Kev—. Pero también es algo instintivo. Hay algo en él... No me inspira confianza. No parece sincero.

—Quizá sea porque es médico —sugirió Win, estremeciéndose cuando Merripen le quitó la camisa—. Los hombres de su profesión a menudo parecen distantes. Adquieren un aire de superioridad. Pero es necesario, porque...

—No es eso. —Merripen la guió a la bañera, y la ayudó a meterse dentro. Win contuvo la respiración no sólo al sentir el calor del agua, sino al estar desnuda frente a él. La bañera era lo suficientemente grande para que una persona se sentara y se relajara en el agua con las piernas flexionadas, lo que era muy cómodo en privado pero extremadamente mortificante con alguien presente. Se sintió muy violenta cuando Merripen se arrodilló al lado de la bañera para lavarla. Pero su actitud no era lasciva, sólo cariñosa, y ella no pudo más que relajarse bajo los cuidados de esas manos firmes y relajantes.

—Sé que todavía crees que Julian tiene algo que ver con la muerte de su primera esposa —dijo Win mientras Merripen la bañaba—. Pero es médico. Se dedica a curar. Jamás le haría daño a nadie, y menos a su propia esposa. —Hizo una pausa para leer la expresión de la cara de Kev—. No me crees. Estás determinado a pensar lo peor de él.

—Creo que él piensa que tiene derecho a jugar con la vida y la muerte. Como los dioses de esas historias mitológicas que tanto os gustan a tus hermanas y a ti.

—No conoces a Julian como yo.

Merripen no contestó, sólo continuó bañándola.

Win observó la cara morena de Kev a través del vapor del agua, tan hermosa e implacable como una antigua escultura de un guerrero de Babilonia.

—Ni siquiera debería molestarme en defenderle —afirmó ella con pesar—. Nunca estarás dispuesto a pensar bien de él, ¿verdad?

—No —admitió él.

—¿Y si creyeras que Julian es un buen hombre —le preguntó—, hubieras permitido que me casara con él?

Win observó cómo se le tensaban los músculos del cuello antes de contestar.

—No. —Había cierto tono de reproche hacia sí mismo en su respuesta—. Soy demasiado egoísta para eso. Jamás podría haberlo consentido. Si hubiéramos llegado a esa situación, te habría secuestrado el día de la boda.

Win quería decirle que ella no deseaba que él fuera noble. Estaba encantada —y emocionada— de ser amada de esa manera, con una pasión que no dejaba lugar para nada más. Pero antes de que pudiera decir una palabra, Merripen tomó más jabón y deslizó la mano por el dolorido punto entre sus muslos.

La tocó con amor. Con posesividad. Ella cerró los ojos. El dedo de Kev se coló en su interior, al tiempo que le deslizaba el brazo libre por la espalda, y ella se apoyó sin oponer resistencia contra el hueco entre su hombro y su duro pecho. Incluso esa pequeña invasión le dolía. Su carne estaba todavía demasiado sensible para ser penetrada de nuevo. Pero el agua caliente la aliviaba, y Merripen fue tan suave que Win aflojó los muslos, relajándose en el agua caliente.

Win aspiró el fresco aire de la mañana, lleno de vapor, perfumado con el jabón, el olor a madera nueva y a cobre caliente. Y la fragancia embriagadora de su amante. Ella le rozó el hombro con los labios, degustando el sabor salado de su piel.

Los cálidos dedos de Kev la acariciaron perezosamente... las astutas yemas de sus dedos descubrieron con rapidez en qué lugar quería ella que la tocaran. Jugueteó con ella, abriéndola, tanteando lentamente la carne suave y los sensibles lugares que albergaba. A ciegas, Win extendió la mano para agarrar la firme muñeca de Kev, sintiendo los intrincados movimientos de los huesos y tendones. Él deslizó dos dedos en su interior, y describió suaves círculos con el pulgar sobre el sexo de Win.

El agua se derramó de la bañera cuando ella comenzó a arquearse rítmicamente, apretándose contra su mano. Kev introdujo un tercer dedo en su interior, y ella se tensó y se quejó con voz entrecortada, era demasiado, no podría soportarlo, pero él le murmuró lo contrario y la atrajo suavemente hacia él para absorber sus gemidos con su boca.

Excitada, se sintió flotar y relajarse, se abrió a la sensualidad que provocaban aquellos dedos en su interior. Ansiosa y salvaje se arqueó contra él para alcanzar más de ese placer aplastante. Lo arañó, clavó sus uñas contra la piel dura y desnuda de Kev, y él gruñó como si eso le complaciera. Un profundo gemido escapó de los labios de Win ante el primer estremecimiento de liberación. Intentó reprimirlo, pero entonces surgió otro, y otro, y el agua de la bañera se agitó mientras ella se estremecía, y el clímax se prolongaba por el arrollador envite de sus dedos hasta que Win quedó laxa y jadeante.

Dejándola descansar contra el borde de la bañera, Merripen se alejó unos minutos. Ella se relajó en el agua caliente, demasiado satisfecha para preguntarle adónde iba. Kev regresó al cabo de un rato con una toalla y la ayudó a ponerse en pie. Win permaneció inmóvil delante de él, dejando que la secara como si fuera una niña. Cuando se apoyó contra él, vio que sus uñas le habían dejado pequeñas marcas rojas en la piel, no demasiado profundas, pero marcas al fin y al cabo. Debería haberse sentido avergonzada, horrorizada, pero lo único que quería era volver a hacerlo.

Recrearse en él. Kev era tan diferente a ella que se echó hacia atrás para observarlo con más detenimiento.

Después de secarla, Kev la llevó al dormitorio y la dejó sobre la cama recién hecha. Win se deslizó bajo las mantas y lo esperó, adormeciéndose, mientras él iba a asearse y a vaciar la bañera. Se sintió invadida por una sensación que no había experimentado en años... el tipo de alegría incontenible que había sentido cuando era una niña y se despertaba la mañana de Navidad. En aquellos momentos había permanecido en silencio en su cama, emocionada al saber que pronto sucederían cosas buenas, con el corazón encendido de anticipación.

Win entreabrió los ojos cuando finalmente sintió que Kev subía a la cama. Su peso hundió el colchón, y su cuerpo se notó alarmantemente caliente contra la piel fresca de Win. Acurrucándose en el hueco entre el brazo y el hombro, Win suspiró. La mano de Kev describió un círculo en la espalda femenina.

—¿Tendremos una casa como ésta algún día? —murmuró ella.

Siendo Merripen como era, ya había hecho sus planes.

—Viviremos en Ramsay House durante un año, quizá dos, hasta que la casa esté totalmente restaurada y Leo sepa manejarla. Entonces buscaré una propiedad adecuada para montar una granja y te construiré una casa. Espero que algo más grande que ésta. —Le deslizó la mano hasta el trasero, acariciándoselo con lentos círculos—. No será una vida demasiado extravagante, pero sí cómoda. Tendrás una cocinera, un lacayo y un cochero. Y viviremos cerca de tu familia, así podrás verla cada vez que quieras.

—Eso suena maravilloso —logró decir Win, tan llena de felicidad que apenas podía respirar—. Será como estar en el cielo. —No tenía ninguna duda de la capacidad de Merripen para cuidarla, ni dudaba de que ella pudiera hacerlo feliz. Tendrían una buena vida juntos, sin embargo, estaba bastante segura de que no sería una vida normal.

—Si te casas conmigo, jamás serás una dama con una buena posición —le dijo Merripen en tono serio.

—Para mí no hay mejor posición que ser tu mujer.

Kev curvó una de sus grandes manos sobre la cabeza de Win, apretándosela contra su hombro.

—Siempre he querido algo más para ti.

—Mentiroso —susurró ella—. Siempre me has querido para ti.

La risa agitó el pecho de Kev.

—Sí —admitió él.

Luego guardaron silencio, disfrutando de la sensación de yacer juntos en esa cama mientras transcurría la mañana. Habían estado cerca de tantas maneras antes... y, aun así, nunca había sido tan bueno como ahora. La intimidad física había creado una nueva dimensión para los sentimientos de Win, como si ella no sólo hubiera tomado el cuerpo de Kev dentro del suyo, sino también parte de su alma. Se preguntó cómo era posible que algunas personas pudieran involucrarse en ese acto sin amor, lo inútil y vacío que sería en comparación.

Con el pie exploró la piel velluda de la pierna de Merripen, acariciando con los dedos los duros y esculpidos músculos.

—¿Pensabas en mí cuando estabas con ellas? —preguntó tímidamente.

—¿Con quién?

—Con las mujeres con las que te acostaste.

Win supo por la manera en que Merripen se puso tenso que no le había gustado la pregunta. La respuesta fue brusca y en tono de culpa.

—No. No pensaba en nada cuando estaba con ellas.

Win deslizó una mano por el torso suave, capturó los pequeños pezones color café y jugueteó con ellos. Incorporándose sobre el codo, le dijo con franqueza:

—Cuando te imagino haciendo esto con otra mujer, no puedo soportarlo.

Kev posó la mano sobre la suya, apretándola contra el fuerte latido de su corazón.

—No significaron nada para mí. Siempre fue una transacción. Algo que hacía tan rápido como era posible.

—Creo que eso lo hace peor. Utilizar a una mujer de esa manera, sin sentir...

—Eran bien recompensadas —dijo él con sarcasmo—. Y siempre consintieron.

—Deberías haber buscado a alguien que te importara, que se preocupara por ti. Eso habría sido infinitamente mejor que una transacción sin amor.

—No hubiera podido.

—¿No hubieras podido qué?

—No hubiera encontrado a nadie que me importara. Tú eras la dueña de mi corazón.

Win se preguntó si el hecho de sentirse conmovida y complaciente la convertía en una terrible egoísta.

—Después de que te fueras —dijo Merripen—, pensé que me volvería loco. No había ningún lugar donde me sintiera bien. Ninguna persona con la que quisiera estar. Quería que mejoraras... hubiera dado mi vida por ello. Pero al mismo tiempo te odié por haberte marchado. Odiaba todo. Odiaba mi propio corazón por seguir latiendo. Sólo tenía una razón para vivir, y era volver a verte de nuevo.

Win se sintió muy emocionada por la profunda sencillez de su declaración. Él era fuerte, pensó ella. Uno no podía doblegarlo más de lo que podría someter a una tormenta. Kev la amaba con toda la pasión de su alma, y eso era todo lo que importaba.

—¿Ayudaron las mujeres? —le preguntó con suavidad—. ¿Te alivió estar con ellas?

Él negó con la cabeza.

—Sólo empeoró las cosas —fue la sincera respuesta—. Ninguna de ellas eras tú.

Win se inclinó sobre él, y su pelo cayó como una cascada brillante sobre el pecho, la garganta y los brazos de Merripen. Clavó los ojos en aquellos otros tan negros como la endrina.

—De hoy en adelante —dijo con gravedad— quiero que permanezcamos fieles el uno al otro.

Hubo un breve silencio, una vacilación nacida no de la duda sino de la plena conciencia. Como si sus votos estuvieran siendo oídos y presenciados por algo o alguien intangible.

El pecho de Merripen subió y bajó con un largo y profundo suspiro.

—Te seré fiel —dijo—, siempre.

—Yo también.

—Prométeme que no volverás a dejarme de nuevo.

Win levantó la mano de su pecho y bajó la cabeza para depositar un beso en ese lugar.

—Lo prometo.

Win estaba totalmente dispuesta e impaciente por sellar sus votos en ese momento, pero él no. Kev quería que ella descansara, que su cuerpo tuviera un respiro, y cuando puso objeciones, la convenció con besos suaves.

—Duerme —murmuró, y ella obedeció, hundiéndose en la inconsciencia más dulce y más profunda que había conocido nunca.

La luz del día se filtraba por las cortinas de las ventanas, convirtiéndolas en rectángulos del color de la mantequilla brillante. Kev llevaba horas abrazando a Win. No había dormido nada. El placer de poder mirarla superaba la necesidad de descansar. Había habido otras ocasiones en su vida en las que la había velado de esa manera, en especial cuando había estado enferma. Pero ahora era diferente. Ahora le pertenecía.

Él siempre había estado consumido por el ardiente deseo de amar a Win sabiendo que eso jamás sería posible. En ese momento, mientras la abrazaba, sintió algo desconocido para él, una inmensa alegría. Se permitió besarla, incapaz de resistir el impulso de trazar el arco de su ceja con los labios. Continuó por la curva sonrosada de la mejilla. Por la punta de una nariz tan adorable que parecía merecedora de un soneto completo. Adoró cada parte de su cuerpo. Se le ocurrió que aún no había besado los espacios entre sus dedos, una omisión que debía remediar de inmediato.

Win dormía con una de sus piernas enredada en las de él, con la rodilla metida entre las suyas. Al sentir el roce íntimo de sus rizos rubios contra la cadera, se puso erecto, su carne palpitó con dureza, con tal fuerza que podía sentir allí la sábana de lino que los cubría.

Ella se movió, desperezándose temblorosamente, y entreabrió los ojos. Kev sintió la sorpresa de Win al despertarse entre sus brazos, y la creciente y lenta satisfacción cuando se acordó de lo que había pasado antes. Lo recorrió con las manos, explorándolo suavemente. El cuerpo de Merripen se tensó de la cabeza a los pies cuando, excitado e inquieto, permitió que ella lo explorara como deseaba.

Win examinó su cuerpo con un inocente abandono que lo sedujo por completo. Le rozó con los labios la piel tensa del pecho y los costados. Luego el borde de las costillas, que mordisqueó suavemente, como un pequeño caníbal hambriento. Le deslizó una mano por el muslo y la dejó vagar hasta llegar a la ingle.

Él murmuró su nombre entre jadeos entrecortados, extendiendo la mano para detener esos dedos atormentadores. Pero ella se la apartó con un audible manotazo. Y por alguna razón eso lo excitó aún más.

Win le ahuecó la bolsa testicular, acariciando y sopesando su peso con la palma de la mano. Presionó suavemente y comenzó a girar la mano, mientras él apretaba los dientes y soportaba sus caricias como si estuviera siendo torturado.

Subiendo la mano, Win agarró su miembro con suavidad, con demasiada suavidad para el gusto de Kev, que le habría suplicado que lo hiciera con más fuerza si hubiera sido capaz de hablar. Pero sólo pudo esperar, jadeante. Ella inclinó la cabeza sobre él, y su pelo dorado lo atrapó en una red de trémula luz. A pesar de su intención de permanecer quieto, no pudo evitar la contracción involuntaria de su verga, ni que su longitud saltara hacia arriba. Para su sorpresa, sintió que ella se inclinaba hacia abajo para besarla. Y continuó, deslizando la lengua a lo largo del erecto eje, mientras él gemía de placer e incredulidad.

Con su hermosa boca en él... Kev pensó que se moría, que perdía el juicio. Win no tenía práctica para saber cómo proceder.

No lo tomó por completo en la boca, sólo le lamió el glande como él había hecho antes con ella. Pero, cielo santo, era suficiente por ahora. Kev dejó escapar un gemido de angustia cuando sintió un dulce y húmedo tirón, y oyó el sonido de la succión. Mascullando una mezcla confusa de romaní e inglés, la agarró por las caderas y la arrastró hacia arriba. Enterró la cara en su cuerpo, moviendo vorazmente la lengua hasta que ella se contorsionó como una sirena prisionera.

Saboreando su excitación, hundió la lengua en ella profundamente, una y otra vez. Las piernas de Win se tensaron, como si estuviera a punto de correrse. Pero él tenía que estar dentro de ella cuando eso ocurriera, tenía que sentir cómo ella se apretaba en torno a él. Así que la tumbó suavemente boca abajo y se acomodó tras ella, tras colocarle una almohada bajo las caderas.

Win gimió y abrió más las rodillas. Sin necesidad de más invitación, él situó su miembro resbaladizo por la humedad de su boca ante el sexo femenino. Buscando entre sus pliegues, encontró el diminuto brote hinchado, y lo acarició lentamente mientras la penetraba con su verga, acariciándole más rápido a medida que empujaba profundamente en su interior, y cuando él hubo enterrado finalmente toda su longitud, ella llegó al clímax con un grito sollozante.

Kev podría haber encontrado entonces su liberación, pero quería prolongar la sensación. Si hubiera podido, se habría quedado así para siempre. Le pasó la mano por la curva pálida y elegante de la espalda. Ella se arqueó ante la caricia, suspirando su nombre. Kev se inclinó sobre ella, cambiando el ángulo entre ellos, todavía hurgando entre sus pliegues mientras empujaba. Ella se estremeció cuando fue atravesada por nuevos espasmos, y la pasión explotó inundando de rubor sus hombros y su espalda. Él cubrió con la boca las manchas carmesí, besando cada una de ellas mientras se mecía lentamente, penetrándola más hondo, con más fuerza, hasta que él, finalmente, se corrió con violentos espasmos.

Saliendo de ella, Kev rodeó a Win con los brazos apretándola contra sus costillas y luchó por recuperar el aliento. Durante varios minutos, los latidos del corazón le martillearon en los oídos, por lo que no oyó que alguien llamaba a la puerta.

Win le ahuecó las mejillas y giró su cara hacia la de él, buscando su mirada.

—Alguien está llamando a la puerta —le dijo.

# 19

Maldiciendo por lo bajo, Kev se puso los pantalones y la camisa y se dirigió descalzo a la puerta. Al abrirla, vio a Cam Rohan allí parado, con aire despreocupado, con una bolsa en una mano y una cesta cerrada en la otra.

—Hola. —Los ojos color avellana brillaban con diversión—. Te he traído algunas cosas.

—¿Cómo nos has encontrado? —preguntó Kev con frialdad.

—Sabía que no podíais haber ido muy lejos. No faltan vuestras ropas, ni las maletas, ni los baúles. Y como la casa del guarda era un lugar demasiado obvio, éste fue el siguiente sitio donde se me ocurrió mirar. ¿No vas a invitarme a entrar?

—No —dijo Kev bruscamente, y Cam sonrió ampliamente.

—Si estuviera en tu lugar, *phral*, supongo que me mostraría tan poco hospitalario como tú. Te he traído una cesta con comida, y una bolsa con ropa para los dos.

—Gracias. —Kev tomó los artículos y los dejó al lado de la puerta. Enderezándose, miró a su hermano, buscando cualquier señal de censura. No había ninguna.

—¿*Ov yilo isi?* —preguntó Cam.

Ésa era una vieja frase gitana. Quería decir «¿Todo va bien?».

Pero traducida literalmente sería «¿Aquí hay corazón?». Lo que parecía bastante apropiado.

—Sí —dijo Kev suavemente.

—¿No necesitas nada?

—Por primera vez en mi vida —admitió Kev—, no necesito nada más.

Cam sonrió.

—Bien. —Metiéndose despreocupadamente las manos en los bolsillos, apoyó el hombro contra el marco de la puerta.

—¿Cuál es la situación en Ramsay House? —preguntó Kev, medio temiendo la respuesta.

—Hubo un poco de caos esta mañana cuando descubrimos que ninguno de los dos estabais en casa. —Hizo una pausa sutil—. Harrow insistía en que Win había sido raptada contra su voluntad. En algún momento ha llegado a amenazar con ir a las autoridades. Según ha dicho, si Win no ha regresado antes del anochecer, tomará cartas en el asunto.

—¿Qué piensa hacer? —inquirió Kev con aire amenazador.

—No lo sé. Pero quizá deberías pensar un poco en aquellos de nosotros que tenemos que lidiar con él en Ramsay House mientras tú estás aquí con su prometida.

—Ahora es mi prometida. Y la llevaré de regreso cuando me dé la real gana.

—Entiendo. —Los labios de Cam se curvaron bruscamente—. Espero que tengas la firme intención de casarte pronto con ella.

—Pronto no —dijo Kev—. De inmediato.

—Gracias a Dios. Incluso para los Hathaway, esto es un poco impropio. —Cam observó la figura desaliñada de Merripen y sonrió—. Me alegro de verte relajado por fin, Merripen. Si no fuera porque eres tú, diría que incluso pareces feliz.

No era fácil despojarse de la reserva que había cultivado durante tantos años, pero Kev estaba realmente tentado de confiar a su hermano cosas que no estaba seguro de poder expresar con palabras. Como descubrir que el amor de una mujer podía hacer que el mundo fuera diferente. O lo asombroso que era ver a

Win, que siempre había parecido muy frágil y necesitada de protección, como una presencia aún más fuerte que él.

—Rohan —dijo en voz baja para que Win no pudiera escucharlo—, hay una pregunta que...

—Dime.

—¿Manejas tu matrimonio a la manera *gadje* o a la manera romaní?

—Casi siempre a la manera *gadje* —dijo Rohan sin titubear—. No funcionaría de otra manera. Amelia no es la clase de mujer capaz de acatar las órdenes sin rechistar. Pero como romaní, siempre me reservaré el derecho de protegerla y cuidarla como yo desee. —Esbozó una ligera sonrisa—. Encontrarás un punto medio, igual que nosotros.

Kev se pasó la mano por el pelo y preguntó con cautela:

—¿La familia Hathaway está enfadada por lo que he hecho?

—¿Te refieres a haber raptado a Win?

—Sí.

—La única queja que oí fue que tardaste demasiado tiempo.

—¿Sabe alguien dónde estamos?

—No creo. —La sonrisa de Cam se volvió sardónica—. Puedo conseguirte algunas horas más, *phral*. Pero llévala de regreso antes del anochecer, más que nada para hacer callar a Harrow. —Frunció el ceño ligeramente—. Es muy raro ese *gadjo*.

Kev le dirigió una mirada atenta.

—¿Por qué lo dices?

Cam se encogió de hombros.

—La mayoría de los hombres en su situación, habría hecho algo, lo que fuera, a estas alturas. Romper algunos muebles. Atacar a alguien. En estos momentos, yo habría puesto del revés todo Hampshire para encontrar a mi mujer. Pero Harrow sólo habla. Y habla.

—¿De qué?

—No hace más que decir cuáles son sus derechos, que se le debe cierto respeto, que lo han traicionado... Pero hasta ahora no se le ha ocurrido preocuparse por el bienestar de Win, ni se ha molestado en considerar qué es lo que ella quiere en realidad. En resumen, actúa como un niño al que le han robado su juguete favorito y quiere que se lo devuelvan. —Cam hizo una mueca—. Es demasiado vergonzoso, incluso para un *gadjo*. —Levantó la voz y se dirigió a Win, a la que no había visto—. Ya me voy. Buenos días, hermanita.

—¡Buenos días también, señor Rohan! —fue la alegre respuesta.


Al sacar la comida de la cesta, se encontraron una variada colección de viandas: pollo frío, ensalada, fruta y tarta de sémola. Tras devorar el contenido de la cesta, se sentaron delante de la chimenea sobre unos cojines. Vestida sólo con la camisa de Kev, Win se acomodó entre los muslos de éste mientras le desenredaba y le cepillaba el pelo. Él le pasó los dedos repetidamente por el cabello que brillaba como la luz de la luna en sus manos.

—¿Quieres dar un paseo ahora que tengo mi ropa? —preguntó Win.

—Si quieres... —Le retiró el pelo a un lado para besarle en la nuca—. Y luego, volveremos a la cama.

Ella se estremeció y soltó una carcajada.

—Desde que te conozco, jamás te había visto pasar tanto tiempo en la cama.

—Hasta ahora no había tenido una buena razón. —Dejando a un lado el cepillo, la sentó en su regazo y la abrazó. La besó lentamente. Ella se estiró exigiéndole más, haciéndole sonreír y retirarse—. Tranquila —le dijo él, acariciándole la barbilla—. No vamos a volver a empezar.

—Pero si me acabas de decir que quieres volver a la cama.

—Tenía intención de descansar.

—¿No vamos a volver a hacer el amor?

—Hoy no —dijo él en voz baja—. Ya has tenido suficiente. —Le pasó el pulgar por los labios hinchados por sus besos—. Si volviera a hacerte el amor de nuevo, mañana no podrías caminar.

Pero como él empezaba a descubrir, cualquier alusión a la fuerza física de Win era recibida de inmediato con resistencia.

—Estoy bien —dijo ella con terquedad, enderezándose en su regazo. Extendió un reguero de besos por la cara y la garganta de Kev, y todos los demás sitios que pudo alcanzar—. Sólo una vez más, antes de regresar. Te necesito, Kev, te necesito...

Él la tranquilizó con la boca y recibió una respuesta tan apasionada e impaciente que no pudo evitar reírse entre dientes contra sus labios. Ella se echó hacia atrás y le recriminó.

—¿Te estás riendo de mí?

—No. No. Es sólo que... eres adorable, y me complaces totalmente. Mi pequeña e impaciente *gadji*... —La besó de nuevo, intentando tranquilizarla. Pero ella siguió insistiendo, quitándose la camisa, colocando las manos de Kev sobre su cuerpo desnudo.

—¿Por qué estás tan ansiosa? —murmuró él, recostándose en los cojines con ella—. No... espera... Win, dímelo.

Ella permaneció quieta entre sus brazos, con su pequeña cara ceñuda cerca de la suya.

—Me da miedo regresar —admitió ella—. Siento como si fuera a pasar algo malo. Todavía me cuesta creer que estemos juntos ahora.

—No nos podemos esconder aquí para siempre —murmuró Kev, acariciándole el pelo—. No ocurrirá nada malo, cariño. Hemos llegado demasiado lejos para volver atrás. Ahora, tú eres mía, y nadie puede cambiarlo. ¿Te da miedo Harrow? ¿Es eso?

—No es que me dé miedo exactamente. Pero tampoco estoy deseando enfrentarme a él.

—Por supuesto que no —dijo él quedamente—. Yo te ayudaré. Hablaré con él primero.

—Creo que eso no sería sensato —dijo indecisa.

—Insisto. No perderé los estribos. Pero voy a asumir la responsabilidad de lo que he hecho. No voy a permitir que tú afrontes las consecuencias sin mí.

Win bajó la mejilla hasta su hombro.

—¿Estás seguro de que nada hará que cambies de opinión sobre casarte conmigo?

—No hay nada en el mundo que pueda impedirlo. —Sintiendo la tensión del cuerpo de Win, lo recorrió con las manos, demorándose en su pecho, donde los latidos de su corazón eran fuertes y agitados. La acarició en círculos para tranquilizarla.

—¿Qué puedo hacer para que te sientas mejor? —le preguntó con ternura.

—Ya te lo he dicho, y no lo haces —refunfuñó en voz baja, provocando la carcajada de Kev.

—Como quieras —susurró él—. Pero lo haré muy lentamente, así no te lastimaré. —Le besó los lóbulos de las orejas, y fue bajando hasta la suave blancura de su hombro, el pulso de la base de la garganta. Con más suavidad todavía, le besó las curvas plenas de sus pechos. Tenía los pezones brillantes y enrojecidos por las anteriores atenciones. Kev los trató con mimo, cubriendo con su tierna boca uno de los picos hinchados.

Win se removió un poco, soltando un gemido apenas perceptible, y él adivinó que el pezón le dolía. Pero ella le llevó las manos a su cabeza, reteniéndolo allí. Él utilizó la lengua para trazar unos cálidos y lánguidos círculos, succionando sólo lo justo para mantener la carne sensible dentro de los labios. Se demoró mucho tiempo en sus pechos, usando la boca con suavidad hasta que ella gimió y arqueó las caderas, necesitando mucho más que la ligera y débil estimulación.

Hundiendo los labios entre sus muslos, Kev se centró en la sedosa calidez de Win, buscando el punto delicado de su clítoris, utilizando la superficie aterciopelada de su lengua para acariciarla y lamerla. Ella le agarró la cabeza con fuerza y firmeza, y gimió su nombre con un sonido gutural que lo excitó todavía más.

Cuando los movimientos incontrolados de sus caderas adquirieron un ritmo regular, apartó la boca de ella y le abrió más las rodillas. Kev tardó una eternidad en penetrar la ardiente y apretada carne con su miembro. Cuando estuvo completamente en su interior, la rodeó con los brazos, atrayéndola contra su cuerpo.

Ella se retorció, instándolo a embestir, pero él se mantuvo inmóvil mientras presionaba la boca contra la oreja de Win y le murmuraba que la haría llegar al clímax de esa manera, que se quedaría duro dentro de su cuerpo mientras ella alcanzaba el éxtasis. Las orejas femeninas se pusieron como la grana, y ella se contrajo y latió en torno a su miembro. «Por favor, muévete», murmuró ella, y él se negó con suavidad.

—Por favor, muévete, por favor...

—No.

Pero después de un rato, él comenzó a flexionar las caderas en un ritmo sutil. Ella gimió y se estremeció cuando él la penetró de nuevo, profundizando todavía más, sin perder ese ritmo implacable y contenido. El clímax la hizo estallar finalmente, arrancando roncos gemidos de los labios femeninos, provocando que su cuerpo se estremeciera de pies a cabeza. Kev permaneció en silencio, experimentando una liberación tan profunda y paralizante que lo privó de todo sonido. El delgado cuerpo de Win lo absorbió, lo ordeñó, lo envolvió en su delicado calor.

El placer fue tan grande que le hizo sentir una comezón poco familiar en los ojos y en la nariz, y eso lo estremeció hasta los huesos. «Por todos los demonios», pensó Kev, dándose cuenta de que algo había cambiado en él, algo que jamás podría volver a recuperar. Todas sus defensas se habían reducido a añicos por la apabullante fuerza de esa pequeña mujer.

El sol descendía entre los valles arbolados cuando ambos se vistieron. Apagaron el fuego, dejando la casa fría y oscura.

Win se aferró ansiosamente a la mano de Kev, mientras la conducía hacia el caballo.

—Me preguntó por qué la felicidad siempre parece tan frágil —dijo ella—. Creo que las cosas que nuestra familia ha experimentado: la pérdida de nuestros padres, la muerte de Laura, el fuego, mi enfermedad... han hecho que me convenza de lo rápido que podemos perder las cosas que tanto valoramos. La vida puede cambiar de un momento a otro.

—No todo cambia. Algunas cosas duran para siempre.

Win se detuvo y se giró hacia él, rodeándole el cuello con los brazos. Kev respondió de inmediato, abrazándola con fuerza y seguridad, estrechándola contra su poderoso cuerpo. Win enterró la cara en su pecho.

—Eso espero —dijo ella tras un momento—. ¿De verdad eres mío ahora, Kev?

—Siempre he sido tuyo —le respondió al oído.


Preparándose para el habitual barullo de sus hermanas, Win se sintió aliviada cuando al regresar a Ramsay House lo encontró sereno y tranquilo, tan tranquilo que estaba claro que los miembros de su familia se habían puesto de acuerdo para comportarse como si nada extraño hubiera ocurrido. Encontró a Amelia, Poppy, la señorita Marks y Beatrix en la salita del primer piso, las tres primeras estaban entretenidas con la costura mientras Beatrix leía en voz alta.

Cuando Win entró en la estancia sigilosamente, Beatrix se interrumpió y las tres mujeres levantaron sus miradas brillantes y curiosas.

—Hola, querida —dijo Amelia afectuosamente—. ¿Tuviste una agradable excursión con Merripen? —Como si no hubiera sido más que un picnic o un paseo en carruaje.

—Sí, gracias. —Win le dirigió una sonrisa a Beatrix—. Continúa, Bea. Todo lo que lees suena muy bien.

—Es una novela sensacional —dijo Beatrix—. Muy excitante. En ella aparece una mansión oscura y sombría, y los sirvientes se comportan de una manera muy rara. Además existe una puerta secreta detrás de un tapiz —le explicó dramáticamente—. Están a punto de asesinar a alguien.

Mientras Beatrix continuaba, Win se sentó al lado de Amelia. Sintió la mano de su hermana mayor tomando la suya. Una mano pequeña pero capaz. El cariñoso apretón de Amelia expresaba consuelo, transmitía una mezcla de preocupación, confianza y aceptación.

—¿Dónde está? —murmuró Amelia.

Win sintió una punzada de preocupación, aunque mantuvo una expresión serena.

—Ha ido a hablar con el doctor Harrow.

Amelia le apretó con más fuerza la mano.

—Bien —respondió con ironía—, va a ser una conversación muy animada. Tengo la impresión que tu señor Harrow no nos ha dicho todo lo que pensaba.


—Grosero y estúpido palurdo. —Julian Harrow estaba pálido pero controlado cuando Kev y él se reunieron en la biblioteca—. No tiene ni idea de lo que ha hecho. En su prisa por obtener lo que quería, no le han importado las consecuencias. Y no le importarán hasta que sea demasiado tarde. Hasta que la haya matado.

Como ya tenía una idea de lo que Harrow iba a decir, Kev había resuelto cómo tratar con él. Por el bien de Win, toleraría cualquier improperio o acusación. El médico podía desahogarse todo lo que quisiera... que a él le daría lo mismo. Kev había ganado. Win era suya ahora, y eso era lo único que importaba.

Sin embargo, no era fácil contenerse. Harrow era la perfecta imagen de un ultrajado héroe romántico... delgado, elegante, con la cara pálida e indignada. Hacía que Kev se sintiera como un torpe villano moreno. Y esas últimas palabras «hasta que la haya matado», lo habían dejado helado hasta los huesos.

Había habido tantas criaturas vulnerables que habían sufrido bajo sus manos... Nadie con el pasado de Kev podría ser bueno para Win. Y si bien ella había perdonado su pasado lleno de brutalidad, a él jamás se le olvidaría.

—Nadie va a hacerle daño —dijo Kev—. Es obvio que como su mujer, hubiera estado bien atendida pero no era eso lo que ella quería. Ha hecho su elección.

—¡Bajo coacción!

—No la forcé.

—Por supuesto que lo hizo —dijo Harrow con desprecio—. Se la llevó de aquí utilizando la fuerza bruta. Y siendo una mujer, por supuesto que no pensó más que en lo romántico y excitante que era todo. A las mujeres se las puede persuadir y dominar fá-

271

cilmente para que acepten casi cualquier cosa. Y en el futuro, cuando ella muera de parto, en medio de horribles dolores, no le culpará. No obstante, usted sabrá que es el responsable. —Soltó una ruda carcajada al ver la expresión de Kev—. ¿De verdad es usted tan simple para no comprender lo que digo?

—Usted cree que ella es demasiado débil para tener niños —dijo Kev—. Pero Win consultó con un médico en Londres que le dijo...

—Sí. ¿Le ha dicho Winnifred el nombre de ese médico? —Los ojos de Harrow eran de un gris helado, su tono era condescendiente.

Kev negó con la cabeza.

—Yo le pregunté —dijo Harrow—. Insistí hasta que me lo dijo. Y supe que se había inventado el nombre. Era todo mentira. Pero sólo para asegurarme, comprobé el listado de los médicos de Londres. El médico a quien ella nombró, no existe. Mintió, Merripen. —Harrow se pasó la mano por el pelo y caminó de un lado a otro de la estancia—. Las mujeres son tan mentirosas como los niños cuando se trata de salirse con la suya. Dios mío, usted es fácil de manipular, ¿verdad?

Kev no pudo contestar. Había creído a Win por la sencilla razón de que ella jamás mentía. Por lo que él sabía, sólo le había mentido una vez en su vida, y fue para que él se tomara la morfina cuando había sufrido heridas de quemaduras. Más tarde había sabido por qué lo había hecho, y la había perdonado de inmediato. Pero si se había atrevido a mentirle sobre «eso»... La angustia ardió como ácido en su sangre.

Ahora comprendía por qué Win había estado tan nerviosa ante la idea de regresar.

Harrow se detuvo ante la mesa de la biblioteca y se apoyó en ella.

—Aún la quiero —le dijo en voz baja—. Todavía estoy dispuesto a casarme con ella, siempre y cuando no haya concebido. —Se interrumpió cuando Kev le dirigió una mirada letal—. Oh, puede fulminarme con la mirada todo lo que quiera, pero no puede negar la verdad. Mírese... ¿cómo puede justificar lo que ha hecho? No es más que un sucio gitano que se siente atraído por las cosas bonitas como el resto de los de su calaña.

Harrow no apartó la mirada de Kev mientras continuaba.

—Estoy seguro de que la ama, a su manera. No de una forma comedida, no como ella necesita de verdad, sino como sólo puede hacerlo alguien de su clase. Me parece realmente conmovedor. Y digno de lástima. Sin duda, Winnifred siente que los vínculos de la infancia le dan a usted más derechos sobre ella que a cualquier otro hombre. Pero ha tenido una vida muy protegida. No ha tenido ni la sabiduría ni la experiencia necesaria para conocer sus propias necesidades. Si se casa con usted, sólo será cuestión de tiempo que se canse y quiera más de lo que le puede ofrecer. Busque una robusta campesina, Merripen. Mejor aún, una gitana sería muy feliz con la vida sencilla que puede ofrecerle. Usted quiere a un ruiseñor, pero estará mejor servido con una vigorosa y agradable paloma. Haga lo correcto, Merripen. Démela a mí. No es demasiado tarde. Estará a salvo conmigo.

Kev apenas podía oír la áspera voz del médico por encima del latido confuso, desesperado y furioso de su corazón.

—Quizá debería preguntarle a los Lanham. ¿Estarían ellos de acuerdo en que ella estará más segura con usted?

Y sin quedarse a mirar el efecto de sus palabras, Kev salió a grandes zancadas de la biblioteca


La sensación de inquietud de Win creció mientras la noche caía sobre la casa. Permaneció en la salita con sus hermanas y la señorita Marks hasta que Beatrix se cansó de leer. La única distracción a su creciente tensión fue observar las travesuras del hurón de Beatrix, *Dodger*, que parecía sentir predilección por la señorita Marks a pesar de —o quizá por— su obvia antipatía. Se mantenía al acecho cerca de la institutriz para intentar robarle una de las agujas de tejer, mientras ella lo observaba con los ojos entrecerrados.

—Ni lo pienses siquiera —le dijo la señorita Marks al esperanzado hurón con una calma escalofriante—. O te cortaré la cola.

Beatrix sonrió ampliamente.

—Creía que eso sólo valía para cegar a los ratones, señorita Marks.

—Sirve para cualquier roedor ofensivo —replicó la señorita Marks con aire ominoso.

—En realidad, los hurones no son ratones —dijo Beatrix—. Son clasificados como *mustelidae*. Comadrejas. Si bien pueden ser considerados como el primo lejano del ratón.

—No es una familia a la que me gustaría pertenecer —dijo Poppy.

*Dodger* se hizo un ovillo en el brazo del sofá y dirigió una mirada perdidamente enamorada a la señorita Marks, que lo ignoró.

Win sonrió y se estiró.

—Estoy cansada. Es hora de daros las buenas noches.

—Yo también estoy cansada —dijo Amelia, conteniendo un profundo bostezo.

—Quizá deberíamos retirarnos todas —sugirió la señorita Marks, guardando hábilmente su labor en una pequeña cesta.

Todas se dirigieron a sus habitaciones, y a Win se le pusieron los nervios de punta al recorrer el pasillo lleno de un ominoso silencio. ¿Dónde estaba Merripen? ¿Qué se habrían dicho Julian y él?

Había una lámpara encendida en su habitación, el resplandor que emitía producía sombras en las paredes. Parpadeó al ver a una figura inmóvil en una esquina, sentada en una silla... Merripen.

—Oh —exhaló sorprendida.

La recorrió con la mirada de arriba abajo cuando se acercó a él.

—¿Kev? —le preguntó con vacilación al tiempo que un escalofrío le bajaba por la espalda. La conversación no había ido bien. Algo iba muy mal—. ¿Qué ha pasado? —le preguntó con voz ronca.

Merripen se puso de pie y se cernió sobre ella con una expresión insondable.

—¿Cómo se llamaba el médico que visitaste en Londres, Win? ¿Cómo lo encontraste?

Entonces ella comprendió. Se le puso un nudo en el estómago y respiró entrecortadamente.

—No fui a ver a ningún médico —dijo—. No lo consideré necesario.

—No lo consideraste necesario —repitió él con lentitud.

—No. Porque como me dijo Julian después, podría pasarme la vida yendo de un médico a otro hasta que encontrara uno que me dijera lo que quiero oír.

Merripen dejó escapar un jadeo entrecortado. Sacudió la cabeza.

—Jesús.

Win jamás lo había visto tan desolado, parecía estar más allá de los gritos o el enfado. Se acercó a él con la mano extendida.

—Kev, por favor, deja que...

—No te acerques. Por favor. —Merripen parecía esforzarse por mantener el control.

—Lo siento —le dijo con seriedad—. Te quería tanto, e iba a tener que casarme con Julian, y pensé que si te decía que había visto a otro médico, podría... bueno, presionarte un poco.

Kev le dio la espalda y apretó los puños con fuerza.

—Pero nada de eso importa ahora —dijo Win, intentando sonar tranquila, intentando pensar a pesar del latido desesperado de su corazón—. No cambia nada, especialmente después de hoy.

—Que me mientas sí cambia las cosas —le respondió él en un tono gutural.

A los romaníes no les gustaba ser manipulados por las mujeres. Y ella había roto la confianza de Merripen en un momento en el que él era especialmente vulnerable. Había bajado la guardia, le había dejado ver en su interior. Pero si no hubiera obrado así, ¿de qué otro modo hubiera conseguido derribar sus defensas?

—No creí que tuviera otra elección —dijo ella—. Tú eres imposiblemente terco cuando se te mete una idea en la cabeza. No sabía cómo hacerte cambiar de opinión.

—Así que me mentiste otra vez. Y ni siquiera lo sientes.

—Lamento haberte hecho daño y que estés enfadado, comprendo cuánto...

Se interrumpió cuando Merripen se movió con una rapidez asombrosa, y la agarró por los brazos, empujándola contra la pared. Inclinó su cara con una mueca furiosa sobre la de ella.

—Si de verdad comprendieras algo, no hubieras corrido el riesgo de que te dejara embarazada.

Rígida y temblorosa, Win miró fijamente esos ojos negros hasta que sintió que se ahogaba en aquella oscuridad. Inspiró hondo antes de lograr decir con terquedad.

—Iré a ver a todos los médicos que quieras. Escucharemos todas las opiniones y luego calcularemos los riesgos. Pero nadie puede predecir con seguridad lo que ocurrirá. Y nada cambiará cómo pienso pasar el resto de mi vida. La viviré como yo quiera. Y tú... tú puedes tenerlo todo de mí o nada. Pero no volveré a ser una inválida. Incluso si eso significa perderte.

—No acepto ultimátums —le contestó él, sacudiéndola un poco—. Y mucho menos de una mujer.

A Win se le nublaron los ojos, y maldijo las lágrimas que se le estaban formando. Se preguntó con furiosa desesperación por qué el destino parecía determinado a que ella no pudiera disfrutar de la misma vida normal que otras personas daban por supuesta.

—Eres un arrogante —le dijo ella con voz ronca—. No es una elección tuya, es mía. Es mi cuerpo. Soy yo quien corro el riesgo. Y, además, puede que ya sea demasiado tarde. Puede que ya haya concebido...

—No. —Le tomó la cabeza entre las manos y presionó su frente contra la de ella. Win sintió su cálido aliento en los labios—. No puedo hacer esto —dijo él con voz ahogada—. No voy a lastimarte.

—Sólo quiero que me ames. —Win no fue consciente de que estaba llorando hasta que sintió su boca en la cara, emitiendo roncos gruñidos mientras le lamía las lágrimas. La besó con desesperación, apoderándose de su boca con una fiereza que la hizo estremecer de pies a cabeza. Cuando él aplastó su cuerpo contra el de ella, Win sintió la presión de su erección a través de las ropas de ambos. La respuesta de su cuerpo le hizo arder las venas, y Win sintió cómo se humedecía su carne más íntima. Lo deseaba dentro de ella, penetrándola hasta el fondo, hasta que él sólo sintiera placer y toda su furia se disipara. Buscó la rígida longitud, y la masajeó, apretándola hasta que él gimió en su boca.

Win se apartó de sus labios lo suficiente como para poder hablar.

—Llévame a la cama, Kev. Llévame...

Pero él la apartó con un empujón al tiempo que soltaba una maldición.

—Kev...

Lanzándole una ardiente mirada, Merripen salió de su habitación, y la puerta tembló sobre sus goznes cuando la cerró de un portazo.

# 20

Al amanecer, el aire de la mañana era pesado y fresco, y prometía lluvia, una brisa fresca se colaba por la ventana entreabierta de la habitación de Cam y Amelia. Cam se despertó lentamente al sentir el voluptuoso cuerpo de su esposa acurrucado contra él. Ella siempre dormía con un largo camisón de algodón blanco no demasiado provocativo, con numerosos encajes y volantes diminutos. Siempre lo excitaba; conocía las espléndidas curvas que la recatada prenda ocultaba.

El camisón se le había subido durante la noche. Una de las piernas desnudas de Amelia estaba entre las suyas, con la rodilla cerca de su ingle. La suave redondez de su vientre presionaba contra su costado. El embarazo había acentuado las formas femeninas de una manera exquisita. Había un resplandor en ella esos días, una floreciente vulnerabilidad que lo llenaba de un abrumador deseo de protegerla. Y saber que los cambios femeninos eran debidos a su simiente, a que una parte de él estaba creciendo en su interior... lo excitaba de una manera innegable.

Cam no había esperado sentirse tan cautivado por el estado de Amelia. Para los romaníes, el parto y todas las cosas relacionadas con él eran considerados *mahrime*, un acontecimiento contaminante. Y dado que los irlandeses eran igual de desconfiados y remilgados con los temas de reproducción, no podía achacar a ese otro lado de su linaje el deleite que sentía por el embarazo de su esposa. Pero no podía evitarlo. Era la criatura más bella y fascinante que había conocido.

Cuando le pasó la palma de la mano por la cadera, el deseo de hacer el amor con ella fue demasiado intenso para ignorarlo. Comenzó a subirle poco a poco el camisón y le acarició el trasero desnudo. La besó en los labios, en la barbilla, degustando la delicada textura de su piel.

Amelia se movió.

—Cam —murmuró somnolienta. Abrió las piernas para permitir un mejor acceso a su suave exploración.

Cam sonrió contra su mejilla.

—Qué buena esposa eres —murmuró en romaní. Ella se estiró y soltó un suspiro de placer cuando las manos de su marido recorrieron su cálido cuerpo. Cam recorrió sus extremidades suavemente, acariciándola y agasajándola, besándole los pechos. Sus dedos juguetearon entre sus muslos, incitándola pícaramente hasta que ella comenzó a emitir gemidos ahogados. Las manos de Amelia se aferraron a su espalda cuando la montó, recibiendo su hambriento cuerpo con una cálida y húmeda bienvenida.

En ese momento llamaron suavemente a la puerta. Una voz ahogada sonó desde el otro lado.

—¿Amelia?

Los dos se quedaron paralizados.

La suave voz femenina insistió de nuevo.

—¿Amelia?

—Es una de mis hermanas —murmuró Amelia.

Cam masculló una maldición que describía explícitamente lo que había estado a punto de hacer, y que, al parecer, no iba a poder finalizar.

—Esa familia tuya... —comenzó él en tono oscuro.

—Lo sé. —Amelia apartó las mantas—. Lo siento, yo... —Se interrumpió cuando vio su enorme erección, y añadió débilmente—: Dios mío.

Aunque, por lo general, era muy tolerante con la multitud de rarezas y problemas de los Hathaway, Cam no estaba de humor para ser comprensivo.

—Deshazte de quienquiera que sea —dijo él—, y vuelve aquí.

—Sí. Lo intentaré. —Se puso una bata sobre el camisón y se abrochó con rapidez los tres botones de arriba. Cuando se dirigió hacia la sala de la *suite*, el fino camisón blanco ondeó detrás de ella como la vela mayor de una goleta.

Cam se quedó en la cama escuchando con atención. Oyó el sonido de la puerta al abrirse, y cómo alguien entraba en la pequeña salita. Percibió el tono inquisitivo en la tranquila voz de Amelia, y la respuesta ansiosa de una de sus hermanas. Supuso que era Win, ya que la única manera de que Poppy y Beatrix se levantaran temprano era que ocurriera algún acontecimiento catastrófico.

Una de las cosas que Cam adoraba de Amelia era su tierno e incansable interés por todas las preocupaciones, grandes o pequeñas, de sus hermanas. Era una pequeña gallina clueca, y valoraba la familia tanto como cualquier esposa gitana. Eso le hacía sentir bien. Aguzó el oído mientras recordaba los primeros años de su infancia, cuando todavía vivía con la tribu. La familia era exactamente igual de importante para ellos. Pero eso también significaba tener que compartir a Amelia, lo cual, como ahora, era un condenado fastidio.

Después de algunos minutos, comprendió que habría charla femenina para rato. Amelia no iba a regresar a la cama por el momento, así que Cam suspiró y abandonó el lecho.

Se puso una bata y entró en la salita. Vio a Amelia sentada en el pequeño sofá con Win, que parecía muy desgraciada.

Estaban tan absortas en su conversación que apenas prestaron atención a su aparición. Sentándose en una silla cercana, Cam las escuchó hasta que comprendió que Win le había mentido a Merripen sobre haberse hecho examinar por un médico, que Merripen se había puesto furioso, y que la relación entre ellos estaba confusa.

Amelia se volvió hacia Cam, con la frente arrugada por la preocupación.

—Quizá Win no debería haberle engañado, pero esto es algo que también le concierne a ella. —Retuvo la mano de Win en la de ella mientras hablaba—. Ya sabes que me gustaría que Win no sufriera ningún daño nunca... pero reconozco que eso es imposible. Merripen tiene que aceptar que Win quiera tener una relación de pareja normal con él.

Cam se frotó la cara y ahogó un bostezo.

—Sí. Pero la mejor manera de conseguirlo no es precisamente manipulándolo. —Miró a Win directamente—. Hermanita, deberías saber que los ultimátums no funcionan con los romaníes. Va contra la idiosincrasia de los gitanos que una mujer les diga lo que tienen que hacer.

—Yo no le dije qué era lo que tenía que hacer —protestó Win tristemente—. Sólo le dije...

—Que no importa lo que él sienta o piense —murmuró Cam—. Que tu intención es vivir la vida bajo tus propios términos, cueste lo que cueste.

—Sí —dijo ella débilmente—. Pero no era mi intención insinuar que no me preocupaban sus sentimientos.

Cam sonrió con tristeza.

—Admiro tu fuerza interior, hermanita. Incluso puedo llegar a comprender tu postura. Pero ésa no es la mejor manera de lidiar con un romaní. Incluso tu hermana, que no es conocida precisamente por su diplomacia, sabe muy bien que no debe tratarme de una manera tan intransigente.

—Yo soy bastante diplomática cuando tengo que serlo —protestó Amelia, frunciendo el ceño, y él le dirigió una breve sonrisa. Volviéndose hacia su hermana, Amelia añadió a regañadientes—: Cam tiene razón, Win.

Win guardó silencio un momento, asimilando sus palabras.

—¿Qué debo hacer ahora? ¿Cómo puedo arreglar las cosas?

Las dos mujeres miraron a Cam.

Lo último que él quería era involucrarse en los problemas de Win y Merripen. Y Dios sabía que lo más probable era que esa mañana Merripen fuera tan encantador como un oso atrapado en una trampa. Todo lo que Cam quería era regresar a la cama y disfrutar de su esposa. Y quizá dormir un poco más. Pero las dos hermanas lo estaban mirando fijamente con aquellos ojos azules y suplicantes. Suspiró.

—Hablaré con él —masculló.

—Es probable que ya esté despierto —dijo Amelia, esperanzada—. Merripen siempre se levanta temprano.

Cam asintió sombríamente con la cabeza, no muy entusiasmado ante la perspectiva de hablar con su hosco hermano sobre mujeres.

—Va a sacudirme como si fuera una alfombra polvorienta —dijo—. Y, sinceramente, no puedo culparle.

Tras asearse y vestirse, Cam bajó al comedor donde Merripen siempre tomaba el desayuno. Al pasar ante el aparador vio salchichas, embutido frito, panceta, huevos con bacón, carne, tostadas y judías cocidas.

Alguien había estado allí, la silla había sido retirada hacia atrás y había una taza vacía con una cafetera de plata humeante junto a ella. El aroma del café negro inundaba el aire.

Cam miró hacia las puertas de cristal que conducían a la terraza trasera, y vio la figura delgada y oscura de Merripen. Kev parecía mirar fijamente el huerto de árboles frutales que había más allá del jardín. La postura de sus hombros y su cabeza expresaba irritabilidad y mal humor.

Demonios. Cam no tenía ni idea de qué iba a decirle a su hermano. Aún pasaría mucho tiempo antes de que disfrutaran de un nivel básico de confianza. Lo más probable era que cualquier consejo que Cam le ofreciera le fuera arrojado a la cara sin más contemplaciones.

Cogiendo una tostada, Cam la untó con mermelada de naranja y salió a la terraza.

Merripen le lanzó una mirada de reojo y volvió a centrar su atención en el paisaje, en los campos florecientes más allá de los límites de la hacienda, en los densos bosques alimentados por la ancha arteria del río.

Había algunas volutas de humo en la lejana ribera, uno de los lugares donde los gitanos solían acampar cuando pasaban por Hampshire. El propio Cam había tallado en los árboles las señales que indicaban que los romaníes eran bienvenidos a ese lugar. Y cada vez que llegaba una tribu nueva, Cam iba a visitarla por si acaso alguien de su familia estaba con ellos.

—Otra *kumpania* de paso —comentó con aire casual, uniéndose a Merripen en la barandilla—. ¿Por qué no vienes conmigo a visitarlos esta mañana?

El tono de Merripen fue distante y poco amistoso.

—Los obreros están colocando las nuevas molduras de yeso del ala este y después de la chapuza de la última vez, tengo que estar allí para supervisarlo todo.

—La última vez no habían marcado bien la alineación —dijo Cam.

—Eso ya lo sé —espetó Merripen.

—Bien. —Sintiéndose molesto y somnoliento, Cam se frotó la cara—. Mira, no tengo ganas de meter la nariz en tus asuntos, pero...

—Entonces no lo hagas.

—No te hará daño conocer mi opinión.

—Me importa un bledo tu opinión.

—Si pensaras en alguien más aparte de ti —le dijo Cam con rudeza—, quizá te darías cuenta que no eres el único que tiene preocupaciones. ¿Crees que yo no he pensado en lo que podría ocurrirle a Amelia ahora que está encinta?

—A Amelia no le ocurrirá nada —dijo Merripen con desdén.

Cam lo miró con el ceño fruncido.

—Todos los miembros de esta familia piensan que Amelia es indestructible. La propia Amelia lo cree. Pero ella no está exenta de sufrir los mismos problemas y dificultades que el resto de las mujeres en su situación. Lo cierto es que siempre corren peligro.

Los oscuros ojos de Merripen rezumaban hostilidad.

—Y Win todavía más.

—Puede ser. Pero si ella quiere asumir ese riesgo, es decisión suya.

—Es ahí donde no coincidimos, Rohan. Porque yo...

—Porque tú no corres riesgos, ¿verdad? Es una lástima que te hayas enamorado de una mujer que no está dispuesta a ser un florero, *phral*.

—Si me vuelves a llamar así —gruñó Merripen—, te arrancaré la maldita cabeza.

—Adelante, inténtalo.

Merripen se habría lanzado sobre él de no ser porque las puertas de cristal se abrieron y otra persona salió a la terraza. Al mirar en dirección al intruso, Cam gimió para sus adentros.

Era Harrow, y parecía tranquilo y capaz. Se aproximó a Cam e ignoró a Merripen.

—Buenos días, Rohan. He venido a decirle que abandonaré Hampshire hoy mismo. Es decir, si no consigo persuadir a la señorita Hathaway de que recupere el juicio.

—Por supuesto —dijo Cam, adoptando una expresión vagamente agradable—. Por favor, hágame saber si hay algo que podamos hacer para facilitarle la partida.

—Yo sólo quiero lo mejor para ella —murmuró el médico, sin mirar todavía a Merripen—. Sigo pensando que venir a Francia conmigo es la mejor opción para ella. Pero la decisión es de la señorita Hathaway. —Hizo una pausa, en sus ojos grises había una mirada sombría—. Espero que usted sea capaz de ejercer alguna influencia para que todos comprendan los peligros a los que Win se está exponiendo.

—Creo que todos nos hacemos una buena idea de la situación —dijo Cam con una suavidad que enmascaraba cierto deje sarcástico.

Harrow clavó en él una mirada suspicaz y le dirigió una breve inclinación de cabeza.

—Les dejaré entonces con su debate. —Hizo un sutil hincapié en la palabra «debate», como si fuera consciente de que habían estado al borde de una pelea. Abandonó la terraza, cerrando la puerta de cristal tras de sí.

—Odio a ese bastardo —murmuró Merripen.

—Tampoco es que sea de mi agrado —admitió Cam. Con un

gesto de cansancio se frotó la nuca, intentando aliviar la rigidez de sus músculos tensos—. Me voy al campamento gitano. Si no te importa, me tomaré una taza de ese horrible brebaje que tomas habitualmente. No me hace gracia, pero necesito algo que me ayude a permanecer despierto.

—Toma lo que queda en la cafetera —masculló Merripen—. Estoy más que despierto.

Cam asintió con la cabeza y se dirigió a la puerta. Pero se detuvo en el umbral y le dijo en voz baja:

—Lo peor de amar a una mujer, Merripen, es que siempre habrá cosas de las que no podrás protegerla. Cosas que escaparán a tu control. Al final, te darás cuenta de que hay algo peor que morir... y es temer que le suceda algo malo. Tener que vivir siempre con ese temor. Pero debes aceptar la parte mala si quieres disfrutar de la buena.

Kev le lanzó una mirada desolada.

—¿Y cuál es la parte buena?

Cam esbozó una sonrisa.

—Todo lo demás es la parte buena —le dijo, y entró.


—Me han advertido que corro peligro de muerte si te digo algo —fue el primer comentario de Leo cuando se unió a Merripen en una de las habitaciones del ala este. Había dos obreros en una esquina, tomando medidas y haciendo marcas en las paredes, y otro montaba el andamio para que los hombres pudieran trabajar en el techo.

—Buen consejo —dijo Kev—. Deberías tenerlo en cuenta.

—Jamás hago caso de los consejos, sean buenos o malos. Lo único que se consigue con eso es animar a la gente a que te den más.

A pesar de los oscuros pensamientos de Kev, en sus labios se dibujó una sonrisa involuntaria. Señaló un cubo cercano lleno de una brillante masa gris.

—¿Por qué no coges una vara y bates eso?

—¿Qué es?

—Una mezcla de yeso y arcilla peluda.

—Arcilla peluda. Qué curioso. —Pero Leo cogió obedientemente un palo descartado y comenzó a hurgar en el cubo de yeso—. Las mujeres salieron esta mañana —comentó—. Fueron a Stony Cross Park para visitar a lady Westcliff. Beatrix me pidió que buscara a su hurón, al parecer ha desaparecido. Y la señorita Marks decidió quedarse aquí. —Hizo una pausa como si estuviera reflexionando—. Una criatura extraña, ¿no crees?

—¿El hurón o la señorita Marks? —Kev colocó con cuidado un listón de madera en la pared y lo aseguró en el lugar con clavos.

—Marks. Me he estado preguntando... ¿será una misoándrica u odiará a todo el mundo en general?

—¿Qué es una misoándrica?

—Una mujer que odia a los hombres.

—No odia a los hombres. A Rohan y a mí siempre nos ha tratado bien.

Leo pareció genuinamente desconcertado.

—Entonces... ¿sólo me odia a mí?

—Eso parece.

—¡Pero no tiene motivos!

—¿Y qué me dices de ser arrogante y despectivo?

—Pero eso es parte de mi encanto aristocrático —protestó Leo.

—Parece que tu encanto aristocrático no le gusta nada a la señorita Marks. —Kev arqueó una ceja cuando observó el semblante ceñudo de Leo—. ¿Por qué debería importarte? No tendrás un interés personal en ella, ¿verdad?

—Por supuesto que no —exclamó Leo, indignado—. Antes me iría a la cama con el erizo favorito de Bea. Piensa en todos esos codos y rodillas puntiagudos. En todos esos ángulos afilados. Un hombre podría salir muy malparado si se enreda con Marks... —Batió el yeso con renovado vigor, evidentemente preocupado por la cantidad de peligros a los que se expondría si se acostaba con la institutriz.

«Demasiado preocupado», pensó Kev.

Era una lástima, reflexionó Cam mientras atravesaba un prado verde con las manos metidas en los bolsillos, que formar parte de una familia muy unida significara que no se pudiera disfrutar de la propia buena suerte cuando otro miembro de la familia tenía problemas.

Y Cam tenía mucho de lo que disfrutar en ese momento: la bendición del brillo del sol sobre el áspero paisaje primaveral, el despertar a la vida de las plantas que pujaban contra la tierra húmeda en su lucha por florecer. El fuerte y picante olor a humo de la hoguera del campamento gitano que flotaba en el aire. Quizás ese día, finalmente, encontraría a alguien de su antigua tribu. En un día así, todo parecía posible.

Tenía una hermosa esposa que llevaba a su hijo en el vientre. La quería más que a su propia vida. Y tenía mucho que perder. Pero Cam no dejaba que el miedo lo paralizara, ni que le impidiera amar a Amelia con toda su alma. El miedo que... se detuvo, desconcertado por la rápida aceleración de los latidos de su corazón, como si hubiera estado corriendo durante kilómetros sin parar. Lanzando una mirada a campo traviesa, le pareció que la hierba era demasiado verde para ser natural.

El latido de su corazón se volvió doloroso, como si alguien le estuviera golpeando repetidamente. Desconcertado, Cam se tensó como un hombre acuchillado, y se llevó una mano al pecho. Jesús, el sol era demasiado brillante, hacía que le lloraran los ojos. Se secó la humedad con la manga, y se quedó muy sorprendido al encontrarse en el suelo, de rodillas.

Esperó a que el dolor remitiera, y a que su corazón recobrara el ritmo normal, pero sólo fue a peor. Intentó con todas sus fuerzas respirar hondo y ponerse de pie, pero su cuerpo no le obedecía. Cayó pesadamente sobre la hierba que le arañó con dureza la mejilla. El dolor se incrementó y el corazón amenazó con estallarle ante la extraordinaria fuerza de sus latidos.

Cam se dio cuenta, un tanto asombrado, de que se estaba muriendo. No sabía por qué razón estaba ocurriendo, sólo que nadie podría cuidar de Amelia, que ella lo necesitaba y que no podía dejarla. Alguien tenía que velar por ella, alguien tenía que frotarle los pies cuando estuviera cansada. Tan cansada como él. No podía siquiera levantar la cabeza, ni podía mover las piernas, pero los músculos de su cuerpo se movían por su cuenta, tenía temblores como si fuera un títere cuyas cuerdas estuvieran siendo manejadas por un loco. «Amelia. No quiero dejarte. Dios, no permitas que muera, es demasiado pronto.» Pero el dolor continuó inundándolo, ahogándolo, robándole cada aliento, cada latido.

«Amelia.» Quería pronunciar su nombre, pero fue incapaz de hacerlo. Era una crueldad insoportable no poder dejar el mundo con esas últimas y preciosas sílabas en sus labios.


Tras una hora de repellar el techo y de probar diversas mezclas de cal, yeso y arcilla peluda, Kev, Leo y los obreros se pusieron de acuerdo con las proporciones correctas.

Leo había mostrado un inusitado e inesperado interés por todo el proceso, incluso había ideado una mejora en el enseyado, dando tres capas de encalado sobre la capa base.

—Pon más pelos en esa capa —había sugerido—, y cúbrela con más yeso, eso le dará más consistencia para la siguiente capa.

Para Kev quedó claro que aunque Leo mostraba poco interés por los aspectos financieros de la hacienda, su amor por la arquitectura y por todo lo relacionado con la construcción era más entusiástico que nunca.

Mientras Leo bajaba del andamio, el ama de llaves, la señora Barnstable, se acercó a la puerta con un niño tras ella. Kev lo miró con interés. El niño parecía tener once o doce años. Incluso aunque no estuviera vestido con ropas coloridas, sus rasgos llamativos y el color cobrizo de su piel lo habrían identificado como un romaní.

—Señor —dijo el ama de llaves a Kev en tono de disculpa—, os ruego que me perdonéis por interrumpiros. Pero este muchacho ha llegado a la puerta diciendo galimatías, y se niega a irse. Pensamos que quizás usted podría entenderle.

Los galimatías resultaron ser palabras en un romaní perfectamente articulado.

—*Droboy tume Romale* —dijo el niño cortésmente.

Kev respondió al saludo con un asentimiento de cabeza.

—*Mixto avilan* —continuó él en romaní—. ¿Estás con la *vitsa* del río?

—Sí, *Kako*. Fui enviado por Rom Phuro para decirle que encontramos a un romaní tumbado en el campo. Está vestido como un *gadjo*. Pensamos que quizá podría vivir aquí.

—Tumbado en el campo —repitió Kev, mientras una sensación de desasosiego lo invadía; supo de inmediato que algo malo ocurría. Con esfuerzo, mantuvo el tono de voz tranquilo—. ¿Estaba durmiendo?

El niño negó con la cabeza.

—Está enfermo y delirando. Tiene temblores así... —imitó un leve temblor con las manos.

—¿Os dijo su nombre? —preguntó Kev—. ¿Dijo algo?

Aunque todavía hablaban en romaní, Leo y la señora Barnstable los miraban fijamente advirtiendo que pasaba algo malo.

—¿Qué sucede? —preguntó Leo con el ceño fruncido.

El niño le respondió a Kev.

—No, *Kako*, no puede hablar. Y su corazón... —El niño se llevó su pequeño puño al pecho y se dio unos golpes rápidos.

—Llévame con él. —No había duda para Kev de que la situación era grave. Cam Rohan nunca estaba enfermo, y se encontraba en unas condiciones físicas inmejorables. Fuera lo que fuese lo que le había ocurrido, no era un mal común y corriente.

Volviendo al inglés, Kev se dirigió a Leo y al ama de llaves.

—Rohan está enfermo... lo han llevado al campamento gitano. Milord, sugiero que envíes un lacayo y un cochero a Stony Cross Park para que Amelia regrese de inmediato. Traeré a Rohan aquí tan pronto como pueda.

—Señor —preguntó el ama de llaves llena de desconcierto—, ¿aviso al doctor Harrow?

—No —dijo Kev al instante. Todos sus instintos le advertían que mantuviera a Harrow al margen de todo eso—. De hecho, no permita que él sepa qué está pasando. De momento, es mejor llevar todo esto con la mayor discreción posible.

—Sí, señor. —Aunque el ama de llaves no comprendía sus razones, estaba demasiado bien entrenada para cuestionar su autoridad—. El señor Rohan parecía perfectamente sano esta mañana temprano —dijo ella—. ¿Qué puede haberle ocurrido?

—Ya lo descubriremos. —Sin esperar más preguntas o reacciones, Kev agarró al niño del hombro y lo condujo hacia la puerta—. Vamos.

La *vitsa* del río parecía ser una pequeña y próspera tribu familiar. Habían establecido un campamento bien organizado, con dos *vardos* y algunos burros y caballos de aspecto saludable. El patriarca de la tribu, al que el niño había llamado Rom Phuro, era un hombre bien parecido con el pelo largo y negro y cálidos ojos oscuros. Aunque no era alto, se mantenía delgado y en forma, y rezumaba un aire de tranquila autoridad. Kev se sorprendió por la relativa juventud del líder. La palabra Phuro se utilizaba para designar a un hombre de edad avanzada que poseyera mucha sabiduría. Para un hombre que parecía no pasar de la treintena, que lo llamaran así significaba que era un líder muy respetado.

Intercambiaron un breve saludo con la cabeza y, acto seguido, Rom Phuro condujo a Kev a su propio *vardo*.

—¿Es tu amigo? —preguntó el líder con obvia preocupación.

—Es mi hermano. —Por alguna razón, la respuesta de Kev se ganó una mirada fija.

—Es bueno que estés aquí. Puede que sea la última oportunidad de verlo en este lado del velo.

A Kev le sorprendió su reacción visceral ante aquel comentario, una mezcla de cólera y pena.

—No va a morir —dijo bruscamente, poniéndose en movimiento y subiendo al *vardo* de un salto.

El interior del carromato gitano medía aproximadamente cinco metros de largo por dos y medio de ancho, con la típica cocina y el tiro de la chimenea al lado de la puerta. Había un par de literas transversales en un extremo, una arriba y otra abajo. El largo cuerpo de Cam Rohan estaba tumbado en la de abajo, con los pies colgando por el borde. Se estremecía y agitaba, y movía la cabeza sin cesar sobre la almohada.

—Santo Cielo —dijo Kev con voz ronca, incapaz de creer el cambio que había experimentado Cam en tan poco tiempo. El color saludable de su rostro había palidecido hasta adquirir un tono blanco como el papel, y tenía los labios agrietados y grises. Gemía de dolor y jadeaba como un perro.

Kev se sentó en la litera y puso la mano sobre la helada frente de Rohan.

—Cam —lo llamó con urgencia—. Cam, soy Merripen. Abre los ojos. Cuéntame lo que ha pasado.

Rohan luchó por controlar los temblores y enfocar su mirada, pero le resultó claramente imposible. Intentó articular una palabra, pero lo único que salió de sus labios fue un sonido incoherente.

Apoyando la mano sobre el pecho de Rohan, Kev sintió el latido feroz e irregular de su corazón. Maldijo entre dientes, sabiendo que el corazón de ningún hombre, no importaba lo fuerte que éste fuera, podría resistir ese palpitar demoníaco mucho más tiempo.

—Ha debido ingerir alguna hierba venenosa sin saber que lo era —comentó Rom Phuro con preocupación.

Kev negó con la cabeza.

—Mi hermano está muy familiarizado con las hierbas medicinales. Jamás cometería esa clase de error. —Mirando fijamente el rostro contraído de Rohan, Kev sintió una mezcla de furia y compasión. Deseó que su propio corazón pudiera reemplazar al de su hermano—. Lo han envenenado.

—Dime qué puedo hacer —dijo el líder de la tribu con voz queda.

—Primero necesitamos que su cuerpo elimine todo el veneno que sea posible.

—Vació el estómago antes de que lo metiéramos en el *vardo*.

Eso estaba bien. Pero por su reacción al veneno, incluso después de haber vomitado parte de él, era evidente que se encontraban ante una sustancia muy tóxica. El corazón que retumbaba bajo la mano de Kev parecía a punto de explotar en el pecho de Cam. Rohan pronto comenzaría a tener convulsiones.

—Debemos suministrarle algo para bajar la frecuencia cardíaca y aliviar los temblores —dijo Kev lacónicamente—. ¿Tienes láudano?

—No, pero tenemos opio sin tratar.

—Eso será incluso mejor. Tráelo lo más deprisa que puedas.

El Rom Phuro envió a buscarlo a un par de mujeres que se habían acercado a la entrada del *vardo*. Volvieron en menos de un minuto con un pequeño frasco que contenía una espesa pasta color café. Era el resultado de haber secado pétalos de amapola. Tras recoger un poco con la punta de una cuchara, Kev intentó dárselo a Rohan.

Los dientes de Rohan castañearon violentamente contra el metal, y siguió moviendo la cabeza de un lado a otro hasta que la cuchara perdió su contenido. Con tenacidad, Kev deslizó el brazo bajo el cuello de Rohan y lo incorporó.

—Cam. Soy yo. He venido a ayudarte. Tómate esto. Tómalo ya. —Volvió a acercar la cuchara a su boca y le obligó a tragar mientras Rohan se atragantaba y temblaba en sus brazos—. Ya está —murmuró Kev, apartando la cuchara. Colocó su cálida mano sobre la garganta de su hermano, y la friccionó con suavidad—. Traga. Sí, *phral*, eso es.

El opio hizo efecto con una rapidez asombrosa. Muy pronto, los temblores comenzaron a remitir y los frenéticos jadeos se interrumpieron. Kev no se dio cuenta de que estaba conteniendodo el aliento hasta que lo soltó con un suspiro de alivio. Volvió a poner la palma de la mano sobre el corazón de Rohan, sintiendo que el latido era fuerte y lento.

—Intenta darle agua —propuso el líder de la tribu, dándole una taza de madera tallada. Kev presionó el borde de la taza contra los labios de Rohan e intentó convencerle de que diera un sorbo.

Muy lentamente, Rohan alzó los párpados y, con un esfuerzo evidente, intentó enfocar los ojos.

—Kev...

—Aquí estoy, hermanito.

Rohan se quedó mirándolo fijamente y parpadeó. Levantó la mano hacia él y agarró firmemente el cuello abierto de la camisa de Kev antes de articular entrecortadamente.

—Azul... —susurró entre jadeos—. Todas las cosas... azules.

Kev deslizó el brazo en torno a la espalda de Rohan y lo sujetó con firmeza. Le dirigió una mirada a Rom Phuro e intentó pensar a pesar de su desesperación. Había oído antes ese síntoma, una neblina azul sobre la vista. Era causada por haber tomado en exceso un potente remedio para el corazón.

—Puede ser digitalina —murmuró—, pero no sé de dónde se obtiene.

—De la dedalera —dijo Rom Phuro. Su tono era neutro, pero su rostro estaba lleno de preocupación—. Es mortífera. Mata al ganado.

—¿Cuál es el antídoto? —preguntó Kev con rapidez.

La respuesta del líder fue muy suave.

—No lo sé. Ni siquiera sé si existe.

# 21

Tras mandar a un lacayo al pueblo a buscar al médico, Leo decidió acercarse al campamento gitano para ver cómo se encontraba Rohan. No podía quedarse cruzado de brazos, la impaciencia lo carcomía. Y estaba profundamente preocupado ante el pensamiento de que le ocurriera algo a Rohan, quien parecía haber asumido el papel de cabeza de familia.

Bajó con rapidez la enorme escalinata, y acababa de llegar al vestíbulo cuando la señorita Marks se acercó a él. Llevaba a una criada a remolque, y sujetaba a la desventurada chica por la muñeca. La criada estaba pálida y tenía los ojos enrojecidos.

—Milord —dijo la señorita Marks lacónicamente—. Tiene que venir con nosotras a la salita inmediatamente. Hay algo que debería...

—Se supone que tiene un amplio conocimiento de etiqueta, Marks, debería saber que nadie le dice al señor de la casa lo que tiene que hacer.

La institutriz frunció su severa boca con impaciencia.

—La etiqueta puede irse al diablo. Esto es importante.

—Muy bien. Al parecer no está de buen humor. Pero dígamelo aquí, no tengo tiempo que perder charlando en la salita.

—En la salita —insistió ella.

Tras una breve mirada al techo, Leo siguió a la institutriz y a la criada a través del vestíbulo.

—Se lo advierto... si esto tiene que ver con algún problema doméstico sin importancia pediré su cabeza. Tengo que atender un asunto urgente, y...

—Sí. —Marks lo interrumpió mientras se dirigían a la salita—. Ya lo sé.

—¿Lo sabe? ¡Qué demonios! Se suponía que la señora Barnstable no debía contárselo a nadie.

—Es difícil guardar los secretos entre los criados, milord.

Cuando entraron en la salita, Leo clavó la mirada en la rígida espalda de la institutriz, y experimentó la misma punzada de irritación que sentía siempre que estaba en su presencia. Era como uno de esos picores en la espalda imposibles de quitar. Tenía algo que ver con ese pelo castaño claro tan tirante y firmemente asegurado en la nuca. Y con el torso estrecho y la diminuta cintura encorsetada, y la seca e impoluta palidez de su piel. No podía evitar pensar cómo sería deshacerle los lazos, desabrocharle los botones, y liberarla. Quitarle las gafas. Hacerle cosas que la dejarían arrebolada, cálida y húmeda, y profundamente cansada.

Sí, eso era. Quería dejarla cansada. Repetidas veces.

Caramba, ¿qué demonios le pasaba?

En cuanto entraron en la salita, la señorita Marks cerró la puerta y palmeó el brazo de la criada con una delgada mano blanca.

—Ésta es Sylvia —le dijo a Leo—. Esta mañana presenció algo extraño pero tenía miedo de decírselo a alguien. Aunque después de enterarse de la repentina enfermedad del señor Rohan, decidió acudir a mí y contármelo.

—¿Por qué esperar hasta ahora? —preguntó Leo con impaciencia—. Cualquier acto sospechoso debería ser comunicado de inmediato.

La señorita Marks le respondió con una tranquilidad irritante.

—No existe ninguna protección para un criado que sin querer ve algo que no debería ver. Y siendo como es una chica sensata, Sylvia no quería arriesgarse a pagar los platos rotos. ¿Puede darnos su palabra de que Sylvia no sufrirá ninguna consecuencia por lo que está a punto de divulgar?

—Tiene mi palabra —dijo Leo—. No importa lo que sea. Cuéntamelo, Sylvia.

La criada asintió con la cabeza y se apoyó contra la señorita Marks buscando seguridad. Era más pesada que la enclenque institutriz por lo que fue un milagro que ninguna de las dos perdiera el equilibrio.

—Milord —vaciló la criada—, esta mañana cuando pulí los tenedores de pescado y los llevé al aparador del comedor del desayuno, vi a los señores Rohan y Merripen afuera en la terraza, hablando. Y el doctor Harrow estaba en la estancia, observándolos.

—¿Y? —la apremió Leo, mientras los labios de la chica temblaban.

—Y creí ver cómo el doctor Harrow vertía algo en la cafetera del señor Merripen. Luego se metió algo en el bolsillo, parecía uno de esos extraños tubos de los boticarios. Pero todo fue muy rápido. No podía estar segura de lo que había hecho. Y luego, en ese momento, él se dio la vuelta y me observó mientras yo entraba en la estancia. Fingí no haber visto nada, milord. No quería causar problemas.

—Creemos que quizás el señor Rohan se bebió la bebida adulterada —dijo la institutriz.

Leo negó con la cabeza.

—El señor Rohan no toma café.

—¿No es posible que haya hecho una excepción esta mañana?

El deje sarcástico en su voz crispó los nervios de Leo.

—Es posible. Pero es poco probable. —Leo dejó escapar un áspero suspiro—. Maldita sea. Intentaré averiguar qué es lo que hizo Harrow. Gracias, Sylvia.

—De nada, milord. —La criada parecía aliviada.

Cuando Leo salió apresuradamente de la salita, se sintió exasperado al descubrir que la señorita Marks le pisaba los talones.

—No va a venir conmigo, Marks.

—Usted me necesita.

—Vaya a algún sitio y cosa algo. Conjugue un verbo. Haga lo que sea que hacen las institutrices.

—Lo haría —dijo ella en tono mordaz—, si tuviera confianza en su habilidad para manejar la situación. Pero dudo mucho que logre hacer algo sin mi ayuda.

Leo se preguntó si las demás institutrices desafiarían a sus amos de la misma manera. No creía que lo hicieran. ¿Por qué demonios sus hermanas no habían elegido a una mujer tranquila y complaciente en vez de a esa pequeña arpía?

—Poseo habilidades que jamás será lo suficientemente afortunada de ver o experimentar, Marks.

Ella lanzó un carraspeo desdeñoso sin dejar de seguirle.

Llegaron a la habitación de Harrow y Leo, tras llamar suavemente a la puerta, entró en la estancia. El armario estaba vacío, y había una maleta abierta sobre la cama.

—Lamento la intrusión, Harrow —dijo Leo con fingida cortesía—, pero ha surgido un contratiempo.

—Ah, ¿sí? —El médico parecía notablemente indiferente.

—Alguien se ha puesto enfermo.

—Qué desgracia. Ojalá pudiera ser de ayuda, pero si quiero llegar a Londres antes de medianoche, debo salir en breve. Tendrás que buscar a otro médico.

—Si no me equivoco, su código ético le obliga ayudar a quien lo necesite —dijo la señorita Marks sin disimular su incredulidad—. ¿Qué pasa con el juramento hipocrático?

—Ese juramento no es obligatorio. Y debido a los recientes acontecimientos, tengo todo el derecho a negarme. Tendrán que buscar a otro médico para que lo atienda.

«Lo.»

Leo no tuvo que mirar a la señorita Marks para saber que también ella había percibido la metedura de pata del doctor. Decidió darle charla para entretenerlo.

—Merripen conquistó a mi hermana en buena lid, amigo. Lo que existe entre ellos se inició mucho antes de que tú entraras en escena. No deberías culparlos.

—No los culpo a ellos —dijo Harrow lacónicamente—. Te culpo a ti.

—¿A mí? —Leo estaba indignado—. ¿Por qué? Yo no he tenido nada que ver en esto.

—Tienes tan poco control sobre tus hermanas que has permitido que no sólo uno sino dos gitanos formen parte de tu familia.

Por el rabillo del ojo, Leo vio que *Dodger*, el hurón, se arrastraba por la alfombra. La curiosa criatura se acercó a una silla sobre la que reposaba un abrigo. Irguiéndose sobre sus patas traseras, comenzó a hurgar en los bolsillos del abrigo.

La señorita Marks tomó la palabra con voz crispada.

—El señor Merripen y el señor Rohan son hombres excelentes, doctor Harrow. Uno puede culpar a lord Ramsay de muchas cosas, pero no de eso.

—Son gitanos —dijo Harrow con desprecio.

Leo iba a replicar, pero se quedó callado cuando la señorita Marks continuó su sermón:

—Un hombre debe ser juzgado por lo que hace, doctor Harrow. Por lo que «hace» cuando nadie le mira. Y habiendo vivido cerca del señor Merripen y del señor Rohan, puedo afirmar sin ningún tipo de duda que ambos son hombres buenos y honorables.

*Dodger* extrajo un objeto del bolsillo del abrigo y celebró su triunfo meneando la cola. Comenzó a retroceder lentamente pegado a la pared sin quitarle el ojo de encima a Harrow.

—Perdóneme si no acepto ese tipo de afirmaciones categórica de una mujer como usted —dijo Harrow a la señorita Marks—. Una mujer que, según los rumores, ha mantenido relaciones íntimas con ciertos caballeros en el pasado.

La institutriz palideció ante el agravio.

—¿Cómo se atreve?

—Ese comentario me parece de lo más inapropiado —le dijo Leo a Harrow—. Es obvio que ningún hombre en su sano juicio intentaría tener algún tipo de relación escandalosa con Marks.

—Al ver que *Dodger* había logrado llegar a la puerta tomó el brazo rígido de la institutriz—. Vamos, Marks. Dejemos que el doctor termine de hacer su equipaje.

En ese mismo momento, Harrow divisó al hurón, que llevaba un delgado tubo de cristal en la boca. Harrow agrandó los ojos y se puso pálido.

—¡Dame eso! —gritó, y se lanzó sobre el hurón—. ¡Eso es mío!

Leo se abalanzó sobre el doctor y lo hizo caer al suelo. Harrow lo sorprendió con un gancho de derecha, pero la mandíbula de Leo ya había sido endurecida por un buen número de peleas de taberna. Devolvió golpe por golpe, rodando por el suelo con el médico mientras luchaban por obtener el control.

—¿Qué demonios —gruñó Leo—, has puesto en esa cafetera?

—Nada. —Las firmes manos del doctor le rodeaban la garganta—. No sé de qué hablas...

Leo le golpeó con el puño en el costado hasta que Harrow aflojó la presa.

—Pues claro que lo sabes. —Sin aliento, Leo le arreó un rodillazo en la ingle. Era una jugarreta que había aprendido en una de sus más sonadas escapadas en Londres.

Harrow cayó a un lado, gimiendo.

—Un caballero... no habría hecho... esto...

—Un caballero tampoco habría envenenado a nadie —respondió Leo—. ¡Maldito seas, dime qué has puesto!

A pesar de su dolor, los labios de Harrow se curvaron en una sonrisa cruel.

—Merripen no conseguirá ayuda de mí.

—¡No fue Merripen quien se bebió el veneno, idiota! Lo hizo Rohan. Ahora dime qué le has puesto a ese café o te arrancaré la cabeza.

El doctor pareció aturdido. Cerró la boca y se negó a hablar. Leo le golpeó con un gancho de derecha y luego con otro de izquierda, pero el muy bastardo siguió guardando silencio.

La voz de la señorita Marks traspasó su furia.

—Milord, ya basta. En este momento, lo que necesito es su ayuda para recuperar el vial.

Levantando a Harrow de un tirón, Leo lo arrastró hasta el armario vacío y lo encerró dentro. Cerró la puerta con llave y se giró hacia la señorita Marks, con la cara sudorosa y el pecho subiendo y bajando por la respiración agitada.

Se sostuvieron la mirada durante un breve instante. Los ojos de la institutriz se pusieron tan redondos como los cristales de sus gafas. Pero ese instante de extraña complicidad fue inmediatamente interrumpido por el parloteo triunfal de *Dodger*.

El maldito hurón esperaba en la puerta ejecutando una feliz danza guerrera que consistía en una serie de brincos laterales. Estaba claramente encantado con su nueva adquisición, y todavía más por el hecho de que la señorita Marks parecía interesada en ella.

—¡Dejadme salir! —gimió Harrow con voz entrecortada, y hubo un violento golpeteo en el interior del armario.

—Maldita comadreja —masculló la señorita Marks—. Esto es un juego para él. Se pasará las horas mareándonos con ese vial y manteniéndolo fuera de nuestro alcance.

Con los ojos clavados en el hurón, Leo se sentó en la alfombra y relajó el tono de voz.

—Ven aquí, saquito de pulgas peludo. Te daré todas las galletas con azúcar que quieras, si me das ese nuevo juguete. —Silbó suavemente y chasqueó la lengua.

Pero los halagos no funcionaron. *Dodger* simplemente los miró con los ojos brillantes mientras permanecía en el umbral, agarrando firmemente el vial entre sus diminutas patas.

—Dele una de sus ligas —dijo Leo, mirando todavía fijamente al hurón.

—¿Perdón? —preguntó la señorita Marks fríamente.

—Ya me ha oído. Quítese una liga y ofrézcasela a cambio. De otra manera vamos a perseguir a ese condenado animal por toda la casa. Y dudo que Rohan agradezca el retraso.

La institutriz le dirigió una mirada larga y sufrida.

—Bueno, lo haré sólo por el bien del señor Rohan. Dese la vuelta.

—Por el amor de Dios, Marks. ¿De veras cree que alguien

querría echarle un vistazo a esas cerillas secas que tiene por piernas? —Pero Leo accedió, y se dio la vuelta. Oyó un frufrú de faldas cuando la señorita Marks se sentó en una silla del dormitorio para subírselas.

Por casualidad, Leo estaba situado cerca de un espejo oval de cuerpo entero de estilo Cheval —que se podía inclinar y ajustar como uno dispusiera— y podía ver a la señorita Marks en la silla. Y entonces sucedió algo de lo más extraño... antes sus ojos apareció un atisbo de una pierna asombrosamente bien torneada. Parpadeó atontado, y en ese momento, ella dejó caer las faldas.

—Tenga —le dijo la señorita Marks con brusquedad, y lanzó la liga en dirección a Leo. Volviéndose, él logró pescarla en el aire.

*Dodger* los miraba a ambos con aquellos ojos brillantes llenos de interés.

Leo hizo girar la liga tentadoramente en un dedo.

—Mira esto, *Dodger*. Seda azul con encajes. ¿Acaso todas las institutrices se sujetan las medias de una manera tan encantadora? Quizás esos rumores que corren sobre su pasado escandaloso sean ciertos, Marks.

—Le estaría muy agradecida si se guarda ese pensamiento para usted, milord.

La pequeña cabeza de *Dodger* subió y bajó como si estuviera siguiendo el movimiento de la liga. Sosteniendo el vial en la boca, como si fuera un perro diminuto, el hurón se dirigió hacia Leo con una lentitud enloquecedora.

—Esto es un intercambio, amigo —dijo Leo—. No vas a obtenerlo a cambio de nada.

Con cuidado, *Dodger* colocó el vial sobre el suelo y trató de coger la liga. Simultáneamente, Leo le ofreció la prenda de encaje y le arrebató el vial. Estaba medio lleno con un polvo fino y verde. Se lo quedó mirando fijamente rodeándolo con los dedos.

La señorita Marks estuvo a su lado al instante, arrodillándose sobre las manos y las rodillas.

—¿Tiene etiqueta? —preguntó con voz jadeante.

—No, maldita sea. —Leo fue invadido por una furia volcánica.

—Démelo a mí —dijo la señorita Marks, quitándole el vial de los dedos.

Leo se puso en pie con rapidez y se lanzó sobre el armario. Lo golpeó con ambos puños.

—Maldito seas, Harrow. ¿Qué es? ¿Dime qué es esto? Dímelo o te quedarás ahí dentro hasta que te pudras.

No hubo nada más que silencio del armario.

—Por Dios, voy a... —comenzó Leo, pero la señorita Marks lo interrumpió.

—Es polvo de digitalina.

Leo le dirigió una mirada enloquecida. Ella había abierto el vial y olía el contenido con mucho cuidado.

—¿Cómo lo sabe?

—Mi abuela lo tomaba para el corazón. Huele como el té y el color es inconfundible.

—¿Cuál es el antídoto?

—No tengo ni idea —dijo la señorita Marks, pareciendo cada vez más afligida—. Pero es un veneno muy potente. Una sobredosis puede detener el corazón de un hombre.

Leo se volvió al armario.

—Harrow —escupió—, si quieres vivir, dime ahora mismo cuál es el antídoto.

—Déjame salir primero —fue la ahogada respuesta.

—¡No voy a negociar contigo! ¡Dime qué es lo que neutraliza el veneno, maldito seas!

—Jamás.

—¿Leo? —Una nueva voz entró en escena. Él se giró para ver a Amelia, Win y Beatrix en el umbral. Lo miraban fijamente como si se hubiera vuelto loco.

Amelia habló con una compostura admirable.

—Leo, sólo tengo dos preguntas: ¿Por qué has enviado a buscarme? Y, ¿por qué diablos estás discutiendo con el armario?

—Harrow está ahí encerrado —le dijo.

La expresión de Amelia cambió.

—¿Por qué?

—Estoy tratando de que me diga cómo contrarrestar los efectos de una sobredosis de polvo de digitalina. —Le dirigió una mirada encolerizada y vengativa al armario—. Y lo mataré como no lo haga.

—¿Quién ha tomado una sobredosis? —exigió saber Amelia, con la cara cada vez más pálida—. ¿Hay alguien enfermo? ¿Quién?

—Estaba dirigida a Merripen —dijo Leo en voz baja, intentando tranquilizarse antes de continuar—, pero Cam la tomó por equivocación.

Amelia soltó un gemido ahogado.

—Oh, Dios. ¿Dónde está?

—En el campamento gitano. Merripen está con él.

Los ojos de Amelia se llenaron de lágrimas.

—Debo ir con él.

—No le servirás de nada sin el antídoto.

Win pasó por su lado, dirigiéndose a la mesilla de noche. Moviéndose con rapidez, cogió un quinqué y una caja de cerillas de hojalata, y las llevó al armario.

—¿Qué haces? —inquirió Leo, preguntándose si Win habría perdido el juicio—. No necesita una lámpara, Win.

Ignorándole, Win retiró la tulipa de vidrio y la lanzó sobre la cama. Hizo lo mismo con el quemador de la mecha, dejando a la vista la candileja. Sin titubear, vertió el líquido inflamable de la lámpara sobre la puerta del armario. El penetrante olor a queroseno se extendió por la habitación.

—¿Te has vuelto loca? —gritó Leo, asombrado no sólo por sus acciones, sino por su actitud calmada.

—Julian, tengo en la mano una caja de cerillas —dijo ella—. Dime cuál es el remedio que hay que darle al señor Rohan o prenderé fuego al armario.

—No te atreverás —gritó Harrow.

—Win —dijo Leo—, acabarás por quemar toda la maldita casa, y aún no hemos acabado de reconstruirla. Dame esa condenada caja de cerillas.

Win negó resueltamente con la cabeza.

—¿Qué quieres? ¿Iniciar un nuevo ritual de primavera? —le

espetó Leo—. ¿La quema anual de la casa familiar? Recupera la cordura, Win.

Win le dio la espalda y miró encolerizada la puerta del armario.

—Sé lo que dicen de ti, Julian, que mataste a tu primera esposa. Que la envenenaste. Y ahora, sabiendo lo que le has hecho a mi cuñado, lo creo sin ningún tipo de duda. Y si no nos ayudas, voy a quemarte vivo. —Abrió la caja de cerillas.

Creyendo que su hermana no podía estar hablando en serio, Leo decidió seguirle la corriente.

—Te lo ruego, Win — dijo fingiendo un tono melodramático—, no lo hagas. No es necesario... ¡Cristo! —gritó dejando de fingir cuando Win encendió una cerilla y prendió fuego al armario.

No era un farol, pensó Leo aturdido. Realmente tenía intención de asar a ese maldito bastardo.

Ante la primera llama encrespada y brillante, hubo un grito aterrador en el interior del armario.

—¡Está bien! ¡Dejadme salir! ¡Dejadme salir! Es ácido tánico. Ácido tánico. ¡Lo tengo en mi maletín! ¡Dejadme salir!

—Muy bien, Leo —dijo Win un poco jadeante—. Puedes apagar el fuego.

A pesar del pánico que corría por sus venas, Leo no pudo contener una risa ahogada. Win se lo había dicho como si le estuviera pidiendo que apagara una vela, no un enorme mueble en llamas. Quitándose el abrigo, se adelantó y golpeó la prenda como un loco contra la puerta del armario.

—Estás loca —le dijo a Win mirándola de reojo.

—No nos lo habría dicho de otra manera —dijo Win.

Alertados por el alboroto, aparecieron algunos sirvientes. Uno de los lacayos se quitó su propia levita y se apresuró a ayudar a Leo. Entretanto, las mujeres registraban el maletín de cuero negro del doctor Harrow.

—¿El ácido tánico no es uno de los componentes del té? —preguntó Amelia mientras forcejeaba con las manos temblorosas para abrir la cerradura.

—No, señora Rohan —dijo la institutriz—. Creo que el médico se refería al ácido tánico de las hojas de los robles, no a los taninos del té. —Extendió una mano rápidamente para sujetar el maletín cuando Amelia lo abrió con tal brusquedad que casi lo dejó caer al suelo—. Cuidado, no lo dejes caer. No le pone etiquetas a los viales. —Separando los duros bordes, encontraron las pulcras y bien organizadas hileras de tubos de vidrio que contenían polvos y líquidos. Aunque la mayoría de los viales no tenían etiqueta, las ranuras donde estaban metidos habían sido identificadas con tarjetas. Escudriñando los viales, la señorita Marks extrajo uno que contenía polvo de color amarillo pardo—. Es éste.

Win lo cogió.

—Voy a llevárselo —dijo ella—. Sé dónde está el campamento. Y Leo está ocupado con el armario.

—Yo le llevaré el vial a Cam —dijo Amelia con vehemencia—. Es mi marido.

—Sí. Pero tú estás embarazada. Si te cayeras del caballo por ir a galope, él jamás te perdonaría por haber arriesgado la vida del bebé.

Amelia le dirigió una mirada llena de angustia, con los labios temblorosos. Asintió con la cabeza y graznó:

—Corre, Win.


—¿Podéis improvisar una parihuela con una lona y dos palos? —le preguntó Merripen a Rom Phuro—. Debo llevarlo a Ramsay House.

El líder de la tribu asintió con la cabeza de inmediato. Llamó a voces a un grupo de hombres que esperaban cerca de la entrada del *vardo*, les dio instrucciones y desaparecieron al instante. Volviéndose hacia Merripen, murmuró:

—La tendremos lista en unos minutos.

Kev asintió con la cabeza mientras miraba fijamente el rostro ceniciento de Cam. No estaba nada bien, pero al menos la amenaza de convulsiones y fallo cardíaco habían desaparecido.

Privado de su habitual expresividad, Cam parecía joven e indefenso.

Era extraño pensar que eran hermanos y que habían pasado la mayor parte de sus vidas sin saber nada el uno del otro. Kev había vivido la suya sometido a una soledad forzada, pero últimamente esa soledad era una carga demasiado pesada, como llevar un traje viejo a punto de reventar por las costuras. Quería saber más de Cam, intercambiar recuerdos con él. Quería un hermano. «Siempre supe que no estaba solo», le había dicho Cam el día que habían descubierto que tenían la misma sangre. Kev había sentido lo mismo. Pero no había podido decirlo en voz alta.

Levantando un paño, enjugó la fina capa de sudor que cubría la cara de Cam. Un quejido sordo escapó de los labios de Rohan, como si fuera un niño que estuviera teniendo una pesadilla.

—Te pondrás bien, *phral* —murmuró Kev, poniéndole una mano sobre el pecho y comprobando los lentos y regulares latidos de su corazón—. Pronto estarás bien. No te abandonaré.

—Estás muy unido a tu hermano —dijo Rom Phuro con suavidad—. Eso es bueno. ¿Tenéis más familia?

—Vivimos con los *gadjos* —dijo Kev, desafiando al hombre con la mirada a que mostrara su desaprobación. La expresión del jefe de la tribu era cordial e interesada—. Uno de ellos es su esposa.

—Espero que no sea hermosa —comentó Rom Phuro.

—Lo es —dijo Kev—. ¿Por qué no debería serlo?

—Porque uno debe escoger a su mujer usando los oídos, no los ojos.

Kev esbozó una breve sonrisa.

—Muy sabio. —Bajó la mirada de nuevo hacia Cam, pensando que volvía a empeorar—. Si necesitan ayuda con la parihuela...

—No, mis hombres son rápidos. Acabarán pronto. Pero deben hacerla resistente para que pueda soportar el peso de un hombre de ese tamaño.

Las manos de Cam se movieron inquietas, y se destapó sin

querer. Kev tomó la mano fría de su hermano entre las suyas y la apretó con firmeza, intentando calentarle y reconfortarle.

Rom Phuro clavó los ojos en el llamativo tatuaje en el antebrazo de Cam, en las elegantes líneas negras del caballito alado.

—¿Cuándo conociste a Rohan? —preguntó quedamente.

Kev le lanzó una mirada de sorpresa, apretando protectoramente la mano de Cam.

—¿Cómo sabes su nombre?

El líder de la tribu sonrió con una cálida mirada en los ojos.

—Sé muchas más cosas. Tu hermano y tú estuvisteis separados mucho tiempo. —Rozó el tatuaje con el dedo índice—. Y esta marca... tú también la tienes.

Kev clavó los ojos en él sin parpadear.

Desde fuera llegaron los sonidos de una leve conmoción y alguien se abrió camino hacia el *vardo*. Una mujer. Sorprendido y preocupado, Kev vio el brillante pelo rubio.

—Win —exclamó, soltando cuidadosamente la mano de Cam y poniéndose en pie. Desafortunadamente no pudo enderezarse por completo por el techo bajo del vehículo—. Dime que no has venido sola. No es seguro. ¿Por qué estás...?

—He venido a ayudar. —Las faldas del traje de montar de Win susurraron cuando entró en el *vardo*. Una de sus manos no tenía guante y en ella sostenía algo. No le dirigió ni una mirada a Rom Phuro, su intención era entregarle el antídoto a Kev—. Ten, ten... —Respiraba entrecortadamente por haber montado a galope hasta el campamento, tenía las mejillas sonrojadas.

—¿Qué es esto? —murmuró Kev, cogiendo con cuidado el objeto que le ofrecía y frotándole la espalda con la mano libre. Bajó la vista a su mano y vio un vial lleno de polvos.

—Es el antídoto —dijo ella—. Dáselo ya.

—¿Cómo sabes que es la medicina correcta?

—Conseguí que el doctor Harrow me lo dijera.

—Puede haberte mentido.

—No. Estoy segura de que no lo hizo porque en ese momento él estaba a punto de mo... Quiero decir que estaba bajo presión.

Kev cerró los dedos en torno al vial. No tenía elección. Podía esperar y consultar con un médico de confianza, pero por el aspecto de Cam, no les quedaba mucho tiempo. Y quedarse de brazos cruzados tampoco era una opción.

Merripen procedió a disolver diez granos en un poco de agua tras llegar a la conclusión de que era mejor comenzar con una solución débil y no administrarle a Cam una sobredosis de otro veneno. Incorporó a Cam y lo sostuvo contra su pecho. Su hermano deliraba y temblaba, y emitió un gemido de protesta cuando el movimiento provocó otro ramalazo de dolor a sus músculos contraídos.

Aunque Kev no podía ver la cara de Cam, vio la expresión compasiva de Win cuando extendió la mano para sujetar la mandíbula de Cam. Ella frotó los músculos paralizados y lo forzó a abrir la boca. Después de inclinar la cuchara en su boca, ella le masajeó las mejillas y la garganta, instándolo a tragar. Cam tragó el medicamento y se estremeció antes de dejarse caer pesadamente contra Kev.

—Gracias —murmuró Win, retirando el pelo húmedo de Cam hacia atrás, ahuecándole luego la fría mejilla con la palma de la mano—. Pronto te sentirás mejor. Descansa y espera a que surta efecto.

Kev pensó que ella jamás había estado tan hermosa como en ese momento, su rostro mostraba toda la preocupación que sentía. Tras unos minutos, Win dijo suavemente:

—Está recuperando el color.

Y respiraba mejor, el ritmo no era tan superficial y rápido. Kev sintió cómo el cuerpo de Cam se relajaba y los músculos tensos se aflojaban cuando los principios activos de la digitalina fueron neutralizados por el antídoto.

Cam parpadeó como si despertara de un largo sueño.

—Amelia —dijo con una voz gangosa por el opio.

Win tomó una de sus manos en las de ella.

—Está bien, y te espera en casa, querido.

—En casa... —repitió él con un exhausto asentimiento de cabeza.

Con mucho cuidado, Kev tendió a Cam en la litera y lo observó con detenimiento para valorar su estado. La palidez cenicienta estaba desapareciendo y el color saludable volvía de nuevo a su cara. La rápida transformación era absolutamente asombrosa.

Cam abrió sus ojos color ámbar y centró la mirada en Kev.

—Merripen —le dijo en un tono tan lúcido que Kev se sintió lleno de alivio.

—¿Sí, *phral*?

—¿Estoy muerto?

—No.

—Creo que sí.

—¿Por qué? —preguntó Kev, divertido.

—Porque... —Cam hizo una pausa para humedecerse los labios resecos—. Porque tú estás sonriendo... y yo estoy viendo a mi primo Noah allí detrás.

# 22

Rom Phuro se acercó y se arrodilló al lado de la litera.

—Hola, Camlo —murmuró.

Cam le dirigió una mirada perpleja.

—Noah. Eres mayor.

Su primo se rio entre dientes.

—Por supuesto. La última vez que te vi apenas me llegabas al pecho. Y ahora parece que quien me saca una cabeza eres tú.

—No volviste a buscarme.

Kev lo interrumpió bruscamente.

—Y no le dijiste que tenía un hermano.

La sonrisa de Noah se volvió triste cuando los miró a los dos.

—No podía hacer ninguna de las dos cosas. Lo hicimos por vuestro bien. —Desvió la mirada hacia Kev—. Nos dijeron que habías muerto, Kev. Me alegra mucho descubrir que no era cierto. ¿Cómo sobreviviste? ¿Dónde has vivido?

Kev lo miró con el ceño fruncido.

—Eso no tiene importancia. Rohan lleva años buscándote. Buscando respuestas. Ahora vas a contarle la verdad, por qué lo separaron de la tribu, y qué significa ese maldito tatuaje. Y no omitas nada.

Noah pareció ligeramente desconcertado por la actitud autoritaria de Kev. Como líder de la *vitsa*, no estaba acostumbrado a recibir órdenes de nadie.

—Siempre se comporta así —le dijo Cam a Noah—. Ya te acostumbrarás.

Rebuscando bajo la litera, Noah sacó una caja de madera y comenzó a hurgar en el interior.

—¿Qué sabes sobre nuestra sangre irlandesa? —preguntó Kev—. ¿Cómo se llamaba nuestro padre?

—No es que lo sepa todo —admitió Noah. Encontrando lo que evidentemente había estado buscando, lo sacó de la caja y miró a Cam—. Pero nuestra abuela me contó todo lo que sabía en su lecho de muerte. Y me dio esto...

Les mostró un cuchillo con el mango de plata.

Con un rápido reflejo, Kev sujetó la muñeca de su primo con una presa implacable. Win soltó un grito de sorpresa mientras Cam intentaba sin éxito incorporarse sobre los codos.

Noah sostuvo la mirada de Kev con dureza.

—Haya paz, primo. Jamás le haría daño a Camlo. —Abrió la mano—. Cógelo. Os pertenece, era de vuestro padre. Se llamaba Brian Cole.

Kev tomó el cuchillo y poco a poco soltó la muñeca de Noah. Clavó los ojos en el objeto, un cuchillo de monte con una elegante hoja de doble filo de casi doce centímetros de largo. El mango era de plata repujada. Parecía antiguo y caro. Pero lo que asombró a Kev fue el grabado en la superficie del mango... un estilizado y perfecto *pooka* irlandés.

Se lo mostró a Cam, que durante un segundo contuvo la respiración.

—Vosotros sois Cameron y Kevin Cole —dijo Noah—. Ese caballo es el símbolo de vuestra familia... estaba en el escudo de armas. Cuando os separamos, decidimos tatuároslo a los dos. No sólo para identificaros, sino también como una ofrenda a *Moshto*, para que os guardara y protegiera.

—¿Quién es *Moshto*? —preguntó Win con suavidad.

—Un dios gitano —dijo Kev, oyendo su propia voz asombrada como si perteneciera a otra persona—. El dios de todas las cosas buenas.

—Busqué... —comenzó Cam, con la mirada todavía fija en el cuchillo, y luego agitó la cabeza como si le costara demasiado esfuerzo explicarse.

Kev habló por él.

—Mi hermano contrató a investigadores y expertos en heráldica para buscar escudos de armas de familias irlandesas, y jamás encontraron este símbolo.

—Creo que la familia Cole eliminó al *pooka* del escudo familiar hace más de trescientos años, cuando el rey inglés se declaró a sí mismo cabeza de la iglesia de Irlanda. El *pooka* era un símbolo pagano. Sin duda, pensaron que podría amenazar su posición en la iglesia reformada. Pero la familia Cole le tenía un especial cariño al *pooka*. Recuerdo que vuestro padre llevaba un enorme anillo de plata con el caballito grabado en él.

Al volverse para mirar a su hermano, Kev notó que Cam se sentía igual que él, como si hubiera estado encerrado en una habitación toda la vida y, de repente, abrieran la puerta.

—Vuestro padre, Brian —continuó Noah—, era hijo de lord Cavan, una figura representativa en la Cámara de los Lores. Brian era su único heredero. Pero vuestro padre cometió una equivocación, se enamoró de una muchacha gitana llamada Sonya. Era muy hermosa. Se casó con ella desafiando a su familia, y a la de ella. Vivieron apartados de todo el mundo el tiempo suficiente para que Sonya tuviera dos hijos. Murió en el puerperio cuando nació Cam.

—Siempre había pensado que mi madre murió al nacer yo —dijo Kev con suavidad.

—No. Fue tras el segundo hijo que ella se reunió con Dios. —Noah pareció quedarse pensativo—. Era lo suficientemente mayor para recordar el día que Cole os llevó con vuestra abuela. Le dijo a *mami* que había sido un error intentar vivir en los dos mundos, y que quería regresar a su lugar. Así que dejó a sus hijos con la tribu, y jamás regresó.

—¿Por qué nos separasteis? —preguntó Cam, todavía exhausto, pero mucho más cerca de su estado habitual.

Noah se levantó con agilidad y se dirigió a la cocina. Mientras respondía, preparó el té con habilidad, midió las hojas secas y las echó en una pequeña cazuela con agua hirviendo.

—Pasados unos años, vuestro padre volvió a casarse. Y fue entonces cuando otras *vitsas* nos avisaron de que algunos *gadjos* habían estado buscando a unos niños, ofreciendo dinero a cambio de información y utilizando la violencia cuando el *Rom* de la tribu se negaba a decirles nada. Nos dimos cuenta de que vuestro padre quería deshacerse de esos hijos medio gitanos, que eran los legítimos herederos del título. Tenía una nueva esposa, que le daría niños *gadjos*.

—Y nosotros estorbábamos —dijo Kev con seriedad.

—Eso parece. —Noah revolvió el té en la cazuela. Lo vertió en una taza, añadió azúcar y se lo acercó a Cam—. Bebe, Camlo. Necesitas eliminar todo el veneno.

Cam se incorporó y apoyó la espalda contra la pared. Se llevó la taza a la boca con una mano temblorosa y sorbió con cuidado el líquido caliente.

—Así que para reducir las posibilidades de que nos encontraran a los dos —dijo—, me dejasteis allí y enviasteis a Kev con nuestro tío.

—Sí, con el tío Pov. —Noah frunció el ceño y desvió la mirada hacia Kev—. Sonya era su hermana preferida. Pensamos que te protegería bien. Nadie esperaba que culparía a sus propios sobrinos de la muerte de su hermana.

—Odiaba a los *gadjos* —dijo Kev en voz baja—. Era uno de los motivos por los que estaba en mi contra.

Noah se obligó a mirarlo.

—Después de oír que habías muerto, pensamos en el peligro que corría Cam. Así que lo llevé a Londres y le ayudé a encontrar trabajo.

—En un club de juego —dijo Cam, con una nota de escepticismo en la voz.

—Algunas veces los mejores escondites son los más evidentes —fue la prosaica respuesta de Noah.

Cam meneaba la cabeza, apesadumbrado.

—Te apuesto lo que quieras a que medio Londres me ha visto el tatuaje. Es asombroso que lord Cavan no me descubriera.

Noah frunció el ceño.

—Te dije que lo mantuvieras cubierto.

—No, no lo hiciste.

—Lo hice —insistió Noah, y le puso la mano en la frente—. Ah, *Moshto*, nunca fuiste bueno escuchando.

Win permanecía sentada en silencio al lado de Merripen. Escuchaba lo que los hombres hablaban, aunque al mismo tiempo tomaba nota de lo que la rodeaba. El *vardo* era viejo, pero el interior estaba escrupulosamente limpio y ordenado. Un débil olor a humo parecía impregnar las paredes, la mesa estaba salpicada por las miles de comidas que habían sido preparadas en el vehículo. Los niños jugaban fuera, riéndose y riñendo. Era extraño pensar que esa caravana era el único refugio de una familia frente al mundo exterior. La falta de espacio obligaba a la tribu a vivir casi siempre de puertas afuera. A pesar de lo extraña que era la idea, de alguna manera no dejaba de ser liberadora.

Podía imaginar a Cam llevando ese estilo de vida, adaptándose a ella, pero no a Kev. Había algo en él que lo impelía a controlar y dominar lo que lo rodeaba. A construir, organizar. Al haber vivido tanto tiempo entre los ingleses, Kev había llegado a comprenderlos. Y al hacerlo, se había convertido en uno de ellos.

Win se preguntó cómo se sentiría él conociendo al fin su pasado gitano, conociendo la explicación a todos los misterios. Parecía perfectamente tranquilo y controlado, pero esa experiencia desestabilizaría a cualquiera.

—... con todo el tiempo que ha pasado —decía Cam—, me pregunto si todavía corremos peligro. Y si nuestro padre todavía continúa vivo.

—Sería fácil descubrirlo —replicó Merripen, y añadió en tono ominoso—, aunque lo más probable es que no le alegre descubrir que todavía estamos vivos.

—Estaréis más o menos a salvo mientras sigáis siendo romaníes —dijo Noah—. Pero si Kev se revela como el heredero del título de Cavan, e intenta reclamarlo, las cosas podrían ponerse feas.

—¿Por qué iba a hacer tal cosa? —dijo Merripen con aire desdeñoso.

Noah se encogió de hombros.

—Ningún romaní lo haría, pero vosotros sois medio *gadjos*.

—No quiero ese título para nada —dijo Merripen con firmeza—. Y no quiero saber nada de los Cole, de lord Cavan, ni de nada que tenga que ver con lo irlandés.

—¿E ignorar esa parte de tu linaje? —preguntó Cam.

—He pasado la mayor parte de vida sin saber que era medio irlandés. No me supondrá ningún esfuerzo ignorarlo ahora.

Un niño gitano se acercó al *vardo* para informarles de que la parihuela estaba lista.

—Bien —dijo Merripen con decisión—. Te ayudaré a salir, y...

—Oh, no —dijo Cam frunciendo el ceño—. Ni por asomo voy a permitir que me lleven en una parihuela a Ramsay House.

Merripen le dirigió una mirada sardónica.

—Y ¿cómo piensas llegar?

—Iré a caballo.

Merripen arqueó las cejas.

—No estás lo suficientemente bien para ir a caballo. Te caerás y te desnucarás.

—Puedo hacerlo —insistió Cam con terquedad—. No está lejos.

—¡Te caerás del caballo!

—No voy a llegar en una maldita parihuela, pues asustaría a Amelia.

—No estás preocupado por Amelia sino por tu maldito orgullo. Te llevaremos ahí, y no vamos a discutirlo más.

—Vete a la mierda —escupió Cam.

Win y Noah intercambiaron una mirada de preocupación. Ambos hermanos parecían a punto de llegar a las manos.

—Como líder de la tribu, estoy capacitado para ayudar a decidir en la disputa... —comenzó Noah diplomáticamente.

Cam y Merripen contestaron al unísono.

—No.

—Kev —murmuró Win—. ¿Podría montar conmigo? Puede sentarse detrás y sujetarse a mí para mantener el equilibrio.

—Eso está mejor —dijo Cam de inmediato—. Es lo que haremos.

Merripen los miró a los dos con el ceño fruncido.

—Yo también iré —dijo Noah con una leve sonrisa—. En mi propio caballo. Le diré a uno de mis hijos que lo ensille. —Hizo una pausa—. ¿Podéis quedaros unos minutos más? Aquí tenéis muchos primos que conocer. Y quiero presentaros a mi esposa y a mis hijos, y...

—Más tarde —dijo Merripen—. Tengo que llevar a mi hermano con su esposa sin demora.

—Muy bien.

Después de que Noah saliera, Cam miró distraídamente los posos del té.

—¿En qué piensas? —preguntó Merripen.

—Me pregunto si nuestro padre tuvo hijos con su segunda esposa. Y si es así, cuántos. ¿Cuántos medio hermanos tendremos sin saberlo?

Merripen entrecerró los ojos.

—¿Importa?

—Son nuestra familia.

Merripen se golpeó la frente con la palma de la mano en un gesto teatral inusual en él.

—Tenemos a los Hathaway, y ahí fuera hay más de una docena de romaníes correteando que al parecer son nuestros primos. ¿Y aún quieres más familia?

Cam sólo sonrió.


Como era lógico, en Ramsay House reinaba el alboroto. Los Hathaway, la señorita Marks, los sirvientes, el oficial de policía y un médico les esperaban abarrotando el vestíbulo. Como el corto recorrido de vuelta había agotado las fuerzas de Cam, se vio forzado a apoyarse en Merripen cuando entraron en la casa.

317

De inmediato fueron rodeados por la familia, con Amelia abriéndose paso hacia Cam. Soltó un sollozo de alivio cuando llegó a él, y se puso a llorar mientras le recorría frenéticamente el pecho y la cara con las manos. Soltando a Merripen, Cam rodeó a Amelia con los brazos, e inclinó la cabeza hasta apoyarla en su hombro. Guardaron silencio en medio del tumulto, respirando entrecortadamente. Una de las manos de Amelia subió lentamente hasta el pelo de Cam, acariciando los oscuros mechones con los dedos. Cam le murmuró algo al oído, algún comentario íntimo y cariñoso. Y luego se tambaleó, provocando que Amelia lo sujetara con fuerza y que Kev lo tomara por los hombros para estabilizarlo.

Cam alzó la cabeza y miró a su esposa.

—Tomé un poco de café esta mañana —le dijo—, pero no me sentó nada bien.

—Eso he oído —dijo Amelia, acariciándole el pecho. Le lanzó una mirada preocupada a Kev—. No parece enfocar bien la mirada.

—Está un poco aturdido —dijo Kev—. Le tuvimos que dar opio para calmarle el corazón antes de que Win trajera el antídoto.

—Llevémoslo arriba —dijo Amelia, enjugándose los ojos húmedos con la manga. Levantando la voz, le habló al hombre barbudo de más edad que permanecía a un lado del grupo—. Doctor Martin, por favor, acompáñenos arriba. Allí podrá evaluar el estado de mi marido en privado.

—No necesito un médico —protestó Cam.

—Yo no protestaría si fuera tú —dijo Amelia—. Estoy tentada de mandar a buscar a media docena de médicos, por no hablar de los especialistas de Londres. —Hizo una larga pausa, el tiempo suficiente para mirar a Noah—. ¿Es usted el caballero que ayudó al señor Rohan? Estamos en deuda con usted, señor.

—Haría cualquier cosa por mi primo —replicó Noah.

—¿Su primo? —repitió Amelia, agrandando los ojos.

—Te lo explicaré arriba —dijo Cam, tambaleándose hacia adelante. Inmediatamente, Noah lo tomó de un brazo y Merripen del otro, y, medio arrastrándole medio cargándole, lo ayudaron a subir la enorme escalinata. Toda la familia los siguió en medio de exclamaciones y murmullos de excitación.

—Éstos son los *gadjos* más ruidosos que he conocido nunca —comentó Noah.

—Esto no es nada —dijo Cam, jadeando por el esfuerzo mientras subían—. Normalmente son mucho peores.

—*Moshto* —exclamó Noah, sacudiendo la cabeza.

Cuando lo tumbaron en la cama y el doctor Martin comenzó a examinarlo, la supuesta privacidad de Cam se redujo al mínimo. Amelia intentó echar a la familia y amigos de la habitación, pero todos se apretujaron para saber qué ocurría. Cuando Martin comprobó el pulso, las pupilas, los pulmones y los reflejos de Cam, el color y la humedad de su piel, dio su dictamen: el paciente se recuperaría completamente. Si aparecía algún síntoma molesto por la noche, como palpitaciones cardíacas, podrían darle una gotita de láudano en un vaso de agua.

El doctor también aconsejó que Cam se limitara a tomar líquidos claros y comida blanda, y que descansara durante dos o tres días. Lo más probable era que Cam experimentara pérdida del apetito, y algunos dolores de cabeza, pero en cuanto eliminara por completo los últimos restos de digitalina, todo volvería a la normalidad.

Satisfecho de que su hermano estuviera en buenas condiciones, Kev se llevó a Leo a la esquina de la habitación y le preguntó suavemente:

—¿Dónde está Harrow?

—Fuera de tu alcance —dijo Leo—. Lo llevaron al redil poco antes de que regresarais. Y ni te molestes en intentar llegar hasta él. Ya le he dicho al oficial de policía que no deje que te acerques ni a cien metros.

—Hubiera creído que querrías ponerle las manos encima —dijo Merripen—. Tú lo desprecias tanto como yo.

—Cierto. Pero creo que es mejor que la justicia siga su curso. Y no quiero desilusionar a Beatrix. Espera asistir al juicio.

—¿Por qué?

—Quiere que *Dodger* se presente como testigo.

Alzando la mirada al techo, Kev se dirigió a la silla de la esquina y se repantigó en ella. Escuchó cómo los Hathaway intercambiaban versiones de lo acontecido ese día, y las preguntas del oficial, incluso Noah se vio involucrado cuando surgió en la conversación la revelación del pasado de Kev y Cam, y la cháchara continuó. Las informaciones volaban de un lado a otro. No cesarían nunca.

Cam, mientras tanto, parecía la mar de contento acostado sobre la cama, mientras Amelia revoloteaba preocupada a su alrededor. Alisándole el pelo, dándole agua, colocándole las mantas y acariciándole repetidamente. Él bostezó y se esforzó por mantener los ojos abiertos, pero acabó apoyando la mejilla en la almohada.

Kev centró su atención en Win, que estaba sentada en una silla cerca de la cama, con la espalda erguida. Parecía serena y correcta, salvo por los cabellos que se le habían soltado del recogido. Uno no sospecharía nunca que era capaz de prender fuego a un armario con el doctor Harrow dentro. Como Leo había comentado con acierto, no era un acto de lo más inteligente, pero había que darle puntos por su aplomo. Y, además, había conseguido su propósito.

Kev había lamentado mucho oír que Leo había conseguido sacar a Harrow del armario, humeante pero ileso.

Al final, Amelia anunció que la visita debía terminar pues Cam necesitaba descansar. El primero en marcharse fue el oficial de policía, seguido de Noah y los sirvientes, hasta que los únicos que quedaron en la habitación fueron los familiares más cercanos.

—Creo que *Dodger* está debajo de la cama. —Beatrix se arrodilló en el suelo y miró allí debajo.

—Yo quiero recuperar la liga —dijo la señorita Marks ominosamente, dejándose caer en la alfombra a su lado. Leo la miraba con un interés disimulado.

Mientras tanto, Kev se preguntaba qué hacer con Win.

Parecía como si el amor lo atravesara de una manera inexorable, más exótico, dulce y desorientador que el opio. Más vigorizante que el oxígeno del aire. Estaba condenadamente cansado de intentar resistirse.

Cam tenía razón después de todo. No podía prever lo que iba a ocurrir. Todo lo que podía hacer era amarla.

Muy bien.

Cedería por ella; no trataría de convencerla ni de controlarla. Se rendiría. Saldría de las sombras para siempre. Respiró larga y profundamente y soltó el aire lentamente.

«Te amo —pensó mirando a Win—. Amo cada parte de ti, cada pensamiento y cada palabra. La compleja y fascinante mezcla de todas las cosas que eres. Te amo de mil maneras diferentes. Amo todas tus edades, como eres ahora, y lo hermosa que serás en los años venideros. Te amo por ser la respuesta a todas las preguntas de mi corazón.»

Y vio que era fácil una vez que hubo capitulado. Parecía natural y correcto.

Kev no estaba seguro de si se rendía a Win, o a su pasión por ella. Sólo sabía que no podía contenerse más. La tomaría. Y le daría todo lo que tenía, cada parte de su alma, cada uno de los pedazos rotos de su corazón.

Clavó los ojos en ella sin parpadear siquiera, medio temiendo que el más leve movimiento por su parte pudiera precipitar algún tipo de acción que no sería capaz de controlar, como, sencillamente, echársela al hombro y sacarla fuera de la habitación. La anticipación, el hecho de saber que la tendría pronto, lo llenaba de deleite.

Como si percibiera su mirada, Win lo miró. Fuera lo que fuese lo que vio en su rostro provocó que ella parpadeara y se ruborizara. Se llevó los dedos a la garganta como si de esa manera pudiera calmar su pulso errático. Eso incrementó el deseo de Kev que sintió una desesperada necesidad de abrazarla. Quería saborear el rubor de su piel, de absorber su calidez con los labios y la lengua. Los impulsos más primitivos de Kev comenzaron a descontrolarse, y la miró intensamente, deseando que se pusiera en movimiento.

—Perdonadme —murmuró Win, levantándose con un movimiento elegante que lo llevó más allá de la cordura. Los dedos femeninos hicieron de nuevo ese pequeño revoloteo, esta vez cerca de la cadera, como si tuviera los nervios a flor de piel, y él quiso cogerle la mano y llevársela a la boca—. Dejaré que descanses, querido señor Rohan —dijo con voz temblorosa.

—Gracias —dijo Cam entre dientes desde la cama—. Hermanita... gracias por...

Cuando él vaciló, Win le dijo con una rápida sonrisa:

—Entiendo. Duerme bien.

La sonrisa desapareció cuando se arriesgó a echarle una mirada a Kev. Inspirada, sin duda, por un saludable sentido de conservación, salió de la habitación precipitadamente.

Antes de que pasara otro segundo, Kev la seguía pisándole los talones.

—¿Adónde van tan deprisa? —preguntó Beatrix desde debajo de la cama.

—Backgammon —se apresuró a decir la señorita Marks—. Estoy segura de que los he oído decir que querían jugar un par de partidas al backgammon.

—Yo también lo he escuchado —comentó Leo.

—Debe de ser entretenido poder jugar al backgammon en la cama —dijo Beatrix con inocencia, y se rio disimuladamente.


De inmediato quedó claro que aquello no se trataba de un juego, sino de algo mucho más primitivo. Win se dirigió rápida y silenciosamente a su habitación, sin atreverse a volver la vista atrás, aunque era consciente de que Kev la seguía de cerca. La alfombra del pasillo amortiguaba el sonido de los pasos, unos eran apresurados, los otros, de un depredador.

Todavía sin mirarle, Win se detuvo ante la puerta cerrada y cerró los dedos en torno al picaporte.

—Mis términos —dijo suavemente— son los mismos que te he dicho antes.

Kev comprendió. No ocurriría nada entre ellos ahora a menos que Win se saliera con la suya implícitamente. Y aunque él adoró su testarudez, su parte romaní se rebeló. Puede que ella lo hubiera domado en algunas cosas, pero no en todas. Abrió la puerta con el hombro, empujó a Win dentro de la habitación, cerró la puerta de golpe y giró la llave en la cerradura.

Antes de que ella pudiera tomar aliento, Kev le había cogido la cabeza entre sus manos y la estaba besando, abriéndole la boca con la suya. El sabor de ella lo excitó, pero la siguió besando lentamente, permitiendo que el beso se convirtiera en una intrusión profunda y deliciosa, lamiendo su lengua con la de él. Merripen sintió cómo el cuerpo de Win se amoldaba al suyo, o al menos, tanto como lo permitían las pesadas faldas.

—No vuelvas a mentirme —le dijo bruscamente.

—No lo haré. Te lo prometo. —Los ojos azules de Win brillaban de amor.

Kev quería acariciar la suave carne que ocultaban las capas de tela y encaje. Comenzó a tironear en la espalda del vestido, desabrochando los botones ribeteados, arrancando los más resistentes, abriéndose camino hasta que el vestido se aflojó y cayó al suelo. Win se quedó sin aliento. Aplastando la tela con los pies, Kev se introdujo entre los pliegues rosas del arruinado vestido donde Win permanecía como si estuviese dentro del corazón de alguna flor gigantesca. Kev se dedicó entonces a la ropa interior, desatando la cinta del escote de la camisola y las cintas de los pololos. Ella se movió para ayudarlo, sacando los brazos y las piernas delgadas de la arrugada ropa interior blanca.

La desnudez pálida y rosada de Win era impresionante. Las firmes y delgadas pantorrillas estaban enfundadas en unas medias blancas sujetas con un sencillo liguero. El contraste entre la cálida piel arrebolada y el recatado algodón blanco era insoportablemente erótico. Con intención de desabrochar los ligueros, Kev se arrodilló sobre el suave montón de muselina rosa. Ella dobló una de las rodillas para ayudarle, una tímida ofrenda que lo volvió loco. Se inclinó para besarle las rodillas, el sedoso interior de los muslos, y cuando ella gimió e intentó apartarle, él la agarró por las caderas y la inmovilizó en silencio. Kev le acarició con la nariz los pálidos rizos, la fragante y rosada suavidad, usando la lengua para separar los pliegues. Para abrirla. El gemido de Win fue suave y suplicante.

—Me tiemblan las rodillas —murmuró—. Me caeré.

Kev la ignoró, profundizando sus caricias. Lamió y succionó, se alimentó de ella con un hambre voraz, degustando el néctar femenino. Ella palpitó en torno a su lengua cuando la empujó en su interior, y él sintió cómo su propio cuerpo respondía. Respirando contra los aterciopelados pliegues, la lamió por todos lados, luego se centró en el lugar donde se originaba el placer. Encantado, la acarició una y otra vez, hasta que Win le agarró el pelo con las manos y arqueó las caderas con un ritmo apremiante.

Kev apartó la boca y se puso de pie. Win parecía aturdida, tenía la mirada perdida como si estuviera viendo a través de él, y estaba temblando de pies a cabeza. Kev la rodeó con los brazos, apretando su cuerpo desnudo contra su ropa. Bajando la boca hacia el tierno hueco entre el cuello y el hombro, besó su piel y la lamió. A la vez, llevó la mano a los botones de sus pantalones y los abrió.

Win se aferró a él cuando la alzó y la presionó contra la pared, protegiéndole la espalda con uno de sus brazos. El cuerpo de Win era flexible y sorprendentemente ligero. Tensó la espalda cuando él la soltó y se dio cuenta de lo que tenía intención de hacer. La sostuvo con facilidad, y observó cómo Win abría la boca de sorpresa cuando la empaló con un movimiento lento y seguro.

Le rodeó la cintura con las piernas y se agarró a él con desesperación, como si estuvieran en la cubierta de un barco azotado por una tormenta. Pero Kev la mantuvo sujeta y segura, dejando que sus caderas hicieran todo el trabajo. Los pantalones de Merripen se abrieron del todo y se deslizaron por sus caderas hasta las rodillas. Desvió la mirada para que ella no viera la leve sonrisa que apareció en su cara mientras consideraba brevemente la idea de detenerse para quitarse la ropa... pero se sentía demasiado bien, y la lujuria aumentó hasta que eclipsó cualquier rastro de diversión.

Win soltaba un leve suspiro con cada húmedo y rápido movimiento, sintiéndose llena y completamente poseída. Él se detuvo a besarla con avidez, mientras bajaba la mano y con la yema de los dedos jugueteaba con sus pliegues hinchados. Cuando reanudó el ritmo, sus envites rozaron el pequeño nudo en cada firme zambullida. Win cerró los ojos como si estuviera en medio de un sueño, mientras su carne íntima pulsaba sobre la de él de manera frenética.

Dentro, muy adentro, cada vez más profundo, Kev fue llevándolos más cerca del límite. Win apretó las piernas en torno a su cintura. Se puso rígida y gritó contra la boca de él que la silenció con un beso, absorbiendo sus gritos. Pero a pesar de eso, a Win se le escaparon algunos gemidos cuando el placer la hizo estremecer. Cuando Kev sintió que la preciosa suavidad lo ordeñaba, fue atravesado por el éxtasis y una abrasadora sensación que sólo disminuyó cuando empezaron a remitir gradualmente los intensos latidos.

Jadeando, Kev le bajó las piernas al suelo. Permanecieron de pie, con sus cuerpos húmedamente enlazados, y comiéndose la boca con besos y suspiros. Las manos de Win se deslizaron bajo la camisa masculina y le acarició suavemente el torso y los costados. Él se retiró de ella con cuidado y se liberó de las ropas que cubrían su sudoroso cuerpo.

De alguna manera lograron llegar a la cama. Kev los arrastró a ambos dentro del cálido capullo de mantas y sábanas, y Win se acurrucó contra él. El aroma de ella, de los dos, inundó las fosas nasales de Kev con un perfume salado. Kev lo aspiró, enardecido por sus fragancias mezcladas.

—*Me voliv tu* —murmuró él, y rozó la sonriente boca femenina con la suya—. Cuando un romaní le dice a su mujer «te amo», el significado de sus palabras nunca es casto. Expresa deseo, lujuria.

Eso pareció complacer a Win.

—*Me voliv tu* —respondió—. Kev...

—¿Sí, cariño?

—¿Cómo se casa uno a la manera gitana?

—Dándose las manos ante testigos y pronunciando los votos. Pero lo haremos también a la manera *gadje*. Y de cada manera que se me ocurra.

Le soltó los ligueros y le desenrolló las medias una tras otra, masajeando los dedos de sus pies hasta que ella ronroneó de placer.

Extendiendo el brazo, Win guió la cabeza de Merripen a sus pechos, arqueándose hacia arriba en una muda invitación. Él la complació, tomando una de las cimas rosadas en la boca y rodeándola con la lengua hasta que se contrajo en un brote duro y ansioso.

—No sé qué hacer ahora —dijo Win con voz lánguida.

—Quédate tumbada. Yo me ocuparé del resto.

Ella se rio entre dientes.

—No, lo que quiero decir es, ¿qué hace la gente cuando finalmente consigue ser «feliz para siempre»?

—Lo disfrutan. —Le acarició el otro seno, ahuecando suavemente su redondez con los dedos.

—¿Crees en lo de «felices para siempre»? —insistió ella, jadeando cuando él le dio un pellizco juguetón.

—¿Como en los cuentos infantiles? No.

—¿No lo crees?

Él negó con la cabeza.

—Creo en dos personas que se aman —curvó los labios en una sonrisa— y que disfrutan con las cosas sencillas. Paseando juntos. Discutiendo por cosas como la cocción de los huevos, o cómo manejar a los sirvientes, o la cuenta del carnicero. Que se acuestan juntos todas las noches y despiertan uno en los brazos del otro. —Levantando la cabeza, le ahuecó la cara con la palma de su mano—. Siempre he comenzado el día yendo a la ventana para ver el cielo. Pero ya no tendré que hacerlo.

—¿Por qué no? —le preguntó ella en voz baja.

—Porque es mucho mejor ver el azul de tus ojos.

—Qué romántico eres —murmuró Win con una amplia sonrisa, besándolo suavemente—. Pero no te preocupes. No se lo diré a nadie.

Merripen comenzó a hacer el amor con ella de nuevo, tan

concentrado que no pareció notar el leve traqueteo del cerrojo de la puerta.

Mirando por encima de su hombro, Win vio el cuerpo escurridizo del hurón de Beatrix que se estiraba para quitar la llave del cerrojo. Abrió los labios para decir algo, pero entonces Merripen la besó y le abrió los muslos. «Más tarde», pensó ella mientras se dejaba llevar por la pasión e ignoraba la imagen de *Dodger* metiéndose por debajo de la puerta con la llave en la boca. Sí, era mejor mencionarlo más tarde... mucho más tarde...

Y pronto se olvidó por completo de la llave.

# 23

Aunque la tradición dictaba que el *pliashka* o ceremonia matrimonial durase varios días, Kev había decidido que con una noche sería suficiente.

—¿Habéis guardado la plata bajo llave? —le había preguntado a Cam más temprano, cuando los gitanos del campamento del río habían comenzado a entrar en la casa vestidos con ropas coloridas y alhajas tintineantes.

—*Phral* —había respondido Cam alegremente—, no es necesario. Son de la familia.

—Es precisamente porque son de la familia que quiero que se guarde la plata bajo llave.

En opinión de Kev, Cam estaba disfrutando demasiado del proceso del compromiso matrimonial. Algunos días antes, se había presentado como representante de Kev para negociar la dote con Leo. Ambos habían mantenido un debate simulado sobre los respectivos méritos del novio y la novia, y cuánto debería pagar la familia del novio por el privilegio de adquirir un tesoro como Win. Con gran hilaridad, las dos partes habían llegado a la conclusión de que debía de costar una fortuna encontrar a una mujer que tolerara a Merripen. Kev había permanecido sentado y mirándolos con el ceño fruncido durante todo el rato, algo que parecía divertirlos todavía más.

Con esa formalidad concluida, el *plianshka* había sido planeado con rapidez y dispuesto con entusiasmo. Se serviría un banquete después de los desposorios, donde se ofrecería cochinillo asado y carne, toda clase de aves, y bandejas de patatas con guarnición. Por deferencia a Beatrix, no habría erizo en el menú.

La música de guitarras y violines invadía el salón de baile mientras los invitados formaban un corro. Vestido con una larga chaqueta blanca, pantalones y botas de piel, y una faja roja anudada a un lado de su cintura, Cam se encontraba en el centro del círculo. Sostenía una botella envuelta en seda brillante con una ristra de monedas de oro anudada en el cuello. Indicó a todos que guardaran silencio, y la música se detuvo en un momento de calma expectante.

Disfrutando del colorido tumulto de la reunión, Win permanecía de pie al lado de Merripen y escuchaba cómo Cam hablaba en romaní. A diferencia de su hermano, Merripen iba vestido con ropas de *gadjo*, aunque había prescindido de la corbata y del cuello almidonado. Los vislumbres de la suave piel morena de su garganta atrajeron la mirada de Win. Quería posar los labios en el lugar donde latía su pulso. Pero se tuvo que contentar con acariciarle discretamente los dedos con la yema de los suyos. Merripen no era dado a las demostraciones públicas de afecto. En privado, era otra cosa.

En ese momento, sin embargo, sintió que él envolvía su mano lentamente con la suya y que le acariciaba con el pulgar la sensible piel de la palma.

Terminando el breve discurso, Cam se acercó a Win. Con habilidad quitó la ristra de monedas de la botella y se las colocó alrededor del cuello. Las sintió frías y pesadas contra su piel en medio de un jubiloso alboroto. El collar anunciaba que ya había sido desposada, y que cualquier hombre que intentara insinuarse a ella, corría grave peligro.

Sonriente, Cam abrazó a Win firmemente, le murmuró algo cariñoso al oído y le ofreció la botella para beber. Ella tomó un sorbo de fuerte vino tinto y le pasó la botella a Merripen, que bebió después. Entretanto, los demás invitados fueron agasajados con copas generosas de vino. Hubo gritos diversos de «*sastimos*», o buena salud, cuando bebieron en honor de la pareja de novios.

Luego comenzó la celebración propiamente dicha. La música comenzó de nuevo y las copas fueron vaciadas con rapidez.

—Baila conmigo —la sorprendió Merripen con un murmullo.

Win negó con la cabeza con una risita tonta, observando a las parejas que giraban y se movían sinuosamente uno alrededor del otro en la pista. Las mujeres movían sus manos sugerentemente en torno a su cuerpo, mientras que los hombres chocaban los talones y daban palmas, sosteniendo la mirada de su compañera todo el rato.

—No sé —dijo Win.

Merripen se colocó detrás de ella y le pasó el brazo por delante, apretándola contra sí. De nuevo, Win se sorprendió. No recordaba que Kev la hubiera tocado antes tan abiertamente. Pero en medio de la multitud, no parecía que nadie lo notara ni que le importara.

La voz de Merripen fue un murmullo cálido y suave en su oído.

—Míralos un momento. ¿Ves qué poco espacio se necesita? ¿Cómo se mueven el uno alrededor del otro? Los hombres alzan las manos al cielo, pero taconean para expresar su conexión con la tierra. Y con las pasiones terrenales. —Sonrió contra su mejilla y la hizo girar suavemente hacia él—. Ven —murmuró, y le enlazó la cintura con la mano para atraerla hacia sí.

Win lo siguió con timidez, fascinada por una faceta de él que ella no conocía. No habría esperado que él estuviera tan seguro de sí mismo, conduciéndola en el baile con elegante gracia animal, observándola con un brillo pícaro en los ojos. La convenció para que alzara los brazos, para que chasqueara los dedos, incluso para que moviera las faldas mientras él se movía en torno a ella. Win no podía dejar de reír tontamente. Bailaban, y él era realmente bueno en ello, persiguiéndose como un gato y un ratón.

Win giró, describiendo un círculo sobre sí misma, y él la atrapó por la cintura, atrayéndola contra su pecho en un momento candente del baile. El aroma de su piel, el movimiento de su pecho contra el de ella, la hizo sentir un intenso deseo. Apoyando su frente contra la de ella, Merripen clavó la mirada en Win hasta que ella se hundió en las profundidades de sus ojos, tan oscuros y brillantes como el fuego del infierno.

—Bésame —susurró ella jadeante, sin importarle dónde estaban o quién podía verlos.

Kev esbozó una sonrisa.

—Si empiezo a hacerlo ahora, no podré detenerme nunca.

El hechizo se rompió por una tosecilla discreta muy cerca de ellos.

Merripen miró hacia un lado, hacia donde Cam esperaba de pie.

Los rasgos de Rohan eran totalmente inexpresivos.

—Perdón por interrumpir. Pero la señora Barnstable acaba de anunciarme que ha llegado un invitado inesperado.

—¿Más familia?

—Sí. Pero no de la rama gitana.

Merripen sacudió la cabeza, estupefacto.

—¿Quién es?

Cam tragó saliva.

—Lord Cavan. Nuestro abuelo.


Cam y Kev acordaron recibir a Cavan sin la presencia de más familiares. Mientras el *pliashka* continuaba en su máximo apogeo, los dos hermanos se retiraron a la biblioteca y esperaron. Había dos lacayos yendo de aquí para allá, trayendo objetos desde el carruaje recién llegado; cojines, un escabel de terciopelo, una manta, un calentador de pies, una bandeja de plata con una taza... Después de que se hicieran multitud de preparaciones, uno de los lacayos anunció a lord Cavan, que al instante entró en la habitación.

Físicamente, el viejo conde irlandés era poco impresionante. Era viejo, menudo y delgado. Pero Cavan tenía la presencia de un monarca depuesto, una orgullosa y decadente gloria marchita. Las canas salpicaban con elegancia el bien cortado pelo rojizo, y una perilla enmarcaba su barbilla como los bigotes de un león. Los sagaces ojos castaños evaluaron a los dos hombres sin demasiado interés.

—Vosotros sois Kevin y Cameron Cole —afirmó en vez de preguntar en un fluido inglés con marcado acento irlandés. Unas palabras que sonaron airosas y ligeramente secas.

Ninguno de los dos le respondió.

—¿Quién es el mayor? —preguntó Cavan, sentándose en una silla tapizada. Un lacayo le colocó de inmediato un escabel bajo los pies.

—Es él —dijo Cam amablemente, señalando a Kev mientras éste le lanzaba una mirada de advertencia. Ignorando la mirada, Cam preguntó como si no importara la respuesta—: ¿cómo nos encontró, milord?

—Un experto en heráldica me abordó en Londres recientemente con la información de que habían contratado sus servicios para investigar un diseño particular. Lo había identificado como la antigua marca de la familia Cole. Cuando me mostró el bosquejo que había hecho del tatuaje del brazo, supe de inmediato quién estaba detrás, y por qué motivo estaba investigando el diseño.

—¿Y cuáles son esos motivos? —preguntó Cam con suavidad.

—Pues conseguir reconocimiento social y financiero. Ser reconocido como un Cole.

Cam sonrió sin humor.

—Créame, milord, no deseaba nada de eso. Sólo quería saber quién era. —Los ojos de Rohan brillaron de enojo—. Y pagué a ese maldito experto en heráldica para que me facilitara la información, no para que se la llevara a usted. Le arrancaré la piel a tiras por eso.

—¿Para qué quería vernos? —preguntó Kev bruscamente—. Nosotros no queremos nada de usted, y no va a conseguir nada de nosotros.

—Antes de nada, puede que os interese saber que vuestro padre ha muerto. Falleció hace algunas semanas como consecuencia de un accidente de equitación. Siempre fue un inepto con los caballos. Al final, lo demostró con creces.

—Nuestras condolencias —dijo Cam.

Kev sólo se encogió de hombros.

—¿Es así como recibís la noticia de la muerte de vuestro padre? —espetó Cavan.

—Me temo que no lo conocíamos lo suficiente bien como para mostrar algo más que una reacción satisfactoria —dijo Kev con sarcasmo—. Perdone la ausencia de lágrimas.

—No son lágrimas lo que quiero de vosotros.

—¿Por qué me estoy empezando a preocupar? —se preguntó Cam en voz alta.

—Mi hijo dejó esposa y tres hijas. No tuvo más hijos varones que vosotros dos. —El conde formó un templo con sus dedos pálidos y nudosos—. Sólo los varones pueden heredar, y no hay hombres entre los descendientes de mi estirpe, en ninguna de sus ramas. Tal y como están las cosas, el título Cavan y todo lo que conlleva se extinguirá tras mi muerte. —Endureció la mandíbula—. No permitiré que nuestro patrimonio se pierda sólo por la incapacidad de vuestro padre para engendrar.

Kevin arqueó una ceja.

—¿Considera no engendrar a tener cinco hijos?

—Las hijas no cuentan. Y vosotros sois mestizos. Difícilmente podría decirse que vuestro padre tuviera éxito en fomentar los intereses de la familia. Pero no importa. La situación debe ser corregida. Vosotros sois, después de todo, legítimos. —Hubo una tensa pausa—. Sois mis únicos herederos.

En ese momento, el vasto abismo cultural entre ellos se reveló en toda su magnitud. Si lord Cavan hubiera mostrado tal generosidad a otra clase de hombres, ésta, indudablemente, habría sido recibida con gran alborozo. Pero ofrecer a un par de romaníes estatus social y vastas posesiones materiales, no provocó la reacción que Cavan había anticipado.

En vez de ello, ambos parecían estar singularmente —o más bien, enloquecedoramente— poco impresionados.

Cavan habló con irritación a Kev.

—Tú eres el vizconde Mornington, heredero de la hacienda Mornington, en County Meath. A mi muerte también recibirás el castillo de Knorford en Hillisbourugh, la hacienda Fairwall en County Down, y Watford Park en Hertfordshire. ¿Significa eso algo para ti?

—Lo cierto es que no.

—Sois los últimos de vuestra estirpe —continuó Cavan con voz aguda—, de una familia cuyos orígenes se remontan a antes de Athelstan que fue nombrado el primer rey de Inglaterra en el año 936. Además, eres el heredero de un condado con un linaje más distinguido que el de la propia corona. ¿Y eso no significa nada para ti? ¿Comprendes lo extraordinariamente afortunado que eres?

Kev lo comprendía, por supuesto, así como también entendía que ese viejo bastardo pomposo, que una vez había pretendido matarlo, esperaba que ahora reclamara una herencia que no deseaba.

—¿No es verdad que usted nos buscó cuando éramos niños con intención de deshacerse de nosotros como si fuéramos un par de cachorros no deseados?

Cavan lo miró con el ceño fruncido.

—Esa pregunta no es relevante para el tema que nos ocupa.

—Eso quiere decir que sí —le dijo Cam a Kev.

—Las circunstancias han cambiado —dijo Cavan—. Ahora sois más útiles vivos que muertos. Un hecho por el que deberíais estar agradecidos.

Kev estaba a punto de decirle a Cavan dónde podía meterse sus haciendas y sus títulos, cuando Cam lo apartó bruscamente a un lado.

—Discúlpenos —dijo Cam por encima del hombro a Cavan—, debemos mantener una charla entre hermanos.

—No quiero hablar —masculló Kev.

—¿No podrías escucharme —preguntó Cam con voz suave y los ojos entrecerrados—, aunque sólo fuera una vez?

Cruzando los brazos sobre el pecho, Kev asintió con la cabeza.

—Antes de que le des una patada a ese viejo culo marchito —dijo Cam suavemente—, sería mejor que consideraras algunas cosas. En primer lugar, no parece que vaya a vivir mucho tiempo. En segundo lugar, es posible que los arrendatarios de Cavan necesiten ayuda urgentemente y una administración decente. Podrías hacer mucho por ellos, incluso aunque decidieras residir en Inglaterra y supervisar tus posesiones irlandesas desde la distancia. En tercer lugar, piensa en Win. Tendría riqueza y estatus social. Nadie se atrevería a menospreciar a una condesa. En cuarto lugar, al parecer tenemos una madrastra y tres hermanastras a las que nadie cuidará cuando el viejo estire la pata. En quinto...

—No es necesario que continúes —dijo Kev—. Lo haré.

—¿Qué? —Cam arqueó las cejas—. ¿Estás de acuerdo conmigo?

—Sí.

Cam tenía razón en todos los puntos, pero con que sólo hubiera mencionado a Win habría sido suficiente. Ella viviría mejor, y sería tratada con mucho más respeto como condesa que como esposa de un gitano.

El anciano miró a Kev con una expresión amarga.

—Me da la impresión de que pensabas que te estaba dando a elegir. Pero no te estaba pidiendo nada. Te informaba de tu suerte y de tu deber. Además...

—Bueno, ya está todo decidido —se apresuró a interrumpirle Cam—. Lord Cavan. Tiene usted un heredero y otro de repuesto. Propongo que dejemos a un lado nuestras diferencias para considerar nuestras nuevas circunstancias. Si le complace, milord, nos volveremos a encontrar mañana para discutir los detalles.

—De acuerdo.

—¿Podemos ofrecerle alojamiento a usted y a sus sirvientes durante esta noche?

—Ya he hecho los preparativos para ofrecer mi compañía a lord y lady Westcliff. Sin duda habréis oído hablar del conde. Es un caballero muy distinguido. Yo conocía muy bien a su padre.

—Sí —dijo Cam con voz grave—. Hemos oído hablar de Westcliff.

Cavan apretó los labios.

—Supongo que tendré que presentároslo algún día. —Deslizó una mirada desdeñosa sobre los dos—. Siempre que podamos hacer algo con vuestra apariencia y comportamiento social. Por no hablar de vuestra educación. Qué Dios nos ayude a todos. —Chasqueó los dedos, y los dos lacayos recogieron los artículos que habían traído. Levantándose de la silla, Cavan permitió que le pusieran un abrigo sobre sus estrechos hombros. Con gesto malhumorado, miró a Kev y masculló—: Como frecuentemente me recuerdo a mí mismo, eres mejor que nada. Hasta mañana.

En cuanto el conde abandonó la estancia, Cam se acercó al aparador y sirvió dos copas generosas de brandy. Parecía aturdido cuando le ofreció una a Kev.

—¿Qué opinas de él? —le preguntó.

—Parece el tipo de abuelo que nos merecemos —dijo Kev, y Cam casi se atragantó con el brandy al echarse a reír.


Mucho más tarde esa misma noche, Win descansaba sobre el pecho de Kev, con su pelo extendido sobre él como hilos de luz de luna. Estaba desnuda salvo por el collar de monedas que le rodeaba el cuello. Desenredándoselo suavemente del pelo, Kev le quitó el collar y lo dejó sobre la mesilla de noche.

—No me lo quites —protestó ella.

—¿Por qué?

—Me gusta llevarlo puesto. Me recuerda que me he desposado.

—Yo te lo recordaré —murmuró él, rodando hasta que ella reposó sobre el hueco de su brazo—. Tanto como necesites.

Ella le dirigió una sonrisa, rozándole los labios con la yema de los dedos.

—Kev, ¿lamentas que lord Cavan te haya encontrado?

Él le besó las delicadas puntas de los dedos mientras consideraba cuidadosamente la pregunta.

—No —dijo al fin—. Es un viejo cretino amargado, y no me gustaría tener que pasar demasiado tiempo en su compañía. Pero ahora tengo las respuestas a cosas que llevo toda la vida preguntándome. Y... —vaciló antes de admitir con timidez—, no me importaría ser el conde de Cavan algún día.

—¿En serio? —Ella lo miró con una sonrisa inquisitiva.

Kev asintió con la cabeza.

—Creo que podría ser un buen conde —confesó.

—Yo también —dijo Win en un murmullo conspirador—. De hecho, creo que mucha gente se quedará sorprendida por tu absoluta brillantez cuando les digas cómo proceder.

Kev sonrió ampliamente y la besó en la frente.

—¿Te comenté la última frase que me dijo Cavan antes de irse? Me dijo que con frecuencia se recuerda a sí mismo que soy mejor que nada.

—Que viejo charlatán tan tonto —dijo Win, deslizándole la mano por el cuello—. Además, está muy equivocado —añadió poco antes de que sus labios se encontraran—, porque tú, mi amor, eres el mejor de todos.

Después, durante mucho tiempo, no hubo más palabras.

# Epílogo

Según el médico, ése había sido el primer parto durante el cual había tenido que preocuparse más por el padre que por la madre y el bebé.

Kev había llevado bastante bien el embarazo de Win, aunque a veces había tenido algunas reacciones un tanto desmesuradas. Los consabidos dolores y punzadas del embarazo habían provocado su alarma, y había habido veces que había insistido en mandar a buscar al doctor por razones verdaderamente tontas a pesar de las negativas exasperadas de Win.

Pero había habido otros momentos durante la espera que habían sido maravillosos. Las tardes tranquilas cuando Kev había descansado a su lado, con las manos sobre el vientre de Win para sentir las patadas de su hijo. Los días de verano cuando paseaban por Hampshire, sintiéndose uno solo con la naturaleza y la vida que los rodeaba. Supuso toda una sorpresa descubrir que el matrimonio, en vez de convertirse en una pesada carga, había dado a sus vidas, de alguna manera, un sentido de ligereza. Kev se reía ahora más a menudo. Era mucho más propenso a bromear, a jugar, a mostrar su afecto abiertamente.

Salvo durante las últimas semanas del embarazo, cuando Kev

no había podido ocultar su creciente temor. Y cuando el parto de Win había comenzado en medio de la noche, él había caído en un estado de terror paralizante que no parecía poder aliviar con nada. Cada dolor, cada boqueada de Win, había provocado que Kev se pusiera pálido, hasta que Win se percató que ella lo estaba llevando mucho mejor que él.

—Por favor —había murmurado Win al oído de Amelia—, haz algo con él.

Después de eso, Cam y Leo habían arrastrado a Kev fuera del dormitorio y lo habían llevado a la biblioteca, donde se habían pasado la mayor parte del día atiborrándolo de buen whisky irlandés.

Cuando nació el futuro conde Cavan, el médico anunció que estaba perfectamente sano, y que deseaba que todos los partos resultaran tan bien como ése. Amelia y Poppy asearon a Win y le pusieron un camisón limpio, luego lavaron y envolvieron al bebé en suave algodón. Sólo entonces permitieron que Kev se acercara a ellos. Después de ver con sus propios ojos que su esposa y su hijo estaban bien, Kev lloró con desvergonzado alivio y al momento se quedó dormido en la cama al lado de Win.

Win echó un vistazo a su apuesto marido antes de volver su atención al bebé que sostenía en brazos. Su hijo era pequeño pero perfectamente formado, con la piel muy blanca y una buena mata de pelo negro. El color de los ojos no podía determinarse por el momento, pero Win pensaba que al final serían azules. Lo alzó contra su pecho hasta que acercó los labios a la diminuta oreja. Y de acuerdo con la tradición gitana, le dijo su nombre secreto.

—Tú eres Andrei —murmuró. Era un nombre guerrero. Un hijo de Kev Merripen no merecía menos—. Tu nombre *gadjo* es Jason Cole. Y tu nombre de tribu... —Hizo una pausa mientras pensaba.

—Jàdo —murmuró la voz adormecida de su marido a su lado.

Win bajó la mirada hacia Kev y le acarició el espeso pelo negro. Las líneas de tensión de su cara habían desaparecido, y parecía relajado y feliz.

—¿Qué quiere decir? —preguntó ella.

—El que vive fuera del *Rom*.

—Es perfecto. —Y siguió acariciándole el pelo durante mucho rato—. ¿*Ov yilo isi?* —preguntó suavemente.

—Sí —dijo Kev, contestándole en inglés—. Aquí hay corazón.

Y Win sonrió cuando él se enderezó para besarla.

OTROS TÍTULOS DE ESTA COLECCIÓN

# UNA NAVIDAD INOLVIDABLE

## Lisa Kleypas

Faltan pocos días para Navidad, y Rafe Bowman acaba de llegar de América para concertar su compromiso matrimonial con Natalie, la hermosa y educada hija de lord y lady Blandford. No hay duda de que el atractivo físico de Rafe causará un gran impacto en la dama en cuestión, pero sus extravagantes modales americanos y su mala reputación no son puntos a su favor.

Pese a que está habituado a jugar según sus propias reglas, Rafe se da cuenta de que deberá aprender las de la sociedad londinense. Pero ahora que las cuatro antiguas «chicas florero» han decidido ejercer de casamenteras, el resultado puede ser imprevisible...

*Una Navidad inolvidable* nos lleva a un viaje al corazón en el Londres victoriano, para vivir junto a estos entrañables protagonistas una aventura que hará de ésta una Navidad para recordar.

# SEDUCCIÓN A MEDIANOCHE

## Jacquie D'Alessandro

Lady Julianne Bradley, integrante de la Sociedad Literaria de Damas Londinenses, sueña con vivir una aventura apasionante. Por desgracia, el hombre con el que desea compartirla jamás podrá ser suyo. Atormentada por ese deseo irrealizable, y cuando está a punto de contraer un matrimonio concertado, empieza a sufrir una serie de incidentes extrañamente similares a los de un libro que está leyendo. Para protegerla, el padre de Julianne contrata nada menos que al detective Gideon Mayne, que es justamente el hombre por el que la joven suspira...

Al igual que en los anteriores libros de esta serie, *Despiertos a medianoche* y *Confesiones de una dama*, Jacquie D'Alessandro nos ofrece intriga, romance y aventuras en abundancia.

# LA HECHICERA DEL SOL

## Linda Winstead Jones

Las hermanas Fyne viven en la montaña, en la misma cabaña que habitaron las mujeres de la familia durante trescientos años. A pesar de que los aldeanos se mantienen lejos de ellas, temerosos de sus encantamientos, Isadora, Juliet y Sophie suelen usar sus hechizos para el bien.

Sin embargo, todas ellas están signadas —como las Fyne que las precedieron— por una maldición que les impide alcanzar el verdadero amor.

Las dos hermanas mayores de Sophie se han resignado a permanecer castas por el resto de su vida, pero ella no está dispuesta a aceptar ese destino. Aunque sus poderes parecen débiles, Sophie se pregunta si el fuego que corre por sus venas no podría ser un indicio de su verdadera fuerza...

Todavía convaleciente de las heridas de guerra recibidas, Kane habría jurado que un ángel se acercó a él para curarlo y hacerle el amor. Ahora lleva un año buscando a esa joven, y hasta duda de si fue un sueño o sucedió en realidad. Lo que no imagina es que cuando la encuentre tendrá que apelar a todas sus fuerzas, terrenales y sobrenaturales, para combatir la maldición que amenaza con acabar con su felicidad.